HEYNE ‹ ORIGINAL

Das Buch

Seit Monaten versetzt ein unbekannter Serienmörder die Einwohner Moskaus in Angst und Schrecken. Seine Opfer sind ausschließlich Frauen. Er quält und tötet sie auf bestialische Weise. Und er platziert die Leichen seiner Opfer so, dass sie leicht von zufälligen Passanten aufgefunden werden. Trotzdem gelingt es der Polizei nicht, ihm auf die Spur zu kommen. Da hat die junge Journalistin Xenia Ionowa, die für eine Internet-Zeitung arbeitet, die Idee, eine Website mit Informationen über den Serienkiller zu konzipieren und ins Netz zu stellen. Das Projekt wird ein sensationeller Erfolg, Xenia ein kleiner Star in der russischen Internet-Community. Doch dann meldet sich eines Tages ein gewisser »alien« per E-Mail bei ihr. Fasziniert von seiner Art, beginnt sie ihm täglich zu schreiben. Und immer stärker wird das Verlangen, ihn auch in Wirklichkeit kennen zu lernen – was sich als verhängnisvoller Schritt herausstellt…

»Ich wollte ein Buch schreiben, in dem sich die Schönheit der Natur mit der Schönheit des Todes verbindet. Aber ein solches Buch wäre eine Lüge – denn wer tötet, der denkt nicht an die Jahreszeit. Wer tötet, tötet nur. Und in dessen Inneren herrscht nur Grauen. Grauen und Erregung.« *Sergej Kusnezow*

Der Autor

Sergej Kusnezow, Jahrgang 1966, studierte in Moskau Chemie und arbeitete lange Jahre als Journalist und Übersetzer, bevor er begann, eigene Romane zu schreiben. Mit »Die Hülle des Schmetterlings« – in Russland ein Kultbuch und Gegenstand heißer Debatten – hat er einen der erfolgreichsten Thriller der letzten Jahre geschrieben.

Sergej Kusnezow

Die Hülle des Schmetterlings

Roman

Aus dem Russischen
von David Drevs

WILHELM HEYNE VERLAG
MÜNCHEN

Titel der russischen Originalausgabe
SCHKURKA BABOTSCHKI
Deutsche Übersetzung von David Drevs

Umwelthinweis:
Dieses Buch wurde auf chlor- und säurefreiem Papier gedruckt

Deutsche Erstausgabe 07/2007
Redaktion: Ralf Oliver Dürr

Printed in Germany 2007
Umschlagbild: Adrianna Williams/zefa/Corbis
Umschlaggestaltung: Martina Eisele, München
Satz: KompetenzCenter, Mönchengladbach
Druck und Bindung: GGP Media GmbH, Pößneck
ISBN: 978-3-453-43261-1

www.heyne.de

Dieses Buch wollte ich zwei Freunden widmen. Beide haben sich jedoch geweigert es zu lesen und darauf bestanden, in keinster Weise damit in Verbindung gebracht zu werden. Also widme ich dieses Werk meiner Frau Katja. Sie hat mit der Geschichte nicht das Geringste zu tun, aber ihre Liebe hilft mir, in dieser wunderbaren Welt zu überleben.

Shanna brannte, sie sprach zu den Toren:
»Mein Kleid ist fort, der Kopf geschoren.
Seht: wie ich mich öffne fleißig,
Die Haut, ein zweites Kleid, zerreiß ich.
Nehmt Fleisch und Venen, jedes Stück,
Es bleibt ja nur noch ein Augenblick.«

Alexander Anaschewitsch

»Und wenn jemand Hungers stirbt, oder ein kleines Mädchen beleidigt und entehrt, – ist das auch gut?«
»Ja, auch gut. Und wenn jemand eines Kindes wegen einen Kopf zerschmettert, so ist das auch gut […].«

Fjodor Dostojewski, Die Dämonen

1

Du bist zehn, vielleicht jünger. Du fährst mit deiner Mutter in der Metro, schaust durch die gläsernen Waggontüren. Plötzlich merkst du: Dort, weit vorne, ist etwas passiert. Menschen springen in unverständlicher Angst auf und laufen gegen die Fahrtrichtung des Zuges, wie auf der Flucht, sie laufen, bis sie auf die verschlossene Tür am Ende des Waggons stoßen – und reißen an der Klinke, reißen, reißen … doch schon verzerren sich ihre Gesichter, Panik weht die gewohnten Züge fort wie der Wind das Kräuseln von der Wasseroberfläche eines Teichs. Etwas Unsichtbares nähert sich, etwas Namenloses, Formloses, schrecklicher als der Tod, unerträglicher als ein Albtraum. Etwas, das sie ihr ganzes Leben kennen – das sie ihr ganzes Leben versuchen zu vergessen.

Und schon dringen die vorderen Waggons langsam durch eine durchsichtige Wand verdichteten Grauens, und du kannst nicht mehr hinsehen – die auf das Glas geschmierten Gesichter, die Münder, geöffnet zu einem stummen Schrei, die Augen, wie sie aus ihren Höhlen treten – und wendest deinen Blick den Passagieren zu, die das Grauen noch nicht berührt hat, in den benachbarten Waggons, und wieder siehst du, wie ein leichter Schatten der Unruhe von Panik verdrängt wird, wie sie aufspringen und laufen, laufen und gegen die verschlossene Glastür prallen … und die unsichtbare Wand kommt immer näher, unabwendbar, wie im Traum. Doch du selbst verlässt deinen

Platz nicht, suchst nicht die Hand der Mutter, sondern denkst nur mit Erleichterung, dass es nun gar nicht mehr lange dauern wird.

Das sind nur meine Fantasien. Ich war zehn, vielleicht jünger, und malte mir oft diese Szene aus. Mit dem Heranwachsen änderte sich dann aber alles: Nun war es nicht mehr eine Wand, sondern eher eine Woge, eine Welle des fernen, kalten Meeres, welches das Blut gefrieren lässt, eine Welle rollte durch den Zug vom ersten bis zum letzten Waggon. Doch nun sprang niemand von seinem Platz auf, alle blieben sitzen, bis die Eiseskälte ihre Gesichter zerknitterte wie eine Hand ein benutztes Papiertaschentuch.

O ja, ich war ein Junge mit blühender Fantasie. Als ich etwas älter geworden war, begann ich anderen zu erzählen, was ich als Kind geglaubt hatte: In der Metro gibt es eine Stelle, wo die Hölle mit einer dünnen Schicht des Grauens in den Tunnel durchsickert – die Züge fahren jedoch so schnell hindurch, dass nur Menschen, die besonders empfindsam sind, es bemerken. Bei den Worten »besonders empfindsam« blickte ich die Mädchen immer bedeutungsvoll an. Manchmal funktionierte es.

Heute weiß ich: Mit Empfindsamkeit hat das nichts zu tun. Es ist meine persönliche Hölle, mein eigenes Grauen, mein komprimierter nächtlicher Albtraum. Die übrigen Fahrgäste ahnen nichts davon, nichts verzerrt ihre Gesichter, kein einziges Haar wird ihnen gekrümmt. Ich allein bemerke die Spuren, ich allein fühle, wie es näher kommt, ich allein verstehe die Sprache der Dinge und Gegenstände, die mich vergeblich vor dem *Näherkommen* warnen.

Härchen auf Wollschals richten sich auf, Ledermäntel werden von kleinen Rissen überzogen, Federn kriechen aus Daunenjacken, als würden sie fliehen wollen, Strumpfhosen schmiegen sich enger an Beine, die Farben der Werbeplakate bleichen aus, die Fensterscheiben der Waggons scheinen jeden Augenblick auf die Sitze zu fließen, Haltestangen ziehen sich bei ihrer Berührung zusammen, Türen kreischen vor Horror. Alles erstarrt, die Zeit ist wie ausgeschaltet, das Donnern der Räder verstummt, und plötzlich hörst du, worüber die beiden Mädchen an der Tür sprechen. Das eine ist klein und hager, mit schwarzen, wirren Haaren, das andere langbeinig, gut gebaut und blond. Noch vor einer Minute haben sie gelacht, einander geknufft, diskutiert, wofür sie ihr erstes Geld ausgeben werden, doch jetzt sind ihre Gesichter um zehn Jahre gealtert, und du hörst, wie die Blonde sagt: »Ich kann einfach nicht glauben, dass sie nicht mehr da ist«, und sie wischt sich die Augen mit einem Tuch, zerknüllt wie dein Gesicht, und die Kleine nimmt ihre Hand und sagt: »Und ich kann immer noch nicht weinen.« Und schon werden die Geräusche dumpfer, am Rand des Blickfelds rollt sich der Raum ein wie eine alte Tapete an einer feuchten Wand, es wird dunkel vor Augen, als verberge sich die ganze Welt hinter rotierenden schwarzen Spiralen: Es läuft auf dich zu, holt dich ein, überrollt dich. Das Atmen fällt schwer, der Körper verliert seine Konturen, verwandelt sich in einen schwarzen Kokon, Verzweiflung und Hoffnungslosigkeit verdichten sich: Streck die Hand aus – und du kannst es berühren.

Alte Ängste aus Kindertagen? Nein, keine Angst – Schwermut, konzentrierte Schwermut, Ersticken, unaufhörliches Rauschen in den Ohren, das Fließen des eigenen Blutes, Dunkelheit, Finsternis, eine düstere Wolke hängt in den Falten der Kleidung, hakt sich fest an den Ausbuchtungen des Gesichts, den an der Stirn klebenden Haaren, den abgekauten Fingernägeln.

Diesen Kokon, diese Wolke trägst du mit dir aus der Metro. Du wirst dich unterhalten, Geschäftliches bereden, Entscheidungen treffen, die Korrespondenz erledigen. Du wirst mit Mädchen flirten, mit Kindern spielen, Bekannten zulächeln, versuchen zu leben wie immer. Aber an solchen Tagen kannst du, wenn du deine Hand ausstreckst, die Grenzen der Hölle berühren: Das Leiden sickert durch halb geöffnete Türen, fließt Häuserwände herab, knirscht wie Flaschenglas unter den Schuhen. Jede Geste verursacht Schmerzen, jede Berührung ist wie ein Krampf, deine Haut löst sich auf, es bleibt nur das nackte, blutende Fleisch, kaum bedeckt von der grauen Wolke der Schwermut.

An solchen Tagen geht es mir sehr schlecht. Um wenigstens einigermaßen klarzukommen, denke ich an all die Frauen, die ich umgebracht habe.

2

Ein fiepsendes elektrisches Signal. Kein metallisches Rasseln, kein klingendes Glöckchen, sondern der künstliche Piepton eines Mikrochips. Das Klingeln eines Kinderweckers von Ikea, mehrfarbig, mit Plüsch bespannt, mit großem Zifferblatt und gelben Zeigern. Von unter der Decke – ein Arm, ein schlanker Arm, ein kleiner silberner Ring am Zeigefinger, eine kaum erkennbare Narbe gleich über dem Ellenbogen. Die kleine Handfläche tätschelt das blaue Samtknöpfchen, das Geräusch verstummt, der Arm verschwindet.

Du willst deine Augen nicht öffnen, willst nicht aufwachen. Wie durch halb geschlossene Lider sehen wir eine Ecke des Kissens, eine Haarsträhne, den Rand der Bettdecke. Schlafen, zugedeckt bis über den Kopf, schlafen, fest eingewickelt, versteckt, untergeschlüpft, wie in einem Kokon, nur so schlafen, immer, seit frühester Kindheit.

»Guten Morgen!«

Wem hast du da guten Morgen gewünscht, mit dumpfer, verschlafener Stimme? Es ist niemand im Zimmer. Ein gelber Sonnenreflex – passend zur Farbe der Uhrzeiger – auf dem Kelim neben dem Bett, der matte, nichts reflektierende Bildschirm eines aufgeklappten Laptops, ein rosa Fellhase, versteckt zwischen der Wand und deinem Körper. Guten Morgen, als ob du dich selbst zu wecken versuchst. Tatsächlich, guten Morgen, Xenia.

Ja, du heißt Xenia, lebst in einem Apartment, 250 Dollar im Monat, billig, über Beziehungen. Das ist etwa ein Drittel deines Gehalts, alles wie im Westen, alles wie bei erwachsenen Leuten. Du bist jetzt erwachsen, dreiundzwanzig Jahre, arbeitest in der Nachrichtenredaktion der Internet-Zeitung *Vecher.ru. Vi-i-ßi-äitsch-i-ar-dot-ru,* keine besonders bekannte Zeitung, zweite Liga, Sie haben vielleicht noch nichts davon gehört, aber unsere Nachrichten sind gut gemacht.

Regentropfen rinnen über das Fenster, auf dem Hof ist es Dezember, der Himmel grau, nicht eine einzige Schneeflocke. Die Sonnenreflexe hast du wohl geträumt. Steck die Füße in Frotteelatschen, nimm den weißen Bademantel vom Sessel, drück mit dem Finger auf die Playtaste, mach lauter. Gotan Project spielen einen Gato-Barbieri-Remix. So beginnt der Morgen.

Auf dem Weg zum Badezimmer kannst du dich nicht zurückhalten, checkst deine Post. Fünf E-Mails, vier Spams, zwei davon bieten Penis- und Brustvergrößerungen an. Du brauchst keins von beiden – einen Penis hast du nicht, und die Brust ist gut so, wie sie ist.

Wie siehst du aus? Schlank, nicht groß, mit wirren schwarzen Haaren, vom Schlaf verquollenen Lippen, großen Augen, die sich morgens einfach nicht öffnen wollen. Du siehst dir die fünfte Nachricht an. Aha, von deiner Freundin Olga, zum Glück nichts von der Arbeit. Woher auch, du bist um drei ins Bett gegangen, um acht aufgestanden – in der Zeit schlafen alle, da schreibt keiner Mails von der Arbeit.

Du gehst ins Badezimmer, lässt die Dusche laufen, hältst vor dem Spiegel inne, versuchst in Gedanken den heutigen Tag zusammenzustellen. Also, was erwartet uns? Morgens der ganz normale Wahnsinn in der Arbeit, dann mit Pascha über Geld reden, Lunch im *Coffee House*, Mamas Geburtstag, sie hat gebeten, um sieben bei ihr vorbeizuschauen und möglichst nicht zu spät zu kommen. Seufzend streifst du den Bademantel ab, blickst in den Spiegel, der bereits beschlagen ist vom Wasserdampf: Es ist feucht, dunstig und warm hier, du magst es so.

Die Blutergüsse auf der Brust und an den Schultern sind kaum zu sehen, die Schenkel jedoch – ohoho. Und auch die Narben auf den Pobacken reagieren auf das brennend heiße Wasser. Ja, du magst es, wenn dein Körper sich noch lange an eine Liebesnacht erinnert. Du magst es, wenn man dir Schmerzen zufügt. Du hast zu Hause eine kleine Sammlung verschiedener lustiger Sachen, schwarzes Lederspielzeug, Gerten, Knebel, Klammern für die Brustwarzen. An guten Tagen findest du nichts Ungewöhnliches an deinen Neigungen. Du denkst dann etwa so darüber: Manchmal will ich im Club an der Kropotkinskaja Boogie-Woogie tanzen, und manchmal will ich eben, dass mich jemand schlägt und mir wehtut. Beim Sex – wie beim Tanzen – ist ein guter Partner das Wichtigste. So denkst du an guten Tagen, an schlechten Tagen dagegen findest du, dass Sex doch nicht dasselbe ist wie Tanzen und es nicht leicht ist für jemanden mit deinem Geschmack, einen würdigen Partner zu finden. Nicht leicht, aber du kommst schon irgendwie klar. Mehr oder weniger.

Eher weniger, wenn wir ehrlich sind. Von deinem letzten Liebhaber hast du dich vor einer Woche getrennt, jetzt ist zwischen euch alles aus – und so brennt auf deiner Haut nicht der süße Schmerz der Lust, sondern der zähe Schmerz der Trennung.

Du drehst die Dusche ab, reibst dich mit dem Handtuch trocken, spürst das Brennen der Striemen. Lächelnd gehst du in die Küche, setzt den Wasserkocher auf. Die Musik aus dem Zimmer ist kaum zu hören. Du blickst auf die Uhr: Den Kaffee schaffst du noch.

So beginnt also der Tag. Jenseits des Fensters die farblose Sonne in einem Spalt zwischen den Dezemberwolken. Guten Morgen, süße Xenia. Vergiss nicht, dich schön warm anzuziehen, heute weht ein starker Wind. Vergiss nicht das Geschenk für Mama, dein Mobiltelefon, Geld, Ausweis, Monatsmarke. Vergiss nicht, heute ist viel zu tun. Pass auf dich auf, süße Xenia, pass auf dich auf. Ach ja, die Schlüssel. Vergiss auch die nicht, bitte.

3

Also. Es war einmal ein Mädchen, mit Mama und Papa, das ging in den Kindergarten, dann in die Schule, tanzte und lachte und weinte nie. Mama und Papa ließen sich scheiden, die Schule war vorbei, das Mädchen ging zur Arbeit, und schon nach sechs Jahren sitzt es in einer kleinen Bürozelle, starke Finger hämmern auf die Tasten, eine Spange hält die wirren Haare irgendwie zusammen, die geschminkten Lippen sind konzentriert zusammengepresst, und in der Stimme ist keine Spur mehr von jener morgendlichen Entspanntheit.

»Xenia, bringen wir Beresowski vorne drauf, oder geht der den Leuten doch nur auf die Nerven?«

»Die gehen *ihm* auf die Nerven, nicht er ihnen. Was haben wir denn sonst noch?«

»Ich schau mal.«

Ein gewöhnlicher Tag. Die große Chefin eines kleinen Hauses. Schon allein die Bezeichnung *Chefredakteurin der Nachrichtenabteilung*, dabei ist das nur ein armseliges Häufchen von Mitarbeitern, drei Leute plus die Freien. Sind aber alle mehrere Jahre älter, einige haben sogar eine journalistische Ausbildung. Halten sich für Profis, verdammt. Wortgeier, Tastenhaie, schnorren sich mit der PC-Maus durchs Leben. Seinerzeit musste sie erst laut werden, das schon, aber jetzt tanzen sie nach ihrer Pfeife, bringen volle Leistung.

Alexej vom Nebentisch fragt über ICQ: »Wie geht's dir?«, sie antwortet: »okay« und gleich darauf: »Wann kommt das Interview?« »Bin am Schreiben.« Tatsächlich, da sitzt er, den Kopfhörer auf, tippt das Band ab.

Tagtägliche Arbeit wird irgendwann zwangsläufig zur Routine: Zusehen, dass die richtigen Nachrichten ausgewählt werden, Fehler korrigieren, die Übersetzerinnen zusammenstauchen, sich darüber klar werden, wer heute den Kommentar schreibt. Ein paar Mal pro Woche entsteht dabei gutes Material, auf das du stolz bist, für das du dich nicht schämen musst. Und eigentlich schämst du dich auch nicht für das, was sonst so tagtäglich herauskommt, auch wenn es da nichts gibt, worauf man besonders stolz sein könnte, es sei denn auf den gelungenen Karrierestart. Immerhin bist du erst dreiundzwanzig und schon Chefredakteurin eines Ressorts. Vorgesetzte. Schon komisch.

Xenia liebt ihre Arbeit. Mit Wonne wühlt sie sich durch die Nachrichten, und noch mehr mag sie es zu koordinieren, zu steuern, zu kontrollieren. In einigen Jahren wird sie einen guten Manager abgeben, auch wenn sie jetzt noch nicht weiß, wo. Vielleicht wird sie einmal eine richtige Chefredakteurin, vielleicht wechselt sie zum Print, wenn Putin bis dahin nicht alle Zeitungen unter seiner Fuchtel hat, wie mit den TV-Sendern bereits geschehen. Vielleicht steigt sie ja auch ins reine IT-Business ein. IT heißt Informationstechnologie und wird an alles drangehängt, was mit dem Internet zu tun hat. In Amerika schreiben sie gerne den Buchstaben »e« für electronic dazu, aber auf Russisch wäre das dasselbe, als würde man im Englischen »f« davorschreiben. Und vor dem Wort business geht das schon gar nicht. Wie gut also, dass die Abkürzung »ai-ti« existiert, wie könnten sonst die anständigen Moskauer Mädchen ihren Eltern erklären, was für ein Business sie da betreiben?

Xenia liebt ihre Arbeit, das Gefühl von Sicherheit, Erfolg und

Kraft. Sie mag es, dass man alles gleichzeitig machen kann – ein Interview redigieren, sich über ICQ unterhalten, die Nachrichten durchsehen. Bis zwölf gehen die ersten Seiten ins Netz, dann kann sie mit Alexej in die Cafeteria gehen, auf *anekdot.ru* den neuesten Witz lesen, bei Pascha vorbeischauen und über das Geld reden.

Pascha Silwerman, Xenias unmittelbarer Vorgesetzter, Chefredakteur und Gründer der Zeitung *Vecher.ru*, hatte bis zu seinem siebenunddreißigsten Lebensjahr aber auch gar nichts mit Journalismus am Hut.

Ende der Achtziger war er aus Grosny nach Moskau gekommen – gerade rechtzeitig: Erst waren in der Stadt die Russen verschwunden, dann die Tschetschenen, und danach verschwand auch die Stadt selbst. Bis Mitte der Neunziger war Pascha dick im Werbegeschäft gewesen, doch als der Markt mal wieder neu aufgeteilt wurde, warf man ihn beim Fernsehen und bei der Außenwerbung raus, sodass zu Anfang des neuen Jahrtausends von der einstigen Herrlichkeit nur noch die Internet-Agentur übrig blieb, die 2000 auf der Welle des Investitionsbooms mitschwamm.

Als Pascha sich mit dem Internet zu befassen begann, waren Werbebanner die wichtigste Reklameeinheit: rechteckige Bildchen oben, unten und am Rand von Internetseiten. Das Bildchen weckt Interesse, und wenn man auf das Banner klickt, kommt man auf die beworbene Site. Das ist auch schon der ganze Trick dabei. Man kann Geld verlangen für die Anzahl der Personen, die das Banner sehen (»pro Abruf«), und für die Anzahl derer, die es anklicken (»pro Klick«). Seither hatte es quadratische Banner, Pop-up-Fenster, Flash-Banner und viele andere technische Neuheiten gegeben, das Grundprinzip aber war gleich geblieben. Neue Technologien machten es möglich, einem bestimmten Kunden auf einer bestimmten Seite die passende Werbung zu präsentieren (was man als »Targeting« bezeichnete), wie dem auch sei, Pascha machte sein Geld damit, dass die Leute auf ihren Bildschirmen kleine Bildchen sahen und manchmal aus irgendeinem Grund darauf klickten.

Pascha war immer der Meinung gewesen, dass der Handel mit Werbung ein Handel mit Fiktionen ist. Was ihn keineswegs beunruhigte – schon Jahre zuvor hatte man ihm erklärt, dass fiktive Zahlen, Quadratwurzeln von negativen Größen, in der Mathematik ebenso wichtig sind wie gewöhnliche Zahlen. Der Handel mit Werbung im virtuellen Raum war eine doppelte Fiktion – und wie die in der gewöhnlichen Zahlenachse inexistente Zahl es ermöglichte, Gleichungen zu lösen und Graphen zu konstruieren, so konnte Pascha dank der flüchtigen Bannerwerbung sein Geschäft erweitern und anderen helfen, ihres aufzubauen. Pascha gefiel der Gedanke, dass er mit Fiktionen arbeitete – vielleicht gerade deshalb, weil in der Stadt, in der er seine Kindheit verbracht hatte, kein Stein mehr auf dem anderen lag.

Vor ein paar Jahren hatte die Entwicklung in der Branche Pascha auf die Idee gebracht, dass es besser wäre, nicht nur mit Abrufen auf fremden Websites zu handeln, sondern über eine eigene Plattform zu verfügen, wo er seine Banner platzieren konnte. Er beschloss, eine Zeitung zu gründen, mit der Absicht, dort zuweilen auch verdeckte Auftragsarbeiten zu veröffentlichen. Immerhin würde es schon bald wieder darum gehen, sich die Wahlkampfbudgets einzuverleiben, die zwar seit den 90er-Jahren etwas zurückgegangen, aber noch immer sehr lukrativ waren.

Als Werbefuzzi war sich Pascha sicher, dass man, um auf

einer Website häufige Besuche – hohen »Traffic« – zu erzielen, nur den richtigen Hype veranstalten musste. Nach einem halben Jahr hatte er begriffen, dass eine Online-Zeitung kein Waschpulver und kein neues Handymodell war. Unter den Internet-Medien herrschte starker Wettbewerb, sodass Pascha zunächst fast alle Redaktionsmitarbeiter entließ und neue einstellte. Darunter auch Xenia – und heute weiß Pascha: Gerade ihrem Elan und Talent hat er es zu verdanken, dass viele User auf seiner Website die Nachrichten lesen, obwohl der große News-Server *Lenta.ru* natürlich viel mehr Material zu bieten hat.

Xenia hat ein Gefühl für Stil: Aus jeder noch so unbedeutenden Meldung macht sie eine spannende Story, Wirtschaftsnachrichten werden wie brandaktuelle News verkauft, und Expertenkommentare klingen wie Offenbarungen einer höheren Instanz. Letztes Jahr hat Pascha ihr zweimal das Gehalt erhöht – doch jetzt, als er sieht, wie sie in ihrem Sessel Platz nimmt und die Beine übereinanderschlägt, bedauert er bereits, dass er sich seinerzeit um den Finger wickeln ließ. Die kriegt keine Kopeke zusätzlich, sinniert er und lächelt gewinnend:

»Wie geht es uns, Xenitschka?«

»Danke, gut«, antwortet sie.

Zerzaustes Haar, strenge Lippen, die starken, schmalen Hände umfassen die Knie. Sie mag Paschas »Xenitschka« nicht, sie ist für alle Xenia, sogar für ihre Liebhaber. Außer Olga gestattet sie es niemandem, sie mit dem Kindernamen »Xjuscha« anzureden. Nur Olga kann »Xjuscha« so aussprechen, dass sie nicht gleich an diesen abgeschmackten Popsong von Aljona Apina denken muss, daran, wie man sie in der fünften Klasse damit aufgezogen hat.

Aber Pascha hat hier für jeden einen verniedlichenden Namen, und so hat er auch sie dazu überredet – überredet, rumgekriegt, um den Finger gewickelt –, indem er sagte, er sei sogar bereit, sie ganz offiziös Xenia Rudolfowna zu nennen, aber er bittet sie inständig, ihm zu gestatten, dass er wenigstens ab und zu »Xenitschka« sagen darf, denn anders kann er nicht ordentlich arbeiten, er sei doch nicht mehr der Jüngste, das gewöhne er sich nicht mehr ab. Damals willigte Xenia ein, worauf er sie natürlich nur noch »Xenitschka« nannte, und seither hat sie mehrfach beobachtet, wie Pascha bei Geschäftsverhandlungen seinem Gegenüber ein ums andere Mal günstige Konditionen abringt, indem er ständig unterstreicht, er habe darauf eigentlich gar kein Recht und bitte nur um einen persönlichen Gefallen. Wahrscheinlich würde dieser Trick nicht funktionieren, verstünde Pascha nicht sein Metier, doch in Sachen PR-Support und Werbekampagnen kann ihm eben keiner das Wasser reichen, weshalb die Kunden meist nachgeben.

»Wie geht es uns, Xenitschka?«

»Danke, gut.«

»Gut?«, wiederholt Pascha und dreht den Monitor zu Xenia hin. »Na, dann schau dir mal das Ranking an. So, da haben wir Rambler, und an welcher Stelle stehen wir?«

Ein von blauen Streifen durchzogenes Bildschirmfenster. Die »Rambler Top100«, die wichtigste Rangliste des Runet, in Wirklichkeit eine Art Ständeordnung, ein unabhängiger Wirtschaftsprüfer sozusagen. Auf fast allen Sites des russischen Internets sind ihre Zähler installiert, die den *Traffic*, also ebenjene Besucherzahlen messen. Alle halbe Stunde generiert das Website-Ranking gut fünfzig thematische Kategorien. Wer öfter angeklickt wird, steht folglich weiter oben. Natürlich weiß jeder, dass man diese Liste auch »optimieren« kann, aber dennoch – die Werbeträger orientieren sich danach, und die kleinen Investoren entscheiden so, ob ihr Geld gut angelegt ist.

Jetzt zeigt Paschas Flüssigkristallbildschirm die Rubrik »Medien und Periodika«. Um die ersten Plätze kämpfen wie immer *Lenta* und *Newsru, Vecher* findet sich irgendwo zwischen 10 und 20.

»Was willst du, Pascha«, sagt Xenia. »Das ist das Ergebnis deiner Sparpolitik. Du weißt selbst – im Rahmen unseres derzeitigen Budgets leiste ich Unmögliches.«

Ihr Gesicht wird noch trotziger, die Lippen sind wütend aufeinandergepresst.

»Xenitschka, Liebes«, antwortet Pascha und setzt sich auf den Rand des Tisches, »willst du das etwa sparen nennen? Schau doch, in einem Jahr habe ich dir zweimal das Gehalt erhöht. Ja, beim ersten Mal habe ich dich dabei zur Chefin gemacht anstelle von Lena, aber beim zweiten Mal habe ich lediglich deine Verdienste gewürdigt, mehr nicht. Aber sag mir, hast du seither besser gearbeitet? Oder anders gesagt: Wirst du noch besser arbeiten, wenn ich noch 200 Dollar drauflege?«

»Wenn ich jetzt Ja sage«, entgegnet Xenia, »antwortest du mir, dass ich mich nicht genug engagiere und es keinen Anlass für eine Gehaltserhöhung gibt. Wenn ich aber mit Nein antworte …«

»… dann bekommst du erst recht nichts«, nickt Pascha. »Du hast es schon selbst kapiert. Jeder Mitarbeiter hat eine natürliche Höchstgrenze: Da kann man noch so viel drauflegen, man erreicht nichts damit. Sollte dir allerdings irgendein ungewöhnliches Projekt einfallen – ein werbeintensives Projekt, das Traffic generiert! –, so wäre ich bereit, dem ein eigenes Budget zu geben. Und ein Teil dieses Budgets geht dann natürlich an dich als Aufschlag. Aber einfach so, entschuldige bitte, zahle ich nichts.«

»Und was für eine Art Projekt willst du haben?«, fragt Xenia und lächelt.

»Ich weiß nicht.« Pascha zuckt mit den Schultern. »Irgendwas, das in unser Konzept passt und gleichzeitig die Leser anzieht. Und das anders ist als das, was unsere Freunde bei den anderen Internet-Zeitungen haben.«

Klar, denkt Xenia, das Übliche: Bring mir das Ich-weiß-nicht-was.

»Ich lass es mir durch den Kopf gehen«, sagt sie und erhebt sich.

»Versteh mich bitte richtig«, meint Pascha versöhnlich. »Geld habe ich nicht viel, der Wahlkampf hat die Erwartungen nicht erfüllt … na ja, zumindest nicht ganz.«

»Mein Beileid«, antwortet Xenia düster, und Pascha wird eine Sekunde lang bewusst, dass er schamlos lügt. Die Geschäfte laufen bestens, Geld hat er reichlich, aber das ist kein Grund, es an die Mitarbeiter zu verteilen. Denn wenn ein Mensch für 750 Dollar arbeitet, wozu ihm dann 1000 zahlen? Zumindest so lange, bis ihn jemand abzuwerben beginnt. Und deshalb redet sich Pascha vor jedem Gespräch zum Thema Gehaltserhöhung ein: »Ich hab kein Geld, ich hab kein Geld, ich hab kein Geld«, so lange, bis er selbst daran glaubt und diese Worte reinen Gewissens wiederholen kann. In jener fiktiven Welt, in der er lebt, geht es nicht anders.

Natürlich kann Xenia sich das alles zusammenreimen. Dennoch kehrt sie durchaus zufrieden an ihren Schreibtisch zurück. Immerhin weiß sie jetzt, was zu tun ist. Sie muss sich nur irgendein Projekt einfallen lassen, um erneut bei Pascha vorbeischauen zu können und ein Gespräch zu beginnen mit den Worten: »Weißt du noch, du hast mir doch versprochen …«

Die offensichtliche Lüge mit den Wahlgeldern kränkt sie nicht. Tief im Inneren ahnt Xenia, dass sie, wenn sie einst in Paschas Position ist, sich genauso verhalten wird. Es macht ihr

Spaß, den Chef zu beobachten. Er ist nicht dumm, man kann von ihm so manches lernen. Bisweilen grummeln die Kollegen, Pascha gehe allen auf den Wecker mit seiner Knauserigkeit. Ob er nun ihnen oder sie ihm, was wären wir denn ohne Pascha?, sagt sie sich. Ein guter Vorgesetzter ist er – leutselig, ohne sich anzubiedern, freundlich, aber nicht aufdringlich.

Bevor sie bei Paschas *Vecher.ru* anfing, hatte Xenia als Journalistin in der Internet-Abteilung der Moskauer Filiale eines westlichen Verlags gearbeitet. Fast alle Mitarbeiter waren Russen, und doch herrschte im Büro ständig der hypertrophe Geist amerikanischer politischer Korrektheit: strenger Dresscode, keine Scherze mit sexueller Konnotation, kein Flirt. Ihre Freundin Marina, die manchmal vorbeikam, meinte einmal zum Scherz, von diesem positiv-wohlwollenden Ton würde noch der Tee in den Plastikbechern gefrieren, doch Xenia gefiel die Atmosphäre anfangs sogar. Wenn sie mit schmerzenden Brustwarzen und frischen Schrammen auf den Hüften zur Arbeit kam, dachte sie versöhnlich lächelnd daran, wie die Mitarbeiter vor ihr zurückschrecken würden, wüssten sie, wie sie ihre Nächte verbracht hatte. Sie hätte Karriere machen können, es gab die Chance, aus der Internet-Abteilung ins Werberessort zu wechseln, und Xenia hatte bereits über diesen Schritt nachgedacht. Mit neunzehn war sie eher zufällig Assistentin in einem der Labors des Zentralen Instituts für Wirtschaft und Mathematik geworden und seither ständig im Netz unterwegs gewesen, und manchmal war es ihr in den Sinn gekommen, dass das wahre Leben und die wahren Geschäfte eigentlich nicht hier abliefen, sondern in der *realen Welt.* Allerdings ging dann alles unerwartet schnell zu Ende, und zwar bei einer Weihnachtsfeier außerhalb der Stadt.

Sie hatten ein Ferienheim im Moskauer Umland gemietet, einige wollten am Abend wieder in die Stadt zurück, die meisten aber hatten vor zu übernachten. Im Speisesaal war ein Tisch gedeckt worden, der Große Boss brachte in schlechtem Russisch einen Toast aus, der vor Ort angeheuerte DJ drehte das Stroboskop auf, ließ Europop laufen – und bereits eine Stunde später fühlte sich Xenia beim Anblick der wild abhottenden Kollegen an ihre Schuldiscos erinnert. Tanzen war eine Leidenschaft von ihr, und sie konnte es gut, doch dieses süßliche *Umpa-Umpa* machte sie überhaupt nicht an. Noch vor ein paar Jahren hatte sie stets ihre Lieblings-CDs mitgebracht – aber dies wäre ohnehin nicht der richtige Anlass dafür gewesen. Sie drückte sich an die Wand, wechselte ein paar Worte mit Lisa aus der Marketing-Abteilung, die einen ungewöhnlich kurzen Rock trug und bereits beschwipst war, dann ging sie an den Tisch, um sich einen Fruchtsaft einzuschenken. Als sie sich nach vorn beugte, drückte eine Hand leicht ihren Hintern. Zwei Finger kamen dabei genau auf einer frischen Schürfwunde zu liegen, einem langen, blauschwarzen, diagonalen Streifen, aber das spielte gar keine Rolle – bevor Xenia begriff, was sie tat, drehte sie sich um und schlug zu.

Als vor etwa fünfzehn Jahren Karate das Unterschichten-Image verlor, hatten die Eltern ihren Bruder Ljowa in einen Verein gesteckt. Ljowa übte seine Schläge mit seiner kleinen Schwester und versuchte ihr ein oder zwei *kata* und *mawashi* beizubringen. Xenia war eine schlechte Schülerin gewesen und hatte geglaubt, seither alles vergessen zu haben, aber ihr Körper hatte offenbar ein besseres Gedächtnis: Der Schlag traf ins Schwarze.

Etwas zerplatzte unter Xenias Fingerknöcheln, und sie erblickte verwundert, wie das Blut auf dem weißen Hemd des stellvertretenden Verlagsleiters zerfloss. Dima – fünfunddreißig, rotgesichtig – hatte seinerzeit als Komsomol-Unternehmer angefangen, war aber dann in der Steilkurve der 90er aus der Bahn geschleudert worden und zur einfachen Führungskraft – modern ausgedrückt: zum Manager – geschrumpft. Nun ging es für ihn wieder nach oben. Der Große Boss nicht mitgezählt, war Dima der dritte Mann im ganzen Büro. Das Glück schien ihm also wieder hold zu sein, und vielleicht trat er deswegen nicht zur Seite, tat nicht so, als wäre nichts passiert, sondern versuchte seinerseits Xenia eine zu verpassen, und sie beobachtete, wie ihre rechte Hand gleichsam in Zeitlupe den Schlag abfing, während die linke noch einmal mit Schwung in das verblüffte, rosarote Gesicht stieß.

Später, während sie an der verschneiten Landstraße auf eine Mitfahrgelegenheit wartete und sich die brennenden Knöchel der abgenagten Finger rieb, machte sich Xenia Vorwürfe. *Ich wüsste zu gern, ob ich ihm die Nase gebrochen oder nur blutig geschlagen habe.* Ja, Ljowa hätte sich für sie gefreut – aber Xenia war es trotzdem peinlich. Artige Mädchen benehmen sich so nicht, und ungezogene auch nicht. Vielleicht hatte er sie ja nur zufällig berührt, und sie hatte einfach zugeschlagen, ohne das zunächst zu klären. Xenia hätte losheulen können vor Scham, aber sie weinte nie. Zu Hause angekommen, rief sie ihren damaligen Liebhaber an, bat ihn zu kommen und härter zu ihr zu sein als üblich – vielleicht, damit ihr wenigstens die Blutstropfen die unvergossenen Tränen ersetzten.

Nach den Feiertagen reichte sie ihre Kündigung ein. Was nicht einmal an jenem Schuldgefühl lag, und sicher nicht daran, dass sie Repressalien fürchtete. Dima hatte von einem Augenblick auf den anderen aufgehört, ihr Vorgesetzter zu sein. Und das nicht, weil er sie belästigt hatte. Xenia konnte einfach keinen Mann mehr ernst nehmen, der sich gleich zweimal hintereinander von ihr hatte auf so dilettantische Weise schlagen lassen.

Bei Pascha ist sie sich dagegen sicher: Er verwechselt nicht Bett und Büro, und wenn, dann fängt er ihre Hand vorher ab. Oder schlägt selbst zu.

Doch Pascha geht direkten Konflikten aus dem Weg. Er weiß nichts von Xenias sexuellen Vorlieben, doch er versteht sie. Weit besser, als viele ihrer Liebhaber.

Also. Ihr wart bei einer großen Gesellschaft ziemlich fremder Leute gewesen, irgendwelche Freunde von Sascha, es war die Geburtstagsfeier seiner Klassenkameradin, in die er mal verknallt gewesen war. Sascha hatte dich zu Hause abgeholt, und vor der Abfahrt hattet ihr euch geliebt, ohne zu wissen, dass es das letzte Mal sein würde. Auf der Feier war das Gespräch auf Sex gekommen, und du hattest es dir nicht verkneifen können zu sagen, dass du harten Sex magst, also BDSM, wie, ihr wisst nicht, was das ist? Also, das ist so ’ne Dreifachabkürzung: BD für Bondage/Discipline, DS entsprechend für Domination/Submission, na ja, und SM ist eben Sadomasochismus, ist sowieso klar. Im Grunde sind das verschiedene Sachen: Die einen mögen alle möglichen Fesselungsarten, die anderen Unterwerfungsspiele und die dritten den Schmerz als solchen, manchmal auch alles zusammen, obwohl ich persönlich mit Bondage ziemlich wenig anfangen kann. Plötzlich schwiegen alle, gleichsam peinlich berührt, und Sascha sagte so was wie *Uns banalen »Vanillas« ist das zu hoch. Hätt ich nicht gedacht, dass du so ’ne Perverse bist.* Du warst gleich verkrampft, obwohl das natürlich sein Recht ist, wenn er will, kann er weiter »im Schrank sitzen bleiben«, wie die schwulen Brüder sagen, soll er doch den anständigen *Vanilla* spielen, wenn er sich so vor seinen Freunden schämt. Du bist dann aufgestanden und in die Küche gegangen, und Sascha dir hinterher. *Auf die Knie mit dir, und lutsch mir den Schwanz*, sagte er, und das brachte dich auf die Palme. Du hattest immer deutlich gemacht, dass du dich ihm nur im Schlafzimmer unterwerfen würdest, von *24/7* war nie die Rede gewesen, weshalb du ihm auch keinesfalls einen hier in der Küche blasen würdest, auf der Geburtstagsfeier seiner Klassenkameradin, in die er mal verknallt gewesen war, als zarter Junge, der damals wohl noch nicht in der Lage gewesen war, ein Mädchen so mit der Gerte zu traktieren, dass die Striemen auf den Hinterbacken eine Woche lang nicht verheilten. *Ich will nicht*, sagtest du, worauf er, wie bei euren Spielchen, dich an den Haaren zu packen versuchte, um deinen Kopf hinabzubeugen, und da hast du es wiederholt, mit immer heftigerer Wut: *Hör auf*, und er sagte: *Wenn du das nicht gleich machst, ist es aus zwischen uns.* Worauf du ihn zurückgestoßen hast und sagtest: *Dann ist es aus.*

»Wenn du das nicht gleich machst, ist es aus zwischen uns.« Das war der letzte Tropfen gewesen. Nicht das Vanillagehabe, nicht die Forderung nach dem Blowjob, nein, diese elf kläglichen Worte hatten alles entschieden. Sascha hätte versuchen können dich zu brechen, dich auf die Knie zu zwingen (oh, mit welcher Freude hättest du ihm dann einen geblasen!), oder reaktionsschnell den Rückzug antreten, so tun können, als wäre alles nur ein Scherz gewesen. Ihr hättet es vergessen, und nächstes Mal bei dir zu Hause wärst du wieder seine hörige Sklavin geworden, aber diese Worte – *wenn du das nicht gleich machst* – diese Worte bedeuteten, dass ihm die Willenskraft fehlte, um ein wahrer Herr zu sein, sowie die Weisheit, sich dies einzugestehen. Ein bedauernswerter Erpressungsversuch, das Zetern eines kleinen Jungen, der zu seiner Mama sagt: *Wenn ich die Spielzeuglok nicht haben darf, hast du mich nicht lieb.* Dann liebe ich dich eben nicht, dachtest du, und das war das Furchtbarste, denn diese Worte – diejenigen, die er gesagt hatte, und diejenigen, die du erwidert hattest – konnte man nicht mehr zurücknehmen. Es war unmöglich, so zu tun, als hätte es sie nicht gegeben. Am selben Abend hast du ihn dann aus deinem ICQ gelöscht und seine Telefonnummer in die schwarze Liste deines »Motorola« übertragen.

Moskau ist eine kleine Stadt, ihr werdet euch unweigerlich wiedertreffen – aber nie wieder wirst du vor ihm auf dem Boden liegen, mit über dem Kopf gefesselten Armen, die Augen geschlossen, um nicht zu sehen, welche Brust den nächsten Schlag mit dem doppelt zusammengelegten Telefonkabel abbekommt.

4

Es ist noch hell, doch die Autos stehen bereits Stange an Stange. Ein mobiler Stau mitten am Tag. Die Bolschaja Nikitskaja gleicht einem Fluss bei Eisgang. Olga Kruschewnizkaja, erfolgreiche Businesswoman, fünfunddreißig, IT-Managerin, Miteigentümerin eines kleinen Online-Shops, manövriert ihren Toyota durch den Großstadtverkehr und flucht zähneknirschend vor sich hin. Sie ist zum Kaffeetrinken mit einer Freundin verabredet und rekapituliert: »*Da setz ich mich nicht mal zum Scheißen daneben*, hat er gesagt. Ist rausgegangen und hat die Tür zugeknallt. Aber was will ich denn? Selber schuld – man hat mich schließlich gewarnt: Olja, lass die Finger davon, mit denen hast du nichts als Ärger, wirst schon sehen.«

Vor drei Jahren hatte sie Grischa und Kostja – Grigori und Konstantin – selbst in ihre Firma geholt. Wobei damals die Firma noch nicht ihr gehörte. Olga war angestellte Managerin mit fixem Monatsgehalt – erst als die ursprünglichen Eigentümer das Geschäft verkauften und dabei das Dreifache der ursprünglich investierten Summe kassierten, schlug sie für sich ein Viertel der Anteile heraus. Und so teilten sie es untereinander auf: Von Grischa und Kostja kam das Geld, und von ihr die Marktkenntnis und drei Jahre Arbeitserfahrung. Aber bereits in der Anfangsphase sagte jemand im Internet-Businessclub zu ihr: Diese beiden Bären werden sich in deiner Höhle nicht miteinander vertragen.

Werden sich in meiner Höhle nicht miteinander vertragen. Werden sich nicht mal auf denselben Acker setzen, wie es so schön heißt. Die nehmen ihr Geld, und dann bye-bye, Olgas Business. Wölfe. Bären. Hab sie drei Jahre lang mit meinem Fleisch und Blut ernährt, mit Optionen, treu und redlich, schmeichelnd und heuchelnd. Wissen Sie eigentlich, Grischa, wie angenehm es ist, mit Ihnen zu arbeiten? Glauben Sie mir, Kostja, Sie allein sind die Stütze unseres Geschäfts.

Unseres? Von wegen. Olga war stets der Überzeugung gewesen, dass dieses Geschäft ihr gehörte. Sie hatte es aus der Taufe gehoben, hatte es all die Jahre bewahrt, nur sie hatte die nötige Vision, das Verständnis für die Entwicklungspläne, den Instinkt, wie es weitergehen würde. Dennoch riss sie immer wieder einzelne Stücke heraus, gab sie den Wölfen zu fressen und versuchte zu vergessen, wohin die Wolfsnatur ihre Blicke lenkte. Ganze drei Jahre hatte sie durchgehalten – und nun zogen sich sowohl Grischa als auch Kostja von ihrem gemeinsamen Feld zurück, schlugen sich in die heimischen Büsche, um sich andere Rotkäppchen – oder wen auch immer – zu suchen, die sie dann schröpfen konnten.

Olga hält an der Ampel, stellt den Spiegel nach unten, betrachtet sich. Sie ist über dreißig, weiß sich zu pflegen. Ihre elegante Hand liegt auf dem Lenkrad, ein Armband mit schwarzen Steinen am Handgelenk. Eine äußerst erfolgreiche Businesslady, Miteigentümerin und Generaldirektorin eines kleinen Internet-Shops. Nein, sie hatte nichts von einem Rotkäppchen, so leicht ließ sie sich nicht schlucken. Auch sie kennt in diesem Wald jeden Strauch – und sie geht nicht ins Haus der Großmutter, sondern in die Höhle des Drachen, und wir wollen doch mal sehen, wer von den Wölfen sich traut, ihr zu folgen.

Und schon ereignet sich das erste Wunder dieses beschissenen

Tages. Der silberne BMW verlässt gerade rechtzeitig den Seitenstreifen – und Olga parkt ihren Toyota. Sie hüpft hinaus auf den Gehsteig, versucht nicht in die dreckige Tauwasserpfütze zu treten, schlägt die schwarze, schmutzverschmierte Tür zu, drückt auf den Knopf am Schlüsselbund und hört, bereits auf dem Weg ins *Coffee House*, das leise *Biep* der Alarmanlage. Soweit alles in Ordnung. Nun wird sie versuchen, einen Tisch am Fenster zu ergattern, und zwischendurch nach dem Rechten sehen. Wenn du lange allein lebst, gewöhnst du dich an deine Sachen: das Notebook, das du schon lange austauschen solltest, das geschenkte Armband am Handgelenk, das Auto, das verkauft gehört – dabei ist es schade drum. Niemandem würdest du es eingestehen, nur dir selbst – du empfindest eine Art Seelenverwandtschaft. Sechs Jahre sind für einen Wagen wie fünfunddreißig für eine Frau: Läuft noch, aber mit jedem Jahr verliert er immer mehr an Wert. Und deshalb pflegst du ihn wie deinen eigenen Körper: Wartung, Ölwechsel, Tankfüllung bei BP, Vollkasko. Und hier das Ergebnis: gepflegt, kein einziger Kratzer, praktisch neuwertig.

Xenia sitzt bereits an einem der Tischchen und wedelt mit ihrem Mobiltelefon in einer kitschigen grell-rosa Felltasche.

»Schau«, sagt sie, »was ich gekauft habe. Klasse, nicht wahr?«

Höflich nimmt Olga das Handy mit ihren gepflegten Händen und vergräbt die Finger in das rosa Fell.

»An irgendwas erinnert mich das«, sagt sie.

»Mhm«, bestätigt Xenia, »an meinen Hasen, ich hab ihn dir mal gezeigt, erinnerst du dich?«

Ja, der rosa Hase. Jedes verhinderte Rotkäppchen hat zwangsläufig einen eigenen rosa Hasen. So hat man was für den bösen Wolf, wenn er an die Tür des Häuschens klopft. Nur dass Olja kein flauschiges Plüschspielzeug hat, und auf ein Sony Ericsson P800 gibt's keine Hülle drauf. Alles, was sie hat, ist ein etwas in die Jahre gekommener Toyota, gepflegt, aber seine Tage sind gezählt.

»Ich frage mich«, sinniert Xenia, »wenn man jetzt das Handy mit dem Hasen kreuzt, wie sehen wohl ihre Kinder aus?«

»Na ja, eben so plüschige mechanische Geräte«, antwortet Olga, »wie die Häschen aus der Energizer-Reklame.«

Die Hasenmädchen hüpfen durch die dunklen Wälder des russischen Business und zucken erschreckt zusammen, sobald sie das Knurren der grauen Wölfe hören, die hier nicht auf demselben Feld vorkommen – wie in dem Sprichwort –, sondern nur im selben Wald. Denn auf dem Feld gibt es nichts zu fressen, im Wald dagegen rosa Plüschtiere, nicht mehr ganz junge Rotkäppchen und Hasen, nicht flink genug, um den Wolfszähnen zu entgehen.

»Du bringst alles durcheinander«, sagt Xenia. »Ein Mobiltelefon ist kein mechanisches Gerät, sondern ein Kommunikationsapparat. Es kommen also eher telepathische Hasen dabei raus.«

»Es gab mal so eine Erzählung über telepathische Hasen«, sagt Olga, »erinnerst du dich?«

»Nö«, sagt Xenia, »ich hab nicht so viel gelesen. Ich meine, nicht so viel wie du.«

Vielleicht ist es besser, nicht so viel zu lesen, denkt Olga. Sie ist ja selbst fast dreißig Jahre im Lebkuchenhaus der Familienbibliothek und später dann im Luftschloss der Leningrader Universität gehockt. Vielleicht ist das sogar besser, sich selbst nicht gegen Bücher einzutauschen, nicht Brodskys »Urania« und »Redeteil« auswendig zu kennen, sondern sich sogleich, noch vor des Lebensweges Mitte, in einem dunklen Wald zu finden. Sich zu finden und in dem vorausgehenden Satz nicht einmal das verborgene Zitat zu entdecken (wenigstens eines), aber dafür ohne Zaudern den Wölfen, Schneeleoparden und Löwen entgegenzutreten – oder wer immer Dante und den überaus erfolgreichen IT-Managern so alles über den Weg läuft.

»Und was war da mit den telepathischen Hasen?«, fragt Xenia.

»Ich weiß nicht mehr«, antwortet Olga. »Ich glaube, sie waren alle schon vor Beginn der Erzählung aufgefressen worden. Bevor sich eigentlich herausstellte, dass sie telepathische Fähigkeiten gehabt hatten.«

»Piff-paff, liebe Not«, sagt Xenia, »schon ist unser Häschen tot«, und kippt das Handy um, als hätte es die Kugel eines Jägers erwischt.

Olga lächelt, doch ihre Lippen verengen sich wieder, denn ihr kommen zwei Wölfe in den Sinn, die sich im Dickicht ihrer gemeinsamen Firma hinter zwei Bäumen verschanzt haben und einander aus den Augenwinkeln beobachten.

»Hör mal, Xjuscha«, sagt sie, »ich brauche deine Hilfe, okay?«

Xenia wird sofort ernst – ganz Geschäftsfrau, IT-Managerin, Redakteurin des Nachrichtenressorts einer populären Online-Zeitung –, legt die dünnen Unterarme auf den Tisch, neigt den Kopf. Ich höre dir zu, Olenka, soll das heißen, los, erzähl, was hast du auf dem Herzen.

Und Olga erzählt.

Vor drei Jahren, am Ende des Investitionsbooms, beschlossen zwei große Internetunternehmen, in den Shop zu investieren, in dem Olga damals arbeitete. Sie kauften ihn seinen Eigentümern ab, gaben Olga ihre 25 Prozent und teilten selbst den Rest. Zwei große Unternehmen? In Wirklichkeit nur zwei Investoren, zwei Männer, die einander noch aus der Zeit vor dem Internet kannten. Kostja und Grischa, Konstantin und Grigori. Freunde und Rivalen, Konkurrenten und Kampfgefährten. Drei Jahre lang hatten ihre erbitterten Gefechte dem Geschäft nicht geschadet.

Es blieb ihre private Sache, bis letzten Dezember, als sie sich über der Aufteilung der Wahlkampfbudgets endgültig zerstritten. Und heute Morgen hat Grigori geschrien: »Neben den setz ich mich nicht mal mehr zum Scheißen hin«, und die Tür zu Olgas Büro zugeknallt. Ein kleiner Online-Shop – für Kostjas und Grischas Verhältnisse ein ziemlich mickriges Business – hatte sich als ebenjenes Zicklein erwiesen, das es sich hatte einfallen lassen, zur Unzeit in Dantes Dämmerwald zu lustwandeln. Die Situation war tragisch im wörtlichsten Sinne: Olgas Geschäft stand bereits kurz davor, seinen *Bocksgesang* anzustimmen, denn es war dem Zankritual zweier gar nicht so alter Freunde zum Opfer gefallen.

Nun bestand die Möglichkeit, ein weiteres Mal den bewährten Kunstgriff einzusetzen, einen neuen großen Investor ins Spiel zu bringen, der Grischa und Kostja den Laden abkaufte. Solche Leute gibt es im russischen Internet nicht, aber Olga weiß, an wen sie sich wenden muss. Wenn sie denn wirklich das Risiko auf sich nehmen will, sich an ihn zu wenden, denn ihr gefällt der Mann ganz und gar nicht. Er kommt aus einer anderen und gefährlichen Welt, dem gewöhnlichen Offline-Geschäft, einem Geschäft, da ist Kostjas und Grischas dunkler Wald ein gepflegter englischer Garten dagegen.

Alles das erklärt Olga jetzt Xenia, wobei sie bewusst die Anspielungen auf Dante oder die Wortspiele mit dem Zicklein und dem Bocksgesang vermeidet, denn sie ist sich nicht sicher, ob Xenia weiß, was ein Sündenbock ist, ein dionysisches Opfer oder die Geburt der Tragödie aus dem Geist der Musik. Xenia hat schließlich nicht an der Petersburger Uni Geschichtswissenschaften studiert, sondern sich gleich nach der Schule als emanzipiertes Rotkäppchen auf verschlungenem Pfade dorthin aufgemacht, wo nie jemals eine Großmutter war, dafür aber eine schwache Hoffnung blieb, ein kleines Stück vom Kuchen oder ein Schlückchen von dem Wein abzubekommen.

Sie erzählt, und Xenia sieht zu, wie Olga mit der Hand ausholt, dass das Armband am Handgelenk glitzert. Große dunkle Steine, dunkel wie Olgas Augen. Es ist schön, wie Olga ihre Hand bewegt, schön, wie sie mit einer langen Zigarettenspitze raucht, anmutig, wie sie spricht, ja sogar seufzt. Könnte Xenia sich in eine Frau verlieben, es wäre unbedingt Olga. Man könnte sagen, dass sie sich bereits verliebt hat: Bei den Verhandlungen vor einem Jahr war sie sofort schwer beeindruckt gewesen, als sie diese hochgewachsene Frau mit den gepflegten Händen, den kurzen, gebleichten Haaren und den tiefen, dunklen Augen erblickt hatte. Sie hatten die Konditionen für die nächste Werbekampagne besprochen, und Xenia hatte gedacht, sie wolle genauso werden wie sie. Vielleicht gefiel ihr einfach, wie Olga im Gespräch den Kopf neigte, wie sie mit den Mundwinkeln lächelte und sanft mit der Hand ausholte, um ein inakzeptables Angebot auszuschlagen. Sogar die Art, wie sie ihre Zigarette rauchte, mit einer langen Spitze, vielleicht altmodisch, vielleicht aber auch auf Petersburger Art provinziell, war Xenia sympathisch gewesen. Damals, bei ihrer ersten Begegnung, hatten sie das Geschäftliche schnell hinter sich gelassen und noch vierzig Minuten über alles Mögliche geredet, keine Ahnung mehr, worüber. Sie waren sofort »Olja« und »Xjuscha« füreinander gewesen, und jetzt treffen sie sich mehrmals in der Woche, und Xenia freut sich, dass ihr Gefühl sie nicht getrogen hat: Freundschaft auf den ersten Blick.

»Und deshalb«, sagt Olga und drückt ihre Zigarette im Aschenbecher aus, »bitte ich dich – verschaff mir ein paar Informationen über diesen Mann. Ich weiß so gut wie nichts über ihn, aber du bist Journalistin, du kannst das doch, nicht wahr?«

5

Xenia ist in der Metro, sie geht einen Gang entlang. Die dichte Menschenmenge ist wie ein tiefer Strudel, brodelndes Wasser, eine unterirdische Spiegelung der verstopften Moskauer Straßen. Anstelle benzingesättigten Frosts auf der Twerskaja-Straße verbrauchte Luft in der Puschkinskaja-Station, anstelle von Tabakgestank auf dem Vordersitz eines Privattaxis Schweißgeruch im stickigen Waggon. Fünfzehn, nein, zwanzig Minuten gespart; 200, nein, 150 Rubel behalten; um sieben zu Hause, wie versprochen, wenigstens einmal nicht zu spät gekommen.

Zu Geschäftsmeetings oder Rendezvous verspätete sie sich nie, aber zu Mama schaffte sie es aus irgendeinem Grund nie rechtzeitig, schon in frühester Kindheit hatte sie immer eine ganze Stunde von der Schule nach Hause gebraucht, war stehen geblieben, um noch ein wenig mit Vika zu schwatzen, dann mit Marina. An jeder Ecke verabschiedete sie sich zehnmal von ihnen und entschied sich dann doch noch für einen Umweg, zusammen gingen sie dann zuerst zu den Garagen, dann bis zur Haltestelle. Für den Hinweg zur Schule brauchte sie fünfzehn Minuten, zurück eine Stunde. Ins Tanzstudio ging es gegen drei, Xenia musste sich also nicht besonders beeilen, aber Mama war trotzdem nervös, sagte, sie würde noch wahnsinnig, die Zeiten seien nicht mehr wie früher, heute würden sogar Kleinkinder nicht mehr allein in die Schule geschickt, und sie dagegen, eine zehnjährige Schönheit, Freude eines jeden Pädophilen, künftige Lolita, Licht elterlichen Lebens, kaum auszudenken, welcher Lenden Feuer. Xenia hielt auf Distanz, verbat sich, abgeholt zu werden, schwor, pünktlich zu sein, und kam doch stets zu spät. Mama trank demonstrativ einen Absud aus ökologischem Baldrian aus irgendwelchen sibirischen oder uralischen Wäldern, griff sich ans Herz, sagte, ihre Tochter liebe sie nicht. Xenia redete sich ein, diese Vorwürfe seien eigentlich ein Beweis der Liebe. Natürlich nicht ihrer Liebe zu Mama, sondern Mamas Liebe zu ihr. Wenn Mama sie nicht liebte, würde sie sich ja wohl keine Sorgen machen.

Ljowa ging bereits in die elfte Klasse, galt schon als erwachsen, sogar an die Uni schaffte er es unter allseits wohlwollender Gleichgültigkeit, nach dem Motto: Es war ohnehin klar, dass er das schafft. Xenia hörte, wie Ljowa am Telefon zu einer Freundin oder einem Freund sagte, wenn die Armee nicht wäre, er hätte sich für nichts in der Welt eingeschrieben, wer braucht heute schon ein Studium, und mit Physik wird er wohl kaum was machen, kein Geld, höchstens vielleicht, um nach Amerika zu gehen. Viele Jahre später sollte Xenia sich wundern, wie sehr er alles schon im Voraus gewusst hatte. Es war genau so gekommen, sogar in beiden Fällen. Mit Physik hatte er nichts im Sinn, und nach Amerika war er auch gegangen.

Aus der Schule kam sie stets zu spät nach Hause, und nur einmal, als die halbe Klasse – darunter auch Vika und Marina – mit Grippe im Bett lag, war sie pünktlich – und traf im Hausflur auf Slawa (der übrigens nie »Onkel« genannt werden wollte, sondern einfach nur Slawa), und der wand sich irgendwie, als wäre es ihm peinlich, brummte nur »Hallo« und hatte es eilig, zur Haltestelle zu kommen. Sie ging rein, rief »Mama, ich bin da!«, sah durch die leicht geöffnete Tür des elterlichen Schlafzimmers aufgewühlte Betttücher, begriff zunächst gar nichts, doch dann kam die Mutter aus dem Bad, unter dem Bademantel nackt, mit verklebten Haaren. »Was bist du so früh schon da? Hättest wenigstens läuten können.« Früher hatte sie Xenia nie gebeten zu läuten, seit der dritten Klasse hatte sie ihren eigenen Schlüssel, und wie sie so im Flur stand, begann Xenia unaufhaltsam zu erröten, als hätte sie etwas Unverzeihliches, geradezu Kriminelles angestellt. Sie flüsterte: »Entschuldige, Mama, hab nicht dran gedacht«, und ging in ihr Zimmer, wobei sie versuchte, sich nicht nach der breit grinsenden Schlafzimmertür umzusehen, brennend vor Scham, mit dem Gefühl einer Verbrecherin, die etwas herausbekommen hatte, was ihr zu wissen nicht anstand. Auf dem Boden neben ihrem Bett lag eine Ausgabe von Mamas Schmuddelblatt »SPID-Info«, sie hatte es vor dem Einschlafen gelesen und war stolz gewesen, dass ihre Eltern nicht so waren wie die anderer Mädchen, dass sie nichts verheimlichten, im Gegenteil sogar, mit sechs Jahren hatten sie ihr anhand eines aus dem französischen übersetzten Buches alles selbst erklärt, zum Schrecken der Großmutter, sodass Xenia nun, mit zehn, so ziemlich alles *darüber* wusste. Nun aber hatten sich dieser Stolz, diese Freude verflüchtigt. Sie schämte sich. Xenia hätte es vorgezogen, nicht zu wissen, was erst eine halbe Stunde zuvor in Mamas Schlafzimmer vor sich gegangen war. Lieber hätte sie »SPID-Info« nicht gelesen, sondern – wie alle Mädchen – irgendeine Alexandra Ripley, die Fortsetzung von *Vom Winde verweht*, das Ende der Geschichte von Scarlet O'Hara. Sie hätte losheulen können, doch sie verbot es sich, denn erwachsene Mädchen weinen nicht. Xenia weint nie, und außerdem, was gibt es denn da zu weinen, Tränen stillen keine Not, Mama hat schon recht, Xenia ist selbst schuld, sie hätte ja nicht zur falschen Zeit nach Hause kommen müssen, wenn sie schon so erwachsen ist und alles so gut versteht. Und nun setzt sich Xenia an ihren Tisch, holt die Schulbücher aus der Tasche und beginnt Hausaufgaben zu machen. Mama sagt immer: Wenn du weinen willst, mach deine Hausaufgaben. Außerdem ist morgen eine Prüfung, und Bestnote ist Pflicht.

Xenia geht einen Gang entlang, über sich das steinerne Gewölbe der Stalinschen Subway. Die Wand entlang kriechen – wie ehedem die kosakischen Vorposten – kleine aufziehbare, khakifarbene Soldaten, ihre Spielzeug-MPs zirpen kaum hörbar im Lärm der Menge. Die Soldaten kriechen, gleichsam in Trance, sich mit dem gesamten Körper windend, wie unter Schlägen, wie im Liebestaumel kriechen sie, als hätten ihnen die Beine versagt, kriechen ins Ungewisse, Invaliden, die einen sinnlosen Krieg fortführen, einen Krieg, der schon lange vorbei ist. Sie werden überleben und in Rollstühlen durch die Waggons fahren, um mit der Fallschirmjägermütze Geld zu sammeln, verkrüppelt, ohne Beine, mal besoffen, mal bekifft, Xenia wird den Blick auf ihr Buch heften und sich bemühen nicht hinzusehen, es sich nicht zu merken, wie jedes Mal, wenn sie auf den Schmerz trifft, das Leiden, körperliche Missbildungen, auf Menschen, denen Arme oder Beine fehlen, als wäre das eine Art Prophezeiung, die sie persönlich treffen könnte. Eine solche Angst jagten ihr früher Artikel über Serienmörder, Sadisten und Perverse ein, die ihre Partner quälten, sie mit ausgestreckten Armen an einem Haken an der Decke aufhängten, um ihre Körper mit parallelen Streifen von Schrammen, Striemen und Ödemen zu bedecken. Der Schmerz nagt noch immer an ihr, der Schmerz der Trennung, was hast du angerichtet, wo findest du sonst noch so einen Liebhaber. Doch es ist alles aus, verstehst du denn nicht, alles aus.

Xenia geht einen Gang entlang. Das Hämmern der Absätze, das dunkle Businesskostüm, die Winterjacke. Die schlanke

Hand hält mit leichtem Griff die Tasche an ihrer Schulter. Sie geht durch die Passage der Metro. Dreiundzwanzig Jahre, ein toller Job, hervorragende Aussichten. Sie geht einen Gang entlang.

6

Dort, wo einmal Xenias Zimmer war, ist jetzt Mamas Arbeitszimmer. Auf dem Tisch, an dem sie viele Jahre ihre Hausaufgaben gemacht hat, steht ein Computer. Im Regal, in dem der rosa Hase saß, sind Wörterbücher aufgereiht. Jedes Mal, wenn sie hierherkommt, empfindet Xenia Trauer – nicht, dass sie alles gerne so gelassen hätte, wie es war. Vielleicht wünscht sich Xenia, dass die Wohnung ihrer Kindheit sich noch ein wenig länger an sie erinnert. Xenia hat das Gefühl, ihre Sachen seien deshalb so leicht verschwunden, weil sie selbst nur ein Zufall in Mamas Leben war, jemand, den man so einfach wieder vergessen kann. Diese Vermutungen würde sie sich nie eingestehen, nicht einmal vor sich selbst, natürlich, sie weiß doch, wie sehr Mama sie liebt, nicht umsonst hat Mama ihre ganze Kindheit über von ihrer Liebe gesprochen, und zwar gerade der Liebe zu ihr, Xenia. Über die Liebe zu Ljowa wurde kein Wort verloren, die verstand sich irgendwie von selbst, war nicht Gegenstand der Diskussion. Fast alles, was Ljowa betraf, verstand sich von selbst – aber seit frühester Kindheit erinnert sich Xenia an Mamas Stimme, wie sie erzählt, was Mama nicht alles für ihre Tochter getan hat. Auf die Londonreise hat sie verzichtet, als Xenia ein halbes Jahr alt war, nächtelang nicht geschlafen, wenn Xenia krank war, so viele Jahre hat sie die Scheidung von Papa hinausgeschoben, seine betrunkenen Freunde ertragen, die wochenlangen Dienstreisen, sein Nachhausekommen nach Mitternacht, wenn wieder einmal ein *Computerprogramm* einzurichten war, alles nur, damit die Tochter einen Vater hatte, was auch immer für einen, selbst wenn man ihn nur schwerlich einen Vater nennen konnte. *Siehst du denn dein Kind wenigstens einmal pro Woche?*, kam es aus dem Nebenzimmer, *du interessierst dich für überhaupt nichts mehr, außer für deine Arbeit, wenn du wenigstens ordentliches Geld verdienen würdest! Wenn Xenia nicht wäre, ich hätte mich schon längst scheiden lassen.* Den Kopf zugedeckt, versuchte sie nicht hinzuhören, aber das Kissen schützte nur wenig vor Mamas durchdringender Stimme, dieser lauten, schrillen, geliebten Stimme. Xenia lag da, die Augen geschlossen, mit zugehaltenen Ohren, in die Decke gewickelt, und versuchte diese Worte, diese Schreie nicht zu hören – und genau so lag sie in anderen Nächten, wenn Papa auf Dienstreise war und Mama Besuch hatte, wenn in der Küche Wein getrunken und im Flur gelacht wurde. Mama kam dann für den Gutenachtkuss herein, hatte sich schön gemacht, trug Schuhe mit hohen Absätzen, roch nach Parfum und Wein, und Xenia schlief ein, umhüllt von diesem Geruch und dem leisen Lachen, das durch die halb geöffnete Tür hereindrang. Später, in der Nacht, wachte sie dann auf und legte den Kopf unter das Kissen, um Mamas schweres Stöhnen nicht hören zu müssen, das sich plötzlich in der Stille erhob und schließlich in ein tiefes, furchteinflößendes Schreien überging. Einmal fragte sie Ljowa, warum Mama in der Nacht schrie, aber Ljowa lächelte nur und sagte: »Du bist noch zu klein, um solche Fragen zu stellen«, und Xenia lief rot an, denn in dem französischen Buch stand nichts von Stöhnen und Schreien, aber Ljowa klopfte ihr nur leicht auf den Hintern und ging mit ihr Sarah Connor und Terminator spielen.

Das war ihr Lieblingsspiel. Zuerst musste Xenia an dem Kinderturngerüst Klimmzüge machen, dann erschien Ljowa im

Flur mit einer Spielzeug-Pumpgun, rief »I'll be back!«, worauf Xenia »Das ist er, das ist er, ich wusste, dass er kommt!« schrie und losstürzte, und Ljowa sie durch die ganze Wohnung verfolgte. Das Röckchen über den Mädchenknien flatterte vor Angst, Xenia lief und lief, bis Ljowa sie in eine Ecke gedrängt hatte, mit einer Hand ihre Handgelenke packte und sagte: »Beruhige dich, Sarah, ich bin hier, um dich zu retten.« Die Eltern mochten dieses Spiel nicht – vielleicht, weil bei einer der Verfolgungsjagden durch die Flure des fiktiven Irrenhauses Xenia (Linda Hamilton) und Ljowa (Arnold Schwarzenegger) über das Kabel des Videorecorders stolperten, der auf dem alten »Rubin«-Fernseher stand, und das Gerät direkt auf den Boden krachte. Glücklicherweise war nichts passiert, nur das silberne Plastikgehäuse hatte einen Riss bekommen. Sogar irgendwie symbolisch, hatte Papa gesagt, dass ihr beim Terminatorspielen ein Videogerät herunterwerft. Seit damals war ihr Lieblingsspiel verboten, was es nur noch beliebter machte. Wenn die Eltern außer Haus waren, lief Xenia wieder und wieder durch die Wohnung, keuchend vor Angst, vor Erschöpfung, in Erwartung der starken Hände ihres Bruders, des Knackens in ihren Handgelenken und der ruhigen Stimme, die auf dem Höhepunkt des Grauens zu ihr sprach: »Beruhige dich, ich bin hier, um dich zu retten.«

In dem Flur, durch den Ljowa sie früher immer gejagt hat, steht Tante Mila, eine kleine Brünette, so groß wie Xenia, vielleicht sogar kleiner. Auf Zehenspitzen stehend, küsst sie Walera (oder Wadim? Xenia erinnert sich nicht), den Mann von Tante Sweta oder Tante Lera, oder zuerst der einen, dann der anderen. Sie beachtet Xenia nicht, vielleicht ist sie zu sehr mit dem beschäftigt, was sie gerade tut, aber vielleicht auch aus Gewohnheit: Es ist ja niemand weiter als Maschas Tochter, eigentlich noch ein ganz kleines Mädchen. Komisch, wie sehr sie Mascha ähnelt, nur dass sie überhaupt nicht hübsch ist.

Heute trägt Mama ein grünes Kleid, das sie aus Amerika mitgebracht hat, als Xenia fünfzehn war. Sie küsst ihre Tochter auf die Wange, und für eine Sekunde kehrt der schon fast vergessene Geruch nach Parfum und Wein zurück.

»Siehst du, ich bin nicht zu spät«, sagt Xenia.

»Hättest übrigens ruhig noch mal nach Hause fahren können, dich umziehen«, entgegnet Mama. »Ich hab was zu feiern, und du kommst daher wie zur Arbeit.«

»Entschuldige bitte.« Xenia senkt den Kopf. »Ich hab irgendwie nicht nachgedacht ...«

»Ist schon gut, macht ja nichts.« Mama stößt ihr leicht in die Seite. »Geh in die Küche und hilf Sweta mit den Salaten.«

Sie hatten bereits auf die Herrin des Hauses getrunken, auf das Geburtstagskind, auf unsere schöne Maschenka, auf dieses Haus, auf die Liebe, ja, natürlich auf die Liebe. Mascha deckte nie eine große Tafel, wie bei den Feiern in Omas Haus. Ihr gefiel das Wort »Fourchette«, obwohl sie trotzdem mehrere Gänge kochte: Vorspeisen, Salate, Hauptgang und danach Tee mit Kuchen. Mama kochte hervorragend, so gut, dass Xenia nicht einmal im Traum daran dachte, diese Perfektion zu erreichen. Vielleicht ließ sie deshalb für ihre eigenen Geburtstagsfeiern einfach den Catering-Service kommen oder lud alle ins Café oder in einen Club ein. Viel teurer war es auch nicht, dafür musste man morgens nicht eigens aufräumen. Mama dagegen! Mama war die geborene Köchin. Papa sagte immer: Wenn einmal niemand mehr Übersetzer braucht, kriegt Maschenka leicht einen Job im Restaurant. Er sagte das jedes Mal, wenn sie Gäste hatten, und einmal hielt es Tante Lelja, Slawas Frau, nicht mehr aus und fügte nach Papas Lobeshymne hinzu: »Als Kellnerin.« Mama rannte aus dem Zimmer, schlug die Tür zu, und Papa lief hinterher, um sich zu entschuldigen, und erwähnte später nie wieder das Restaurant, aber Tante Lelja, eine schöne, füllige Blondine, kam weiterhin zu allen großen Festen mit ihrem Slawa, schmollte schweigend in einer Ecke und wartete auf den passenden Moment, um ihr Gift zu verspritzen. Das brachte Xenia auf, und einmal, sie war bereits fünfzehn, sagte sie zu Tante Lelja, während sie gemeinsam in der Küche Salate schnitten: »Sie lieben meine Mama doch gar nicht!« Lelja hob ihre weißen Schultern unter der leichten, halb durchsichtigen Bluse und antwortete: »Ehrlich gesagt wüsste ich auch nicht, wofür ich sie lieben sollte. Mir hat deine Mama nie was Gutes getan«, und im selben Moment rutschte Xenia das Messer in der Hand aus, sie schrie auf, Blut spritzte auf den Teller, und der Salat war verdorben. Auf den Schrei hin kam Mama gelaufen, ergriff Xenias Hand, führte den verletzten Finger an ihre rot, wie Xenias Blut, geschminkten Lippen, küsste ihn ein paar Mal, rief in den hinteren Teil der Wohnung: »Lera, bring Verbandszeug!«, nahm Xenia auf den Schoß und streichelte sie, streichelte ihren Kopf, bis Tante Lera und Tante Sweta die Wunde mit Pflaster verklebt hatten, und blickte Lelja vorwurfsvoll an, die geschäftig den Salat in den Mülleimer kippte und neuen zu schneiden begann. Xenia weinte nicht, aber sie war gekränkt und schämte sich, nicht wegen des Fingers, sondern weil sie ein paar Minuten zuvor, nur eine Sekunde lang, gedacht hatte, dass es tatsächlich nichts gab, wofür man ihre Mutter hätte lieben können – als würde man jemanden für etwas lieben, und nicht deswegen, weil dieser jemand die eigene Mutter sei, die beste auf der Welt, die einzige, von der sie, Xenia, geliebt wurde, die schönste, attraktivste, beste.

Lelja hatte sich schon lange scheiden lassen, hatte einen Deutschen von der Siemens-Niederlassung geheiratet und kam nicht mehr zu den Festen. Slawa war nach wie vor bei allen Geburtstagen dabei, aber wie sie ihn jetzt betrachtete, kam es Xenia zum ersten Mal in den Sinn, dass er fünf Jahre älter war als Mama, schon richtig alt, der Bart fast grau, der Kopf beinahe kahl, das Gesicht faltig. Er hatte nicht lange gebraucht, um sich zu betrinken, und nun versuchte er in der Küche erregt andere Gäste, die Xenia gar nicht mehr alle namentlich kannte, von irgendwas zu überzeugen. Sie sprachen über die Bombenanschläge in Moskau, über Beresowski, den FSB und Sakajew, und wären es nicht Mamas Freunde gewesen, Xenia hätte ihren Senf dazugegeben, hätte erklärt, wie das alles funktioniert, wie die Medien die Ereignisse machen und Verschwörungstheorien aufblähen, um die Wahrheit zu enthüllen und gleichzeitig zu verschleiern. Wie man es auch wendete, von allen Anwesenden war sie die Einzige, die einen direkten Bezug zu den Medien hatte, auch wenn die Gäste das wahrscheinlich nicht wussten, weil Mama für gewöhnlich einfach sagte: »Mein Mädchen macht irgendwas mit dem Internet.« Xenias Erfolge verblassten vor dem Hintergrund der glänzenden Karriere, die Ljowa erwartete: Nach dem dritten Studienjahr war er nach Amerika gegangen und hatte sich unversehens vom Physiker zum Businessman gewandelt, mit MBA und schwindelerregendem Gehalt.

Und nun reden sie über Beresowski, Sakajew und den FSB, Slawa, der nie wollte, dass man ihn »Onkel Slawa« nennt, Wadim (oder Walera), der mit Tante Mila geknutscht hat, Onkel Kolja, der nie etwas gegen die Bezeichnung »Onkel« hatte und die kleine Xenia immer gern kitzelte und der, als sie fünfzehn geworden war, sie zur Begrüßung auch gerne küsste und sie dabei so an sich drückte, dass sie einmal »Nein« sagen musste mit jener Stimme, die schon damals auf Männer wirkte, egal, wie alt sie waren und wie nah sie ihr standen. Als Xenia erwachsen war, war dieses »Nein« für sie zum erfolgreichen Safewort geworden, von dem so viel auf den BDSM-Websites die Rede ist, denn von diesem »Nein« hörten selbst die eingefleischtesten Doms, Männer, die es lieben, wenn ihr Mädchen vor ihnen auf den Knien kriecht, den Kopf gesenkt und die Brust entblößt, und ihnen demütig die Gerte oder Klatsche reicht, sogar diese hörten dann sofort auf, selbst wenn man vorher gar kein Safewort vereinbart hatte. Kein Wunder, dass Onkel Kolja bei diesem Wort zurückfuhr, als habe sie ihn geschlagen, geschlagen mit einem jener *kata*, die ihr Ljowa seinerzeit vergeblich hatte beibringen wollen. Seither war Onkel Kolja stets betont höflich, folgte Xenia aber dennoch mit dem Blick, wann immer sie durchs Zimmer ging.

Und nun reden sie über Sakajew, Beresowski und den FSB, und Mama kommt in die Küche in ihrem grünen Kleid, auf hohen Absätzen, mit Lippen so rot wie Xenias Blut, in einer Wolke aus Parfum und Wein, kommt in die Küche, sieht sie an, die schon ganz außer sich sind, einander anschreien, als ob sich durch ihre Worte auch nur irgendetwas in dieser Welt ändern würde, Nahverkehrszüge und Häuser nicht mehr in die Luft gesprengt würden, Soldaten aufhören würden, zu vergewaltigen und zu morden, Kugeln menschliches Fleisch durchdringen würden, ohne Schaden anzurichten, wie ein Lichtstrahl durch eine Wolke von Staub; als ob Föderale und Tschetschenen plötzlich aufhören würden, an diesem Krieg zu verdienen, und Schmerz sich in reinste Freude, in Glück und Liebe verwandeln würde. Mama betrachtet sie, lächelt gerührt und spricht: »Na, ihr habt aber Temperament, Jungs … und überhaupt … irgendwas habt ihr gemeinsam, und ich weiß sogar, was.« Und dann wirft sie ihnen diesen Blick zu, an den sich Xenia nur zu gut aus ihrer Kindheit erinnert, diesen Blick, der von nächtlichem Stöhnen kündet, sieht sie an, lächelt gerührt und spricht diese Worte so laut, dass es ihre Freundinnen im Nebenzimmer wahrscheinlich hören, die ehemaligen und jetzigen Frauen dieser grauen Jungs, ihre Freundinnen, die selbst ganz genau wissen, was diese heute hier versammelten Männer verbindet, was sie noch eint außer ihrem Temperament, dem Alkoholgestank, der Midlife-Crisis, dem nahenden Alter und dem unausweichlichen Tod.

Xenia verlässt die Küche, öffnet die Tür zu ihrem früheren Zimmer, das Licht ist aus, aber die Straßenlaterne leuchtet wie immer durchs Fenster, und von ihren gespenstischen Strahlen beleuchtet sieht sie Tante Mila, die auf Zehenspitzen steht und leidenschaftlich jemanden küsst … nur wen? Was soll's, diese Leute kennen einander so viele Jahre, dass sie wahrscheinlich alle mindestens einmal miteinander geschlafen haben, vielleicht sogar auch zu dritt oder zu viert. Xenia schließt die Tür, aus dem Wohnzimmer dringen laute Stimmen, in der Küche sind Sakajew, Beresowski und der FSB, ins Schlafzimmer geht sie lieber nicht, nicht weil noch immer das Verbot aus ihrer Kindheit gilt, sondern weil es einfach peinlich wäre, dort zwei Fünfzigjährige in jenem Bett beim Liebesakt zu erblicken, das für Xenia immer das Bett ihrer Eltern geblieben ist, auch wenn ihr Vater hier schon seit vielen Jahren nicht mehr schläft. Doch wer auch immer dort ist, es wäre eine Primärszene, denkt Xenia. Olja hat ihr gerade letzten Monat alles über die Psychoanalyse, kindliche Traumata und den Ödipuskomplex ausführlich erklärt – alles, woran sie sich aus den Schundblättern nicht mehr erinnert, die sie damals noch gelesen hat, als das Elternschlafzimmer tatsächlich noch das ihrer Eltern war.

Xenia geht durch den Flur, das Lärmen der Stimmen, Leonard Cohen aus dem Wohnzimmer, Onkel Kolja kommt ihr entgegen, die Arme weit geöffnet, und für einen Augenblick krampft sich Xenia vor Angst zusammen, denn auf einmal sieht sie klar, wie ihre rechte Hand ihm ins Sonnengeflecht fährt. Diese Vision ist so manifest, dass Xenia einen Schritt zurücktritt, und das zur rechten Zeit, denn schon rauscht Sweta, die mit einem Stapel Teller in den Händen aus dem Wohnzimmer kommt, geradewegs in Onkel Koljas ausgebreitete Arme. Der oberste Teller fällt und zerbricht, Xenia schlüpft ins Badezimmer und verschließt hinter sich die Tür.

Es schüttelt sie vor Ekel, Verzweiflung und Erregung. An einer Schnur hängen Wäscheklammern, sie nimmt eine grüne und eine rote, dann setzt sie sich auf den Rand der Wanne und zieht den Slip und den Rock herunter. Unten in ihrem Bauch rollt eine warme Kugel hin und her, sie zieht das Hemd hoch, hakt den BH auf, beißt sich auf die Lippe, um nicht loszuschreien, befestigt die Klammern an ihren Brustwarzen, zuerst die rote, dann die grüne, schließt die mit Schmerzenstränen gefüllten Augen, die rechte Hand auf die Klitoris, die Finger der linken in die Vagina, und beginnt zu masturbieren.

Während dieser Minuten muss sie an nichts denken. Sie vergisst ihre Mutter und ihren Vater, vergisst die Redaktion von *Vecher.ru*, vergisst Sascha, vergisst ihre Einsamkeit – bis endlich Schmerz und Lust einander einholen und verschmelzen.

Noch immer in der Dunkelheit der geschlossenen Lider löst Xenia die Klammern, die befreiten Nippel flammen heiß auf, eine letzte Welle läuft durch den ganzen Körper, im Mund schmeckt es salzig, sie hat sich wohl doch die Lippe aufgebissen. Dann öffnet Xenia die Augen und blickt auf den seit der Kindheit vertrauten, mit kleinen Kachelquadraten gefliesten Boden des Badezimmers. Der dunkle Rock, der schwarze Slip, zwei Klammern, rot und grün, der »Moskowski komsomolez« von heute, aufgeschlagen auf der Lokalseite, ein unscharfes Foto, die große Schlagzeile: »Der Killer von Moskau tötet wieder«.

7

Ich erinnere mich gut, wie es das erste Mal passierte. Wie mir klar wurde, dass ich bald töten werde.

Es war Abend, ich holte mir in der Dusche einen runter. Wasserstrahlen liefen mir über die Haut, und mein Penis erschien mir riesig. Er war angeschwollen, als wäre alles Blut der Welt in ihn geflossen, an jenem Abend, als es mir zum ersten Mal klar wurde.

Es war mir schon immer schwergefallen, schnell zu kommen. Außer vielleicht als kleiner Junge, wenn ich abends in meinem Bett wichste, nachdem mein kleinerer Bruder endlich eingeschlafen war. Ich stellte mir die römischen Patrizier vor, wie sie ihre Sklavinnen zu Hunderten vergewaltigten, oder die Barbaren, wie sie auf sich aufbäumenden Pferden nach Rom vordrangen, um zu entehren und zu morden. Ich denke, ich war nicht allein mit solchen Fantasien: Nacktheit war damals nur in Form antiker Statuen zugänglich, Sex war tabu, und es schien unmöglich, dass eine Frau sich freiwillig dafür hergeben würde. Deshalb stellte ich mir Indianer vor, die in der Wüste des Wilden Westens einen Planwagen umzingelt hatten und der minderjährigen Tochter eines grauhaarigen Patriarchen mit biblischem Namen die Kleider vom Leib rissen. Der Häuptling mit dem edlen Profil eines Gojko Mitic sagte zu seinem Stellvertreter (oder wie hießen die bei den Indianern?): »Ich vergewaltige die Jüngere, du ihre Mutter. Dann tauschen wir.«

Ich kannte keine anderen Verben. In meiner Fantasie sagten sie nie »ich ficke«, dieses Wort kam mir zu vulgär vor, und das Wort »vögeln« hörte ich zum ersten Mal mit neunzehn, in der Übersetzung des Russ-Meyer-Streifens »Faster, Pussycat, Kill, Kill!«. Die Helden meiner Fantasien fickten nicht und vögelten nicht. Sie bevorzugten es zu vergewaltigen und zu entehren. »Ich entehre die Jüngere, du ihre Mutter. Und danach tauschen wir.« Ich war ein belesener Junge, aber nichts zu machen – mir fehlten stets die Worte. Obwohl ich ein Junge mit reicher Einbildungskraft war, wie Sie wissen.

Sex war tabu, und sogar das Wort selbst schien beinahe ein Schimpfwort zu sein. In den Jahren meiner Jugend schrieb man es an Wände neben das Wort »Schwanz« – auch nur eine Silbe, aber dafür mit lateinischen Buchstaben. Es war schwer zu glauben, dass das Wort im Russischen existierte.

Dann wurde ich älter, lernte, wie die nötigen Wörter lauten, und wie sich die Wärme lebendiger weiblicher Körper anfühlt. Ich galt als guter Liebhaber, man glaubte, es sei mir wichtig, es den Mädchen richtig zu besorgen, und dass ich deshalb so lange brauchte. In den Jahren meiner Jugend machte man sich dadurch beliebt. Ich brauche tatsächlich lange, bis ich komme, aber das keineswegs, weil mich das Wohlbefinden derjenigen kümmert, die da irgendwo unter mir mit geschlossenen Augen wie ein Tier stöhnt. Es ist einfach so, dass ich, um zu kommen, mir vorstellen muss, wie ein Messer in Haut eindringt, wie Blut aus der Wunde hervorquillt und eine abgeschnittene Brustwarze auf den blutüberströmten Boden fällt. Mir abgerissene Skalps vorstellen muss, einen Pfahl, wie er einen Menschen vom Anus bis zum Hals durchdringt, kleine Mädchen, noch mit winzigen Brüsten, wie sie weinen, auf Knien, mit abgehackten Händen.

Alles Blut der Welt, ja, alles Blut der Welt.

Sich so etwas überhaupt vorzustellen ist nicht besonders angenehm – und besonders nicht, wenn neben dir die Frau liegt, die du liebst. Und deshalb trieb ich es stets lange, widersetzte mich bis zum Letzten, und erst wenn ich wirklich nicht mehr konnte, ließ ich meiner Fantasie freien Lauf. Wenn ich nicht mehr konnte oder wenn es zu langweilig wurde. Dann kam ich schnell, nach denselben ein oder zwei Minuten wie meine Altersgenossen, die als »Schnellschützen« verschrien waren.

An jenem Abend war ich allein zu Hause. Ich stand onanierend unter der Dusche, Wasserstrahlen liefen über meine Haut, doch der Spermienstrahl, nein, der Spermienstrahl hatte es nicht eilig. Eigentlich ein komisches Bild: ein erwachsener Mann, der so lange wichst, dass er zu ermüden beginnt. Wissen Sie, wie in dem Witz, wo der Doktor sagt: »Nehmen Sie die andere Hand.« Das hatte ich auch getan, und nicht nur einmal. Wasserstrahlen liefen über meine Haut, mein Penis erschien mir riesig, vor meinen geschlossenen Augen zogen alle Fantasien vorbei, die bei mir jemals einen Orgasmus ausgelöst hatten. Aber es brachte nichts.

Eigentlich ein komisches Bild. Aber mir war gar nicht komisch zumute. Als ich nicht mehr konnte, setzte ich mich auf den Rand der Badewanne, blickte auf mein Glied, das noch immer erigiert war, mit der riesigen roten Eichel, in die, so schien es, alles Blut der Welt geflossen war. Seit frühester Kindheit hatte ich instinktiv gespürt, was für eine Welt mich umgibt. Ich brauchte nicht einmal in den Fernseher zu schauen, ich wusste es auch so. Obwohl ich mich daran erinnere, wie der Sprecher einer sonntäglichen Politiksendung einmal erläuterte, dass in Amerika alle fünfzehn Minuten eine Vergewaltigung stattfindet. Eine sonntägliche Politiksendung, ein vollgefressener Fettwanst, sowjetisches Reisekader-Gesocks. Alle fünfzehn Minuten. Allein in Amerika.

Meine Eltern saßen neben mir, blickten auf denselben Bildschirm, hörten dieselben Worte. Kein einziger Muskel zuckte in ihren Gesichtern, als ob sie das nichts anginge, als könnten sie sich nicht vorstellen – wie das, alle fünfzehn Minuten weint eine Frau und versucht sich loszureißen, Tränen und Verzweiflung in den Augen, ihr Schrei erstickt unter einer verschwitzten Hand. Ich wusste noch nicht, wie viel Zeit man für eine Vergewaltigung braucht, aber eines hatte ich bereits begriffen: Sobald der eine Vergewaltiger fertig war, macht sich ein anderer ans Werk – am anderen Ende des Landes, mit einer anderen Frau. Ob Sie mir glauben oder nicht, ich spürte, dass das etwas mit uns allen zu tun hatte, nicht nur mit dem ideologischen Kampf, dem Antagonismus zweier Systeme und der Fernsehpropaganda.

Ich war vierzehn, ich onanierte bereits, während ich mir junge Plantagenbesitzer vorstellte, wie sie schwarze Sklavinnen mit ihren Gerten peitschten – doch in diesem Augenblick dachte ich nicht an meine Fantasien, verspürte keine Erregung, denn ich verspürte sie auch nicht, wenn in den Nachrichten von den Arbeitslagern in Kambodscha berichtet wurde, oder in den »Siebzehn Augenblicken des Frühlings« die Dokumentarfilme aus der Nazizeit gezeigt wurden, wo Kipplaster hautbespannte KZ-Skelette auf einem Haufen abluden. Ich verspürte keine Erregung – mir schien nur, ich hätte etwas gehört, das einen direkten Bezug zu meinem Leben hatte.

Ich war vierzehn, das war mein Leben, und es blieb meines. Ich saß auf dem Rand der Wanne, mein Penis erschien mir riesig, und ich wusste, dass ich irgendwie über jene Welt berichten musste, in der ich lebe, solange ich zurückdenken kann. Ich war ein belesener Junge, aber mir fehlten immer die Worte. Vielleicht, weil ich sie zu oft auf dem Papier gesehen hatte.

Es ist eine ungemütliche Welt, eine Welt, in der für die Hoffnung kein Platz ist, eine Welt, in der der Tod unausweichlich ist und das Leid alltäglich und unübertragbar. Es ist eine Welt, in der in Ruanda Kinderköpfe zu Pyramiden gestapelt werden, um sie besser zählen zu können, eine Welt, in der in Moskau ein dreißigjähriger Mann auf dem Wannenrand sitzt und weint, weil er nicht kommt, nicht kommt, obwohl er sich vorstellt, wie er einem fünfzehnjährigen Mädchen, das um Gnade fleht, Streifen für Streifen die Haut abzieht, einem Mädchen, das keine Tränen mehr weint, weil man ihm die Augen ausgestochen hat.

Er weint gerade deshalb, weil dieses Bild das Einzige ist, was ihn erregt.

8

Hätte der junge Alexej – »Ljoscha« – Rokotow nicht 1975 das Licht der Welt erblickt, wäre er niemals Journalist geworden. Hätte seine Geburt ein paar Jahre früher stattgefunden, er hätte Programmierer werden müssen, ein paar Jahre später, und er wäre als Finanzexperte oder Jurist geendet. Doch damals, als Ljoscha fünfzehn war, kannte das ganze Land keinen besseren Beruf als den des Journalisten. Der tägliche News-Ticker »Sechshundert Sekunden« im Leningrader Kanal, freitags »Wsgljad« im ersten Programm und samstags »Ogonjok« im Briefkasten. Wöchentlich vollzogen Journalisten eine kleine Revolution, indem sie dem Volk die Augen öffneten für die Untaten der Kommunistenschweine und die Lächerlichkeit von Sowjetland. Der tönerne Koloss schwankte von ihren Rufen: »Der König ist ja nackt!«, und die frechen Karikaturen in den Zeitungen schienen von einem baldigen Sieg zu künden.

Eines der Bilder hatte sich Ljoscha eingeprägt. Zwei Ameisen neben einem zerquetschten Genossen, ein großer Fuß verschwindet im Himmel, und eine sagt: »Was soll's, sicher gibt's bald was gegen die.« Die über den Köpfen der Ameisen schwebende Sohle erschien Ljoscha damals wie der Fuß des Kolosses, und die Angst davor lächerlich, genährt allein von der staatlichen Lüge. Es gab keinen besseren Beruf als den, der dieses Lügengebäude zum Einsturz brachte – und so begann sich Ljoscha Rokotow auf die Immatrikulation an der journalistischen Fakultät vorzubereiten, hoffte nach fünf Jahren dorniger Qual in jene unerreichbaren Höhen zu gelangen, wo die Sterne der russischen Berichterstatterzunft vom Range eines Ljubimow, Newsorow und Korotitsch brannten. Es war dieser Traum, der ihn die ersten beiden Studienjahre bei der Stange hielt, bis er eines Tages bemerkte, dass der Traum irgendwie seinen Glanz verloren hatte. Vielleicht hatten sich die Idole von einst verändert, oder aber es dämmerte Ljoscha allmählich, dass sich die Welt unabhängig davon veränderte, was in den Zeitungen publiziert wurde. Im August 1991 war er beim Weißen Haus in Moskau gewesen und hatte sogar bei einem Freund, einem angehenden Kaufmann, einige Flugblätter des Obersten Sowjets kopiert. Ljoscha und sein Freund hatten sich wohl entweder in der Auflage oder in der Zeit geirrt, denn als sie ihre Angst endlich überwunden hatten und die Aufrufe zu verteilen begannen, waren die Flugblätter bereits überholt, und es war an der Zeit, neue zu drucken. Diese hundert Flugblätter lagen noch lange in Ljoschas Zimmer herum, gleichsam eine Prophezeiung jener Zeiten, da die wichtigste Frage der Presse nicht mehr lauten würde: »Wie drucken wir das?«, sondern: »Wie verbreiten wir es?«

Während Ljoschas zweitem Studienjahr kam es in Moskau zu einem kleinen Bürgerkrieg. Diesmal beobachtete er in einer Menge von Schaulustigen, wie jenes Gebäude von Panzern beschossen wurde, das er vor zwei Jahren zu verteidigen versucht hatte, und lief allein durch die Moskauer Straßen, um zu begreifen, was vor sich ging. Und erst als einen Meter von ihm entfernt ein Mann hinfiel, getötet entweder von einem Querschläger oder dem gezielten Schuss eines Heckenschützen, dämmerte es Ljoscha, dass die Antithese der Lüge nicht Worte sind, die in einer Zeitung stehen, sondern der frische Frostgeruch und die den Hals hinaufkriechende Übelkeit beim Anblick der auf den Asphalt fließenden Hirnmasse.

Er begriff, dass er nie wieder von der Gefahr der kommunistischen Revanche oder über den richtigen Kurs der Wirtschaftsreformen würde sprechen können – so wie er früher wusste, dass er nie für die Staatsblätter *Djen* und *Prawda* würde schreiben können – kurz gesagt, gegen Ende Oktober hatte Ljoscha Rokotow keine Ahnung, was er machen sollte.

Von dem, was er las, gefiel ihm nur die Kunst-Seite in der unabhängigen *Segodnja* – und also dachte er, er müsse über Bücher, Kino und Ausstellungen schreiben. Als Fingerübung meldete er sich für eine Reportage über eine Konferenz zum Thema »Postmodernismus und nationale Kulturen« in der Tretjakow-Galerie. Der Redakteur der Studentenzeitung, der Ljoscha einen Artikel versprochen hatte, bat ihn um ein Interview mit dem berühmten Architekten Charles Jencks. Von dessen Existenz erfuhr Ljoscha zum ersten Mal zwei Stunden vor Beginn der Konferenz, es blieb keine Zeit, in die Bibliothek zu gehen, doch entgegen allen Befürchtungen lief das Interview hervorragend. Jencks legte einen Plan für den Wiederaufbau des zerstörten Weißen Hauses vor: eine blaue Fassade, rote Ornamente dort, wo die Brandspuren entstanden waren, und der obere Teil in Weiß, als Symbol der Versöhnung. Verwundert über den Zynismus des ausländischen Stars fragte Ljoscha nicht einmal, ob der Architekt wisse, dass dies die Farben der russischen Trikolore seien. Jencks sagte: Wenn das Weiße Haus wieder weiß werde, so hieße das, man habe beschlossen, so zu tun, als wäre nichts passiert. An diese Worte erinnerte sich Ljoscha später oft – besonders, wenn er sich mit Kollegen unterhielt, die stets irgendwelche Zauberformeln von Markt und freiem Wettbewerb wiederholten. Irgendwann Ende der Achtziger hatte er selbst an diese Beschwörungen geglaubt, doch nun klangen sie schal. Es wurde immer deutlicher, dass das in Russland entstehende System einen nur sehr entfernten Bezug hatte zu den Theorien von Adam Smith und John M. Keynes. Aus irgendeinem Grund musste Ljoscha wieder an jene Karikatur mit den Ameisen denken, die ihm nun gar nicht mehr so komisch erschien. Das Weiße Haus war wieder weiß geworden, und die riesige Sohle schwebte nach wie vor über ihnen und verdeckte den halben Himmel. Jencks hatte recht gehabt: Es war nichts passiert.

Ljoscha geriet immer häufiger ins Grübeln darüber, dass die meisten Leute nicht wollen, dass man ihnen die Augen öffnet. Sie sind bereit, die schreckliche Vergangenheit um eines ruhigen Lebens willen zu vergessen. Nun erschien ihm die Perestroika als ein kurzer Augenblick der Wahrheit, in dem sich die Bevölkerung des sechsten Teils der Erde auf einmal mit der Nichtswürdigkeit und dem Horror der menschlichen Existenz konfrontiert sah. Doch dieser Augenblick war kurz gewesen: Die Menschen schrieben diese Nichtswürdigkeit und diesen Horror leichten Herzens dem blutigen Sowjetregime zu und taten so, als ginge sie das alles überhaupt nichts an. Zu beschäftigt waren sie zu lernen, wie man die aktuellen Machthaber am besten hofiert – so wie ihre Eltern die Kommunisten vor zwanzig oder dreißig Jahren hofiert hatten.

Über Kultur musste Ljoscha in der Folge nichts mehr schreiben – dafür lernte er bei der Konferenz in der Tretjakowka die rothaarige Oxana kennen, die seit mehreren Semestern an der Staatlichen Geisteswissenschaftlichen Universität studierte und ihm bereitwillig all das erklärte, was er in den Seminaren nicht verstanden hatte. Am nächsten Tag setzte sie die Fortbildung in einer Wohnung in der Wawilow-Straße fort, die sie für zwei

Wochen allein bewohnte, während ihre Eltern irgendwo an der Ostküste der USA Vorlesungen hielten. Natürlich war Oxana nicht seine erste Frau, aber zum ersten Mal fand sich Ljoscha mit einem Mädchen im Bett wieder, das sich ihm nicht nur hingab, sondern ihn in Regionen entführen konnte, wo die Geschicke der Volksherrschaft und der Freiheit des Wortes wie alberne Parolen erschienen – sei es auch nur, weil die Freiheit dort keiner Worte bedurfte und die Macht allein Oxana gehörte, denn nur sie kannte den Weg dorthin.

Ein halbes Jahr darauf heirateten sie, und Ljoscha gewöhnte sich daran, von sich selbst »wir« zu sagen. Am Ende seines Studiums bestand dieses »wir« bereits aus drei Teilen – gleich der Dreieinigkeit der russischen Flagge. Die kleine Dascha zwang ihn, sich aufs Neue der Frage zu stellen, in welchen Publikationen der junge Journalist Rokotow denn nun gerne veröffentlichen würde. Wahlen standen bevor, und Alexej begriff, dass sich später lange kein besserer Augenblick bieten würde, um Geld zu verdienen. Außerdem war ihm Jelzin trotz allem immer noch lieber als der Kommunist Sjuganow, und als er schließlich einwilligte, auf regionaler Ebene an dem Jugendprogramm »Wähle, sonst verlierst du!« teilzunehmen, versündigte sich Alexej gar nicht einmal so sehr an seinem Gewissen. Zum ersten Mal seit vielen Jahren besaß er plötzlich richtig viel Geld – und dieses Gefühl war so berauschend, dass Alexej einen Moment lang wirklich glaubte, ihm stehe eine glänzende Zukunft bevor.

Nun, fast acht Jahre später, wusste er, dass er sich geirrt hatte. Sämtliche wichtigen Ereignisse, die die Welt der Massenmedien erschüttert hatten, waren an ihm vorübergegangen: Sowohl während der Schlacht um die staatliche Telecom-Holding »Svyazinvest« als auch während des Konflikts zwischen Primakov und Jelzin, der Putin-Wahl und der Schließung der oppositionellen Fernsehsender war er von der großen Politik und vom großen Geld stets gleich weit entfernt gewesen. Nun hatte er einen bescheidenen Reporterjob in einer unbedeutenden Internet-Zeitung, die nicht mal zu den Top 10 im Rambler gehörte. Mit einer Chefin, die jünger war als er, und zwar um genau jene fünf Jahre, die er an der Uni verplempert hatte.

Nachdem sie ein halbes Jahr zuvor leitende Redakteurin der Nachrichtenabteilung geworden war, hatte Xenia Ionowa Alexej und seine Kollegen davon in Kenntnis gesetzt, dass sich ihre Arbeitsbedingungen ändern würden. Ab sofort hätten sie um 10 Uhr morgens in der Redaktion zu erscheinen, jede Woche sei eine genauestens vereinbarte Menge Material einzureichen, und außerdem sollten sie mit den Lesern in Foren kommunizieren. Schenja Solotow versuchte einzuwenden, hey, Xjuscha, in den IT-Redaktionen kommt doch nirgends jemand vor zwölf, weder bei *Lenta.ru* noch bei *Gazeta.ru*, warum ausgerechnet wir? Worauf Xenia mit eisiger Stimme erwiderte, sobald sie *Lenta* und *Gazeta* eingeholt hätten, könnten sie auch um zwölf kommen. Sollte der verehrte Jewgeni Andrejewitsch jedoch morgens zu schlafen pflegen, so könne er liebend gerne weiter als Freelancer mit *Vecher.ru* zusammenarbeiten. Das entscheide ich dann schon selbst, brummte Schenja, lag jedoch falsch, denn nun traf Xenia sämtliche Entscheidungen. Eine Woche später flog Solotow raus, nachdem er wieder mal erst mittags im Büro erschienen war.

»Ich weiß Ihren Stil durchaus zu schätzen«, sagte Xenia, »und es tut mir leid, dass es mit uns in der Redaktion nicht geklappt hat. Dennoch werde ich auch in Zukunft gerne Ihre Beiträge bei uns veröffentlichen. Wenn Sie möchten, können wir über Ihr Honorar diskutieren.«

Tatsächlich erschienen Schenjas Artikel von Zeit zu Zeit auf

Vecher.ru, und vielleicht hatte Solotow dabei auch gar nicht so schlecht abgeschnitten. Außerdem: Über Siegerinnen urteilt man nicht. Drei Monate später hatte sich jedenfalls die Beliebtheit der News-Abteilung verdoppelt, und obwohl *Vecher.ru* noch immer eine Publikation zweiten Ranges blieb, begannen Alexej und seine Kollegen dieses hagere Mädchen mit den großen Manga-Heldinnen-Augen und der eisigen Schneeköniginnen-Stimme zu respektieren.

Jetzt sitzt sie ihm gegenüber im Café, das Eis in der Stimme ist fast geschmolzen, rührt den Zucker in der Tasse um, lächelt, erinnert an eine gewöhnliche Studentin höheren Semesters, fast so eine wie Oxana vor zehn Jahren.

»Das ist ein gutes Interview«, sagt Xenia, »schade nur, dass er seinen Namen nicht nennen will.«

»Er hat Angst«, antwortet Alexej, »aber für den Fall der Fälle hab ich die Aufnahme.«

»Sicher, nur wirkt eine anonyme Quelle auf den Leser nicht sehr vertrauenswürdig.« Sie nippt an ihrem Kaffee aus einer alten, noch aus Kantinenzeiten stammenden Tasse. »Und du bist sicher, dass er nicht genannt werden will?«

»Hundertprozentig«, sagt Alexej. »Das ist auch eine Frage der Berufsethik. Er hat sozusagen kein Recht, das Vorgehen seiner Kollegen öffentlich zu diskutieren.«

Ein Mitarbeiter der Moskauer Staatsanwaltschaft, der anonym bleiben will, denkt vor dem Mikrofon laut darüber nach, ob die Morde, die dem Moskauer Serienkiller zugeschrieben werden, tatsächlich alle von einem Delinquenten begangen wurden. Xenia beugt ihren zerzausten Kopf über den Ausdruck:

Diese Morde, um die in letzter Zeit so viel Wirbel gemacht wird, haben eigentlich gar nicht so viel gemeinsam. Die Opfer sind Mädchen und Frauen im Alter von 15 bis 40, in der Regel vergewaltigt, obwohl sich darüber in einer Reihe von Fällen nur schwer eine Aussage treffen lässt, da die Geschlechtsorgane herausgeschnitten, herausgebrannt oder mit kochendem Wasser übergossen wurden. In beinahe allen Fällen gibt es Spuren mehrstündiger Folter, Schnittwunden, Verbrennungen, jedoch kaum Blutergüsse. All diese Fälle eint die Tatsache, dass die Leichen an Orte geschafft wurden, wo man sie leicht auffinden konnte. Vielleicht will der Mörder so erreichen, dass man ihn fängt, das kommt oft vor. Der berühmte William Heirens aus Chicago schrieb sogar einmal über den Körper eines Opfers: »Um Gottes willen, fasst mich, bevor ich wieder töte!« Jedoch kann man in keinem dieser Fälle hundertprozentig sicher sein, welche Motivation dahintersteckt. Vielleicht will der Mörder ja nur die Polizei an der Nase herumführen und genießt den Lärm, den die Presse erzeugt. Aber um noch einmal auf …

»Warum nur alle immer gleich meinen, dass die Presse durch ihre Berichterstattung die Serienmörder provoziert?«, sagt Xenia verärgert. »Man möchte meinen, Tschikatilo sei ein Medienstar gewesen. Und überhaupt, soweit ich mich erinnere, gab es in der Sowjetunion genug Maniacs, und jeder wusste über sie Bescheid, obwohl in den Zeitungen nichts stand.«

»Stimmt.« Alexej nickt. »Mir haben meine Eltern damals von Mosgas erzählt.«

»Von wem?«, fragt Xenia, und Alexej staunt: Was für eine lange Zeit fünf Jahre doch sind. Eine völlig andere Generation ist das, die Sowjetmacht haben sie nicht mehr mitbekommen, und den ersten Serienkiller haben sie im »Schweigen der Lämmer« gesehen. Er erklärt:

»Na ja, der klingelte immer an der Tür und sagte ›Mosgas‹, als ob er von den Moskauer Gaswerken käme. Die Mieter machten auf, und er schlug sie mit der Axt nieder. Es gab sogar einen Witz. Geht ein Mann an die Tür: ›Wer ist da?‹ – ›Mosgas.‹

– ›Kommen Sie nur rein, die Axt ist im Bad, und die Schwiegermutter sitzt in der Küche.‹«

Xenia lächelt und sagt: »Und geschnappt haben sie ihn vor einer Wohnung mit Elektroherd.«

Komische Scherze, denkt Alexej, und als Xenia seinen verständnislosen Blick bemerkt, fügt sie hinzu: »Ich habe nie einen Gasherd gehabt. Wozu hätte ich öffnen sollen, wenn jemand vor meiner Tür steht und ›Mosgas‹ sagt? Das käme mir genauso merkwürdig vor, wie wenn einer ›Städtische Kanalbehörde Moskau‹ sagen würde oder ›Transsib‹.«

Sie stellt die leere Tasse ab, greift nach dem Dessert. Schlanke, starke Hände, abgenagte Fingernägel, hässlich, ja, würde sie etwas mehr auf sich achten, wäre sie ziemlich sexy. Ein Läuten an der Tür, die Städtische Kanalbehörde, Xenia auf der Schwelle, ein Triebtäter vor der Tür. Ob in dieser Situation eine eisige Stimme und Drahtseilnerven helfen?

… Aber um noch einmal auf die Frage zurückzukommen, ob tatsächlich ein einziger Täter hinter diesen Morden steckt, so kann das auffällige Verhalten des Verbrechers uns auch auf eine falsche Fährte locken. Denn sobald Ihre Kollegen darüber schreiben, kann jeder beliebige Mörder die Handschrift des Triebtäters nachahmen. Man muss nur eine Leiche in die Nähe eines bevölkerten Ortes bringen, und schon schieben es alle dem Serienkiller in die Schuhe. Ich habe den Eindruck, dass unsere Presse in diesem Punkt ein wenig voreilig Panik verbreitet hat.

»Interessante Logik«, meint Xenia. »Bloß keine Panik verbreiten, denn es könnten in Moskau ja nicht nur ein, sondern gleich mehrere Maniacs herumlaufen. Es leben schon seltsame Leute in unserer Stadt.«

»Der Mörder muss nicht unbedingt dieser Irre sein«, verteidigt Alexej seinen Interviewpartner. »Vielleicht ist das ja ein alltäglicher Mord, den der Täter als Serienmord maskiert.«

»Ein alltäglicher Mord mit herausgeschnittenen Geschlechtsteilen und Folterspuren«, sagt Xenia und wischt sich die Hände mit der Serviette ab. »Ich sag ja – seltsame Leute leben in unserer Stadt.«

Alexej nickt und fragt schließlich doch:

»Aber das Interview ist doch okay?«

Tja, denkt er, vor einem halben Jahr hätte ich mich gewundert, wenn mir jemand gesagt hätte, dass mich die Meinung dieses Fräuleins einmal interessieren würde. Vielleicht interessiert sie mich ja noch immer nicht. Ich hole nur die Meinung der Chefin zu dem Beitrag ein. Das gehört sich so.

»Klar ist es okay«, sagt Xenia nickend, »aber es ist bereits das zehnte Interview zu diesem Thema. Es stimmt alles, alles ist in Ordnung, aber was veranlasst den Leser, tja, ich weiß nicht, es sich vielleicht zu merken? Was unterscheidet es von dem anderen Dutzend?«

»Natürlich wäre es besser, wenn wir den Mörder schnappen würden. Aber das gibt es eben nur in Hollywood-Filmen.«

»Nein«, entgegnet Xenia und erhebt sich, »es ist nicht unser Bier, Mörder zu fangen. Aber mich lässt ein Gedanke nicht in Ruhe: Man müsste sich noch irgendwas ausdenken, um das Thema richtig groß rauszubringen.«

Fünf Jahre Unterschied, o ja. Das Thema groß rausbringen. Als ob draußen die Achtziger seien, als sich noch jemand für groß rausgebrachte Themen interessierte.

»Ach ja«, sagt Xenia, »ich wollte dich noch was fragen, es hat nichts mit unserer Zeitung zu tun. Weißt du vielleicht zufällig was über den?«, und sie nennt Vor- und Nachnamen.

»Wozu brauchst du das?«, fragt Alexej.

»Nicht ich«, sagt Xenia, »mich hat eine Freundin gebeten. Sie überlegt, ob sie für ihn arbeiten soll oder nicht.«

Xenia wiederholt noch einmal Vor- und Nachnamen, aber Alexej schüttelt den Kopf. »Nein, hör ich zum ersten Mal. Aber ich kann bei Google nachschauen.«

»Hab ich schon«, antwortet Xenia und reicht ihm die Blätter mit dem Interview. »Vielleicht fällt dir noch was ein, was diese Serienkiller-Story noch hergeben könnte.«

Irgendwann damals hätte er sich diese Gelegenheit nicht entgehen lassen, denkt Alexej. Ein hervorragender Anfang für einen Hollywood-Film. Unabhängige journalistische Ermittlungen. Doch in den letzten Jahren rechnet er nicht mehr damit, Ruhm oder zumindest Befriedigung bei der Arbeit zu erlangen. Vielleicht hätte er sich damals doch nicht für Journalistik einschreiben sollen? Wäre er doch besser Programmierer oder zur Not Anwalt geworden. Das sind wenigstens normale Berufe.

9

Die Dunkelheit der Moskauer Winterabende. Der bunte Kelim auf dem Boden. Ein Apartment für 250 Dollar. Mattgrau der PC-Monitor, schwarz der TV-Bildschirm. Xenia im einzigen Sessel, die Beine angezogen, kaut Nägel. Allein zu Hause sitzen, nicht an Sascha denken, fernsehen, Bücher lesen, im Netz surfen. Alles läuft irgendwie daneben, nichts gelingt ihr, nichts stimmt: Die in der Metro gekauften DVDs bleiben hängen, die Filme sind langweilig und manieriert, so à la »Ripley's Game«, wer schaut sich denn so was an, großer Gott, der neueste Murakami, erst letzte Woche erschienen, ist schon ausgelesen und macht auch keine Freude mehr. Allein zu Hause sitzen, an Sascha denken, nachdenklich vor der offenen Schublade stehen, masturbieren, sich Gewichte an die Nippel hängen, bis die Brüste von der Dehnung blaue Flecken kriegen. Schnell kommen, aber immer noch die gleiche Leere in sich spüren. Allein zu Hause sitzen, nicht an Sascha denken, an Sascha denken, dastehen, eine lange Nähnadel in der Hand, überlegen, welches die beste Stelle zum Einstechen ist. Ein schlechtes Zeichen, du weißt es, ein schlechtes Zeichen, nicht mehr viel, und das Geschnippel geht wieder los.

Leg die Nadel weg, denk lieber dran, wie alles anfing. Du warst gerade aus der Zehnten raus, Mama plante einen Urlaub in Griechenland, angeblich mit Tante Mila, aber in Wirklichkeit mit ihrem neuesten Macker. Zuvor hatte sie lange geklagt, sie habe kein Geld, der Vater zahle keine Alimente, sie müsse sich was leihen und dann ein halbes Jahr die Wochenenden durchackern, stumpfsinnige Verträge, juristische Dokumente, übersetzerischer Frondienst.

Dann bleib doch zu Hause, sagte Xenia in einem Anfall jugendlichen Zorns und musste sich als Antwort anhören, wie hartherzig, egoistisch und gefühllos sie doch sei. Ich hab keine freie Minute, nicht mal in meiner eigenen Wohnung, schrie die Mutter, und wenn ich im Sterben liege, krieg ich nicht mal ein Glas Wasser gereicht. Ich tu alles für dich, und du gönnst mir nicht mal zwei Wochen Erholung! Lenas Tochter verdient schon selbst, nur ich hab dich noch am Hals.

Lenas Tochter war drei Jahre älter als Xenia, aber das spielte keine Rolle. Xenia biss sich auf die Lippen und sagte, sie werde sich im Sommer einen Job suchen, damit Mama nicht den ganzen Herbst die Wochenenden durcharbeiten muss. Als Xenia ihrem Vater davon berichtete, versuchte dieser sich zu echauffieren, rief sogar die Mutter an, aber diese schnitt ihm einfach das Wort ab: »Das ist doch prima, dass das Mädchen allmählich lernt, auf eigenen Füßen zu stehen. Sonst wird aus ihr am Ende noch genauso ein Versager wie du.«

Das war immer das letzte Argument bei allen Auseinandersetzungen – wodurch sämtliche Versuche des Vaters, die Erziehung der gemeinsamen Tochter zu beeinflussen, zuverlässig abgeblockt wurden. Xenia erinnerte sich, wie Mama ihr in der fünften Klasse, gleich nach der Scheidung, mitteilte, sie müsse in der Schule besser werden, und es sei jetzt aus mit dem Tanzstudio dreimal die Woche. Xenia war eine begeisterte Tänzerin. Wenn sie tanzte, so schien es ihr, wurde sie erwachsener, war genauso schön wie Mama – in Stöckelschuhen, in einer Wolke aus Parfum und Wein –, und Papa kam auch jedes Mal zu den Aufführungen und schwärmte, *du bist meine Schöne*, aber in der fünften Klasse war alles zu Ende. Xenia saß in ihrem Zimmer und machte Hausaufgaben, um nicht zu weinen, und in der Küche versuchte Papa, der am Wochenende seine Tochter besuchte, Mama irgendwas zu erklären, während diese nur wiederholte: »Wenn das Mädchen mit so einem Quatsch anfängt, wird aus ihr später genauso ein Versager wie du.«

Und auch dieses Mal sagte sie dem Vater: »Das ist doch gut, dass das Mädchen auf eigenen Füßen steht«, aber zu Xenia selbst sagte sie, das sei natürlich wirklich toll von ihr, aber eigentlich sei das doch gar nicht nötig, sie hätten schon genug Geld in der Familie, *um meinetwillen brauchst du das nicht zu tun.*

»Aber nein, Mama, woher denn«, sagte Xenia. »Ich denke einfach, dass ich allmählich anfangen sollte, selbst was zu verdienen.«

In den Ferien fingen Xenia und Marina bei einem Kurierdienst an zu jobben. Es war nicht viel zu tun. Bei ein paar Firmen die Korrespondenz abholen und bei den jeweiligen Adressaten abliefern. Es ging dafür zwar der ganze Tag drauf, aber dafür stellte man ihnen hundert Dollar Lohn in Aussicht. Über den Sommer würden so dreihundert zusammenkommen, nicht unbedingt viel, aber durchaus anständig genug, um sich nicht mehr als Kostgängerin zu empfinden.

Mama reiste am 25. Juni ab, und am nächsten Tag rief Marina an und sagte, sie käme nicht zur Arbeit, sie sei krank. Xenia fragte, was sie habe, sie antwortete, sie sei erkältet, und so machte sich Xenia fertig, obwohl ihr Marinas Stimme nicht gefiel. Sie stand schon in der Tür, als das Telefon noch einmal klingelte. Weinend gestand Marina, sie sei vergewaltigt worden – von dem Mann, dem sie am Vorabend die Auftragsliste vorbeigebracht habe.

»Ich kam am Abend an«, schluchzte Marina, »und es war niemand im Büro außer ihm. Ich bin wie immer mit ihm in sein Arbeitszimmer, er hat mir einen Tee angeboten, und ich hab Ja gesagt, weil ich in den Regen gekommen war und mir kalt war. Er hat etwas Cognac reingetan, dann hat er angefangen mich anzumachen, na ja, und ...«

»Aber hast du es ihm nun freiwillig besorgt, oder hat er dich vergewaltigt?«, fragte Xenia.

»Ich weiß nicht«, antwortete Marina, »ich hab gesagt, ich will nicht. In Amerika wäre das eine Vergewaltigung.«

»Und was wirst du jetzt machen?«, fragte Xenia. »Gehst du zur Miliz?«

»Nein, spinnst du? Ich geh einfach nicht mehr hin, und Schluss.«

»Und was ist mit dem Geld? Die haben dir doch noch nichts gezahlt. Mach keinen Blödsinn, Marinka!«

»Dann gibt's eben kein Geld«, schluchzte Marina auf. »Ich geh da nicht mehr hin. Und überhaupt, hack nicht so auf mir rum«, sagte sie und fügte nach einer Pause hinzu: »Er hat gesagt, ich darf ihn Dimotschka nennen.«

Aus irgendeinem Grund packte Xenia genau in diesem Augenblick eine solche Wut, dass ihr schwarz vor Augen wurde. Dieses »Dimotschka« traf sie mehr als die Vergewaltigung selbst, mehr als die Tatsache, dass Marina bereit war, auf das Geld zu verzichten, nur um nicht mehr dorthin gehen zu müssen. Xenia kannte diese Wutanfälle – ihre Schulkameraden hatten sie deswegen für wahnsinnig gehalten und sich schon in der Grundschule nicht getraut, sie zu ärgern. Nun aber rief sich Xenia die Worte von Ljowas Sensei ins Gedächtnis: Lasse dich von negativen Emotionen nicht überwältigen, sondern leite sie um, lege sie ganz in deinen Schlag. Und so trug sie jetzt die ganze Fahrt über ihre Wut mit und bemühte sich wie bei einem Glas Wasser, nichts überschwappen zu lassen. Vor ihren Augen hatte sie ein Bild: Der eklige Dimotschka reißt Marina die Kleider vom Leib, ihre matte Haut leuchtet im Halbdunkel des frisch renovierten Arbeitszimmers, die blonden Haare wirbeln rund um ihren Kopf in die Höhe wie der Nimbus des Märtyrers. Das Bild war verschwommen – nicht weil Xenia sich an Dimotschkas Gesicht nicht mehr genau erinnerte, sondern weil ein Schleier der Wut die Einzelheiten vernebelte.

Im Büro nahm Xenia wie immer ihre Auftragsliste sowie die Korrespondenz und fragte erst dann mit eiskalter Stimme, ob der Generaldirektor zu sprechen sei. Dimotschka, ein kleinwüchsiger, schon etwas glatzköpfiger Mann mittleren Alters, blickte sie durch seine Brille erstaunt an und fragte, was sie vom GD wolle. Es ist wichtig, sagte Xenia, und ihr Tonfall sorgte dafür, dass er sie sofort durch das ganze Büro zum Vorzimmer des GD führte.

»Galja«, sagte er zu der Sekretärin, »diese junge Kurierin hier würde gerne mit Arkadi Pawlowitsch sprechen, ich weiß allerdings nicht, worüber.«

»Arkadi Pawlowitsch ist beschäftigt«, sagte Galja, ohne von ihrem Bildschirm aufzusehen.

»Ich brauch nur eine Minute«, sagte Xenia und öffnete die Tür zum Büro des Chefs.

Fünf Minuten später stand Dimotschka, das Gesicht knallrot vor Scham, vor dem GD. Seine Lippen zitterten, die Augen hinter den Brillengläsern füllten sich mit Tränen.

»Sie hat selbst …«, stammelte er los.

»Idiot«, zischte Arkadi Pawlowitsch, »mit einer Minderjährigen! Da gehst du in den Bau! Sogar wenn sie selbst …!«

Xenia hatte richtig vermutet: Die ältere Generation hatte keine Ahnung von dem sogenannten »zustimmungsfähigen Alter«.

»Wir sind bereit, eine Entschädigung zu zahlen«, sagte Arkadi Pawlowitsch. »Nennen Sie mir einen Betrag, der Ihnen angemessen erscheint. Ich ziehe ihn von seinem Gehalt ab.«

»Ich weiß nicht, ob ich bereit bin, über eine Entschädigung zu verhandeln«, sagte Xenia. »Wenn ein Mädchen Geld nimmt dafür, dass ein Mann mit ihm Sex hat, erinnert mich das eher an Prostitution, nicht an Entschädigung. Ich möchte nur, dass meine Kollegin das bekommt, was sie verdient hat. Möglichst ohne dass sie dabei ins Büro kommen muss.«

Zehn Minuten später verließ Xenia das Büro mit einem Einhundert-Dollar-Schein, Marinas Arbeitslohn.

»Siehst du«, sagte sie zu ihrer Freundin, »du hast sogar drei Tage weniger als ich gearbeitet.«

Der nächste Tag war jedoch auch für Xenia der letzte Arbeitstag. Gleich ihrem ersten Kunden fiel auf, dass der Umschlag, den sie abgeliefert hatte, geöffnet war. Darin befand sich nichts außer einem Brief, allerdings hätte noch eine geringe Geldsumme überbracht werden sollen. Etwa dreihundertfünfzig Dollar, nichts Großes, das klären wir gleich, sagte er zu der verwirrten Xenia, während er die Telefonnummer wählte. Natürlich schwor Dimotschka, er habe Xenia einen unversehrten Umschlag mit dem Geld darin übergeben. Im Büro des GD nahm Xenias Vorgesetzter bei ihr Revanche.

»Erst fangen sie mit Erpressung an, dann gehen sie zu Diebstahl über«, sagte er.

Selbst wenn Arkadi Pawlowitsch begriff, was hier vor sich ging, hielt er es nicht für nötig, etwas zu unternehmen. Man einigte sich auf einen Kompromiss: Man gehe davon aus, dass Xenia das Geld verloren habe, werde sich also auch nicht an die Miliz wenden (bei dem Wort »auch« konnte sich Dimotschka ein Lächeln nicht verkneifen), von einer Erstattung des Verlusts sähe man ebenfalls ab, man begreife ja, dass sie noch ein Mädchen sei und so gut wie kein Geld besitze, wir sind ja keine Unmenschen, nicht wahr, Xjuscha? Dennoch versteht sich, dass von einer weiteren Beschäftigung bei uns nicht die Rede sein kann, genauso wenig wie von einem Gehalt für den Monat Juni.

Xenia begriff: Man hatte sie verraten. Reiche, erwachsene Menschen hatten das Mädchen in seine Schranken verwiesen. Das wäre ja noch schöner! Kommt so 'ne Rotznase daher und macht einen auf Menschenrechte! Bitte sehr, da hast du deine Rechte, dreihundertfünfzig Deviseneinheiten, unsere unermessliche Güte, und wir werden uns *auch* nicht an die Miliz wenden! Diese Lektion würde Xenia ihr Leben lang nicht vergessen. Nicht mal bei der einfachsten Arbeit kannst du es dir leisten, dich für einen Moment zu entspannen. Und vertraue nur deinen nächsten Freunden.

Trockenen Auges saß sie den ganzen Abend vor dem Fernseher und redete sich ein: *Tränen stillen keine Not.* Wenn du weinst, sagt Mama, gibst du zu, dass du hilflos bist, gestehst deine Niederlage ein, du musst aber kämpfen. Ja, kleine Mädchen weinen nicht, ich muss mir was überlegen, wiederholte Xenia, aber trotzdem sagte sie Marina nichts davon, dass man sie ohne Bezahlung entlassen hatte. Nicht weil sie ihr Mitleid fürchtete – nein, Marina hätte wahrscheinlich angeboten, ihr Geld zu teilen, und das hätte Xenia nie annehmen können. Es genügte, dass Marina vergewaltigt worden war. Xenia sagte nichts, nicht einmal als Marina anrief, um ihr zu gestehen, sie werde ab ersten Juli wieder zur Arbeit gehen, Dimotschka habe sie angerufen, sich entschuldigt und versprochen, dass dergleichen nie wieder vorkommen würde. Doch in Marinas Stimme schwang dabei deutlich erkennbare Erregung mit, und Xenia war sich sicher, dass dergleichen sehr wohl wieder vorkommen konnte.

Irgendwie, sagte Marina, war es doch auch interessant, ich habe noch nie einen Mann gehabt, der so viel älter ist. Na schön, sagte Xenia zu sich. Ich war wohl einfach blöd. Hätte mich besser nicht einmischen sollen. Die hätten das schon selbst geklärt. Ein wenig sauer war sie schon auf Marina, aber die Kränkung war kaum zu spüren, wie durch ein Filztuch, oder besser, durch einen Kokon, und es war dieser Kokon, der Xenia nun immer enger einhüllte.

Sie sitzt allein zu Hause, versucht nicht an Marinka zu denken, sieht fern, liest Bücher. Alles läuft irgendwie daneben, nichts gelingt ihr, nichts stimmt. Du bist selbst schuld, an allem selbst schuld. Einen Monat hast du vergeudet. Geld hast du keins verdient, und wie es aussieht, wirst du auch keins verdienen. Musstest ja unbedingt Marina retten, dabei ist die wunderbar allein zurechtgekommen. Vor allem hättest du an Mama denken müssen. Was wirst du sagen, wenn Mama aus Griechenland zurückkommt? Tagelang den Vorhang nicht öffnen, die Kleider nicht wechseln, nicht nach draußen gehen, nur im T-Shirt durch die Wohnung streifen, das in Mamas Schreibtisch entdeckte Gras rauchen, in der brennend heißen Badewanne schwimmen, schwarzen Kaffee trinken und spüren, wie allmählich graue Fäden eines Spinnennetzes die Wohnung durchziehen … wie sie den Körper umwickeln, sich zu einem Kokon verspinnen, in Fusseln über das Parkett schleifen, wie die Kugeln von Kettensträflingen. Du wirst nie was erreichen. Nicht mal als Kurier kannst du arbeiten. Du taugst zu nichts.

Du hast versucht, zu masturbieren, aber das hat nur kurz geholfen. Damals kamst du noch ohne Zubehör zurecht, die Einbildungskraft genügte. Seit deiner Kindheit mochtest du es, dir vorzustellen, du seist eine Prinzessin, die von grausamen Räubern entführt worden ist, oder eine junge Lady, die man an den

Harem eines Sultans verkauft hat. Mit dem Alter begann die Künstlichkeit dieser Bilder ein wenig zu stören, die Dekorationen büßten allmählich ihre Brillanz ein, und am Ende lief alles auf die Interaktion zweier oder dreier Körper mit Seilen, Knebeln und Peitschen hinaus. Die eingebildeten Qualen waren angenehmer als der Gedanke daran, was Mama sagen würde, wenn sie zurückkommt. Schmerz und Scham waren dieselben wie in Wirklichkeit, doch in den dunklen unterirdischen Fantasien verschmolzen sie, wie in einem alchemistischen Gefäß, zu reinster Lust. Diese brandete wie eine warme Welle heran, zog sich wieder zurück und hinterließ am Ufer Gedankenfetzen, Bilderscherben, eine so dichte Verzweiflung, dass es schien, als könne man sie mit den noch feuchten Fingern berühren.

Verzweiflung? Nein, nicht Verzweiflung – Schwermut, konzentrierte Schwermut, Ersticken, unaufhörliches Rauschen in den Ohren, das Fließen des eigenen Blutes, Dunkelheit, Finsternis, eine düstere Wolke hängt in den Falten der Kleidung, hakt sich fest an den Ausbuchtungen des Gesichts, den an der Stirn klebenden Haaren, den abgekauten Fingernägeln.

Eines Morgens bist du in einer Blutlache aufgewacht. Zuerst hast du gedacht, deine Tage hätten begonnen, aber dann hast du gleich begriffen, dass du zum Einschlafen ein Messer mit ins Bett genommen und dir deine Schenkel innen aufgeschnitten hattest. Du hast dich an nichts erinnern können, weder damals noch die anderen Male. Zum Glück waren es keine tiefen Schnitte, die Venen sind unversehrt geblieben, aber du hast trotzdem Angst bekommen.

Irgendwas musstest du unternehmen – und so hast du dich gezwungen, auf die Straße zu gehen. In einem Zeitungskiosk hast du den »Megapolis-Express« gekauft und in einem der Artikel ganz zufällig eine Antwort auf die Frage: »Wie geht's nun weiter?« gefunden. Du hast Marinka angerufen, und schon eine Woche später hast du deinen ersten dominanten Liebhaber kennengelernt. Er hieß Nikita – und dein Körper reagiert noch immer auf seinen Namen, obwohl das schon acht Jahre her ist, Nikita ist weit weg, und die übrigen Spielkameraden können dich darüber auch nicht hinwegtrösten. Du räumst deine Spielsachen in den Schrank und sagst dir, dass du morgen nach der Arbeit bestimmt irgendwen besuchen gehst, nur um nicht allein zu Hause herumzusitzen. Du gehst jemanden besuchen, betrinkst dich dort, kommst nach Hause und gehst gleich schlafen.

Schön wäre es, bei Olja vorbeizuschauen, denkst du, schön wäre es, sich vor dem Fernseher in die Arme zu nehmen, an nichts zu denken, »Tatsächlich … Liebe« oder noch so ein Melodrama zu schauen. Olja liebt Melodramen, so wie du italienische Horrorfilme liebst. Gute Idee, nur es wird nichts draus – Wlad hat morgen Geburtstag, und Olja hat versprochen zu helfen, zu kochen, aufzuräumen und Geschirr zu spülen. Eine erwachsene Frau, und dennoch kann sie ihrem Bruder immer noch nichts ausschlagen. Na gut, du würdest deinen Bruder auch nicht im Stich lassen, wenn er dich um etwas bäte. Schade, dass das von Amerika aus so schwierig ist. Hey, Ljowa, wie wär's, ich komm bei dir in New Jersey vorbei und helfe beim Abwasch?

Ja, Ljowa ist weg, Nikita ist weg, Vika ist weg, so viele andere sind irgendwohin abgehauen, nur Marinka ist geblieben. Xenia erinnert sich nur noch selten an den Vorfall von damals, die falsche Vergewaltigung, Verletzungen aus Kindertagen. Nein, auf Marinka kann man nicht lange böse sein. Schließlich können manche Mädchen einfach nicht Nein sagen, wenn es um Sex geht, während andere es bevorzugen, dass man sie bis aufs

Blut schlägt – wir haben alle seltsame Geschmäcker, ist doch nichts dabei. Also Schluss jetzt mit dem Stubenhocken: Nimm den Hörer, wähl Marinkas Nummer. Wozu sind alte Freundinnen denn sonst da, wenn man sie nicht mal mehr besuchen kann, weil es einem dreckig geht?

Hallo, hallo, sagt Xenia, sag jetzt bloß nicht, dass du morgen Abend was vorhast.

10

»Schau mal, schön, nicht?« Marina zieht ihr T-Shirt herunter, um ihre Schulter herzuzeigen.

Wirklich, ein schönes T-Shirt hat Marina da. Ein Liebhaber hat es ihr aus Kalifornien mitgebracht. Sie sagt, es ist Handarbeit, das machen da die ehemaligen Hippies, nee, ich mein, einfach die Hippies, weil die ehemaligen Hippies alle Yuppies geworden sind, alle sind sie VIPs geworden, oder CEOs. Das T-Shirt ist bunt gemustert, so was nennt sich wohl »Acid-Stil«, dabei hat Xenia noch nie Acid probiert, sie nimmt überhaupt keine Drogen, mal abgesehen von Kaffee, Gras und Tee. Acid hat sie noch nie probiert, aber sie kennt das Wort und weiß, dass Marina das Wort mag, obwohl sie selbst wahrscheinlich auch noch nie … aber bei Marina weiß man das nicht so genau. An den Wänden hängen Bilder im »Acid-Stil«, der Monitor auf dem Barhocker in der Mitte des Zimmers zeigt »Acid-Muster«, fast die gleichen wie auf dem handgefärbten T-Shirt, das Marina von ihrem kalifornischen Liebhaber bekommen hat, das sind vielleicht Muster, da brauchst du gar kein Acid mehr, sagt Marina und atmet süßen Rauch aus.

Wirklich ein schönes T-Shirt. Auf so ein T-Shirt fährst du ab, egal, ob mit oder ohne Joint. Im Büro allerdings hast du mit so einem T-Shirt nichts zu suchen, das ist klar. Aber Marina muss gar nicht ins Büro, sie hat weder Untergebene noch Vorgesetzte, dafür aber ein handgefärbtes T-Shirt, von einem Liebhaber aus Kalifornien.

Und jetzt zieht sie es über die Schulter. Schön, nicht wahr, schau doch mal, ich kann es ja nicht sehen, sag mal, wie macht er sich da? Ehrlich gesagt, nicht gerade umwerfend schön: Auf matter, milchiger Haut schwimmt ein großer roter Fleck, in dem sich, wie in einer Wolke, die Umrisse eines tätowierten Drachen abzeichnen.

»*Wow*«, sagt Xenia, »einfach super. Aber früher hast du da doch einen Schmetterling gehabt, wo hast du den denn hingesteckt?«

Marina verbirgt ihre Schulter wieder unter dem schönen T-Shirt, schüttelt die strohblonden Haare, streift die Asche ab – *Mann, wie lange hab ich nicht mehr geraucht* – und lächelt: »Stimmt, ich hatte da einen Schmetterling, aber ich hab den Drachen drübermachen lassen. Er ist sozusagen aus dem Schmetterling geschlüpft, genauso wie der Schmetterling aus der Puppe, verstehst du?«

Natürlich, was gibt es da nicht zu verstehen. Der Drache aus dem Schmetterling, der Schmetterling aus der Puppe, die Puppe aus der Schachtel.

»Weißt du noch, Vika hatte als Erste aus der Klasse eine Barbie, in so einer rosa Schachtel, für wahnsinniges Geld aus dem Ausland?«

»Klar weiß ich das noch«, sagt Marina, »die erste Barbie vergisst man nicht, genauso wie den ersten Mann.«

Xenia lacht. »Du hast aber eindeutig mehr Männer gehabt als Puppen.«

»Stell dir vor, ich war so doof«, sagt Marina, »eine richtig dumme Nuss, ich wollte unbedingt ein Mädchen, damit sie meine Puppen erbt. Aber jetzt weiß ich, dass ein Junge viel besser ist, schau ihn dir an, schau doch, erst neun Monate, und schon sieht man, ein richtiger Kerl, ein kleiner chinesischer

Mandarin, stimmt's, du kleiner Apfelsin, mein schrumpeliger Sonnenschein?«

Sie nimmt Gleb auf den Arm, küsst ihn auf das kleine Näschen, die schmalen Äuglein, die schlabbrigen Ach-du-mein-Elefantenbaby-Öhrchen.

»Ma-ma!«, ruft Gleb und krabbelt wieder davon.

Marina hat keine Möbel, abgesehen von einer großen Matratze am hinteren Ende des Zimmers und einem Barhocker, auf dem ein Bildschirm leuchtet. Marina hat ihn mal ihren »kybernetischen Altar« genannt, aber Xenia will sich lieber nicht vorstellen, welche Rituale des Nachts davor vollzogen werden. Jetzt sitzen sie einfach auf dem Boden, auf einem Teppich, zottelig und riesig wie das Fell eines Eisbären, jenes Eisbären, auf dem – nach der Überlieferung irgendwelcher unbekannter nordischer Völker – unsere Welt steht. Oder vielleicht ist nach dieser Überlieferung ja die Welt selbst der Rücken eines riesigen Eisbären, und wir krabbeln in seinem Fell herum, gerade wie der kleine Gleb auf dem riesigen Teppich in der Einzimmerwohnung seiner Mutter, die ebenfalls darauf sitzt, zusammen mit ihrer ältesten und treuesten Freundin. Ein schönes T-Shirt hat Marina, Handarbeit, vom Liebhaber aus Kalifornien, Xenia dagegen trägt wie üblich ein Kostüm, sie ist in voller Montur, mit Marschgepäck und in Kriegsbemalung, strenge Lippen, große Augen, morgens eine halbe Stunde vor dem Spiegel. Als Marina noch ins Büro ging, trug sie trotzdem keine Kostüme, sie war eben Designerin, ein kreatives Mädchen, eine Künstlernatur, stand eher auf Ethnostil, die Männer mochten das, und ihr stand es – und überhaupt, was hatte das schon mit Stil zu tun? Sie hatte den Männern schon immer gefallen, langbeinig wie sie war, mit dieser Aureole blonder Haare um den Kopf, dem unentwegten Lächeln, das den einen verhurt vorkam, den anderen unschuldig.

»Du bist ja ganz schön durch den Wind«, sagt Xenia. »Weißt du noch, was du immer gesagt hast, als du schwanger warst? Ein Junge, das ist der Feind in dir selbst, so à la Intel Inside, mit Logo um den Bauch. Nach dem Motto: Männer und Frauen sind völlig verschiedene Arten, von wegen Männlein und Weiblein von *homo sapiens.*«

»Stell dir vor, ich war so doof«, sagt Marina, »eine richtig dumme Nuss, ich wollte unbedingt ein Mädchen, stinksauer war ich wegen dieser Schwangerschaft. Ich war echt nicht ganz dicht, weißt du noch?«

Natürlich, wie konnte man so was vergessen. Japanische Filmwoche in Moskau, freier Eintritt, der Saal gesteckt voll, das Gerangel um die Plätze, schlecht erkennbare Untertitel, irgendein Kopf verdeckt die halbe Leinwand. Marina bittet zuerst höflich, etwas nach unten zu rutschen, doch dann schiebt sie den Kopf ohne viel Gedöns mit der Hand nach vorne, *Mann, der steht vielleicht auf der Leitung, der kapiert wohl kein Russisch?* Und als das Licht wieder angeht, blickt sie tatsächlich in schmale Augen, sieht gelbliche Haut, oh, wie peinlich. Marina sagt »arigato« und hofft, dass man im Japanischen ein höfliches Wort auch mal anstelle eines anderen verwenden kann, worauf der Mann lacht und auf Englisch sagt, er sei kein Japaner, obwohl er japanische Freunde hat, die er hier hätte treffen sollen, aber die sind offensichtlich nicht gekommen, und er selbst hat kaum etwas verstanden, ehrlich gesagt, japanische Dialoge mit russischen Untertiteln – keine Chance. Aber vielleicht könnte ihm ja diese junge Dame hier mit ihrem hervorragenden Englisch ein wenig berichten, worum es eigentlich ging?

Marina erzählte, sie hätten zuerst im nächsten Restaurant auf die Freundschaft der Völker getrunken, dann hätten sie ein Taxi genommen, sich auf dem Rücksitz geküsst, und da sei die schon beschwipste Marina ganz furchtbar neugierig geworden, denn sie habe ja noch nie einen Asiaten gehabt. Und stimmt das eigentlich, dass die Asiaten beim, na, du weißt schon, ganz besondere Sachen können, also ich meine im Bett? *The Asians do it much better on the mat than in the bed. What is the mat?* Er deutet unter seine Füße, auf den Gummiteppich, ach so, na klar, auf der Matte, aus Reisstroh, *right*?

Eine Matte war dann nachts in Moskau doch nicht aufzutreiben gewesen, also probierten sie es sowohl im Bett als auch auf dem Vorleger, und irgendwann schaute Marina auf die Uhr, und ihr fiel schlagartig ein, dass am nächsten Morgen der Liebhaber aus Kalifornien anrufen würde, ebenjener, der ihr später das schöne T-Shirt mit dem Acid-Muster schenken wird, das sie jetzt trägt. Genau jetzt, da seit jener Nacht achtzehn Monate vergangen sind, wie unschwer zu errechnen ist, wenn man das Alter des Kindes und die durchschnittliche Dauer einer Schwangerschaft bei den Weibchen des *homo sapiens* kennt – vorausgesetzt, man glaubt noch immer an die Existenz dieser Art.

Vor einem Jahr jedoch, an einem genauso depressiven Winterabend, war Marina genauso auf dem Boden gesessen, im Schneidersitz, das T-Shirt über den runden Bauch gezogen, und hatte gesagt, ein Junge, das ist der Feind in dir selbst, und dann noch dazu ein Chinese, wie sein Papa.

»Warum hast du ihn nicht angerufen?«, hatte Xenia damals gefragt.

»Ich hab seine Nummer gar nicht«, hatte Marina geantwortet. »Ich hab ihm meine gegeben, aber seine nicht mitgenommen. Das heißt, er hat sie mir aufgeschrieben, aber ich hab sie auf dem Küchentisch vergessen, ich hab in der Früh einfach nichts mehr mitgekriegt, schließlich waren wir ja beide ziemlich fleißig gewesen die Nacht über, ein ganzes Kind produziert, ganze vier Stunden dran gearbeitet, bis wir richtig nass waren.«

»Aber wieso hast du denn nicht verhütet?«

»Stell dir vor, ich war so doof«, hatte Marina gesagt, »eine richtig dumme Nuss, die ersten beiden Male hab ich ja, aber dann waren die Kondome aus, und außerdem stand er ihm schon nicht mehr so gut, also hab ich gesagt, *komm, einfach so*, ich hatte einfach Bock, und außerdem hatte ich gehört, dass die Wahrscheinlichkeit, von der dritten Ejakulation hintereinander schwanger zu werden, viel geringer ist. Und überhaupt wollte ich gleich am Morgen Prostinor nehmen, aber zu Hause bin ich erst mal zusammengeklappt und sofort eingeschlafen, und später hab ich alles vergessen, ich hab überhaupt alles vergessen, sogar seine Nummer auf dem Küchentisch, obwohl ich trotzdem nicht anrufen würde, wenn er nicht anruft, was soll's, dass ich schwanger bin, hätt ich eben selber dran denken müssen, oder?«

»Ein Glück, dass er wenigstens gesund war«, hatte Xenia gesagt, »sonst wärst du jetzt nicht schwanger, sondern HIV-infiziert.«

»Jetzt hör schon auf, auf mir rumzutrampeln, ich sag dir ja auch nicht, dass irgendeiner deiner sadistischen Kerls dich irgendwann mal einfach absticht.«

»Wie bitte? Das hör ich von dir doch jedes Mal!«

»Na gut, dann darfst du mir jetzt Angst machen, dass ich bei der Geburt sterbe.«

»So ein Quatsch, ich denke gar nicht daran. Du wirst einen wunderbaren Jungen kriegen, gesund und kräftig.«

Ein Jahr ist das jetzt her, dass sie so geredet haben, und am Ende ist es so gekommen. Da krabbelt der Kleine, gesund und kräftig, über den weißen Teppich, wie über den Rücken einer weißen Eisbärin, natürlich, einer Bärin, keines Bären, denn es ist Mamas Teppich, Mamas Zimmer, Mamas Wohnung, Mamas kleiner Chinese, dieser kleine Mandarin, Apfelsin, ja, wer ist das denn, der hier so lecker schmeckt? Deswegen hab ich mir ja den Drachen machen lassen, sagt Marina, damit es nach Fernost aussieht. Wenn ich schon einen chinesischen Sohn habe, bin ich doch auch ein bisschen Chinesin, nicht wahr? Und der rote Fleck, da mach dir mal keine Sorgen, der vergeht bis zum Sommer, und jetzt würde ich ihn sowieso niemandem zeigen außer dir.

Wow, sagt Xenia, was heißt hier niemandem? Wo sind denn all deine Kerle abgeblieben, deine Liebhaber aus allen Ecken der Welt, allen Alters und jeglicher Hautfarbe, die dich so neugierig machen, weil du diesen oder jenen Typ noch nicht kennst? Du wirst doch nicht etwa alle Kombinationen durchprobiert haben, selbst den hundertjährigen Afroamerikaner mit dem Schuss Eskimoblut, der während des Ersten Weltkriegs gezeugt wurde, weil irgendeine Spezialeinheit der US Navy einen Zwischenstopp in Alaska einlegte, wie heißen die noch mal auf Englisch: Seehunde? Eisbären? Lach nur, antwortet Marina, ich jedenfalls habe den Mann meines Lebens gefunden, schau ihn dir doch an, gönn dir diesen Anblick, er ist doch der Beste und Schönste auf der ganzen Welt, sieh dir sein Gesicht an, seine Eier, seinen Pimmel – ich habe noch bei keinem Mann so schöne Eier und einen so schönen Pimmel gesehen. Und du weißt ja, ich habe so manch einen gesehen.

O ja, so manch einen hast du gesehen, ich weiß. Sollte dir etwa nun tatsächlich die Pupille müde geworden sein, die Linse getrübt, der Blick erloschen? Wo ist jene Marina, mit der man auf keine Party gehen konnte, weil sie sogleich nach jemandem Ausschau halten würde, den sie auf einen Fick ins Badezimmer zerren könnte? Wo ist jene Marina, die, wenn sie nicht einschlafen konnte, ihre Liebhaber zu zählen begann, wie andere Schafe oder Elefanten zählten, und jedes Mal einschlief, bevor sie ans Ende kam? Wo ist jene Marina, die von jedem beliebigen Mann in Moskau und in jenen Ländern, die von Scheremetjewo-2 aus angeflogen werden, wusste, was seine sexuellen Vorlieben waren? Wo ist jene Marina, die mir mit fünfzehn Nikita vorstellte, nachdem sie erfahren hatte, dass ich auf BDSM stand? Wo ist jene Marina, die ich so sehr liebte, dass ich wegen ihr nur für eine einzige Nacht ein Mann sein wollte?

Sie sitzt auf dem Boden, die Beine unter sich gezogen, in dem handgemachten T-Shirt, von dem Liebhaber aus Kalifornien, und das Acid-Muster auf dem Stoff scheint mitten aus ihrem Bauch zu leuchten, und das Acid-Muster auf dem Bildschirm kommt mir vor wie ein Segen der kybernetischen Götter, und der kleine Gleb krabbelt daneben herum.

11

Wie die Lebenszeit vergeht, denkt Olga, wie die Zeit vergeht, jetzt bin ich schon fünfunddreißig. Vor acht Jahren bin ich aus Sankt Petersburg nach Moskau gezogen, und vor einem Jahr habe ich mir die Wohnung gekauft. Acht minus eins macht sieben, sieben Jahre in fremden Ecken, davon zwei Jahre in einer Wohnung mit Wlad und all seinen ewig wechselnden Freunden, der ganzen Sippschaft. Sieben minus zwei: fünf. Fünf Jahre Einsamkeit, fünf Jahre Singledasein. Fünf plus eins macht sechs. Dann also doch sechs Jahre, denn in meiner eigenen Wohnung bin ich ja auch allein, an der Zahl ist nicht zu rütteln, wie man es auch dreht und wendet.

Zahlen sind mein Spezialgebiet, denkt Olga und zieht an der langen Zigarettenspitze. Woher kommt bei diesem philologisch geprägten Mädchen aus einer gebildeten Leningrader Familie so plötzlich die Liebe zu den Zahlen? Vielleicht liegt das am Schach? Immerhin war ich mal in der zweithöchsten Liga. Und konnte die Varianten schon immer ziemlich gut im Voraus berechnen. Schwarze und weiße Felder, horizontal die lateinischen Buchstaben, vertikal die Zahlen.

Zahlen sind mein Spezialgebiet. Angefangen habe ich als Buchhalterin, ich war IT-Managerin, und jetzt sind es schon drei Jahre, dass ich geschäftsführende Direktorin und Miteignerin eines kleinen Unternehmens bin. Finanzströme unterscheiden sich kaum von Computernetzen, einzelne Ziffern bilden Zahlen, Zahlen ordnen sich zu Spalten, Spalten sammeln sich zu Tabellen, Nullen und Einsen marschieren durch Leitungen und verwandeln sich am Ausgang in ein Bild, ein Wort oder eine andere Zahl. Das Ganze nennt sich dann Rechenlegung, nennt sich Internet. Der Ort, an dem sich Finanzen und Internet treffen, das ist der Punkt, an dem ich mich befinde.

Physisch befinde ich mich gerade in einem japanischen Restaurant im Zentrum Moskaus. Für 149 Rubel bekommst du hier den billigsten Lunch der Stadt. Zahlen sind mein Spezialgebiet, sie lassen mich nicht mal beim Mittagessen im Stich. Xjuscha ist dreiundzwanzig, ich fünfunddreißig, sie ist also zwölf Jahre jünger. Wäre ich gleich nach meiner ersten Periode schwanger geworden, wäre meine Tochter jetzt genauso alt. Am liebsten wäre mir eine wie Xjuscha. Natürlich nur als Tochter, nicht als Sohn. Sie würde mich »Mama« nennen, und ich würde ihr über den Kopf streicheln und sagen: *Was hast du denn, Xjuschenka, alles wird gut, du weißt doch, ich hab dich lieb.* Ich würde ihr durch die wirren schwarzen Haare fahren, denn schließlich braucht jeder unbedingt jemanden, der ihn liebt.

Mit dreiundzwanzig hatte ich das noch nicht begriffen. Ich dachte, in der Welt gebe es eine Menge andere, wesentlich wichtigere Sachen als die Liebe einer Frau zu einer anderen. Zum Beispiel die Liebe eines Mannes zu einer Frau oder umgekehrt. Aber Wlad hatte mich schon damals aufgeklärt, dass die Liebe eines Mannes zu einem Mann nicht weniger wert ist. Wlad ist fünf Jahre älter als ich. Dreiundzwanzig plus fünf macht achtundzwanzig. Mit fünfundzwanzig hatte er sein Coming-out, und damals wusste ich schon seit drei Jahren, dass mein Bruder schwul ist. Also seit ich zwanzig war.

Ich wünschte, ich hätte so eine Tochter wie Xjuscha, aber das ist unmöglich. Zum ersten Mal mit einem Mann geschlafen habe ich mit zweiundzwanzig. Vor lauter Aufregung und Liebe habe ich damals nicht verhütet, wäre ich also damals schwanger geworden, dann wäre meine Tochter jetzt zwölf. Genauso alt, wie ich war, als Xjuscha auf die Welt kam.

Wie die Lebenszeit vergeht, denkt Olga, wie die Zeit vergeht. Grischa und Kostja reden nicht mehr miteinander, und heute Morgen habe ich die Rechnung für die Werbung erhalten, die über die Sites von Grischas Holding gelaufen ist, und diese Rechnung hat mir nicht gefallen. Zahlen sind mein Spezialgebiet, und ich muss mir nicht erst die Unterlagen für den letzten Monat holen, um zu begreifen, dass da was nicht stimmt. Nach der Mittagspause fahre ich ins Büro zurück und rufe Grischa an, ich werde ihn fragen, was los ist, wohin unsere internen Rabatte verschwunden sind, ob mein Laden etwa nicht mehr zu seiner Holding gehört – und werde wohl zu hören bekommen: Nein, seit Kostja 37,5 % der Aktien hält, gehört dein Laden nicht mehr zur Holding, und deshalb wirst du das Gleiche zahlen wie alle. Wir werden das Gleiche zahlen wie alle. Das heißt, ich werde das Gleiche zahlen wie alle. Ich weiß schon, was ich zu hören bekommen werde. Zahlen sind mein Spezialgebiet, und deshalb weiß ich, was mir die Leute sagen werden, die diese Zahlen schreiben. Wenn ich die Zahlen kenne, kenne ich auch die Menschen. Allerdings nicht alle.

Letzte Woche habe ich Xjuscha gefragt, sie gebeten, etwas über *diesen Mann*, den *großen Investor* herauszubekommen, aber Xenia spricht nicht darüber, als hätte sie es vergessen oder nichts herausgefunden, und plötzlich begreife ich, dass es mir schwerfällt, das Thema noch einmal anzusprechen. Ich sehe sie an, dunkle Ringe unter den Augen, fast bis aufs Fleisch abgenagte Fingernägel. Arme Xenia, was ist los mit dir? Warum gehe ich dir jetzt noch mit meinen Angelegenheiten auf die Nerven? Ich komme schon irgendwie alleine klar. Irgendwie.

Weil jede von uns so Augenblicke hat, wo du begreifst: In der Welt um dich herum stimmt was nicht. Und du brauchst all deine Kraft, um nicht vor allen Leuten in Tränen auszubrechen. Und da versucht man dann Haltung zu bewahren, soweit es geht.

Zahlen sind mein Spezialgebiet, Zahlen beruhigen mich. Meine Tochter wäre jetzt genauso alt, wie ich damals war, als Xjuscha auf die Welt kam – und das heißt, dass Xjuscha irgendwie um drei Ecken wenigstens für einen Augenblick meine Tochter ist.

Wie die Lebenszeit vergeht, denkt Olga, wie die Zeit vergeht. Gestern ist Wlad vierzig geworden, ein wichtiger Geburtstag …

Ich bin mit ihm zum »Auchan« gefahren, sagt sie, weil er mich drum gebeten hat, und da hab ich so viel eingekauft, unser Kassenzettel war am Ende vielleicht eins sechzig lang, und dann haben wir alles ins Auto reingepackt, es war voll bis zum Anschlag, und haben alles zu ihm nach Hause gebracht. Ich bin ja eine gute Schwester, Xjuscha, das weißt du. Ich hatte alles gekocht, den ganzen Tisch gedeckt, und dann kamen die Gäste, seine Gäste, verstehst du, Bohemiens, Dauergäste im *Mix*, Theaterstars, DJs, VJs, ich weiß gar nicht wer noch, achtunddreißig Personen, mehr sogar, als Wlad gedacht hatte. Achtunddreißig plus zwei, also vierzig, genau sein Alter, komisch, nicht wahr? Und für all diese achtunddreißig Leute war ich Luft, nein, alle neununddreißig, weil auch Wlad mich links liegen ließ. Und das, obwohl ich mit einem von denen sogar mal in derselben Wohnung gewohnt hatte! Obwohl, ehrlich gesagt, ich weiß auch schon nicht mehr genau, mit wem. Und denk bloß nicht, dass da nur Homos waren, nein, auch ganz normale Männer, einige sogar mit ihren Freundinnen, aber für sie alle war ich Luft, wie eine Bedienung in einem teuren Restaurant. Als wäre ich auch achtunddreißig Leute und stände bei jedem Gedeck als unbewegliche Statue dabei. Verstehst du, wie mich das verletzt hat?

Abends bin ich dann auf den verglasten Balkon gegangen. Durch die Ritzen der Fenster blies der kalte Dezemberwind. Ich tat so, als ob ich eine rauchen wollte, nahm das Handy und wählte Xjuschas Nummer. Natürlich weiß ich sie auswendig, Zahlen sind mein Spezialgebiet, aber ich habe sie unter Nummer 2 gespeichert, denn 1 ist die Nummer von Oleg und 3 die von Wlad. Natürlich kenne ich alle diese Nummern auch so, ich habe ein gutes Zahlengedächtnis, was nicht verwunderlich ist, bei meinem Spezialgebiet. Du warst vorübergehend nicht erreichbar, Xjuscha, und deshalb werde ich dir jetzt nicht erzählen, wie ich auf dem kalten verglasten Balkon stand, die Stirn gegen den Fensterrahmen gelehnt, schluchzend, weil ich so gekränkt war. Ich hätte jemanden gebraucht, der mir die Hand auf die Schulter legt, mir über den Kopf streicht und sagt: *Was hast du denn, Olenka, alles wird gut, du weißt doch.* Aber zwischen uns lagen zwölf Jahre Unterschied und soundsoviel Kilometer frostige Luft, durchfrorener Beton, Moskauer Grund, vollgestopft wie ein Geburtstagskuchen mit Wasserrohren, unterirdischen Versorgungsleitungen, Telefonkabeln und Internet-Glasfasern, in denen Nullen und Einsen hin und her liefen, um sich am Ausgang in Bilder, Buchstaben und andere Zahlen zu verwandeln.

Wir brauchen unsere ganze Kraft, um nicht vor allen Leuten loszuheulen. Ich wischte mir die Tränen ab und ging in die Küche zurück, Geschirr spülen. Wlad hatte mich darum gebeten, er hat das noch nie gemocht, es soll ja sehr häusliche Homosexuelle geben, aber ich habe da wohl Pech gehabt. Ich ging in die Küche zurück, Geschirr spülen, und jetzt, da ich beim Japaner an einem niedrigen Tischchen sitze, erzähle ich Xjuscha nicht davon, dass ich ihre Nummer gewählt habe, auf dem dezemberkalten Balkon, sondern frage sie nur: *Warum springt Wlad so mit mir um? Vielleicht, weil er schwul ist?*

Xenia lacht, schiebt die Misosuppe weg und greift mit den Stäbchen nach dem Sushi. Hör mal, Olja, sagt sie, sei doch wenigstens du keine Schwulenhasserin. Wir kennen alle eine Menge Homos, die völlig normal mit Frauen umgehen, auf die wunderbarste Art. Na ja, und dein Bruder, dein Bruder ist eben, entschuldige mal, ein ganz normaler Flegel. Ein genialer Regisseur, ein Mann von Welt, was immer – aber trotzdem ein ungehobelter Flegel, ein dominanter Typ, also hör auf, die Homos schlechtzumachen, die sind nämlich eigentlich super drauf. Und das stimmt überhaupt nicht, dass sie sich vor den Frauen fürchten. Im Gegenteil: Du bist es, die sich vor den Männern fürchtet, sonst würdest du es ihnen nicht gestatten, sich an dir die Füße abzuwischen.

Angenommen, ich hätte einen Sohn, ob der wohl schwul wäre? Ich weiß, das ist nicht erblich, noch weniger von einem Onkel mütterlicherseits, aber vielleicht wäre ja das schlechte Beispiel ansteckend. O je, was hab ich jetzt wieder gesagt, wieso schlecht? Xjuscha hat recht, peinlich, peinlich. Einfach nur anders. Das andere Beispiel ist ansteckend. So ist es politisch korrekt, ganz sicher.

Als hätte sie meine Gedanken gelesen, lacht Xjuscha auf und sagt, politische Korrektheit habe damit überhaupt nichts zu tun. Dass es Homosexuelle gibt, hat sie ungefähr in demselben Alter erfahren, als sie lernte, wie es Männer und Frauen miteinander treiben, und auch ungefähr aus derselben Quelle.

Wenn sie meine Tochter wäre, hätte sie ihre Kindheit nicht mit der Lektüre von »SPID-info« verbracht. Selbst nach dem Ende meines Jungfrauendaseins fand ich diese Zeitung noch immer ungeheuerlich abgeschmackt und widerlich, und ehrlich gesagt finde ich das noch immer. Wenn Xjuscha meine Tochter wäre, ich hätte ihr nicht jeden Schund zu lesen gegeben, sondern die Liebe zur Lyrik in ihr geweckt.

Mama hatte immer ein Faible für Gedichte, und das hat sie noch immer. Eine gebildete Leningrader Familie, Papa ein ehemaliger Soldat, Mama Deutschlehrerin. Papa hat sie immer ein wenig verspottet, er sagte, sie hätte besser kochen lernen sollen, als deutsche Verben deklinieren. Papa ist vor drei Jahren gestorben, und Mama … Mama ist in Sankt Petersburg, und die Gedichte, die sie mag, gefallen mir aus irgendeinem Grund nicht mehr so gut wie damals. Ich rufe sie selten an. Gut, dass Wlad nicht vergisst, sie anzurufen. Wahrscheinlich ist er doch ein besserer Sohn als ich eine Tochter – trotz seines ungeordneten Lebens und der ewig wechselnden Partner.

Verstehst du, sagt Olga, er ist doch die einzige Familie, die ich habe. Papa ist tot, Mama in Sankt Petersburg, und ich weiß ehrlich gesagt nicht, worüber ich mit ihr reden soll. Sie fragt mich ständig aus, ob ich nicht doch noch ein Kind bekommen will, umso mehr jetzt, wo ich eine Wohnung in Moskau habe. Als könnte ich von der Wohnung ein Kind bekommen. Zum Beispiel von der elektrischen Leitung oder dem Telefonkabel.

Olga sieht, wie Xenia bei diesen Worten lächelt und ihre dunklen Augen noch dunkler werden, als ob sich innen ein Tunnel öffnet, in denen Olgas Worte hineinfallen, um sich in Bilder oder Erinnerungen zu verwandeln, genauso wie Nullen und Einsen in Bilder oder Buchstaben. Olga will lieber nicht wissen, was auf dem Grund dieses Brunnens liegt, welche anderen Verwendungszwecke ihre Freundin für Telefon- und Elektrokabel kennt, und sagt deshalb noch einmal: »Verstehst du, er ist meine einzige Familie.«

Xenia schenkt sich mit zitternder Hand grünen Tee ein,

nimmt einen hastigen Schluck, als hätte sie plötzlich einen trockenen Hals bekommen, und sagt mit dumpfer Stimme, wie wenn du in einen Brunnen hineinschreist: »Du darfst einfach nicht zulassen, dass er dich so behandelt.«

»Er ist mein Bruder«, sagt Olga, »er war schon immer so zu mir, du weißt doch, schon in der Kindheit.«

»Das liegt eben daran, dass du keine Masochistin bist«, sagt Xenia. »Würdest du dich einmal die Woche fesseln und mit selbigem Telefonkabel durchprügeln lassen, würdest du die übrigen sechs Tage niemandem gestatten, sich an dir die Füße abzuwischen.«

Ob sie das wohl wörtlich meint, denkt Olga, wenn sie sagt: *sich an dir die Füße abzuwischen*? Für einen Augenblick stellt sie sich Xenia nackt vor, wie sie auf dem Rücken liegt, und wie jemand mit einer Stiefelsohle über ihre steifen Nippel fährt. So was Scheußliches, meine Güte. Olga zuckt zusammen und nippt ebenfalls an ihrem grünen Tee, als hätte sie plötzlich einen trockenen Hals bekommen. Sie fürchtet sich vor Schmerzen, sie liebt Xenia, und sie denkt ungern daran, dass jemand Xenia wehtun könnte.

Sechs Tage, sagt Xenia, aber Olga rechnet das sofort in Stunden um, denn die körperliche Züchtigung, selbst die längste und abwechslungsreichste, dauert nur ein paar Stunden, drei, vielleicht fünf. Also müssen wir diese fünf Stunden von vierundzwanzig mal sieben abziehen.

Vierundzwanzig mal sieben, hat mir Xjuscha mal erklärt, das ist eine Art Vertrag. Wenn der submissive Partner, oder auch »Sub« oder »Sklave«, sich dem dominanten Partner (dem »Herrn« oder »Top«) vierundzwanzig Stunden pro Tag und sieben Tage die Woche unterwirft. Solche Verträge habe ich noch nicht aufsetzen müssen, denn mein Spezialgebiet hat zwar auch mit Zahlen zu tun, befindet sich aber dort, wo Finanzen und Internet aufeinandertreffen, und nicht dort, wo der Schmerz auf den Genuss trifft. Und von dem Punkt aus, wo ich mich befinde, kann ich jenen zweiten Punkt, wo sich Xjuscha von Zeit zu Zeit befindet, überhaupt nicht sehen, ja, ehrlich gesagt, mir graust davor, in diese Richtung zu sehen, mir graust, und mir ist es peinlich.

Wenn Xjuscha meine Tochter wäre, denkt Olga und zieht an der langen Zigarettenspitze, ob sie mir wohl beibringen könnte, so zu leben, wie sie es jetzt tut? Mich überreden wollte, mit ihr in den Club an der Kropotkinskaja zum Boogie-Woogie-Tanzen zu gehen? Mir ein paar Dinge zum Thema Sex erklären könnte, die ich bis heute nicht begreife, obwohl ich zwölf Jahre älter bin? Rechnet man die durchlebten Jahre jedoch in Männer um, die jede von uns hatte, so wird mein Ergebnis, fürchte ich, geringer ausfallen. Also bin ich am Ende eher Xjuschas Tochter, wenn man das Alter nach den durchlebten Männern berechnet, obwohl wir solche Berechnungen noch nie angestellt haben. Wozu auch, es ist ja auch so klar: Olga ist das unschuldige Lamm, gerade mal seiner Jungfräulichkeit beraubt, Xjuscha dagegen die erfahrene Frau, Quell der Weisheit und Hort der Sünde.

Also ist es am Ende gut so, dass Xenia nicht ihre Tochter ist, obwohl auch nicht klar ist, woher sie denn eine andere Tochter nehmen sollte, denn von der eigenen Wohnung bekommt man kein Kind, selbst wenn das eine Wohnung an der Metrostation »Universität« ist, für die sie noch acht Jahre Kredit abzubezahlen hat. Acht Jahre, so vergeht die Zeit, so vergeht die Lebenszeit.

In acht Jahren wird Xenia auch eine eigene Wohnung haben, sie wird ihre eigene Firma haben oder einfach eine gute Arbeit. Eine kleine, schwarz zerzauste Bauernfigur, die in der letzten Reihe zur Königin wird.

Jemand bringt die Rechnung, die Olga automatisch kontrolliert, obwohl sie weiß, dass die hier keine Fehler machen. Und erst dann sagt Xenia: »Weißt du, ich wollte dich bitten, mir was auszurechnen.« Sie holt aus ihrer Tasche eine durchsichtige Mappe und reicht sie Olga.

»Ausrechnen – mit Vergnügen«, sagt Olga. »Du weißt ja, Zahlen sind mein Spezialgebiet. Worum geht es, Xjuscha? Eine Info-Site?«

»Ein Sonderprojekt«, sagt Xenia, »als Ergänzung zu unserem *Vecher*-Angebot.«

Sehr gut, sagt Olga zu sich, jetzt kann ich sie auch daran erinnern. Aber nicht gleich, nimm erst die Mappe und schau dir an, was drin ist.

»Politik?«, fragt sie. »Die Wahlen?«

Wir schaffen eine fiktive Welt, sagt Olga zu sich, eine Scheinwelt aus Zahlen, Kabeln und Monitor-Leuchtsubstanz. Politik, Wahlen, russisches Web, Bannerabrufe, Klicks und Traffic. Eine fiktive Welt, ein unechtes Leben.

»Nein«, antwortet Xenia und schüttelt den Kopf, dass ihre Haarsträhnen über den Schläfen leicht hin und her schaukeln. »Nein«, antwortet sie, »nicht Politik, eher Verbrechen. Mir schwebt ein Sonderprojekt über den Moskauer Serienkiller vor. Ich finde, das ist um einiges wichtiger als jegliche Wahlen.«

Um einiges wichtiger als jegliche Wahlen, ja, Xenia glaubt das wirklich, Olga weiß das. Beklag dich nicht über die Scheinhaftigkeit deiner Welt, hat ihr Xenia einmal gesagt, bist du denn sicher, dass du die wirkliche Welt sehen willst? Ich kenne da eine Methode, hab sie dir oft empfohlen. Der Schmerz kennt keine Lüge.

Die durchsichtige Mappe liegt zwischen ihnen auf dem niedrigen Tischchen.

»Ich mache das morgen, einverstanden?«, sagt Olga, streckt aber nicht die Hand aus.

Xenia nickt, und da sagt Olga: »Hör mal, weißt du noch, ich hatte dich gebeten, was über jemanden herauszufinden …«

»Natürlich«, antwortet Xenia, »natürlich. Ich habe im Web nachgesehen, gegoogelt, es gibt nichts über ihn.«

Gegoogelt hab ich selbst, denkt Olga. Zahlen sind mein Spezialgebiet, und Google ist die beste Suchmaschine im Netz, und trotzdem kann sie nur das finden, was es im Internet gibt. Aber *dieser Mann* hält sich bedeckt, sein Name taucht in keiner Zeitung auf und wird nicht einmal auf der Enthüllungs-Site *Kompromat.ru* erwähnt.

»Ich hatte schon gegoogelt«, sagt Olga, »ich dachte, du suchst über deine Kanäle …«

»Natürlich«, antwortet Xenia, »entschuldige. Mir geht's im Moment nicht so gut, bin irgendwie ziemlich gestresst. Ich hab schon rumgefragt, aber niemand weiß was. Aber ich werde noch Pascha fragen, sobald ich ihn sehe.«

»Danke«, antwortet Olga, »danke, und entschuldige, dass ich nachgehakt habe. Es ist mir nur sehr wichtig – und ziemlich dringend.«

Selbst wenn sie meine Tochter wäre, denkt Olga, wäre es mir peinlich, so Druck auf sie auszuüben. Selbst dann würde ich sagen: *Danke, entschuldige, dass ich nachgehakt habe.* Aber ich würde es ihr nicht gestatten, ein Projekt über einen Killer zu machen, der Mädchen die Brüste abschneidet und die Augen aussticht. Aber sie ist nicht meine Tochter, und deshalb bleibt mir nichts, als die Mappe zu nehmen und in die Tasche zu stecken.

»*Ich* muss mich bei *dir* bedanken«, antwortet Xenia und erhebt sich.

Jenseits des Fensters fällt Schnee, wie im japanischen Kino.

12

Eine gute Zeit zum Töten ist der Winter. Besonders wenn nachts Schnee gefallen ist und über der Erde eine hauchzarte weiße Decke liegt. Du legst den nackten, gefesselten Körper darauf. Das Blut aus den Schnittwunden fließt besser bei Frost, und damit verschwindet die Wärme des Lebens. Wenn du Glück hast und sie nicht schnell stirbt, bekommt sie noch mit, wie sich über dem, was vor Kurzem noch in ihren Venen floss, ein harter Film aus Eis bildet. Rot auf Weiß, es gibt nichts Schöneres als diese Kombination.

Es heißt, der Kältetod gleicht dem Schlaf. Sich den Kopf auf die Knie legen, zusehen, wie die Pupillen sich trüben, wie die Augen sich schließen, sanft über die erkaltende Haut streichen, sie immer wieder wecken mit heißen Messerstichen, dass sie vor Schmerz zusammenzuckt, für einen Moment zum Leben zurückkehrt, in ihren Augen den letzten Widerschein des Bewusstseins aufblitzen sehen, ein leises Wiegenlied singen, die Stirn berühren, wie Mutter in der Kindheit, wenn du krank warst, und sie prüfte, ob die Stirn noch heiß war. Nach vielen Jahren diese Geste wiederholen, prüfen, spüren, wie mit jedem Mal die Haut immer kälter wird, als ob die Schneekönigin sie mit ihrem Atem umweht, feststellen, dass die Stiche kein Zucken mehr hervorrufen. Dann kannst du die Fesseln aufschneiden, den Knebel aus dem Mund nehmen, dich neben sie setzen und weinen – und zusehen, wie sich die

Tränen mit dem Blut vermischen, das bereits zu erstarren beginnt.

Eine gute Zeit zum Töten ist das Frühjahr. Besonders wenn die ersten Blätter sprießen, und der Wald, auf den du aus dem Fenster blickst, von dem zarten, grünlichen Schimmel neuen Lebens bedeckt wird. An solchen Tagen brichst du am besten ein paar frische Weidenzweige ab, voller Frühlingssaft, und gehst hinab in den tiefen Keller, wo sie, an Seilen zwischen Boden und Decke hängend, bereits auf dich wartet. Den Knebel abnehmen, sie schreien lassen, ein paar Mal um sie herumgehen und ihr dann den ersten Schlag versetzen. Allmählich, Schrei um Schrei, bedecken sich Schenkel, Rücken, Bauch und Brust mit einem Muster aus Striemen, mit dem roten Schimmel des Blutes. Dann die Fesseln lockern, sie niederknien lassen, sich bücken und, in die verweinten Augen blickend, fragen, wie sie heißt. Den Namen des Mädchens zu kennen ist sehr wichtig, damit du sie rufen kannst, wenn sie wegzudämmern beginnt, damit du sie nicht so schnell verlierst.

Es heißt, in China wächst der Bambus so schnell, dass die jungen Triebe den Körper eines Menschen, der auf der Erde festgebunden ist, in einer Nacht durchbohren. Ich wünschte mir, das Gras im Frühling hätte die gleiche Kraft, auf dass neues Leben und neuer Tod miteinander verschmelzen, rote Tropfen bleiben wie Blüten auf den breiten Blättern der Schneeglöckchen, die in ihrem Leib aufblühen, und auf den gelblichen Blütenständen der Löwenzähne, die hervorsprießen zwischen ihren Brüsten, welche die ungestüme Kraft des bitteren Beifuß schon gesprengt hat. Noch immer liegt sie lebend da inmitten all der durch sie hindurchgewachsenen Blumen, und ihr letzter Atemzug vermischt sich mit ihrem frühlingshaften Duft.

Eine gute Zeit zum Töten ist der Sommer. Der nackte Leib ist sommers am natürlichsten – am natürlichsten und am schutzlosesten. Im Hof ein Dutzend Pflöcke einschlagen, das geschwächte Mädchen aus dem Keller herausführen, es schnell, bevor es so recht begreift, festbinden, dabei die Arme und Beine so weit wie möglich spreizen, nicht vergessen, den Knebel zu kontrollieren, denn im Sommer sind überall Menschen, und ganz sicher findet sich ein Wohltäter, der auf die Schreie hin an das Tor in dem hohen Zaun klopft und sich erkundigt, was hier vor sich geht.

Ich würde ihn an die Hand nehmen und ihn dorthin führen, wo das Mädchen liegt. Sie ist nackt, wie auf einem FKK-Strand. Sie weiß, dass sie bald sterben wird. Ich würde ihm befehlen, sich hinzuhocken und ihr in die Augen zu blicken. So sieht das Grauen aus, würde ich ihm sagen, so sieht Verzweiflung aus, so geronnen, dass man sie berühren kann. Hab keine Angst, streck die Hand aus, berühre die glatten, tränenerfüllten Augäpfel. Wenn du willst, schenke ich dir einen davon, zum Andenken.

Doch wenn der Knebel gut sitzt, wird es kein Geschrei geben, und du allein wirst in ihre Augen blicken und den Zuckungen ihres wie eine Saite gespannten Körpers lauschen müssen, der so feinfühlig reagiert auf jeden neuen Strich, jeden noch so kleinen Schnörkel des Musters, das du auf ihrer Haut mit dem Vergrößerungsglas einbrennst. Sonnenhitze, so sehr konzentriert, dass sie niemanden kaltlässt. Das Fleisch verkohlt, die rosafarbenen Hügelchen ihrer Brustwarzen werden zusehends dunkler, und die Klitoris findet kein Versteck mehr, denn das Gestrüpp der Haare ist rasiert und die Vorhaut rechtzeitig beschnitten worden.

Vergiss nicht, ihr den Schweiß von der Stirn zu wischen, er darf ihr nicht in die Augen fließen, denn sie soll den Himmel sehen, die Sonne und die grünen Blätter. Lege beizeiten ein feuchtes Handtuch bereit, denk daran, wie Mutter dich pflegte, wenn du krank warst, wisch ihr den Schweiß von der Stirn, sieh ihr in die Augen und versuche darin einen Widerschein deiner kindlichen Schwermut zu finden.

Eine gute Zeit zum Töten ist der Herbst. Das Blut ist auf den roten Blättern nicht zu sehen, und die gelben Blätter schwimmen in purpurnen Pfützen wie kleine Schiffchen. Binde sie an einen Baum, nimm genügend Dartpfeile mit und spiel mit ihr heiliger Sebastian. Denk daran – am besten steckt ein solcher Pfeil in der Brust, und so vermeidest du, dass er sich in die Stirn bohrt.

Wenn du willst, lass sie über Nacht angebunden. Am Morgen wirst du sie durchfroren, aber noch lebend vorfinden. Binde sie vom Baum los, führe sie in den warmen Keller, nimm den Knebel aus dem vom stummen Schreien zerfetzten Mund, lass sie eine Zeit lang weinen, gib ihr ein Frühstück, das du selbst zubereitet hast, und dann nimm sie ganz sanft, so, als ob dies deine Hochzeitsnacht wäre, auf die du zwei Jahre lang gewartet hast. Lecke die Blutstropfen von den Spuren deiner Pfeile, in gewisser Weise sind es ja auch Amorpfeile. Wenn du fertig bist, fessele sie wieder, führe sie in den Hof und beginne von vorne.

Der Herbst ist die Zeit des langsamen Sterbens. Es gibt keinen Grund zur Eile. Das Laub wird noch früh genug welk, die Zweige der Bäume werden sich entblößen und bleierne Wolken über den Himmel ziehen. In einer feuchten, regnerischen Nacht geh hinaus in den Hof, zu dem leblosen Körper, der schlaff in den Fesseln hängt, sieh dir an, was von jener Frau übrig ist, die du vor einem Monat hierhergebracht hast. Wenn du Glück hast, hat sie das tägliche Aufhängen zwischen den Zweigen des alten Apfelbaums überlebt, die Marter mit den Wurfspießen, den zärtlichen, erstickenden Geschlechtsverkehr im Keller, deine raue Zunge, die über die frischen Wunden leckt. Nimm einen Klumpen regennasser Erde und schmiere ihr diesen Schlamm über den geschundenen Körper. In diese Erde werden wir uns alle einmal legen müssen, früher oder später. Betrachte sie ein letztes Mal, nimm den Knebel aus dem Mund, in der Hoffnung, dass der starke Regen die letzten Schreie übertönt. Nimm das Messer und töte sie mit mehreren Stichen, bevor der Winter beginnt.

So sieht mein Kalender aus. Meine Jahreszeiten. Bilder einer Ausstellung.

Ich würde gern so ein Buch schreiben. Ein wunderschönes und bitteres Buch, wo die Schönheit der Natur und die Schönheit des Todes miteinander verschmelzen. Schade, es ist mir verwehrt, denn nichts von dem, was ich sage, ist wahr.

Wenn du tötest, denkst du nicht an die Jahreszeiten. Wenn du tötest, tötest du einfach. Und in dir ist nichts als Grauen.

Grauen und Erregung.

13

»Der Aufbau einer solchen Website ist ein Klacks«, schreibt Olga per ICQ. »Wenn du das richtige Programm hast, sind das vielleicht drei Tage Arbeit, einschließlich Design.«

»Ein Programm gibt es«, antwortet Xenia, »*Vecher.ru* hat eins, das könnten wir verwenden.«

»Eine Sache bereitet mir Kopfzerbrechen: Wo willst du den Content hernehmen? Erst mal exportierst du das, was die *Lenta* über dieses Arschloch geschrieben hat, dann legst du sämtliche Interviews rein, die du in der Presse auftreiben kannst. Und weiter?«

»Man muss diesen Auftritt zu einem Ort machen, wo die ganze Information zusammenfließt«, hämmert Xenia eifrig in die Tastatur, »wo Leute, die sich in solchen Angelegenheiten für kompetent halten, ihre Artikel publizieren können.«

»Eine Experten-Site?«

»Ja, so ähnlich. Eine Experten-Site mit einer starken Community-orientierten Komponente. Ein paar Foren, ein Chat, Blogs.«

»Glaubst du, die Leute werden da reinschauen?«

»Klar werden sie.«

»Okay, sie schauen einmal über irgendwelche Banner oder Links rein, aber was bringt sie dazu wiederzukommen? Was werden sie in den Foren diskutieren?«

»Das psychologische Porträt des vermutlichen Täters, ähnliche Fälle, die in der Geschichte bekannt sind, die möglichen Gründe ... es gibt mehr als genug!«

»Du idealisierst unsere User. Was du eben aufgezählt hast, sind Themen für Fachbeiträge. Der einfache Leser geht nur mit einem Ziel ins Forum – um aufzuschreiben, was mit dem Mann geschehen soll, wenn man ihn schnappt.«

»Gut. Wenn das so ist, schalten wir das Forum ab. Aber ich glaube, dass diese Site eine Art *gate* werden kann, über das die Gesellschaft mit der Macht sprechen kann. Die Miliz kann über die Site die Moskauer warnen, die Leute können ihre Vermutungen mitteilen, irgendwelche Maßnahmen fordern und so fort.«

»Du bist eine Idealistin :). Wie kommst du darauf, dass die Macht mit der Gesellschaft sprechen will?«

»:)) Diese Macht hat doch nur ein Ziel: sämtliche Informationskanäle mit sich selbst auszufüllen. Die Site schließen werden sie nicht, und sie uns wegnehmen auch nicht. Zu viel Aufwand – sie müssten uns ein Interview geben und für uns Presseveröffentlichungen schreiben. Außerdem holen wir wohltätige und nichtkommerzielle Organisationen mit an Bord: Hilfsangebote von Psychologen für die Verwandten der Opfer, Spendensammlungen für diejenigen, denen noch geholfen werden kann, Vermisstenanzeigen ... Meine journalistische Erfahrung sagt mir, dass es uns an Content nicht mangeln wird :)«

»Also gut. Wenn das so ist, kommt dein Auftritt in die Nachrichtenprogramme. Und dann kriegst du fünf- bis siebentausend Unique Users pro Woche.«

»Wow! Wir sind in den Top10 von Rambler! :))«

»:) Und dann fangen wir an Werbung zu verkaufen und machen daraus ein kommerzielles Projekt.«

»Lässt sich da viel verkaufen?«

»Mit Bannern machst du nicht viel Holz. Aber Zielwerbung – das ist wirklich der Hammer!«

»Und wo nehmen wir die her?«

»Alle Fitnessclubs, wo auch nur irgendwas wie Selbstverteidigung für Frauen angeboten wird. Online-Buchhandlungen, die Bücher à la *Die hundert berühmtesten Mörder unserer Zeit* im Sortiment haben. Audio und Video, so was wie *Murder Ballads* oder *Das Schweigen der Lämmer.* Werbung für jeden neuen Film über den Killer, zum Glück kommt da ja jeden Monat was Neues. Geschäfte, die mit Waffen zur Selbstverteidigung handeln. Und sicher habe ich noch was vergessen.«

»Das ist alles reell?«

»IMHO ja. Such du erst mal das Material zusammen, um die Kunden kümmere ich mich schon.«

»Wow, endlich arbeiten wir zusammen!«

»Wie in den guten alten Zeiten :))«

»Okay, jetzt muss ich nur noch mit Pascha reden.«

The medium, wie Marshall McLuhan einmal sagte, *is the message.* Das heißt, das Medium ist wichtiger als die Information selbst. Der Botschafter ist die Botschaft, wenn man ein Wortspiel versuchte, obwohl die Übersetzung natürlich nicht besonders genau ist. Marshall McLuhan war ein kanadischer Medienforscher, schon lange tot, und sein berühmtester Satz war auf das Fernsehen gemünzt. Es wäre sicher witzig zu hören, was er über das Internet zu sagen hätte. Aber Marshall McLuhan schweigt und wird nie erfahren, ob seine Prognosen eingetroffen sind. Vor einem halben Jahrhundert sagte er zum Beispiel voraus, dass mit dem Aufkommen des nationalen Fernsehens die lokalen Dialekte aussterben würden. Nun ist ein halbes Jahrhundert vergangen, und was haben wir? Die lokalen Dialekte sind unverändert geblieben – und das nicht nur in Russland, sondern auch in Amerika, wo es noch viel mehr Fernsehen gibt. Schon allein deshalb könnte Marshall McLuhan, der kanadische Wissenschaftler, für immer in Vergessenheit geraten. Aber in unserer Branche, das weiß ich gut, kommt es nicht auf exakte Vorhersagen an, sondern auf genaue Formulierungen und pointierte Ideen. Die Form ist der Inhalt, der Botschafter die Botschaft, eine Rose ist eine Rose ist eine Rose.

Ich arbeite nun schon seit zehn Jahren als Journalist und habe zumindest ansatzweise ein Gespür für Ideen. Nicht, dass mir die ganze Zeit lauter geniale Sachen einfallen, aber bei fremden Ideen kenne ich mich bestens aus. Und jetzt, während ich mit meiner Chefin Xenia im Restaurant *Grabli* (märchenhaftes Design und märchenhaft niedrige Preise) zu Abend esse, begreife ich sofort, was sie da vorschlägt. Dieses Sonderprojekt ist eine Bombe. Denn damit können wir der Boulevardpresse ihr ureigenstes Thema wegnehmen und es so verpacken, dass es den Leuten nicht peinlich ist, sich reinzuklicken. Wir kreieren ein Umfeld, in dem sie sich austauschen können, wo sie ihre geheimen Ängste und Wünsche loswerden können. Das Umfeld ist der Mittler, wie Marshall McLuhan nicht gesagt hat. Xenia sagt, Mittler zwischen Macht und Gesellschaft, aber ich denke, Mittler zwischen jedem von uns und unserem Wunschtraum.

Ich arbeite nun schon seit zehn Jahren als Journalist, und die meisten meiner Vorgesetzten waren fest davon überzeugt, dass Journalismus nichts als eine Art PR ist. Kommerzielles, politisches, wahlkämpferisches PR. Unser großer Boss Pascha Silwerman hat irgendwo gelesen, dass das ideale Fotomodell kein Gesicht haben darf, damit man es nach Belieben formen kann. Und ein Journalist, sagt er gerne, darf kein Gehirn haben, damit man ihm jede beliebige Idee einpflanzen kann. Ein wenig ärgert es mich schon, wenn ich das höre, und nicht nur, weil ich von meinen geistigen Fähigkeiten doch etwas mehr halte. Tief im Innern glaube ich nämlich doch, dass ein Journalist ein Mittler ist. Wenn nicht zwischen Gesellschaft und Macht, so wenigstens zwischen den Menschen. Ein Mensch, der den Menschen etwas über andere erzählen kann.

Ich bedauere, dass ich vor vier Jahren nicht nach Tschetschenien gefahren bin. Oxana hatte sich auf die Schwelle gelegt, die roten, damals noch nicht angegrauten Haare wie Andromache herabgelassen. Du wirst unsere Kinder nicht zu Waisen machen, sagte sie, du fährst nirgendwohin. Dort ist es doch so gut wie sicher, log ich. Dort kann es gar nicht sicher sein, sagte Oxana, denk an Moskau dreiundneunzig, genügt dir das nicht? Und außerdem würdest du als kranker Mann zurückkehren. Kein normaler Mensch zieht freiwillig in den Krieg, und dann noch in so einen. Ich versuchte zu widersprechen, obwohl ich schon wusste, dass ich nirgendwohin fahren würde, denn Beruf hin oder her, ich habe eine Familie, Oxana und zwei Kinder. Und so ging der zweite Tschetschenienkrieg ohne mich vorüber, wenn »vorübergehen« überhaupt das richtige Wort ist, denn schließlich setze ich ja selbst noch jeden Tag irgendein neues Infobit über Explosionen und Tote ins Netz. Doch bedauere ich es bis heute, dass ich nicht hingefahren bin. Ich hatte das Gefühl, mit meiner Anwesenheit dort bei jenem jungen Mann in der Schuld zu stehen, der sich seinerzeit für Journalistik eingeschrieben hatte, um gegen die Lügen des Staates zu kämpfen – eine Schuld, die ich nun zurückzahlen müsse.

An jenem Abend, als ich beschloss, in Moskau zu bleiben, hatten Oxana und ich wieder einmal Sex. Wir schlafen selten miteinander, besonders seit der Geburt unseres zweiten Kindes. Sechs Jahre Ehe bringen jede Glut zum Erliegen, aber an diesem

Abend warf ich sie flach auf den Rücken und presste mich verzweifelt an ihren Körper, als würde ich an eine verschlossene Tür hämmern. Ich kam schnell und musste plötzlich weinen. In all den Jahren, die wir zusammen sind, habe ich mit vielen Frauen geschlafen, aber ich habe nie das Bedürfnis gehabt zu weinen, wenn ich sie nach der finalen Eruption umarmte oder losließ. Aber an jenem Abend lag ich, das Gesicht in die roten Haare gedrückt, und heulte, ohne zu wissen, weshalb, und Oxana strich mir über den Kopf, starrte an die Decke und sagte *Ljoschenka, Ljoschenka*, und dachte dabei wahrscheinlich an irgendetwas anderes. Wer spricht, ist wichtiger, als was gesagt wird – und ich drückte mich fest an sie und fühlte mich wie Hektor, der sein Troja nun doch nicht mehr gesehen hatte.

Mein großer Boss Pascha Silwerman sagt gerne, dass Journalismus nur ein Teil der PR sei. Es ärgert mich, das zu hören, während die Chefredakteurin meiner Abteilung, die junge Xenia, nur mit den spitzen Schultern zuckt. Sie ist fünf Jahre jünger als ich, hat also fünf Jahre weniger Illusionen. Jede zweitrangige Publikation lebt von Wahlkampfgeldern und Productplacement, hat sie einmal zu mir gesagt, und vielleicht sind sie gerade deshalb zweitrangig. Xenia selbst lässt ihre Artikel nie sponsern, denn die Botschaft ist der Botschafter selbst, der Text ist der Autor, und Schleichwerbung killt den Profi in dir. Wenn du einmal diesen Pfad betrittst, sagt sie, kannst du sehr leicht anderthalbtausend im Monat verdienen – aber dann wirst du nie mehr bekommen.

Xenia will mehr. Sie ist dreiundzwanzig, und sie ist meine Chefin. Ihr Gesicht lässt sich mit nichts bemalen, was sie nicht selbst will. Große Augen, hart gezeichnete Lippen, wirre Haare. Ein früh erwachsen gewordenes Kind. In zwei Jahren wird sie ihr eigenes Auto haben, in vier Jahren eine Wohnung.

Ich glaube, sie hat sich dieses Sonderprojekt auch deshalb ausgedacht, weil sich da beim besten Willen keine Auftragsarbeiten lancieren lassen. Wer braucht schon den Killer von Moskau? Vor den Wahlen hätten sich noch der Fremdenhasser und Abtreibungsgegner Sterligow oder der Banker Lebedew daran hochziehen können, aber jetzt interessiert sich doch niemand mehr für die Geschichte. Das heißt, das wird richtiger Journalismus, ohne auch nur ein Tröpfchen PR. Fast schon eine unabhängige Ermittlung, auf einem Gebiet, das nur wenig mit Politik zu tun hat – wenn das in Putins Russland überhaupt noch möglich ist.

Xenia sagt, dass dieses Projekt vermitteln soll zwischen der Macht und der Gesellschaft, aber ich glaube, es vermittelt zwischen jedem von uns und seinen geheimsten Träumen. Wenn alles so kommt, wie sie es sich gedacht hat, werden in einem Monat die Zeitungen bei uns Schlange stehen, um sie zu interviewen. Ich weiß zu gut, wie der Medienmarkt funktioniert, um mich zu irren. In einem Monat wird dieses hagere, kleine Mädchen aus einer zweitrangigen Online-Zeitung ein Star sein. Schwarze wirre Haare, große Augen, ein harter Zug um den Mund, dessen Strenge noch verstärkt wird durch den Lippenstift. Sie ist schön, denke ich, wird im Fernsehen eine gute Figur machen. In den Neunzigern hätte sie sicher eine glänzende Karriere gemacht. Ob man sie jetzt im TV sehen will, lässt sich noch nicht sagen, aber ihr stehen sicher weit mehr als jene fünfzehn Minuten des Ruhms bevor, die uns Andy Warhol versprach. Die junge Frau, die damals auf ihn schoss, war auch ziemlich nervös und hager. Na ja, ehrlich gesagt weiß ich nicht mehr, wie Valerie Solanas genau aussah.

Ob Xenia wohl begreift, was wir da anzetteln? Wie skandalös diese Geschichte sein wird – nicht die Site an sich, sondern die

Geschichte von dem zwanzigjährigen Mädchen, das einem Serienmörder einen Webauftritt widmet? Wie viele Menschen, ohne sich je dort eingeklickt zu haben, behaupten werden, dass sie Gewalt verherrlicht und neue Verbrechen provoziert?

Vielleicht sollten wir einen auf den Erfolg trinken, was meinst du? Ich finde, du hast dir eine tolle Sache ausgedacht. Nein, ehrlich, es juckt mich richtig, das habe ich schon lange nicht mehr gehabt. Komm, jeder einen kleinen Wodka – und dann ab nach Hause?

14

Xenia erzählt von dem Webprojekt, legt Alexej Ausdrucke von Interviews und Newsmeldungen vor, manchmal auch Schwarzweißfotos, unscharf, fast unkenntlich von der schlechten Druckqualität. Alexej hört zu, nickt, lässt ab und zu ein anerkennendes Brummen hören. Ein dreißigjähriger Mann, Vater von zwei Kindern, ein Junge und ein Mädchen, glaube ich, müsste ich mal nachfragen, um da keinen Fehler zu machen. Wahrscheinlich macht es ihm was aus, dass ich jünger bin als er und schon seine Vorgesetzte. Anmerken lässt er sich jedenfalls nichts.

Schwarzweiße Blätter auf dem Tisch, bloß nicht hinsehen, bloß nicht aus Versehen irgendein Wort aufschnappen. Was muss in so einem vorgehen, der den Frauen die Brustwarzen abschneidet, auf ihren Körpern Muster einbrennt, ihnen die Augen ausdrückt und in den Anus und die Vagina legt? Stell dir lieber nicht diese Frage, denn sonst müsstest du dich ja selbst fragen: Was geht in dir selbst vor, wo du schon seit einer Woche nicht mehr weißt, wo dir der Kopf steht, jeden Abend vor dem Einschlafen masturbierst und dir dabei genau diese Dinge in allen Einzelheiten vorstellst? Nein, schau dir die Ausdrucke bloß nicht an, sonst erfasst dich wieder diese dunkle Welle, und der festlich glänzende Raum um dich herum beginnt hinter dir Blasen zu werfen und sich zu krümmen, bis nichts mehr übrig bleibt außer der Hitze am ganzen Körper, dem Klumpen in deinem Unterleib, dem Jucken, dem Schmerz, dem Vorgefühl der Lust.

Was geht in deinem Kopf vor, frage ich dich, was passiert in deinem Kopf? Wir beide sind doch krank, wie Sascha, dein verlorener Geliebter, immer sagte, wenn du dir unter der Dusche sein Sperma aus den Haaren wuschst. Und du antwortetest ihm mit schmerzverzerrtem Gesicht, während das Wasser über deine zerschnittene Haut lief: »Nein, mein Lieber, wir beide sind völlig normal. Weißt du, wie sich wirklich kranke Leute verhalten würden? Du müsstest mich jetzt anschreien: Du Schlampe, wozu du mich gebracht hast! Das bin nicht ich!« Und er kam näher, strich sanft über die frischen Striemen und sagte: *Nein, das bin ich, ganz sicher*, und lächelte so rührend und offenherzig, wie nur er es konnte. Wir könnten uns, sagtest du, natürlich auch aufführen wie die reuigen Serienmörder in schlechten Kinofilmen, losheulen und uns gegenseitig schwören, dass wir das nie wieder tun werden. *Doch, werden wir*, antwortete er, *ganz sicher.* Heute weißt du: Nein, wir werden nicht, es ist alles aus.

Alexej hat deine fünfzig Milliliter Wodka gebracht, Mist, wie unpassend, ob das bei den *Stinos*, den *Vanillas*, genauso ist, dass die Geilheit immer im ungünstigsten Moment angerollt kommt? Und wenn ich jetzt diesem netten dreißigjährigen Jungen sage: *Aljoschenka, ich möchte, dass du mich in die Toilette führst, mich auf die Knie zwingst, damit ich dir einen blase*, wird er sich wahrscheinlich an seinem Wodka verschlucken. Dabei hat er schöne Hände, so ähnlich wie die von Ljowa – lange, kräftige Finger. Was du wohl empfinden würdest, wenn er sie in dir spielen ließe, deine Nippel damit drückte? Denk besser nicht daran, sondern trink schnell aus, ja, auf den Erfolg, den Erfolg unseres Projekts, sieh auf die Uhr, sage, dass es jetzt wahrscheinlich Zeit wäre, nach Hause zu gehen. Den Mantel aus der Garderobe holen? Ja, danke, sehr nett von ihm. Ob das stimmt, dass die Amerikanerinnen sich die Mäntel nicht holen lassen, oder ist das doch alles Lüge? Wahrscheinlich schon. Aber egal. Verabschiede dich, bestelle ein Taxi und mach dich auf den Weg.

Ihr geht auf die Straße, Alexejs Mobiltelefon klingelt, er spricht ziemlich laut, sodass du unfreiwillig mithörst: *Nein, Oxanotschka, ich komme später. Pascha hat mich gebeten, mit ihm ein Sonderprojekt zu besprechen. Ich erzähl es dir nachher.* So, so, Pascha hat ihn gebeten. Sie ist wohl ziemlich eifersüchtig, seine Oxanotschka. Ein Junge und ein Mädchen, oder zwei Mädchen? Jetzt ist der beste Moment, das herauszufinden. Du fragst: Wie geht's den Kindern? Er antwortet: Danke, im Allgemeinen gut, nur kränkeln sie schon einen Monat lang so vor sich hin. Wohl diese Monstergrippe. Toll. Jetzt weißt du immer noch nicht, wen er da zu Hause hat.

Er hält ein Taxi an, fragt: »Wo musst du hin?«, und sagt: »Ich begleite dich noch ein Stück.« Ihr zwängt euch auf den Rücksitz, in der Kurve drückt er sich wie zufällig gegen deinen Oberschenkel, und dann bleibt er so sitzen, sagt, jedem Objekt aus der realen Welt sollte ein Objekt aus der virtuellen Welt entsprechen, also sollte idealerweise jedes Ereignis eine eigene Website bekommen, schade nur, dass niemand dafür genug Energie und Geld hat. Du denkst, was für eine Website man aus deiner Trennungsgeschichte mit Sascha machen könnte. Die Fotos der Beteiligten, Beschreibungen der Foltern, die er sich ausgedacht hat und die du dir ausgedacht hast, und zwar geteilt in die, die ihr noch gemeinsam ausprobieren konntet, und die, die am Ende Träume geblieben sind. Ein paar kulturwissenschaftliche Texte, Links auf die Ressourcen der russischen

BDSM-Community: *SMLife, bdsm.org.ru* und *bondage.ru*, und dann noch irgendwelche Newsgroups. Links auf deine anderen Web-Projekte. Saschas Lebenslauf. Eine MPEG-Datei mit einer nachgestellten Version eures letzten Gesprächs. Erinnerungen der Wohnungseigentümerin daran, wie Sascha in der Schule in sie verliebt war. Eine Fotogalerie – dein Hintern vor und nach einem Rendezvous. Und Ljoschenka hat tatsächlich kräftige Hände, vielleicht solltest du wirklich einfach die Augen schließen und ihm die Lippen zum Kuss hinhalten. Natürlich, du bist seine Vorgesetzte, aber schließlich brauchst du ihm ja nicht das ganze Programm zu bieten, du kannst dich ja auf Vanillesex beschränken, einen gewöhnlichen, unkomplizierten Fick.

Immerhin ist ein echter Penis besser als ein Dildo. Wenigstens zur Abwechslung.

15

Der Mann ist nicht auf den Kopf gefallen, denkt Xenia, aber vor allem hat er ein gutes Gespür. Er wird grünes Licht geben, weil er weiß, dass das eine sichere Bank ist.

Sie sitzen zu dritt in Paschas Büro, Silwerman an seinem Tisch, halb hinter seinem Monitor versteckt, Xenia und Alexej auf zwei Stühlen, Schulter an Schulter. Eher Kampfgefährten als ein Liebespaar, denkt Xenia.

Sie ist ein hübsches Mädchen, denkt Pascha, aber vor allem spürt man ihren Ehrgeiz. Bei den jungen Moskauerinnen findest du das selten, ich hätte eher gedacht, sie kommt aus der Provinz, irgendwoher aus der Ukraine, dem Süden Russlands, höchstens vielleicht noch aus Sankt Petersburg. Ich merke schon, früher oder später zieht sie mir diese hundert Dollar Aufschlag noch aus der Tasche – schließlich ist das Projekt, das sie da vorschlägt, eine sichere Bank, eine fantastische Werbeplattform, schade bloß, dass ich ablehnen muss.

Und er sagt Nein, und Xenia wundert sich nicht einmal, denn sie hat dieses Nein bereits in seinem Gesicht gelesen, doch Alexej fragt mit verhaltener Empörung: »Warum nicht?« Ein guter Partner, denkt Xenia, gut, aber zu ungeduldig. Würde mich mal interessieren, ihn tanzen zu sehen. Na ja, erst müsste man ihn ein halbes Jahr trainieren. Siehst du, wie kompliziert das alles bei mir ist – ob fürs Tanzen oder fürs Bett, für alles brauche ich qualifizierte Experten. Und dazu noch mit verschiedenen Qualifikationen. Und wie's der Teufel will, sind all meine dominanten Liebhaber als Tänzer völlig ungeeignet. Vielleicht sollte ich ihm wirklich beibringen, wie man Boogie-Woogie tanzt, warum soll ich immer alleine gehen, wie ein Mädchen auf Männersuche.

Sie schweigt, hält die Pause, denkt Pascha, kluges Mädchen. Ich weiß noch, als ich sie vor einem halben Jahr zur Chefin dieses chaotischen Haufens gemacht habe, war ich mir ziemlich sicher, dass die sie allesamt zum Frühstück verspeisen, doch sieh da, alles ist gut gelaufen.

»Weil jetzt nicht die richtige Zeit dafür ist«, sagt Pascha und denkt, dass er selbst nicht mehr weiß, wann eigentlich die richtige Zeit dafür gewesen sein soll. In den Kinderjahren der Stagnation? Oder später, als zuerst die Russen aus Grosny rausgeworfen wurden und dann andere Russen Grosny dem Erdboden gleichmachten? Als die beiden Häuser in der Kaschirka in die Luft flogen? Als sie das Musicaltheater besetzten? Ja, wann war eigentlich die *richtige* Zeit? Darauf weiß er keine Antwort, aber eines weiß er genau: jetzt nicht.

»Aber da geht es doch nicht um Politik«, sagt Alexej, und Xenia erinnert sich an seine Erklärung, dass diese Website zwischen den Menschen und ihren geheimsten Träumen vermitteln könnte. Sie denkt: Welche Träume er wohl gemeint hat?

»Bei uns ist alles Politik«, sagt Pascha. »Es ist ein hartes, blutiges, schockierendes Projekt. Bei uns aber hat derzeit alles gut und schön zu sein. Vielleicht schaust du demnächst mal wieder abends ein bisschen fern?«

»Solange du so denken wirst«, schreit Alexej plötzlich, »werden wir bei Rambler immer nur unter den ersten 20 sein! Schau dir doch die Kolumnisten von *Gazeta.ru* an! Die schreiben, worüber sie wollen! Und schau dir an, wo die sich auf der Rangliste befinden, und wo wir.«

Er regt sich zu sehr auf, denkt Xenia, als wüsste er nicht, dass es sinnlos ist, Pascha anzuschreien. Wir müssen eben nehmen, was wir kriegen, und das Gespräch abbrechen. Sie fühlt, wie Traurigkeit in ihr aufkeimt. Bei Pascha ist nichts rausgekommen, jetzt bloß schnell zum Ende kommen, vielleicht schafft sie es ja noch zum Tanzen heute Abend.

»*Gazeta.ru* wird von Yukos finanziert«, antwortet Pascha. »Schau dir lieber an, wo Chodorkowski und Lebedew jetzt sitzen, und wo wir sind.«

»Aber hör doch mal zu«, sagt Alexej, und Pascha erklärt, er will damit gar nicht sagen, dass wir alle gleich eingesperrt werden, sondern er spricht eben von einem bestimmten … äh … Grad finanzieller Unabhängigkeit. »Deshalb werde ich dafür kein Geld geben«, sagt er. »Aber die Werbung werde ich unterstützen.«

Der Mann ist nicht auf den Kopf gefallen, denkt Xenia, aber vor allem hat er ein gutes Gespür. Vielleicht ist unser Projekt tatsächlich nichts wert? Und nur ich finde es gut, weil ich … na ja, weil mich das interessiert. Vielleicht sollten wir es einfach …?, denkt Xenia, aber laut sagt sie: »Danke, ach, und eins noch – stell uns doch bitte das Programm zur Verfügung, das du für *Vecher* verwendest.«

Sie ist ein hübsches Mädchen, denkt Pascha, aber vor allem spürt man ihren Ehrgeiz. Und seltsame Interessen hat sie. Erst vor zwei Tagen hat sie mich gefragt, ob ich mich über jemanden erkundigen kann. Und bedeutungsvoll hinzugefügt: Über deine Kanäle. Ich trete meinen »Kanälen« ungern auf die Füße und weigere mich fast immer, aber diesmal habe ich zugesagt. »Ist es was für die Arbeit?«, habe ich gefragt. »Nein«, hat sie geantwortet, »wie kommst du denn darauf, nein, was Persönliches.« Was Persönliches, denkt Pascha, was kann sie denn schon persönlich zu tun haben mit diesem vierzigjährigen Unternehmer mit krimineller Vergangenheit, zwei missglückten Attentaten und drei nicht eröffneten Strafverfahren? Einem Mann, dessen Geschäftspartner am helllichten Tag verschwinden. Natürlich, persönlich ist persönlich, aber trotzdem denke ich nicht gerne daran. Wenn wir mit dem Gespräch hier fertig sind, werde ich sie bitten, noch etwas zu bleiben, dann zeige ich ihr den Auszug, den ich bekommen habe.

»Stell uns doch bitte das Programm zur Verfügung, das du bei *Vecher* laufen hast«, sagt Xenia.

Pascha zuckt mit den Schultern. »Bedient euch nur, und nehmt meinen Programmierer dazu, ich muss ihn sowieso bezahlen. Soll ich euch einen guten Designer auftreiben?«

»Für das Design hätte ich schon jemanden«, antwortet Xenia, »eine ehemalige Klassenkameradin. Mit der werde ich schon einig.«

Und ich mach's doch, denkt Xenia. Wenn man was machen kann, dann soll man es machen. Wenigstens um herauszufinden, ob es funktioniert oder nicht.

»Na gut, dann sind wir uns also einig«, sagt Pascha lächelnd, und während er Xenia bittet zu bleiben, denkt er: Wie sag ich es ihr am besten, dass ich dieses Projekt gerne unterstützen würde – eine großartige Idee und kommerziell eine sichere Bank –, aber irgendetwas sagt mir, dass ich mich da besser raushalten sollte, sonst beginne ich noch früher oder später darüber nachzudenken, dass jemand durch diese Stadt läuft und zum eigenen Vergnügen den Frauen die Därme rausschneidet und ihnen um den Hals hängt wie Girlanden. Ich habe keine Lust, daran zu denken, ich versuche ohnehin nicht an allzu viel zu denken.

Daran, dass ich Nein sagen muss, wenn ich eigentlich lieber Ja sagen würde. An Unternehmer, deren Partner spurlos verschwinden. Daran, wie aus Häusern Ruinen werden. Manchmal habe ich das Gefühl, dass fast all meine Kraft dabei draufgeht, um nicht an solche Dinge zu denken. So viel Kraft geht dabei drauf – und doch zucke ich jedes Mal zusammen, wenn ich durch die Stadt fahre und an einer Stelle, wo vor Kurzem noch ein Restaurant stand, einen Berg aus Bauschutt erblicke. Mir kommt es dann so vor, als würden meine Albträume wahr, aber nein, es ist nur Bürgermeister Luschkow, der Platz macht für neue Wolkenkratzer, und zwar so eifrig, dass es einem manchmal vorkommt, als hätten die Terroristen gelernt, ganz besondere Bomben zu bauen – so geräuschlose, dass sie weder in den Zeitungen noch in den Gesprächen der Moskauer ihren Widerhall finden.

Das war's dann wohl für heute mit Boogie-Woogie, denkt Xenia, mit dem Tanzen zu »Indigo Swing« und »Jump 4 Joy« und mit der Einladung an Alexej, mir Gesellschaft zu leisten. Was mir Pascha wohl sagen will, er ist ja nicht auf den Kopf gefallen, und vor allem hat er ein gutes Gespür.

Pascha legt den Ordner mit den Ausdrucken auf den Tisch.

»Du hast mich gebeten, diesen Typen über meine Kanäle abzuklopfen«, sagt er. »Lies es hier, mitgeben werde ich es dir nicht.«

Xenia liest, während Pascha weiter über den Serienkiller nachdenkt, über Putins Politik, über die Ruinen in den Straßen der Städte. Ruinen, denkt er, sind doch das Werk unbelebter Maschinen. Detonator, Hexogen, Zündmechanismus, Bombenluke. Derjenige, der den Knopf drückt, sieht nicht, wie blutige Fetzen durch die Luft fliegen. Der Staub der Ruinen legt sich auf seiner Kleidung nicht nieder. Derjenige, der die Entscheidung trifft, sieht die Konsequenzen nicht. Er lebt in derselben fiktiven Welt wie wir.

»Beeindruckend.« Xenia schließt den Ordner. »Und mit dem wollte meine Freundin Geschäfte machen.«

»Ich würde ihr davon abraten, Xenitschka«, antwortete Pascha.

»Ein schrecklicher Mensch.« Sie legt den Ordner sorgsam in die Mitte des Tisches.

Nein, denkt Pascha, nicht schrecklich, sondern ganz normal. Einer, der nur auf den Knopf drückt, um den Mechanismus in Gang zu setzen.

»Das ist gar nicht mal so schrecklich«, sagt er. »In seinem Geschäft herrschen einfach grundsätzlich andere Regeln.«

»Und es hat dich nie gereizt, die Regeln zu ändern?«, fragt Xenia. »Wir könnten uns doch zum Beispiel so verhalten, als gäbe es kein zensiertes Fernsehen und als wäre Chodorkowski noch auf freiem Fuß.«

Pascha lacht und denkt: Man spürt ihren Ehrgeiz, und ein hübsches Mädchen ist sie. Ob sie wohl einen Freund hat – oder wie nennt man so was heutzutage?

»Du hättest eben auch Ja sagen können«, meint Xenia, »das waren doch nur Ausflüchte. Sag mir, was ist los? Glaubst du nicht an das Projekt?«

»Hör gut zu, Xenia«, sagt er. »Wir wissen beide, dass das eine großartige Idee ist. Rein kommerziell ist das hochprofitabel. Aber verstehst du, du hast gesagt, dass der da …« – Pascha nickt zu dem Ordner hin – »… ein schrecklicher Mensch ist. Dabei hat er nur Geld gezahlt und Befehle erteilt und ist dann nach Spanien oder Griechenland geflogen, damit er ein Alibi hat. Bei dem ist alles klar. Für ihn sind Morde – wenn es tatsächlich Morde waren – nur eine Methode, Eigentum umzuverteilen.

Finanzströme umzuleiten. Eigentlich lebt er schon lange in einer Welt der Abstraktionen. Der Mensch, über den du diesen Webauftritt machen willst, lebt dagegen in derselben Stadt wie wir. Geht in dieselben Kaufhäuser. Isst vielleicht sogar in denselben Restaurants. Und alles, was er macht, macht er selbst. Mit eigenen Händen.«

16

Du bist mir entglitten, die Einzige von allen.

Du hattest kleine Füße und Hände
Kastanienhaare bis auf die Schultern
Ein ausrasierter Schamhügel mit einem dünnen Streifen
Haare, noch unberührt von einer Rasierklinge
Es schien, als hätte noch nie eine gefährliche
Klinge deinen Körper berührt
Du kennst noch nicht viel in diesem Leben
Wir haben Zeit.

Ich zog dich aus, bewusstlos wie du warst, auf dem Tisch im Betonkeller
Und stand eine Zeit lang da, horchte darauf,
Wie in mir eine Saite leicht zu zittern begann,
Gleich einer Stimmgabel, die auf einen bekannten Ton reagiert.
Gleich einem welken Blatt, das sich mit letzter Kraft an einen Zweig klammert
Unter den Stößen des Herbstwinds.

Du hattest einen Player – ich habe ihn mit dem Absatz zertreten
Du brauchst ihn nicht mehr, ich bringe dir andere Musik bei

Die welken Blätter auf meinem Grundstück
Haben sich doch nicht an den Zweigen gehalten
Auf der kalten Erde liegend, warten sie auf dich

Ich bin mit der Hand über deinen Bauch gefahren
Leicht gerundet, wie ein kleiner Hügel
Vielleicht hast du gedacht »bin dick geworden diesen
Sommer, ich muss abnehmen«
Glaub mir, ich habe viele Frauen gekannt
War ihnen näher als jeder andere
Und ich sage dir mit derselben Aufrichtigkeit,
Mit der ein Rasiermesser durch die Haut schneidet:
Du hast einen wunderschönen Körper.

Dein Körper ist wunderschön von den obersten Schichten
Bis zu den tiefsten Tiefen, den rosaroten feuchten Tiefen des
Mundes,
Rote Muskeln, gelbes Fett, blaue Venen,
Sie sind sogar jetzt noch sichtbar unter der sonnengebräunten
Haut
Zwei weiße Dreiecke vorn und hinten
Dort, wo der Bikini war.

Nun hast du nichts mehr zu verbergen.

Etwas bebt in mir, als ob die Musik noch spielte
in dem kaputten Player
Warte, du wirst sie auch noch hören, du wirst antworten.

Du sagtest »ich muss abnehmen, Gewicht runterkriegen«
Ich sage dir, Gewicht runterzukriegen ist ganz einfach

Wie ein Baum im Herbst die Blätter abwirft
Ich bring's dir bei, wenn du aufwachst

Die Augen waren geschlossen, aber ich erinnerte mich an ihre Farbe
Sie waren braun, mit bernsteinfarbenen Einsprengseln
Als ich sie zum ersten Mal sah, spürte ich sofort,
Wie die Welt umher erstarrt, sich einwickelt wie eine Schriftrolle.

Braune Augen mit bernsteinfarbenen Einsprengseln
Die angeschwollenen Lippen einer Teenagerin
Die den ganzen Abend in leeren Schulgängen herumgeknutscht hat
Während unten in der Aula die Disko dröhnte
Es wäre schade gewesen, diesen Mund mit einem Lappen oder Knebel zu dehnen
Aber ich wollte so gerne mit dir in den Hof gehen,
Wo die welken Blätter auf der kalten Erde lagen
Auf dich warteten.

Ich gab dir eine Spritze, damit du fester schliefst
Dann nahm ich Nadel und Faden
Großmutter hatte mir beigebracht, Sachen zu stopfen
Sie sagte immer »wozu wegwerfen, wenn man es stopfen kann«
Ja, die Kriegsgeneration, Armut, Hunger
Die hatten keine Gewichtsprobleme in deinem Alter
Sie dachten sowieso die ganze Zeit nur ans Essen

Nach getaner Arbeit wischte ich das Blut ab

Leckte es mit der Zunge auf, es kam einfach nicht zur Ruhe
Das war wie ein Kuss
Meine Wimpern bebten auf deiner Wange

Ich fesselte dir die Hände
Kleine Hände wie bei einem Kind
Solche können leicht aus dem Seil gleiten
Ich zog fester an

Die Beine legte ich in Ketten, damit du gehen konntest, aber
nicht zu schnell
Ich wusste gleich, dass du nicht zu den Mädchen gehörtest,
Die sich unter Tränen hingeben und nicht einmal versuchen
Auf ihrem Recht zu bestehen

Wir werden viel Zeit haben, sagte ich dir
Wir werden einander besser kennenlernen
Ich zeige dir, was du nie zu erblicken glaubtest
Dein Körper wird seine Geheimnisse preisgeben
und du wirst begreifen, dass du keinen Grund hattest,
dich um dein Gewicht zu sorgen

Du bist gar nicht so schwer, ich kann dich leicht
auf den Händen tragen

Ich erzähle dir, wie ich all die Jahre gelebt habe
In denen du nicht bei mir warst
Ich erzähle dir von der Welt, in der ich geboren
und aufgewachsen bin
Ich führe dich in ihre verbotenen Haine
Wo abgezogene Haut von den Zweigen hängt

Wie welkes Laub
Wo ein kleiner Junge nicht schlafen kann
Weil er horcht, wie das Beben und Zittern zunimmt
Als ob jemand Töne sammelt,
Damit die Stimmgabel erklingt.

Du saßest im Hauseingang,
Welke Blätter lagen zu deinen Füßen
Deine Lippen waren fest zusammengepresst
Das weiße Dreieck auf dem Unterleib
In zwei Hälften zerschnitten von einem dünnen Haarstreifen
Leuchtete im Licht der Abenddämmerung

Es war ein stiller Herbstabend
In der kühlen Luft
Waren die Geräusche weithin zu hören
Irgendwo in der Ferne fing ein Hund an zu bellen
Das Signal eines Zuges ertönte

Du öffnetest die Augen.

Du hattest braune Augen mit bernsteinfarbenen Einsprengseln
Als ich sie zum ersten Mal sah, spürte ich sogleich,
Wie die Welt umher erstarrt, sich einwickelt wie eine Schriftrolle,
Wie ein gefallenes Blatt auf der Erde

Du versuchtest nicht dich zu erheben, nur deine Hände spannten sich,
Als ob sie die Festigkeit des Seils prüften

Rote Muskeln, verflochtenes Gewebe
Kleine Hügelchen auf deinen Unterarmen
Unter der noch sonnengebräunten Haut

Und dann machtest du etwas mit deinem Gesicht
Ich begriff gar nicht, wie es vor sich ging,
Das Blut spritzte wie eine Fontäne
Dein Mund öffnete sich
und du fingst an zu schreien

Es war ein stiller Herbstabend
In der kühlen Luft
Waren die Geräusche weithin zu hören

Ich hatte noch gar nicht begriffen, was vor sich ging,
Als ich bereits auf dich zusprang, und du schriest weiter,
Auf einer Note, wie ein defektes mechanisches Spielzeug
AAAAAAAAAAAAAAAAAAAAA
Auf dich zusprang und dir mit einem Hieb
Die Kehle durchschnitt.

Verzeih.

Es war Herbst, die Menschen schlossen ihre Datschen ab für
den Winter
Das ganze Dorf war voller Ausflügler
Die Geräusche waren weithin zu hören durch die Luft

Es ist vorbei
Keine Musik mehr, kein Zittern
Ich werde nie erfahren, wie deine Haut sich abtrennen lässt

Werde deine Brüste nicht schälen wie zwei Hälften
Einer Apfelsine

Der Klang brach ab, als wäre jemand mit dem Fuß auf einen Player gestiegen
Noch eine Sekunde lang klammertest du dich ans Leben
Wie das Herbstblatt im kalten Wind
Sich an den Zweig klammert.

Du lagst in meinen Armen
Deine Lippen, die angeschwollenen Teenager-Lippen
Waren ganz zerfetzt
Solche Kraft hätte ich in dir nicht vermutet
Aber vielleicht hatte mir Großmutter das Stopfen doch nicht richtig beigebracht
Oder aber ich war ein fauler Schüler gewesen.

Während unten in der Aula die Schuldisko donnerte
Wollte ich dich in den leeren Gängen küssen
Ich wollte mit dir über die dunklen Schultreppen laufen
Wo jedes neue Klassenzimmer neuen Schmerz und neue Erniedrigungen birgt
Und wo sie einem zum Abschluss ins Gesicht spucken
Und schreien: »Hau ab«

Ich war der einzige Schüler in dieser Schule
Bis heute wundere ich mich, warum sie nur für mich so ein großes Haus gebaut haben,
Papa, Mama, Opa und zwei Großmütter, die den Krieg miterlebt hatten
Und mir das Stopfen doch nicht richtig beibringen konnten.

Ich hob dich auf und trug dich in den Keller
Du warst ganz leicht, glaub mir,
Du hattest keinen Grund, dich um dein Gewicht zu sorgen
Legte dich auf den Tisch, wo ich ein paar Stunden zuvor
Dich ausgezogen hatte, und machte das Licht aus.

Bereits auf der Treppe blickte ich mich um:
Das weiße Dreieck auf dem Unterleib
Leuchtete in der Düsternis des Kellers
In zwei Teile zerschnitten von einem dünnen Haarstreifen.
Wie von einer Rasierklinge

17

Die eigene Frau zu betrügen ist ziemlich einfach. Besonders als Freiberufler. Es kann etwas länger dauern in der Arbeit, du musst nicht unbedingt den ganzen Tag im Büro sitzen, und schließlich hast du auch mal am Wochenende zu arbeiten: Weil eine Nummer dringend fertig werden muss oder ein Exklusivinterview zu machen ist. Hauptsache, du findest einen geeigneten Ort, denn eine Frau zu finden ist überhaupt kein Problem. Freiberuflich tätige Frauen sind leicht für ein bisschen freundschaftlichen Sex zu gewinnen. Allerdings sollte man besser nicht mit Kollegen schlafen – es gibt ja außer Journalistinnen noch reichlich junge Designerinnen, Setzerinnen und Fotografinnen.

Vor drei Jahren hatte ich sogar was mit einer jungen Kurierin, sechzehn Jahre. Sie war neugierig wie ein junges Eichhörnchen, und so dachte ich mir jedes Mal einen neuen Ort und eine neue Stellung aus, in der sie sich mir hingeben sollte, brachte ihr also zugleich die Grundlagen der städtischen Psychogeografie und der sexuellen Akrobatik bei. Wir eröffneten die Saison in einer Kabine der Redaktionstoilette, wohin ich sie nach einer Flasche Wein zog, mit der wir ihr erstes Gehalt begossen hatten. Dann kamen ein Speicher, die Treppe eines stalinschen Hochhauses, ein Keller, wo sich meiner Kurierin plötzlich der Kopf zu drehen begann und ich sie an die frische Luft hinausschleppen musste, wobei ich über Rohre stolperte und mir die Jacke aufriss. Dann die Kabine eines Kippers (die jemand über Nacht vergessen hatte abzuschließen), der Rohbau eines neuen Bürohauses und – der krönende Abschluss unserer Affäre – ein Zimmer im Hotel »Rossija«. Dort sah ich sie zum ersten Mal ganz nackt: Ihr Nabel war gepierct, und auf die linke Pobacke hatte sie eine Rose tätowiert. Das Mädchen trug Plateaustiefel und zog Röcke nur dann an, wenn sie sich mit mir traf: Es wäre zu umständlich gewesen, die Hosen mit den vielen Taschen – ihre Alltagsuniform – auszuziehen. An jenem Abend im Hotel befriedigten wir vollends unsere Neugier aneinander und nahmen nach unserer Trennung, wie ich glaube, nur die besten Erinnerungen mit.

All jene Orte, an denen ich mit meiner Kurierin Zeit verbracht hatte, kannte ich gut. Mit geübtem Blick wusste ich sofort zu bestimmen, welches Treppenhaus am besten geeignet war für das nächste kurze Rendezvous. Ich bevorzuge die, wo Aufzug und Treppenhaus getrennt sind und man sich auf dem obersten Treppenabsatz sicher fühlen kann. Mit fortschreitendem Alter gebe ich jedoch immer öfter solchen Mädchen den Vorzug, die eine eigene Wohnung haben. Glücklicherweise gibt es immer mehr davon, sogar Studentinnen versuchen zunehmend ein Apartment zu mieten, um nicht mit den Eltern gedrängt leben zu müssen – ganz zu schweigen von Xenia, die immerhin meine Vorgesetzte ist, und nicht einmal die Erinnerung an den Ring ihrer Lippen, wie er mein Glied umfasst, ändert etwas an dieser Tatsache. Aber selbst wenn man das einmal vergisst, wäre es doch wirklich peinlich, wenn ein erwachsener, gesetzter Mann seine junge Begleiterin in den Keller führen würde wie ein pickliger Teenager. Blieben noch die Hotels, aber die werden von Jahr zu Jahr teurer, und ein Fünftel meines Monatsgehalts für zwei Stunden in den Armen irgendeiner Frau auszugeben bringe ich dann doch nicht übers Herz. Ich bin ja doch ein Familienmensch, Vater zweier Kinder, ein verheirateter Mann.

Die eigene Frau zu betrügen ist ziemlich einfach. Besonders wenn diese Frau auch Freiberuflerin ist, eine freie Weltanschauung hat, wenn ihr eine freie Ehe führt und sie bereit ist, deine Seitensprünge zu ignorieren. Sie setzt sich auf dich, schließt die Augen und beginnt gleichmäßig hin und her zu schwingen, bis sie plötzlich mit lang gezogenem Stöhnen explodiert und zusammenbricht, dich mit ihren schweren Brüsten niederdrückt und die roten, allmählich grau werdenden Haare in alle Richtungen wirft. Vorsichtig hältst du sie an ihren Pobacken, machst noch zwei, drei Stöße und entlädst dich ebenfalls. Das war's dann auch, finito, du kannst die Augen öffnen. In unserem sexuellen Doppel schreibt Oxana mir die passive Rolle zu, und auch das nicht gerade oft. Schon seit Langem gelingt es mir nicht mehr, sie dazu zu überreden, in unsere Spiele etwas Abwechslung hineinzubringen, sodass die Zeiten, als die junge Studentin der Staatlichen Geisteswissenschaftlichen Universität mir auf dem Teppich im Wohnzimmer ihres Elternhauses die Grundlagen der sexuellen Akrobatik beibrachte, nun schon lange vorbei sind. Sie mag es, oben zu sein, und ich weiß nicht, was hier ausschlaggebend ist: physiologische Details oder der Wunsch zu dominieren. Die Missionarsstellung gehört in unserem Familienleben ins Reich der Exotik. Zum letzten Mal haben wir sie wahrscheinlich an jenem Tag ausprobiert, als Oxana mir verbot, nach Tschetschenien zu fahren.

Die eigene Frau zu betrügen ist ziemlich einfach. Besonders wenn du weißt, warum du es tust. Wenn du eines Morgens mit dem Gefühl aufwachst, dass dein Leben ins Leere läuft, eingezwängt zwischen Routine am Arbeitsplatz und Routine in der

Familie. Ich liebe meine Arbeit, und ich liebe meine Familie, aber es kränkt mich, ein gewöhnlicher Korrespondent zu sein, der hin und wieder für eine zweitrangige Online-Zeitung ein Interview macht. In beruflicher Hinsicht bin ich ein erfolgreicher Versager. Erfolgreich, weil ich trotz allem Geld verdiene, für das ich mich zu Hause nicht schämen muss. Ein Versager, weil nach einem Jahr nicht einmal ich selbst meine Artikel wiedererkenne. Alles wäre anders, hätte ich genug Talent, um Kolumnist zu werden wie die von *Gazeta.ru* und solche gelungenen und mutigen Artikel zu schreiben, dass meine Bekannten mich zitieren würden, wenn sie zusammensäßen. Oder wenn ich es damals geschafft hätte, nach Tschetschenien zu fahren.

Ich bereue meine Entscheidung nicht. Ich habe mich für meine Familie entschieden, aber in meiner Familie fühle ich mich genauso als erfolgreicher Versager. Meine Kinder lieben mich, meine Frau unterstützt mich in schweren Augenblicken. Letztendlich ziehen wir den Karren gemeinsam aus dem Dreck. Meine Interviews bei *Vecher.ru* und Oxanas Artikel in *Harper's Bazaar* und *Elle* garantieren uns Frühstück, Mittagessen und Abendbrot, all das, wofür fünf von sechs Milliarden Menschen, die diesen Planeten bevölkern, arbeiten. Ich bin ein sehr erfolgreicher Versager, ich liebe meine Frau und meine Kinder. Aber mir ist unser Leben zu eng, genauso wie uns zu viert zu eng ist in der Zweizimmerwohnung, die wir von Oxanas Eltern geerbt haben.

Sexuelle Akrobatik mit mir kaum bekannten Frauen – das ist der einzige Krieg, in den ich gezogen bin. Keller, wo unter den Füßen das Wasser gluckert, Treppenhäuser, wo unter der Schuhsohle Flaschenscherben knirschen, verlassene Gebäude, für den Abriss bestimmt, ein heiserer Schrei, eine Hand, die den Mund zuhält – das ist für mich wie Gudermes, Mosdok und

Grosny, wo ich am Ende nie hingekommen bin. Als Journalist habe ich nichts erreicht, aber wenigstens als Mann fühle ich mich nicht wie ein Loser. Ich erinnere mich an sie alle, von der blutjungen Kurierin mit dem gepiercten Nabel und der Rose auf der linken Pobacke bis hin zu der vierzigjährigen amerikanischen Journalistin, mit der ich 1996 in einem luxuriösen Zimmer des Radisson Slavyanskaya Jelzins Sieg mit Wodka und Oralsex feierte. Alle, von der Klassenkameradin Natascha, die mich ein halbes Jahr nach der Hochzeit verführte, bis hin zu Xenia, deren markerschütterndes Schreien ich erst letzte Woche zum ersten Mal gehört habe. Diese Erinnerungen sind meine unsichtbaren Trophäen. Fotografien, mitgebracht aus jenen Regionen, wo ich mich nicht wie ein Versager fühlen musste.

Die eigene Frau zu betrügen ist ziemlich einfach. Du musst nur die Grenze kennen, bis zu der du gehen darfst. Du musst nur immer daran denken, dass diese Frauen dazu verdammt sind, Erinnerungen zu werden, unsichtbare Trophäen, während deine Ehefrau bei dir bleiben wird, bis dass der Tod euch scheidet. Es ist ziemlich einfach, deiner Frau Respekt entgegenzubringen, wenn du mit ihr zehn Jahre zusammengelebt hast und ihr zwei gemeinsame Kinder habt. Sexuelle Akrobatik ist unmöglich mit einem Körper, den du kennst wie deinen eigenen. Das ist wie der unerquickliche Versuch, sich auf die Ferse zu küssen. Eure Körper haben sich aneinander abgerieben und benötigen keine überflüssigen Bewegungen mehr, sie schaukeln synchron auf den Wassern der Lethe, im erotischsten Rhythmus, den es für einen Mann und eine Frau geben kann. Dieser Rhythmus heißt »wir werden zusammen alt werden«, und sein Metrum ist das kochende Wasser im morgendlichen Teekessel, das Glockenspiel am Neujahrsabend und seltenes, lang gezogenes Stöhnen in der nächtlichen Schlafzimmerluft. Jeden Morgen wacht ihr zusammen auf, und jede Nacht schlaft ihr zusammen ein, jeden Tag siehst du die grauen Strähnen in ihren roten Locken, jeden Monat atmest du den Geruch ungeborener Kinder ein, die fristgerecht ihren Schoß verlassen. Und wenn Oxana neben dir schläft, umarmst du sie und denkst, während du selbst einschläfst, daran, welche unsichtbaren Trophäen ihr Gedächtnis wohl aufbewahrt. Sexuelle Akrobatik ist unmöglich mit einem Körper, den du kennst wie deinen eigenen. Und genauso unmöglich ist es, ihn zu betrügen.

18

Ich mag das Wochenende. Man muss nicht um neun Uhr aufstehen, um es bis elf zur Arbeit zu schaffen, kann im Bett liegen bleiben, dann unter die Dusche gehen, vor dem Spiegel stehen bleiben, zusehen, wie die Oberfläche beschlägt, wie mein Körper jedes Jahr weiter zerfließt. Ich habe mir mal geschworen, dass ich im Badezimmer meiner eigenen Wohnung einen Spiegel in Wandgröße haben würde – wahrscheinlich hatte ich es in einem Video gesehen, irgendeinem anrüchigen Erotikfilm, »Emmanuelle 5«, einem deutschen Softporno oder einem skandinavischen Streifen, in dem fünf, sechs oder sieben vollbusige Schwedinnen endlos durch die Länder der Welt streifen. Meine Freundinnen und ich, anständige, höhere Töchter von der historischen Fakultät der damals noch Leningrader Universität, trafen uns manchmal in Katjas Wohnung, diskutierten über Nabokov und Brodsky und schauten uns dann Softpornos an. Einmal brachte Lisa einen richtig harten Streifen mit, mit Penissen, ganzen Erektionen, allem Drum und Dran, aber mir war es peinlich, und ich brach hastig auf nach Hause, mit dem Hinweis auf eine Prüfung, bis zu der es noch zwei Wochen waren. Ja, und in einem dieser relativ unschuldigen Videos habe ich ein verspiegeltes Badezimmer gesehen, ich weiß nicht mehr, was da vor sich ging, aber der Gedanke blieb in meinem Gedächtnis haften, und jetzt stehe ich, Olga Kruschewnizkaja, fünfunddreißig Jahre, IT-Managerin, erfolgreicher Profi, nackt vor dem Spiegel, ganz allein.

Natürlich haben Oleg und ich einmal probiert, es vor diesem Spiegel zu machen. Ich erinnere mich nicht mehr, was wir in der Jugend vorgesetzt bekamen, aber sicherlich sah das im Kino alles bei Weitem ästhetischer aus. In Wirklichkeit rutscht man auf dem Boden des Badezimmers aus, es ist reichlich unbequem, in den Spiegel zu sehen, während man es miteinander treibt, und am Ende krachte uns der Vorhang auf den Kopf, wie in diesem anderen Film, der so unheimlich ist, dass ich seinerzeit genau an dieser Stelle den Fernseher ausmachte und froh war, ganz allein in meiner Wohnung zu sein, so musste ich mich vor niemandem schämen und nicht lügen, dass ich mich auf eine Prüfung vorbereiten muss.

Wahrscheinlich sieht Xjuscha sich gerne Filme an, in denen Triebtäter vorkommen, vielleicht findet sie auch solche Geschichten erregend, wo maskierte Menschen kreischende Mädchen mit riesigen Äxten in der Hand verfolgen. Die Mädchen in diesen Filmen haben immer riesige Busen, wie diese vielen Schwedinnen auf Ibiza oder anderen Mittelmeerinseln. Also muss ich keine Angst um mich haben. Mein Busen ist völlig normal, gerade mal Körbchengröße B, und dazu hängt er in den letzten Jahren schon ziemlich durch.

Schön wäre es, wenn ich schon ein Kind hätte. Dann wäre mir klar, wenn ich morgens in den Spiegel schaue, dass mein Busen durchhängt, weil ein kleiner Junge oder ein Mädchen daraus Milch getrunken und mit seinen kleinen Fäusten darauf herumgetrommelt hat. Beim Anblick meines schlaffen Busens würde ich dann an mein Kind denken, aber so denke ich nur an die Zeit, die vergeht, und daran, dass mein Körper allmählich zerfließt, wie eine Kerze, die jemand in der Sonnenhitze stehen gelassen hat. Und das jede Minute, sogar jetzt, da ich vor dem Spiegel im Badezimmer stehe, ganz allein.

Oleg sagt, dass ihm mein Körper gefällt, der Körper einer reifen Frau, ein Körper, der schon vieles erlebt hat. Ich will ihn nicht enttäuschen, aber so viel hat mein Körper noch gar nicht erlebt, abgesehen einmal von den einsamen Regungen im eigenen Bett. Meine sexuelle Erfahrung beschränkt sich notgedrungen auf jene Männer, die ich geliebt habe. Und das waren nicht viele – wahrscheinlich weil ich am Ende doch ein Mädchen aus einer gebildeten Leningrader Familie geblieben bin, wo mir Mama erklärte, dass das Wichtigste im Leben die Liebe sei, sodass das Wort »Sex« in unserem Haus erst gar nicht ausgesprochen wurde. Ich verliebe mich schwer und entliebe mich langsam und konnte meine Freundinnen nur beneiden mit ihren Urlaubsflirts, als wären sie keine Leningrader Mädchen aus gebildeten Familien, sondern allesamt wie jene fünf, sechs oder sieben Schwedinnen, die von Ibiza nach Koktebel am Schwarzen Meer oder an die Ostseestrände von Repino und Sestrorezk übergesetzt hatten.

Ehrlich gesagt, die Schwierigkeit, mich zu verlieben, ist das Letzte, was mir von jenem Mädchen aus der gebildeten Leningrader Familie geblieben ist. Solche Mädchen sollten keine eigene Wohnung in Moskau haben, keinen Toyota fahren, nicht einmal einen sechs Jahre alten, und erst recht nicht Intrigen spinnen gegen ihre eigenen Aktionäre. Zarte, philologisch geprägte Leningrader Mädchen bitten ihre Freundinnen nicht, potenzielle Investoren mit deutlich krimineller Vergangenheit, zwei verschollenen Partnern und drei nicht eröffneten Strafverfahren über irgendwelche eigenen Kanäle abzuklopfen. Von solchen Menschen lesen anständige Mädchen lieber in Büchern, im äußersten Fall schauen sie sich diese im Kino an. Ehrlich gesagt sind nicht einmal Grischa und Kostja, meine derzeitigen Teilhaber, die geeignete Gesellschaft für eine Petersburgerin aus gebildetem Hause, und dabei spielt es keine Rolle, dass beide ein Universitätsdiplom haben.

Ein wenig tut es mir schon leid, Grischa und Kostja diesem Mann zum Fraß vorzuwerfen – und das gar nicht einmal, weil er ihnen natürlich bei Weitem nicht das zahlen wird, was das Geschäft, das die beiden zerstören wollen, eigentlich wert ist, sondern weil ich sie mag. Wir verstehen einander, denn wir sind einander sehr ähnlich. Wir alle sind Verräter.

Ich hätte mich ursprünglich mit dem neunzehnten Jahrhundert befassen sollen, Grischa und Kostja dagegen mit theoretischer Physik. Wir hätten ein entbehrungsreiches, aber ehrliches Leben führen sollen. Ich hätte nicht mit Zahlen, sondern mit Worten und Daten operieren sollen, und Grischa und Kostja hätten auf die Suche gehen sollen nach irgendwelchen schwarzen Löchern, und nicht nach den Löchern in der Gesetzgebung, mit denen sie ihr erstes Geld verdienten. Wir haben nie darüber gesprochen, aber ich weiß, dass wir einander verstehen.

Wir sind Verräter, und jemanden zu verraten kostet dich nur beim ersten Mal Überwindung. Es kostet dich Überwindung, den Job zu kündigen und nach Moskau zu fahren. Dir einzureden: »Ich kann aus dieser Firma was machen.« Das erste Mal zu sagen: »Mama, ich kann jetzt nicht mit dir reden, ich habe eine Besprechung«, und den Hörer aufzulegen. Später geht das wie von selbst. Du kaufst dir eine Wohnung in Moskau, du machst was aus dieser Firma, du gewöhnst dich daran, die Rechnungen deiner Eltern zu zahlen. Es fällt dir leicht, Grischa und Kostja diesem Mann auszuliefern, der sie abservieren wird – und vielleicht auch dich abserviert.

Nur beim ersten Mal kostet es dich Überwindung – im Geschäft wie in der Liebe. Es kostet dich Überwindung, dich vor einem unbekannten Mann auszuziehen, das erste Mal auf einen

Kuss zu reagieren, das Werben eines Menschen zu akzeptieren, den du gar nicht liebst. So war es mit Oleg. Er machte mir ein halbes Jahr lang den Hof, schickte Blumen, lud mich zum Essen ein. Er war Abteilungsleiter in einer großen Bank, für die die Agentur, in der ich arbeitete, eine Website machte. Zunächst erschien mir Oleg zu aufgeblasen, dann zu aufdringlich, dann redete ich mir ein, er gehöre nicht zu meinem Kreis. Einmal aßen wir zusammen zu Abend, ich fühlte mich schlecht, hatte Halsschmerzen und sprach daher fast kein Wort. Als man bereits den Nachtisch serviert hatte, holte Oleg eine kleine Schachtel aus seiner Tasche. Es lag ein Armband mit dunkelroten Steinen darin, er legte es mir an und küsste meine Finger, einen nach dem anderen. In diesem Augenblick begriff ich, dass sich das Unvermeidliche nicht mehr hinauszögern ließ. Du bist ein erwachsenes Mädchen, sagte ich mir, wie lange willst du den Mann noch zappeln lassen? Besorg es ihm heute Abend, dann verschwindet er von der Bildfläche, und ihr seid quitt.

Oleg hatte mich stets bis nach Hause begleitet, aber dieses Mal ließ ich ihn mit nach oben kommen. Damals wohnte ich noch in einem Apartment in der Nähe der Metrostation »Aeroport« zur Miete, und er trug mich direkt aus dem Flur ins Bett. Wir waren bereits bei der Sache, als ich merkte, dass irgendwas nicht stimmte. Ich bekam kaum Luft, und mein Hals schmerzte, als wäre jemand mit Schmirgelpapier durchgefahren. Ich war hilflos und passiv, und Oleg drehte mich hin und her wie eine gefühllose Puppe. Als er gekommen war, blieb ich so liegen, wie er mich fünf Minuten zuvor hingelegt hatte. Er stand auf, beugte sich zu mir hinab und fragte: »Stimmt etwas nicht?«, aber ich winkte nur mit der Hand in Richtung Tür, wie um zu sagen: Geh. Er zog sich an, ging in die Küche, trank etwas Wasser und kehrte wieder ins Zimmer zurück. »Bist du sicher, dass du nichts brauchst?«, fragte er, und ich schüttelte erneut den Kopf und deutete zur Tür. Er zuckte mit den Schultern, küsste mich auf die unbeweglichen, spröden Lippen, sagte: »Verzeih mir bitte, ich habe wohl …«, und ging, ohne den Satz zu beenden. Nur beim ersten Mal kostet es dich Überwindung – sodass ich am nächsten Morgen mit knapp vierzig Grad Fieber aufwachte und eine Woche lang im Bett liegen blieb. Jeden Tag kam Oleg vorbei, brachte Lebensmittel, Medikamente und Blumen. Das hatte etwas Altmodisches – und so wurden wir ein Liebespaar.

Ich zog von der Station »Aeroport« nach Sokolniki, dann kaufte ich mir eine Wohnung bei der Metro »Universität«, und all diese Jahre traf ich mich einmal die Woche, manchmal seltener, mit Oleg und ging mit ihm in ein Restaurant. Er erzählte mir von seiner Arbeit, manchmal erwähnte er auch seine Frau und die Kinder – einfach so, beiläufig, als sei das etwas völlig Selbstverständliches. Von ihm hörte ich auch zum ersten Mal von jenem Mann, dem ich Kostja und Grischa ans Messer liefern will. Oleg sagte, wenn ich mit diesem Menschen sprechen wolle, könne er ein Treffen arrangieren.

Ja, wir trafen uns, gingen gemeinsam essen und dann miteinander ins Bett. Zum Abschied küsste mich Oleg, dann ging er, und ich blieb ganz allein zurück, ein Mädchen aus gutem Leningrader Hause, wo man mir stets gesagt hatte, das Wichtigste im Leben sei die Liebe.

Wenn ich vor dem Spiegel stand, ganz allein, dachte ich, vielleicht hatten sie es ja nicht nur einfach so gesagt, vielleicht hatten sie ja wirklich daran geglaubt? Ich glaube ja noch immer daran, obwohl ich das vor niemandem außer Xjuscha zugeben würde.

Xjuscha lacht mich oft aus und sagt: Du solltest häufiger ficken, dann bringst du Sex und Liebe nicht mehr durcheinander. Sie sagt, wenn ich in diesen drei Jahren nicht nur einen

Mann, sondern fünf oder sechs gehabt hätte, dann könnte ich sagen, welchen davon ich liebe, aber so sei das eben, wie es so schön heißt, die erstbeste Wahl, das, was gerade zur Hand sei, oder besser, zwischen den Beinen. Xjuscha sagt übrigens nie »zwischen den Beinen«, sie vermeidet überhaupt jegliche Art von Euphemismen, wie übrigens auch viele Leningrader Mädchen aus gutem Hause. Ich habe solche Wörter nie verwendet, und ich nehme sie auch jetzt nicht in den Mund, aber nicht, weil ich mich schäme, sondern weil sie für mich schon längst zum Arbeitsinstrument, zu einer Art Terminologie geworden sind, deren sich Geschäftspartner manchmal bedienen, insbesondere Lieferanten. Es wäre seltsam, solche Wörter in der Alltagssprache zu verwenden – für mich ist das genauso seltsam wie die Bezeichnung *Zahlungsnachweis* für einen Kassenbon aus dem »Auchan«.

Aber gleich welche Wörter Xjuscha verwendet, ich denke, wenn ich nicht einen Mann hätte, sondern fünf, sechs oder sieben – genauso viele wie diese wollüstigen vollbusigen Schwedinnen –, ich könnte keinen von ihnen lieben. Ich hätte um einiges häufiger Sex, aber dafür bliebe von der Liebe nichts mehr übrig. Mädchen meines Typs funktionieren anders.

Xjuscha, fragte ich einmal, warst du denn irgendwann mal verliebt? So richtig jungfräulich verliebt, wie im Kino? Wahrscheinlich in der fünften Klasse, antwortete Xjuscha, und vielleicht in Nikita, meinen ersten Dom. Aber sonst – nein, nie. Ich sag ja, man muss es so oft wie möglich treiben.

Manchmal scheint mir, dass Xjuscha und ich uns sehr ähnlich sind. Ich habe ihren Ljowa nie gesehen, aber ich stelle ihn mir so ähnlich vor wie meinen Wlad. Würde er in Moskau leben, er würde sie auch zwingen, das Geschirr seiner Gäste zu spülen. Ich bin überzeugt, dass Xjuscha, wenn sie so alt ist wie ich, auch ihre eigene Wohnung haben wird und ein gutes Auto, vielleicht sogar ein etwas besseres als ich. Ich stelle mir vor, dass sie heute Morgen auch vor dem Spiegel in ihrem Badezimmer steht, ein wenig Journalistin, ein wenig Redakteurin, ein kleines bisschen IT-Managerin, aber in jedem Fall ein erfolgreicher Profi, und auch an mich denkt. Und jede von uns hat ihr kleines Geheimnis. Ich meinen Oleg, sie ihre seltsamen Vorlieben. Aber was heißt da Geheimnis. Sie macht ja gar keinen Hehl daraus, obwohl ich mich, ehrlich gesagt, immer noch unwohl dabei fühle. Neulich saßen wir an den Schachtischchen im *Atrium*, ich erinnerte mich, wie ich in der Schule Schach gespielt hatte, bis zur zweiten Liga, und Xjuscha erzählte, wie sie ins Tanzstudio gegangen war und wie sie sich vor einem halben Jahr gefreut hatte, als sie einen Club aufgetrieben hatte, wo man Boogie-Woogie tanzen konnte. Die Bar war wie eine Laube aus geschnitztem Holz gestaltet, die Wintersonne schien ungewöhnlich hell durch die gläsernen Wände. Ich dachte, in zehn Jahren wird Luschkows Architektur in die Wohngegenden der Stadt vordringen, und alle, die etwas jünger sind als Xjuscha, werden sich daran nicht weniger stören als ich mich an all den Touristen auf dem alten Arbat. Und so plauderten wir angeregt miteinander, ich erzählte, welche Schuhe ich mir eine Woche zuvor gekauft hatte, und plötzlich sagte Xenia völlig beiläufig: »Und ich habe mir gestern eine tolle Peitsche mit Bleikugeln gekauft. Eine klassische neunschwänzige Katze. War zwar schweineteuer, aber bei den Männern kannst du lange darauf warten, also musste ich sie mir selbst besorgen.« Und sagte das ziemlich laut, sodass die Leute an den Nachbartischen es hörten und wahrscheinlich sogar begriffen, dass sie sich nicht ein erstaunliches Kätzchen mit neun Schwänzen gekauft hatte. Sofort fühlte ich mich unwohl und wollte hinausgehen.

Ich fürchte mich vor dem Schmerz und kann Xjuscha nicht verstehen. Als mich einmal Oleg zu stark in mein Ohrläppchen gebissen hatte, war meine Stimmung sofort wie weggeblasen. Früher einmal hatte ich mir »Emmanuelle-5«, deutsche Softpornos und die endlosen Abenteuer der Schwedinnen in allen Ecken der Welt angesehen und dabei gedacht: Das, was auf dem Bildschirm vor sich geht, kann es in Wirklichkeit gar nicht geben – zumindest in jener Welt, in der ich lebe. Und jetzt stehe ich vor dem Spiegel in meinem Badezimmer, eine fünfunddreißigjährige Frau, IT-Managerin, erfolgreicher Profi, und denke: Meine Freundin mag es, wenn man sie fesselt, schlägt und erniedrigt – und dabei ist mir eines klar: Wenn sie von Xjuscha erführen, kämen selbst die fünf, sechs oder sieben Schwedinnen von der Insel Patmos in Verlegenheit.

19

Ihr sitzt zu viert an einem Tisch im *Kofe-In*, deine Geliebte Xenia, Xenias Freundin Olga und Xenias Klassenkameradin Marina. Ihr habt euch heute getroffen, um den Start eurer Website zu feiern. Ihr habt es doch noch vor Neujahr geschafft, könnt euch also in Ruhe während der Feiertage entspannen. Wenn ihr nach dem 7. Januar – dem orthodoxen Weihnachten – wieder zurückkommt, macht ihr alles fertig, einstweilen kann die Site ruhig als Testversion im Netz bleiben, es gehen ja in dieser Zeit sowieso nur halb so viele Leute online.

Zwei Wochen habt ihr euch jeden Tag geschrieben und per ICQ kommuniziert, aber jetzt siehst du Xenias Freundinnen zum ersten Mal vor dir. Dem Aussehen nach ist Olga etwas über dreißig, aber so richtig gut konntest du das Alter von Frauen noch nie bestimmen. Sie raucht Zigaretten mit langer Filterspitze, und an ihrem Handgelenk fällt dir ein Armband mit dunklen Steinen auf. Marina sieht jünger aus als Xenia, vielleicht, weil sie überhaupt nicht geschminkt ist, in ihren blonden Haaren steckt nicht mal eine Klammer, und sie fliegen ihr bei jeder Bewegung um den Kopf. Marina trägt Jeans und Pullover, sie lächelt dich wohlwollend an, aber dann vergisst sie anscheinend völlig, dass du da bist. Sie arbeitet nirgends, ist aber immer per ICQ erreichbar. Zu Hause hat sie eine Standleitung, und ihr PC steht auf einem Barhocker direkt in ihrem Zimmer, wie ein kybernetischer Altar. Du weißt das noch nicht und wirst es wohl kaum erfahren, wenn Marina dich nicht zu sich einlädt oder Xenia es dir nicht erzählt. Marina nennt ihre Freundin Xenia, Olga dagegen »Xjuscha«. Du glaubst nicht, dass eure Beziehung einmal so weit gehen wird.

Du warst selbst überrascht, wie gut die Website geworden ist. Genaue Schilderungen aller elf bekannten Morde, Kommentare der Ermittler zu jedem davon. Die Fälle sind nach verschiedenen Merkmalen gruppiert (mehrere Klassifikationsmöglichkeiten stehen zur Wahl). Eine Karte von Moskau, auf der die Fundorte der Leichen markiert sind. Der Zeitpunkt der Entdeckung ist genau fixiert, der Zeitraum der Ermordung sowie des Verschwindens des jeweiligen Opfers ungefähr. Ein großes Interview mit dem stellvertretenden Moskauer Generalstaatsanwalt sowie zwei noch ausführlichere mit Mitarbeitern der Staatsanwaltschaft und der Kriminalpolizei, die ungenannt bleiben wollen. Ein Abschnitt »Aus der Geschichte der Moskauer Serienmörder«, wo die Fälle Ionessjan alias »Mosgas«, Welechin alias »Waldgeist«, Golowkin alias »Würger« sowie Oleg Kusnezow und Sergej Rjachowski aus Balaschicha. Ebenfalls dort: Auszüge aus dem Buch »Maniacs: blinder Tod« von Nikolai Modestow, einem ausführlichen Bericht über die größten Serienmordfälle Russlands.

Besonders stolz ist Alexej auf den Abschnitt »Theorie«, den seine Oxana völlig überraschend vorgeschlagen und auch noch mit einigen kulturwissenschaftlichen Artikeln aus ihren Archiven noch aus Institutszeiten bereichert hat. Darunter war eine große Studie über Gilles de Rais, den berüchtigten Kindermörder, Marschall von Frankreich und Kampfgefährten der Jeanne d'Arc, der 1440 auf dem Scheiterhaufen verbrannt wurde, sowie ein Essay von Pierre Klossowski über den Marquis de Sade, den du, wenn du ehrlich bist, dann doch nicht ganz zu Ende gelesen hast.

Olga, die mit der Erstellung von Community-orientierten Websites bereits Erfahrung gemacht hatte, schlug vor, nicht ein einzelnes Forum einzurichten, sondern mehrere thematische: »Diskussion zu den Mordfällen«, »Theorie und Geschichte«, »Versionen« und »Zeugenaussagen«. Letzteres Forum war für solche Teilnehmer gedacht, die glaubten, den Serienmörder gesehen oder getroffen zu haben. Wahrscheinlich, seufzte Olga, kommt da nur Müll rein, aber wenn wir schon wenigstens diese eine Chance haben, so müssen wir sie nutzen. Und wer Angst hat, seinen Verdacht öffentlich zu äußern, kann uns über ein eigenes Formular eine E-Mail schreiben.

Du siehst Olga an und denkst: Aha, das ist also das Vorbild für Xenias Idealvorstellung einer Businesslady! Wenn das so weitergeht, wird Xenia in zehn Jahren auch ein Auto haben, am Bordstein geparkt, und das gleiche seltsame Glänzen in den Augen, das du schon viele Male gesehen hast bei einsamen erfolgreichen Frauen jenseits der dreißig. Viele empfinden das als Kälte, aber du weißt es besser: Es ist das Salz der unvergossenen Tränen, erstarrt in der Tiefe der Pupille – dort, wo sie nichts mehr hervorholt, weder Liebestaumel noch die Wärme einer männlichen Umarmung. Nur eines vielleicht – zu ihr hingehen, ihr über die unnatürlich hellen Haare streichen und sagen: »Was hast du denn, Olenka, alles wird gut, du weißt doch«, aber es wäre wirklich seltsam, so mit einer kaum bekannten Frau umzugehen.

Sie diskutieren über Banner, streiten darüber, ob man dafür Fotos der Opfer verwenden kann.

»Ich glaube, man wird sie anklicken können«, sagt Xenia. »Wo liegt also das Problem?«

»Die Provider könnten sich weigern, sie reinzustellen«, entgegnet Olga, »es gab da so eine Geschichte vor einem Jahr, während der Sache mit dem Musicaltheater. Könnte aber sein, dass ich da was durcheinanderbringe.«

»Was hat das denn mit den Providern zu tun?«, sagst du plötzlich, gleichsam zu dir selbst. »Es gibt doch immer noch Verwandte von denen. Denkt doch mal nach, Mädels.«

Einen Augenblick lang schweigen alle, dann sagt Xenia: »Gut, also machen wir Banner aus Teilen der Moskau-Karte, zum Beispiel den Namen einer Metrostation mit einem Pfeil: ›Der Killer tötet hier‹«.

»Kann ich bis morgen Früh machen«, sagt Marina lächelnd und schüttelt die blonden Haare.

Du warst immer der Ansicht, dass man mit Kolleginnen lieber nicht ins Bett gehen sollte, denn außer Journalistinnen gebe es ja noch junge Designerinnen, Setzerinnen und Fotografinnen. Wahrscheinlich hattest du unrecht – denn es ist schön zu wissen, dass ihr, wenn ihr euch heute Abend im Flur trennt, euch morgen Früh schon wieder im Büro sehen werdet, wo Xenia wieder den wohlwollenden Panzer der Businesslady angelegt haben wird, einen Panzer, der unter deinen Küssen allmählich von ihr abfällt, bis er schließlich mit diesem finalen, markerschütternden Schrei zerbirst. Vielleicht bist du zum ersten Mal in deinem Leben sowohl mit dir als Mann als auch im Beruf zufrieden, und Xenia ist Zeugin dieser beiden Siege.

Wie es scheint, fühlst du dich heute, da du das Glas auf den Beginn eures Projekts erhebst, nicht mehr wie ein erfolgreicher Versager.

20

Sie haben sich mit Schneebällen beworfen wie kleine Kinder, sind die vereisten Hügel hinabgerutscht, erst auf den Füßen, dann auf dem Hintern, ein Stück Pappe als Unterlage, bye-bye, Xenias Pelzjacke, bye-bye, Olgas Pelzmantel. In irgendeinem Schuppen haben sie Wodka aus Plastikbechern getrunken, zwei Grünschnäbel abblitzen lassen, die sie zunächst für Gleichaltrige, dann für Mutter und Tochter gehalten haben. Sie haben einem flachsblonden Leutnant ihre Meldebestätigung gezeigt, worauf dieser ihnen die Pässe zurückgegeben hat mit den Worten: »Dann feiert noch schön, Mädels.«

Zum Feiern haben sie noch drei Tage. Zwei erwachsene Mädchen, die eine, sagen wir mal, Journalistin, die andere IT-Managerin, beide beruflich erfolgreich, kurz vor dem Durchbruch, Schöpferinnen der populärsten Website des noch jungen Jahres, haben sich gerade die Stimmen beim Karaoke im *Yakitori* ruiniert und behandeln sich nun mit heißem Sake.

»Ich glaube, das ist das schönste Neujahr in meinem Leben«, sagt Olga, die schon fast vergessen hat, dass Oleg weder am 31. Dezember noch am 1. Januar zu ihr kommen konnte, und sie danach auch nicht mehr damit gerechnet hat, denn am Morgen des 2. ist er mit seiner Familie nach Thailand geflogen, und deshalb zieht Olga nun schon den dritten Tag mit Xenia durch die Moskauer Clubs, Restaurants und Bistros, läuft mit ihr um die Wette und lässt sich in die wenigen Schneehaufen fallen, um eine Schneeflocke abzubilden oder vielleicht auch einen fünfzackigen Stern.

»In meinem ganz sicher«, entgegnet Xenia, die an diesem dritten Tag entweder nun wirklich betrunken ist oder einfach so glücklich, dass allein die Erinnerung an dieses Glück für das ganze restliche Leben reichen dürfte. Das Jahr ist wunderbar zu Ende gegangen, die Website haben sie online gestellt, Sascha hat sie zum Teufel geschickt, den erotischen Stress abgebaut und geht nun als junge, freie, für jegliche Veränderungen offene Frau in das neue Jahr. Am 31. Dezember rief Alexej an, um ihr zu gratulieren, was sie ein wenig verwunderte, da sie nicht wusste, ob das nun übermäßigem Diensteifer oder einer gefestigten Freundschaft zuzuschreiben war, oder er nur zu verstehen geben wollte, dass aller guten Dinge drei sind und daher die beiden bisherigen Abende im neuen Jahr eine Fortsetzung finden sollten. Das klären wir im neuen Jahr, hatte sich Xenia gedacht und Alexej leichthin aus ihren Gedanken verbannt. Mit ihm war es okay, aber er war nicht ihr Geschmack. Mit dem Boogie-Woogie dürfte es bei ihm wahrscheinlich besser klappen als mit dem Sex, doch dazu später.

»Da fällt mir ein guter Witz ein«, sagt Olga, während sie den letzten Rest Sake aufteilt, »der mit der Grundschullehrerin. Kommt die Grundschullehrerin nach den Feiertagen in die Klasse und diktiert eine Matheaufgabe: ›Zwei junge, interessante und intelligente Damen kaufen sich sechs Flaschen Bier zu dreißig Kopeken *(ich weiß nicht mehr genau, für wie viel, es ist ein alter Witz, ist ja auch egal)*, eine Flasche Wodka für 4,12, einen Schmelzkäse ›Wolna‹ für 14 Kopeken oder so und eine Flasche ›Krymski‹-Portwein … o je, warum mussten wir den unbedingt trinken!«

Xenia lacht, sie trinken den Sake aus und gehen in Richtung Ausgang.

»Zu dir oder zu mir?«, fragt Xenia.

»Zu mir«, erklärt Olga, »das ist näher.«

»Dafür habe ich den Neujahrsbaum«, hält Xenia dagegen.

Zwei junge, interessante Damen, beruflich erfolgreich, schon beinahe Stars, halten in Moskau ein Auto an. Nachdem sie sich auf den Rücksitz gezwängt haben, beginnen sie, sich gegenseitig unterbrechend, den Weg zu erklären. Der Fahrer, ein Mann mit grauen Bartstoppeln und hellblauen, fast weiß ausgeblichenen Augen, schaltet den Sender *Russki chanson* ein und sagt: »Keine Sorge, Kinder, ich sitz seit dreißig Jahren am Steuer. Sagt mir einfach die Adresse, den Rest mach ich.«

Sie fahren durch das nächtliche Moskau, die Festbeleuchtung erhellt Straßen ohne Mauern, schwarze Nachluft gähnt in den Fenstern der ausgeweideten Häuser.

»Was Luschkow nur macht, unglaublich, nicht?«, sagt der Fahrer. »Habt ihr gehört, es gibt sogar Pläne, die Twerskaja abzureißen? Könnt ihr euch das vorstellen, Mädels? Ich lebe seit dreißig Jahren in Moskau und erkenne die Stadt nicht mehr. Wie nach dem Krieg, ehrlich.«

»Macht doch nichts«, sagt die betrunkene Olga, »dann bauen sie eben neue Häuser, bessere als die alten. So 'ne Stadt wie Moskau … hält doch alles aus.«

Olga ist aus Sankt Petersburg, sie hat ihr eigenes Verhältnis zur Hauptstadt, aber das weiß der Fahrer nicht, macht das Radio etwas leiser und beginnt über Luschkow zu schimpfen. Er riecht nach Schweiß, hat aber keine Fahne, und das wundert Xenia, die noch immer bedauert, dass es im *Yakitori* keinen Sake zum Mitnehmen gibt. Sie ist so sehr mit diesen wichtigen Gedanken beschäftigt, dass sie den Augenblick verpasst, in dem der Fahrer zur Diskussion des Tschetschenienkriegs übergeht.

»Als mein Vater und seine Freunde aus dem Großen Vaterländischen Krieg zurückkamen – ich kannte die ja –, da waren sie gute Menschen geworden. Aber aus Tschetschenien kommen nur böse Menschen zurück.«

»Wie der Krieg ist, so sind die Menschen«, sagt Xenia grimmig und denkt schon darüber nach, ob sie den redseligen Chauffeur nicht höflich bitten soll, die Klappe zu halten. Also wirklich, muss denn bei jeder Fahrt durch Moskau immer eine Packung »Reden über Politik« dabei sein?

»Und außerdem, heißt es, ist in der Stadt ein Serienmörder aufgetaucht«, fährt der Fahrer fort, »also, Kinder, seid mal lieber schön vorsichtig. Zu zweit tut er euch natürlich nichts, aber ich mein ja nur grundsätzlich.«

»Ich weiß«, antwortet Xenia, mit einem Schlag hellhörig geworden, »und wo haben Sie das gehört?«

»Im Radio gab's eben 'ne Sendung, ich hab zufällig bei *Echo Moskwy* reingehört, da hieß es, dass in dem Dings, im Computer, na, im Internet, genau, alles über den drinsteht: Wen er umbringt und wann und wo er wieder zuschlagen wird.«

Zwei junge, interessante Damen, beruflich erfolgreich, schon beinahe Stars, fallen sich auf dem Rücksitz plötzlich in die Arme und beginnen so laut loszulachen, dass sich der blauäugige Fahrer seine grauen Bartstoppel kratzt, etwas vor sich hinmurmelt und den Sender *Russki chanson* wieder lauter stellt.

»Es läuft, Olja, es läuft!«, schreit Xenia und vollführt einen kleinen Tanz vor dem PC. Sie hat ihre Pelzjacke erst gar nicht ausgezogen, und die Schneeflocken verwandeln sich in kleine Pfützen auf dem Parkettboden, und sogar die Ecke des Kelims neben dem Bett saugt sich langsam voll. Olga kommt aus der Küche zurück, wo sie Teewasser aufgesetzt hat, die gebleichten kurzen Haare kleben an ihrer Stirn, flauschiger Rollkragenpullover,

Schlagjeans mit Blümchenmuster liegen eng an den Hüften an. Ja, zu Verhandlungen mit einer Bank solltest du in solch einem Aufzug lieber nicht erscheinen. Mein Gott, wie gut das tut, für eine Woche den Dresscode vergessen zu können! Sie blickt Xenia über die Schulter und sagt zufrieden: »Platz fünf, gratuliere!«

Seinerzeit hat sie an einigen Projekten mitgearbeitet, die bei Rambler bis in die allgemeinen Top 10 kamen, gar nicht mal in die thematischen. Sie ist fünfunddreißig Jahre alt, fünf davon arbeitet sie bereits mit dem russischen Internet, kaum etwas kann sie noch überraschen. Da ist es um Meilen besser, vereiste Hügel hinabzurutschen und sich mit Schneebällen zu bewerfen wie kleine Kinder, Wodka aus Plastikbechern und Sake aus kleinen Keramikgefäßen zu trinken.

»Wir sind spitze, wir sind spitze«, ruft Xenia, tanzt wieder und lässt die Pelzjacke einfach auf den Boden fallen, »wir haben es geschafft!«

Sie klatscht ihre kleine Hand mit den abgekauten Fingernägeln gegen Olgas gepflegte Hand, und sogleich klingelt das Telefon, als hätte das Klatschen es geweckt.

»Ach, verdammt«, sagt Xenia und greift nach dem Hörer, »hallo, hier bin ich, frohes Neues, wer spricht?«

Sie hört Mamas Stimme, und sofort erfasst sie eine Welle der Angst. Was ist passiert? Mama hat noch nie einfach so angerufen. Sind alle gesund? Was ist los? Ach, sag, sie haben sogar meinen Namen genannt? Das ist doch klasse, Mama, supermegaklasse. Was heißt, warum? Weil das meine Arbeit ist. Weil ich Redakteurin der Online-Zeitung *Vecher.ru* bin, Journalistin, sogar ein wenig IT-Managerin, Mama, jedenfalls beruflich erfolgreich, und das ist mein neues Projekt. Was heißt, du hast es dir angeschaut, und da gibt es nur Scheußlichkeiten? Was willst du denn auf einer Website über einen Serienmörder finden, der allein in den letzten acht Monaten elf Mädchen und Frauen im Alter von fünfzehn bis achtunddreißig abgeschlachtet hat? Mama, nein, ich kann dieses Projekt nicht beenden, nein, ich werde meinen Namen nicht zurückziehen.

Xenia weint nie. Doch jetzt steht sie da, das Gesicht in Olgas flauschigem Wollpullover verborgen, genau zwischen zwei Brüsten mit allerhöchstens Körbchengröße B, und Olga streicht ihr über die Haare und sagt: »Was hast du denn, Xjuschenka, alles wird gut, du weißt doch, ich hab dich lieb«, und spürt, dass ihre seltsame Fantasie für einen kurzen Augenblick Wirklichkeit geworden ist, sie hat nun eine Tochter, auf die sie stolz sein kann, die sie liebt und auf die sie ihr ganzes Leben gewartet hat. Alles wird gut, Xjuschenka, sagt sie, komm, wir machen uns einen Tee, gehn wir uns waschen, ich wische dir die Tränen ab, küsse dich auf die kleine Stirn, wenn du willst, bring ich dich ins Bett, aber bitte weine nicht.

Ich weine nicht, sagt Xenia, diese ausgezeichnete Redakteurin, beruflich erfolgreich, schon beinahe ein Star, ich weine nicht, und hebt das Gesicht mit den Tuschestreifen im Gesicht, und Olga lacht und sagt: *Ach, komm, dein ganzes Gesicht ist nass, die Tusche ist verlaufen.*

Das ist vom Schnee, Olja, vom Schnee, entgegnet Xenia, du weißt doch, ich weine nie, es ist einfach das Wetter, es ist von den Haaren abgetaut, schau doch, was für ein Schneefall da draußen ist.

Und da sitzen sie nun in der Küche, zwei junge, interessante Damen, plötzlich stocknüchtern, als hätte es weder Wodka in Plastikbechern, noch Sake in Keramikgefäßen gegeben, sie trinken Tee aus Bechern, auf einem der beiden steht »Rambler«, auf dem anderen »*Vecher.ru*«. Ungeschminkt sieht Xenias Gesicht völlig schutzlos aus. Ja, denkt Olga, so würde ich sie nicht einmal für dreiundzwanzig, sondern für achtzehn halten. Dreiundzwanzig minus achtzehn macht fünf, zwölf plus fünf, ja, mit siebzehn Jahren hätte ich durchaus schon ein Kind bekommen können, wenn ich natürlich nicht erst mit zweiundzwanzig meine Unschuld verloren hätte, und auch das nur, weil ich so verliebt war.

»Sie hat recht, natürlich hat sie recht«, sagt Xenia, »jetzt werden ihre Freunde über mich denken, dass ich bei so einem Online-Boulevardblatt arbeite, à la ›Moskowski komsomolez‹, die werden sich ja erst gar nicht anschauen, was wir gemacht haben. Wahrscheinlich haben sie recht, es ist Gewaltverherrlichung, und vielleicht provozieren wir ja tatsächlich den Killer, neue Morde zu verüben?«

Olga beugt sich zu ihr hinüber, nimmt ihr Händchen, bedeckt es mit ihren großen, gepflegten Händen, an denen sich zweimal die Woche die Nagelpflegerin Lisa austobt, Bäder macht, die Nagelhaut stutzt, die Nägel poliert und lackiert. Bedeckt es mit ihren Händen, blickt in Xenias tiefe, schwarze Augen und sagt: »Mein Mädchen, Tschikatilo wurde von niemandem provoziert, es war Sowjetzeit, alles war ruhig, und was hat es gebracht? Gut fünfzig Leichen. Wir haben es doch beide gelesen. Niemand hat Ottis E. Toole und Henry Lee Lucas provoziert, und sie haben damit geprahlt, sie hätten mehr als fünfhundert Menschen umgebracht. Zu Gilles de Rais' Zeiten gab es nicht nur kein Internet, sondern, glaube ich, noch nicht einmal Zeitungen – und, hat das den armen Kindern geholfen? Mach dir keinen Kopf, Xjuscha, wir tun schon das Richtige. Dies ist deine Arbeit, du bist Redakteurin einer Online-Zeitung, du machst Nachrichten. Denk dran, jedes Mal, wenn irgendwelche Terroristen Geiseln nehmen, wird die Presse beschuldigt, dass nichts passiert wäre, wenn nicht die Journalisten so einen Lärm machen würden.«

»Vielleicht stimmt das ja auch?«, sagt Xenia.

»Nein«, antwortet Olga, »ich denke, es ist genau andersherum. Wenn einer berühmt werden will, wenn er einen Effekt erzielen will, kann ihn nichts aufhalten. Wenn man über die Terroristen nicht schreibt, werden sie eine Wasserleitung vergiften oder Atombomben zünden. Wenn dieser Serienkiller es tatsächlich nötig hätte, dass man von ihm erfährt, so würde er doppelt so häufig morden, drei-, viermal so oft, und noch grausamer. Damit sich auch ohne Zeitung das Gerücht verbreitet. Deshalb tun wir genau das Richtige, das, was nötig ist. Mach dir wegen ihnen keinen Kopf, der Feind des Menschen ist sein Nächster, mein Wlad ist auch nicht gerade ein Geschenk, du weißt ja selbst. Aber vor allem denk daran: Deine Eltern sollten stolz auf dich sein. Dazu sind sie eigentlich verpflichtet.«

Ich könnte natürlich sagen, dass ich stolz auf dich bin, denkt Olga, aber das wird dir kaum helfen. Du weißt ja genau, dass ich dich liebe und stolz auf dich bin und glücklich, deine Freundin zu sein – aber leider bin ich eben nur deine Freundin und keineswegs deine Mutter, und du bist nicht meine Tochter, denn woher sollte ich denn auf einmal eine so erwachsene Tochter haben?

Wieder klingelt das Telefon, *ich sage, du bist nicht da*, sagt Olga. *Nein, nein, ich geh schon ran*, sie läuft ins Zimmer, kehrt zurück, zuckt mit den eckigen Schultern.

»Das war Papa. Er hat gesagt, dass er von mir im Radio gehört hat und dass er mich toll findet.«

»Siehst du«, sagt Olga, aber Xenia denkt, dass Papas Lob nicht viel wert ist, er hat ja selbst im Leben nichts erreicht, also wird er kaum beurteilen können, wie erfolgreich seine Tochter ist. »Siehst du«, wiederholt Olga und findet in Xenias Schrank die kleine Flasche Baileys, die sie selbst letztes Mal mitgebracht hat, und es ist gerade noch genug für zwei Schnapsgläser drin, »also trinken wir auf das neue Jahr, auf unseren Erfolg, darauf, dass alles gut wird, alles in Erfüllung geht im neuen Jahr.«

Sie klappen das Bett auf, Olga kommt aus der Dusche, eingehüllt in ein Reservelaken anstatt eines Handtuchs, schaltet Xenias Fön ein, und ihre gebleichten Haare tanzen um ihren Kopf. Noch vier Tage nicht zur Arbeit gehen, die Fältchen auf der Stirn lösen sich auf, die Gesichtszüge werden weicher, und selbst wenn du in den großen Spiegel im Badezimmer am anderen Ende Moskaus blickst, wirst du sehen, dass dir die Zeit zwar nur eine Nuance, aber doch weniger dicht auf den Fersen ist, dir, Olga Kruschewnizkaja, fünfunddreißig Jahre, die wenigstens einmal im Jahr vergessen soll, dass sie eine erfolgreiche IT-Managerin ist, ein richtiger Profi, Spezialgebiet Zahlen.

Während sie sich die Haare fönt, steht Xenia im Bad, die Tür hinter sich abgeschlossen, und beißt sich auf die Lippe. Olga hat gesagt, es ist schon spät, keine Lust, nach Hause zu fahren, und Xenia hat gesagt, *klar, bleib doch hier*, und jetzt ist sie wütend auf sich selbst, denn es wäre ihr peinlich, vor Olgas Augen den Vibrator einzuschalten, und erst recht, aus der Kiste die Brustwarzenklammern hervorzuholen. Sie geht zur Spiegelablage, nimmt ihr Kosmetiktäschchen, zieht den Reißverschluss auf, nimmt den kleinen Spiegel heraus, wickelt ihn in ein Handtuch ein und zerbricht ihn am Badewannenrand. Dann setzt sie sich auf den Boden, nimmt die spitzeste Scherbe und bohrt sie mit aller Kraft in die Innenseite ihres Oberschenkels.

Olgas Haare sind schon trocken. Sie schaut auf den Pullover, wie er auf dem Stuhl hängt, und sieht den schwarzen Fleck dort, wo Xenias Tusche zerlaufen ist. Eine merkwürdige Zeichnung, denkt Olga, ein Grabtuch von Turin, ein Rorschach-Test.

21

In dem Betonkeller, auf dem kleinen Flecken Erde, der mein Haus umgibt, manchmal in einem Stück Wald bei Moskau oder in einem Aufzug versuche ich den Menschen von mir selbst zu erzählen. Wenn ich Schriftsteller wäre, würden mir Wörter helfen. Aber so helfen mir ein Messer, ein Skalpell und eine Lötlampe.

Aber diese Mädchen, so schön, so anrührend schutzlos, alle noch unschuldig, obwohl man heute ja schon mit vierzehn den ersten Sex hat – diese Mädchen begreifen nichts. Sie fragen: »Warum ich?«, sie denken in diesem Moment an sich selbst, an ihren unausweichlichen Tod, sie können nicht verstehen, dass das, was mit ihnen passiert, vielleicht noch mehr die ganze Welt betrifft als sie selbst.

Sie sind von Kindheit an in dem Glauben erzogen worden, dass die Welt schön und weise ist. Der Glanz der Illustrierten, das Flackern des Fernsehers, die täglichen Lügen der Zeitungen – all das verbirgt die Wahrheit, aber nicht die Wahrheit über den Terror, die Korruption oder die kriminellen Strukturen, nein, die Wahrheit darüber, dass die Welt angefüllt ist mit Leid, so wie eine frisch geschnittene Wunde sich mit Blut füllt.

Es stimmt nicht, dass man beim Töten alles andere vergisst. Jeden Augenblick meiner Existenz bin ich mir bewusst: Das, was ich tue, ist absolut ungeheuerlich. Aber das hält mich nicht auf – und deshalb beweist schon allein meine Existenz, dass mit der Welt etwas nicht stimmt. Ich denke, gäbe es mich nicht, ich selbst könnte diese Welt leichter ertragen.

Und deshalb ist alles, was ich will, die Lüge zu vernichten, so zu sprechen, dass sie nicht mehr so tun können, als ob sie mich nicht hörten. Dass sie nicht mehr so leben können, als wüssten sie es nicht. Ich schneide Brustwarzen ab, reiße Bauchhöhlen auf, bringe mit der Lötlampe das Fett lebender Körper zum Schmelzen. Das ist meine Art zu sprechen.

Ich schreie mit ihrer Stimme, ich sende sie, von meinem Schmerz und meiner Qual zu zeugen, von der Welt, in der ich lebe. Ich zerschneide die Haut, als würde ich einen Vorhang aus Falschheit und Lüge zerreißen. Ich nehme ihre heißen Nieren, ihre Leber, ihr Herz heraus, als würde ich mit nackten Händen nach dem blutigen Kern des Seins fassen, nach jenem Ort, wo es keine Lüge gibt, wo Leid und Verzweiflung von nichts mehr verdeckt werden. Der Schrei verwandelt sich in ein Kreischen, dann in ein Stöhnen. Das sind die aufrichtigsten Geräusche. Der Schmerz kennt keine Lüge.

Aber sie begreifen trotzdem nichts, und dann ist alles vorbei, der Faden reißt, das fremde Leben zerfällt wie der verlassene Kokon einer Schmetterlingspuppe, und selbst wenn sie noch etwas begreifen konnten, so stirbt diese Erkenntnis zusammen mit ihnen. Vielleicht ist sie es ja auch, die sie tötet. Manchmal denke ich, dass niemand die Kraft hat, diesen Schmerz auszuhalten. Manchmal wundere ich mich, dass ich selbst noch lebe.

Diese Mädchen, so schön, so anrührend schutzlos – sie begreifen nichts. Und ich lebe in der Hoffnung, dass vielleicht jemand unter den Lesern der allmorgendlichen Moskauer Boulevardblätter mit *haarsträubenden Einzelheiten über das neue Opfer des Moskauer Serienkillers*, dass, ja, mich jemand von ihnen versteht. Denn wenn du auf dem Weg zur Arbeit in der

Zeitung darüber liest, dass die Leiche eines achtzehnjährigen Mädchens gefunden wurde, das eigene Gedärm um den Hals gewickelt, die abgeschnittene Hand in der zerfetzten Vagina steckend, wenn du das liest, so muss sich doch etwas in der Welt ringsum verändern, oder nicht? Denn du kannst doch nicht einfach die Zeitung weglegen, als hättest du wieder mal einen Bericht über ein Fußballmatch gelesen, über die Duma-Wahlen oder über die neueste Affäre eines lokalen Popstars?

Denn genau darum bringe ich das, was von ihnen übrig ist – diesen so schönen, so anrührend schutzlosen Wesen –, an Orte, wo sie leicht gefunden werden können – von Pilzsammlern, jungen Müttern mit Kinderwägen, Pärchen auf der Suche nach ungestörter Zweisamkeit.

Ich muss oft an jene gut verschanzten Amokläufer denken, die es schafften, noch einige Magazine abzufeuern, bevor die Polizei sie erschoss. Ich denke an die Tschetschenen und Araber, die sich inmitten einer feiernden Menge in Russland oder in Israel in die Luft jagten. An den Heckenschützen von Washington oder die beiden Marilyn-Manson-Fans, die in Littleton, Colorado, eine halbe Schule niedermähten, bevor sie mit sich selbst Schluss machten. Was immer ihr auch sagen wolltet, euer Schrei ist ungehört verhallt. Euch hat man abgeschrieben und die Politik, den Wahnsinn und den Einfluss der Pop-Kultur dafür verantwortlich gemacht. Man muss den Nahost-Konflikt lösen, den Tschetschenienkrieg beenden, psychisch Erkrankte besser vorsorgen und Rock-Konzerte verbieten. Dann dürfte die Welt doch besser werden, oder nicht?

Und obwohl der Gedanke daran, in der geballten Wucht einer Explosion zu sterben oder mich in das Schnellfeuer eines heißen Gewehrlaufs zu verwandeln, mir manchmal unerträglich verlockend erscheint, verachte ich ihn ein wenig. Das ist

Massenarbeit. So sehr ich auch auf Zeitungen und Fernsehen setze, wende ich mich doch zuallererst an den einzelnen Menschen – wie ein Poet, der seine Gedichte zuerst seiner Geliebten zeigt, bevor er sie in tausendfacher Auflage drucken lässt.

Zu einem einzelnen Menschen sprichst du viel aufrichtiger, als wenn du versuchst, ein ganzes Volk zu erreichen. Ich möchte gerne glauben, dass diejenigen, die über mich in den Zeitungen lesen, meine Aufrichtigkeit richtig einzuschätzen wissen und mich am Ende vielleicht sogar verstehen werden.

Manchmal macht mir ein Gedanke Angst: Das, was ich sagen will, ist auch so zur Genüge bekannt. Die Menschen, denen ich auf der Straße begegne, wissen genauso gut wie ich, dass sie in der Hölle leben, aber sie haben sich an diesen Gedanken gewöhnt, haben gelernt, damit zu leben. Dass jeder von ihnen von dem gleichen Kokon aus Verzweiflung und Schwermut umgeben ist. Ich bin ein Versager, ein räudiges Schaf in der Herde, ein Idiot, der die Offenbarung der Nachrichten von vorgestern verkündet, der eine üble Botschaft bringt, die niemand braucht, denn sie ist allen bekannt.

Manchmal denke ich, dass alle in der Hölle leben, sich an diesen Gedanken aber gewöhnt haben. Doch im nächsten Augenblick bin ich wieder beruhigt. Nein, in Wirklichkeit kann das gar nicht sein. Das Besondere an der Hölle ist ja gerade, dass man sich niemals an sie gewöhnt.

22

Es heißt, früher einmal sei die Moskauer Metro hell und sauber gewesen. Wahrscheinlich war sie das auch, früher einmal. Xenia hat diese Zeiten nicht mehr erlebt. Kann sein, dass sie schon vor ihrer Geburt vorüber waren, oder sie weiß einfach nicht mehr genau, wie die Metro aussah, als sie noch mit den Eltern fuhr, nicht alleine. Olga zum Beispiel befindet sich nicht gern unter der Erde, Xenia dagegen mag es.

Olga sagt, vor einiger Zeit sei ihr in der Metro der Geruch von Urin aufgefallen. Vor sieben Jahren, als sie gerade nach Moskau hergezogen sei, habe es ihn noch nicht gegeben, aber jetzt sei er plötzlich da. Xenia kramt angestrengt in ihrer Erinnerung, und ihr scheint, dass es schon immer so gerochen hat. Der Geruch begleitet einen immer, man muss ihn eben einfach vergessen. Aber ich, denkt Xenia, versuche nicht zu vergessen – warum, weiß ich selbst nicht.

Sie sitzt in dem halb leeren Waggon, betrachtet den Aufkleber mit dem gespaltenen Neugeborenen auf dem Fenster gegenüber. Xenia weiß genau, dass dort der lakonische Aufruf »Du sollst nicht töten!« darunter steht oder ein Gedicht über die Sünde der Abtreibung, ungefähr so: *Ihr Mörder ungeborenen Lebens / Ist euer Teufelswerk getan / Wird Blut an euren Fingern kleben.* Dieses zertrennte Baby macht Xenia wahnsinnig wütend, sie hat nicht übel Lust, diesen Leuten, die so was überall hinkleben, die Fresse zu verschönern. Mit einem Rasiermesser, etwa so wie auf dem Bild. Aber den Sticker beachtet sowieso niemand, die vier Fahrgäste Xenia gegenüber zum Beispiel sehen ihn gar nicht, weil er über ihren Köpfen klebt.

Merkwürdige Leute sind da unterwegs, um halb ein Uhr nachts in der Moskauer Metro, denkt Xenia. Der eine hochgewachsen, mit ungeschnittenen und unfrisierten Haaren, in einem langen Mantel, die Jeans nass bis an die Knie. Zwischen seinen Füßen steht eine Flasche Bier, aber das Gesicht ist nicht zu sehen, denn er hat den Kopf gesenkt , und die Zotteln verdecken sein Gesicht. Schläft wahrscheinlich, denkt Xenia, dabei wüsste sie zum Beispiel nur zu gerne, welche Farbe seine Augen haben, ob er eine lange Nase hat oder eine kurze, einen wilden Gesichtsausdruck oder eher einen gutmütigen. Vielleicht ähnelt er ja dem Drehbuchautor und Regisseur Konstantin Murzenko, der in dem Action-Blockbuster »Brat-2« den Faschisten spielte, oder vielleicht Onkel Jura, Mamas Freund, den sie schon seit Langem aus den Augen verloren hat. Daneben ein Pärchen, eine gefärbte Blondine, weiße Jacke und ein Rock, der kaum die dicken Knie in der schwarzen Strumpfhose bedeckt. Auf den ersten Blick ist sie fünfunddreißig bis vierzig, aber Blondinen dieses Typs haben eine Art zu leben, dass sie vielleicht auch fünfundzwanzig oder dreiundzwanzig sein könnte, wie Xenia. Ihr Begleiter ist ein nicht mehr junger Mann mit schwarzer, chinesischer Daunenjacke, unter der die Schöße eines grauen Jacketts hervorlugen, passend zu der gleichfarbigen Hose. Am Boden zwischen den Beinen eine Aktentasche. Den einen Arm hat er der Blondine über die Schultern gelegt, während er mit der anderen Hand ihr Pfötchen hält. Am Ringfinger trägt er einen matt schimmernden Ehering, die Blondine dagegen hat da nichts außer einer billigen Silberschlange. Ein merkwürdiges Paar, was die wohl sind? Auf Dienstreise? Ein Liebespaar? Eine billige Hure und ihr Kunde?

Xenia mustert den letzten Fahrgast, einen dicken Mann, der sie an eines der beiden Schweine erinnert, in die sich die Eltern der kleinen Chihiro in dem japanischen Zeichentrickfilm verwandeln. Er trägt eine aufgeknöpfte Pelzjacke, das Hemd umspannt den über dem Gürtel herabhängenden Bauch, ein Knopf fehlt, in der Lücke ein schwarzes Unterhemd, vielleicht auch Haare. Um den Hals hat er einen schmutzig-himbeerfarbenen Schal geworfen, das Dreifachkinn ruht auf der Brust, die grauen Augen offen, der Blick erstaunlich klar. Armer Kerl, wahrscheinlich was hormonell Bedingtes. Gott bewahre, natürlich.

Xenia sitzt gegenüber, ganz allein, ein kleines, hageres Mädchen, Pelzjacke, hohe Stiefel, Ledertasche auf dem Schoß. Sie ist gerade auf dem Weg nach Hause von Wlad Kruschewnizki, dem bekannten Theaterregisseur (von dem sie keine einzige Inszenierung gesehen hat) und Dauergast im *Mix-Club* (wo sie noch nie war), Olgas Bruder – o ja, das ist Grund genug.

Entgegen Olgas Berichten war es bei ihm zu Hause sauber, na ja, zumindest so, wie man das von einem Single erwarten kann. Vielleicht sogar sauberer als bei Hetero-Junggesellen. Natürlich sah Wlad überhaupt nicht wie ein typischer Homosexueller aus. Er hatte keinen Waschbrettbauch, trug weder Lederhosen noch Federboas – zumindest nicht zu Hause, wenn er seine jüngere Schwester und ihre Freundin empfing. Auch färbte er seine Haare nicht und verwendete keinen Kajal, obwohl Xenia im Bad eine Kollektion von Cremes entdeckte, auf die jede Frau neidisch gewesen wäre, außer vielleicht Olga, die aber eine noch größere Kollektion hatte. Wlad sah Olga tatsächlich ähnlich, er hatte denselben typischen Gesichtsausdruck, eine seltsame Kombination aus weichen Zügen und einem harten, stechenden Blick. Aber sobald sich Olgas Gesichtszüge glätteten, war auch in ihren Augen nichts als reine Freude – Schneeball wie kleine Kinder, runter den Hügel, auf dem Po! –, sodass Wlads Gesicht aus zwei Hälften seiner Schwester bestand: der sonntäglichen und der werktäglichen Olga.

»Olenka, bring uns was zum Knabbern aus der Küche mit.« Er geht ins Wohnzimmer, nicht ohne Xenia galant den Vortritt zu lassen. »Etwas zu trinken, Xenia? Es macht doch nichts, dass ich Sie beim Vornamen nenne, oder?«

Ein Charmeur also, sanft und bezaubernd. Er schenkt ihr einen Jack Daniels ein, ruft: *Olja, bring das Eis!*, wie zu einer Bediensteten, einer Zugehfrau. Erstaunlich, dass sie so mit sich umspringen lässt. Warum nervt mich das bloß so, schließlich ist das ihre Sache, misch dich nicht ein, ich bin hier nur zu Gast.

Merkwürdige Leute trifft man in Moskauer Wohnungen, denkt Xenia, während sie das Zimmer betrachtet. Eine Wand ist fast völlig hinter Bücherregalen verborgen, an der anderen hängen ein paar Bilder. Xenia glaubt eins davon zu kennen: von einem holländischen Künstler, der ständig biomechanische Kreaturen malt. Auf einem anderen Bild ist ein umgekehrt aufgehängter Mensch zu sehen, ein Bein angezogen, der Bauch aufgeschlitzt, die Innereien direkt auf das Gesicht herausgequollen.

»Das hat ein Freund von mir gemalt«, sagt Wlad, »er ist derzeit nicht in Moskau, sondern ist unterwegs in Südostasien. Vor Kurzem hat er mir einen Brief aus Kambodscha geschickt, er sagt, es gibt dort einen Ort, wo die Schädel all derer aufgestapelt sind, die während des Terrorregimes der Roten Khmer ermordet wurden. Ein riesiger Berg, den sie dann irgendwann einglasen mussten, weil die Touristen ständig was mitgehen ließen. Schade. Andrej hätte mir sonst einen mitgebracht. Dann hätte ich zu Hause einen echten kambodschanischen Schädel.«

Nicht schlecht, denkt Xenia, Gott bewahre mich vor so einem Bruder. Ein kambodschanischer Schädel, ich glaub, ich spinne.

Olga kommt aus der Küche zurück, Eis in einem großen Kübel, geschnittener französischer Käse, Koteletts, Tomatenachtel. Komisch, bei sich zu Hause deckt Olga nie so auf, sie schneidet sich einfach was vom ganzen Stück ab oder bricht es sogar mit der Hand ab. Xenia betrachtet Wlads gepflegte Hände. Ob er wohl auch zweimal die Woche zur Nagelpflegerin Lisa geht, damit sie ihm Bäder macht, die Nagelhaut stutzt, die Nägel poliert und sie in kleine Kunstwerke verwandelt, eins zu eins wie die seiner Schwester? Mit halbem Ohr hört Xenia, dass man Wlad angeboten hat, ein Stück in einem angesagten Theater zu inszenieren, aber es gibt einfach keine guten Stücke, wirklich überhaupt keine. Also müssen wir die wohl selber schreiben, und genau deswegen hat er Xenia zu sich eingeladen – Xenia, verdammt, nicht Xenia und Olga, was für ein Arschloch! –, um mit ihr über ihre Arbeit zu reden. Das heißt, eigentlich sogar nicht direkt über ihre Arbeit, sondern über das neue Projekt, das sie gerade macht.

»Ja«, sagt Xenia, »ich weiß. Olja hat es erwähnt. Was möchten Sie denn wissen?«

Nach und nach stehlen sich eisige Töne in ihre Stimme, Vorboten des Zorns. Das Sonderprojekt, »das sie gerade macht«. Das *wir beide* machen! Sie blickt sich zu Olga um – die sitzt unbeweglich im Sessel, das Armband am Handgelenk funkelt kurz auf, das Schwarz ihrer Augen ist tiefer als gewöhnlich.

»Ich bin überzeugt«, erklärt Wlad einstweilen, »dass dieser Mörder einer von uns ist, dass er schwul ist. Sehr viele Serienmörder sind homosexuell, Sie als Spezialistin wissen das sicher. John Wayne Gacy Jr. brachte mehr als dreißig junge Männer um, Jeffrey Dahmer bohrte Löcher in die Schädel seiner Liebhaber und goss Säure hinein, Joseph Kallinger tötete sogar seinen eigenen Sohn, während Sergej Golowkin, der Würger der

Moskauer Vorstädte – selbst nannte er sich aus irgendeinem Grund ›Fischer‹ – gestand, er habe keine Familie gründen wollen, aus Angst, er würde, wenn er einen Sohn bekäme, sogar diesen umbringen. Und doch hat er in seinem Betonkeller elf Jungen umgebracht, und zwar manchmal die einen vor den Augen der anderen, richtigen Anschauungsunterricht hat er gegeben. Und einer der ersten russischen Killer, Anatoli Sliwko? Der legendäre Pionierführer, der mehr als dreißig Jungen gefoltert und acht ermordet hat – angeblich als ›experimentelles Überlebenstraining‹. Das war doch auch einer von uns! Und erst vor Kurzem hat Igor Irtyschow in Sankt Petersburg acht Buben vergewaltigt und ermordet. Dem letzten Opfer hat er mit den Händen den Anus aufgerissen und die Därme herausgezogen.«

Sie betrachtet Wlads gepflegte Hände, die so sehr denen seiner Schwester ähneln. Die Finger zittern leicht. Xenia hat nie gesehen, wie Olgas Finger zittern, aber sie kennt dieses Zittern selbst nur zu gut, das Zittern der Erregung. Sie senkt den Blick auf ihre eigenen Hände. Ihre abgekauten Finger liegen reglos auf der Armlehne des Sessels.

»Aber es geht nicht nur um Jungenmörder«, fährt Wlad fort. »Charles Manson, Ottis E. Toole und Henry Lee Lucas wurden von ihren Müttern in Mädchenkleidern in die erste Schulklasse geschickt, Robert Joseph Long, der Anfang der Achtziger neun Frauen umgebracht hat, hatte genetisch bedingt große weibliche Brüste, der berühmte William Heirens, einer der ersten amerikanischen Serienmörder, zog sich gerne Frauenunterwäsche an. Oder denken wir an jene berüchtigten Zweierteams, zum Beispiel Roy Norris und Lawrence Bittaker, der sich selbst ›Beißzange‹ nannte, weil dies sein Lieblingswerkzeug war! Die haben kalifornische Mädchen am Strand aufgegabelt und an einen einsamen Ort gebracht, wo sie sie gefoltert und vergewaltigt haben. Gefangen wurden sie erst, als sie sich so zu verhalten begannen wie euer Killer von Moskau. Sie warfen die zerstückelten Körper auf Gartengrundstücke in den Vororten von L.A. Ihnen gefiel die Vorstellung, dass ehrenwerte Familienväter diese Kadaverreste frühmorgens vor ihrem Fenster entdecken würden.«

Sieh, Xenia, sieh hin, sagt sie zu sich selbst, so sieht also ein Mensch aus, den es erregt, an Gewalt und Tod zu denken. Nein, wende den Blick nicht ab, bist du etwa besser als er? Welches Recht hast du, ihn zu verurteilen? Vielleicht solltest du ja das Glas auf den Tisch stellen, aufstehen und ihn umarmen, so wie du Olga umarmst? Vielleicht ist dies ja deine wahre Familie, sind die beiden wie deine Adoptiveltern – auch wenn sie in Scheidung leben?

»Ich will daraus ein Theaterstück machen. Darüber, dass der wahre Mörder all dieser Menschen die Heuchelei der Gesellschaft ist, die Homophobie, der Schrank, in den ganze Generationen von Schwulen eingesperrt waren. Ich stelle mir den Moskauer Killer als einen Titanen vor, ein böses Genie, einen Luftgeist, eingeschlossen in eine menschliche Hülle. Ich stelle mir ein Theaterstück über jene Macht vor, die durch ihn wirkt, jene Macht, die uns alle unterdrückt. Über jenen Zwang, der da heißt: ›Sei wie alle.‹ Verstehen Sie mich, Xenia? Ich würde es als Ein-Personen-Stück aufziehen, der Protagonist würde einfach auf einem Stuhl mitten auf der Bühne sitzen und davon erzählen, wie er versuchte, ein richtiger Kerl zu werden, so mit den Frauen umzugehen, wie sein Vater mit seiner Mutter umgegangen war, wie er sich davor gefürchtet hatte, eine Tunte zu sein, ein Schwächling, ein Homo, eine Schwuchtel. Und so soll das Stück auch heißen: ›Die Schwuchtel‹. Nein, nicht als Hommage an Burroughs, sondern an eine alte Sendung von *Newsorow,* Sie erinnern sich wahrscheinlich nicht mehr, Xenia, vielleicht waren Sie damals noch zu jung. Die hieß nämlich auch ›Die Schwuchtel‹. Es ging da um einen armen Kerl aus Sankt Petersburg, ich weiß nicht mehr, was der angestellt hatte, jedenfalls gab es damals noch den berüchtigten Artikel 121, Sie wissen schon, fünf Jahre Sibirien für Homosexuelle, und ich hatte mein persönliches Coming-out schon ein paar Jahre hinter mir. Ich erinnere mich noch, diese Sendung machte mir keine Angst, nein, Xenia, obwohl Angst natürlich auch, aber vor allem machte sie mich wahnsinnig wütend. Ich glaube, in diesem Augenblick hätte ich jemanden umbringen können, und deshalb werde ich das Stück in Erinnerung an diesen Augenblick ›Die Schwuchtel‹ nennen. Ein Stück darüber, dass jeder ein Serienmörder sein könnte.«

Xenia betrachtet die Fahrgäste. Merkwürdige Leute sind da unterwegs, um halb ein Uhr nachts in der Moskauer Metro. Jeder von ihnen könnte ein Serienmörder sein. Der Lange zum Beispiel könnte gleich seine fettigen Haare aus der Stirn streichen, wahrscheinlich hat er farblose Augen, dünne, blutleere Lippen, einen zahnlosen Mund. In seinen Manteltaschen hat er ein Skalpell, ein Messer, OP-Klemmen. Um den Hals, unter dem Hemd, trägt er eine Kette aus weiblichen Brustwarzen. Unter seinen Hoden hängt ein Säckchen aus Haut, abgezogen von der Brust der achtzehnjährigen Studentin Mascha F. (die Leiche wurde vor drei Monaten in Bitzewski-Park gefunden). Darin befinden sich die ausgedrückten Augen der fünfundzwanzigjährigen Kristina P. aus Rostow am Don. Das Gutachten wird bei acht von elf Opfern Gewebespuren seiner Haut unter ihren Fingernägeln zutage fördern – wenn es denn dazu kommt, denn jetzt erhebt er sich, stößt die Flasche um, bückt sich und stolpert geduckt aus der sich öffnenden Tür. Xenia gelingt es nicht, einen Blick auf sein Gesicht zu werfen. Merkwürdige Leute sind da unterwegs, um halb ein Uhr nachts in der Moskauer Metro.

»Während der Handlung«, fährt Wlad fort, »werden an die Rückwand der Bühne ständig Fotos der Mordopfer projiziert. Aber nicht solche, auf denen man sie entstellt und in Stücke geschnitten sieht, sondern aus der Zeit, wo sie noch jung, glücklich, heil und unversehrt sind. Das muss so arrangiert werden, dass die Hetero-Zuschauer von diesen Mädchen angetörnt werden, dass sie nach ihnen verlangen, sich an ihnen aufgeilen. Diese Zuschauer hören dann, wie diese Mädchen umgebracht wurden, und merken, dass sie dabei einen Ständer bekommen!«

Wlad tätschelt sich den Unterleib, mit seiner gepflegten Hand, die Olgas so ähnlich ist. Ja, bemerkt Xenia, er hat tatsächlich einen Ständer. Hoffentlich nicht von mir.

»Ich will«, sagt Wlad, »dass sie Schuldgefühle bekommen. Mein Gott, sollen sie sich fragen, ich höre davon, wie einem Menschen die Haut abgezogen wird, und das geilt mich auf? Was für ein Monster bin ich eigentlich! Wenn ich es schaffe, diesen Mix aus Grauen, Geilheit und Schuldgefühlen zu vermitteln, den Zuschauer damit zu infizieren, dann werde ich auch erklären können, wie aus einem Homosexuellen eine Schwuchtel wird. Denn bei der ganzen Geschichte geht es nicht um Liebe zu Männern oder Jungen, sondern es geht um das Grauen, um Geilheit und Schuld. Es ist die Geschichte meiner Eltern, die laut über Liebe sprachen, aber hinter verschlossener Tür erklärten, dass ich blind werde, wenn ich meinen Penis anfasse. Erst später, als Erwachsener, habe ich herausgefunden, dass man damit oft Jugendliche vom Onanieren abhalten möchte. Gemeint war natürlich mein eigener Penis, wissen Sie, aber ich dachte dabei aus irgendeinem Grund an den meines

Vaters, den riesengroßen Penis eines Erwachsenen, den ich einmal gesehen hatte, als wir zusammen in der Sauna waren. Und ich stellte mir vor, wie ich diesen Penis berühre, und sogleich fließen meine Augen aus ihren Höhlen. Und noch später, das war bereits hier in Moskau, habe ich dann begriffen: Es war der Ödipus-Mythos, der mich eingeholt hatte, Ödipus, der sich, nachdem er seinen Vater ermordet hatte, selbst geblendet hatte. Heute würde ich meinen Vater am liebsten auch umbringen, aber ich kann nicht – er ist vor drei Jahren an Krebs gestorben. Als Kind dachte ich, dass ich ihn deswegen umbringen wollte, weil er Mutter immer anbrüllte, aber jetzt weiß ich: Ich will ihn umbringen, weil er nicht einmal in der Lage war, eine einfache Horrorgeschichte für Kinder richtig zu erzählen. Aber jetzt ist er schon tot, so ist das eben.«

Wlad nippt an seinem Whiskey, sieht Xenia an, die gepflegten Finger halten das Glas fest. »Wahrscheinlich will ich deshalb dieses Theaterstück machen. Darüber, dass dort, wo Grauen, Geilheit und Schuld aufeinandertreffen, immer eine Leiche liegt – sei sie nun real oder eingebildet.«

Merkwürdige Leute sind da unterwegs, um halb ein Uhr nachts in der Moskauer Metro. Der »Dienstreisende« hat in seiner Aktentasche einen Knebel, Chloroform und Seile. Während sie über einen dunklen Hof gehen, holt er unbemerkt die Flasche heraus, tränkt einen Lappen mit der Flüssigkeit und drückt ihn der Blondine genau in dem Moment aufs Gesicht, als sie neben dem im Schatten geparkten Auto ankommen. Er fesselt und knebelt sie und versteckt sie im Kofferraum. Dann lässt er den Motor an, sieht im Licht der Scheinwerfer noch einmal nach, ob auch kein Indiz zurückgeblieben ist, und fährt dorthin, wo er seine kleine Folterkammer eingerichtet hat. Unterwegs wird er bei einem McDonald's anhalten, ganz ruhig einen

Erdbeershake trinken und sich vorstellen, dass jede Minute, in der er den Geschmack dieses luftigen rosafarbenen Getränks genießt, dem fest verschnürten Mädchen in seinem Kofferraum wie die Hölle vorkommen müssen.

Xenia sieht das alles klar vor sich, wie im Kino – doch da stehen die beiden auf und gehen zum Ausgang, die Blondine wirft lachend ihre billige Tasche über die Schulter, der Dienstreisende hebt seine Aktentasche auf, dreht sich, bereits in der Tür stehend, zu Xenia um und wirft ihr einen glasigen, vernebelten Blick zu. Durch die Fensterscheibe des Waggons beobachtet Xenia, wie sie den Bahnsteig entlanggehen, immer noch Händchen haltend.

Junge Frau, will Xenia rufen, reiß dich von ihm los. Wo immer du diesen Mann auch kennengelernt hast, wie lange du ihn auch kennen magst, was immer euch auch verbindet – lauf, lauf, bleib nicht stehen. Lass die Absätze deiner billigen Stiefel über die gefrorenen Moskauer Straßen klappern und deinen kurzen Rock über deinen dicken Knien flattern. Wirf die weiße Jacke ab, sie fällt in der Dunkelheit zu sehr auf. Lauf, immer schneller, such dir ein gutes Versteck – hoffentlich wird die Silberschlange an deinem Finger dich beschützen.

Doch der Zug verlässt bereits die Station, und Xenia bleibt allein mit dem letzten Fahrgast zurück. Ja, merkwürdige Leute sind in der Moskauer Metro unterwegs, denkt sie, und in diesem Augenblick hebt das Schwein den Blick und sieht ihr mit starrem, durchdringendem Blick in die Augen.

»Warum erzählen Sie das mir?«, fragt Xenia Wlad. »Ich werde Ihnen kaum helfen können, das Stück zu schreiben. Alles, was ich weiß, steht auf der Website, also …«

Wlad stellt sein Glas auf das Couchtischchen.

»Ich weiß nicht, warum«, sagt er, »wahrscheinlich will ich

nur wissen, ob es so sein könnte. Was Sie von dieser Idee halten. Ob diese Morde so aussehen wie das, wovon ich gesprochen habe.«

»Ich weiß nicht«, antwortet Xenia, »aber was spielt das für eine Rolle? Sie werden doch in jedem Fall Ihre eigene Geschichte erzählen. Über das Grauen, über Geilheit und Scham. Egal, was diesen Triebtäter tatsächlich umtreibt.«

»Ja, ja, egal«, wiederholt Wlad nach einer Pause, »danke, ja, es ist völlig gleich. In Wirklichkeit wollte ich etwas anderes sagen. Ich wollte einfach nur von dem Theaterstück erzählen, ich hatte den Eindruck, es könnte ein schickes, energiegeladenes Stück werden, nonkonformistisch, im Stil von Gregg Araki und ›Fight Club‹, aber jetzt weiß ich gar nicht mehr, ob ich es überhaupt auf die Bühne bringen möchte. Das Problem ist nicht, dass es eine sehr persönliche Geschichte ist, na ja, über meine Eltern eben, was ich Ihnen vorhin erzählt habe. Es ist unsere Arbeit, persönliche Geschichten zu erzählen, ich weiß. Sie ist mir auch nicht peinlich, kein bisschen. Einem erwachsenen Menschen sollten die eigenen Gefühle nicht peinlich sein. Letztlich geht das nur mich und meine Eltern etwas an. Ich spüre, dass ich nicht weiterleben kann, wenn ich nichts darüber sage, wenn ich weiter schweige. Mein Schweigen macht alles, was ich tue – als Regisseur, als Mensch, als Liebhaber – zu einer Lüge.«

»Ja, Sie haben recht«, sagt Xenia, »natürlich müssen Sie dieses Stück auf die Bühne bringen. Es ist eine starke Geschichte.«

Sie fühlt sich peinlich berührt. Sie ist nie ins Theater gegangen, hat Theaterleute und Menschen aus Künstlerkreisen stets gemieden. Marina ist für sie das Ideal eines kreativen Menschen gewesen – und nun ist da dieser Mann, der ihr Vater sein könnte und ihr sein persönlichstes Projekt beichtet.

»Verstehen Sie, Xenia«, fährt Wlad fort, »es gibt nur einen

Menschen, dessen Meinung mir wichtig ist. Und wenn Sie nicht wären, Xenia, hätte ich es Olja nie sagen können. Denn es sind ja auch ihre Eltern. Es ist ihr Vater und ihre Mutter, unser Vater und unsere Mutter.«

Xenia schaut zu Olga hinüber, die im Sessel sitzt, das Gesicht mit den Händen bedeckt, unbeweglich und schmerzerfüllt. Während des gesamten Gesprächs haben Xenia und Wlad kein einziges Mal in ihre Richtung geblickt.

»Ich fürchte, dass sie jetzt nie mehr mit mir reden will«, sagt Wlad, noch immer an Olga vorbeiblickend, »ich habe ja in Wirklichkeit weder Vater noch Mutter, und ich weiß, dass ich nie Kinder haben werde. Sie ist die einzige Familie, die ich habe.«

Seine Stimme bricht. Als ob er kurz davor steht loszuheulen. Das Eis im Kübel ist geschmolzen, die leeren Gläser stehen auf dem Tisch. Olga nimmt ihre Hände vom Gesicht, ihre gepflegten Hände, die denen ihres Bruders so sehr ähneln. Sie erhebt sich, geht zu Wlad und sagt: »Hör auf. Du bist schließlich der Ältere. Fang jetzt bloß nicht an zu heulen. Du bist doch mein Bruder, und ich liebe dich. Und du bist ja auch die einzige Familie, die ich habe«, und umarmt ihn.

Xenia bemerkt, dass sie in diesem Augenblick einander nicht ansehen, sondern zu ihr hinschauen, als zöge sie ihre Blicke an, oder als sei sie eine Art lebender Fotoapparat, der auf seiner Netzhaut für alle Zeiten dieses Bild speichern muss: Bruder und Schwester stehen, einander umarmend, mitten im Zimmer und schauen direkt ins Objektiv, wie auf einem ganz normalen Familienfoto.

Danach sitzen sie noch lange zusammen, sprechen übers Kino, das Xenia nun doch besser kennt als das Theater, schauen sich die erste russische Schwulenzeitschrift mit dem seltsamen Namen »Queer« an (eigentlich ein Schimpfwort wie »Schwuchtel«, aber die amerikanischen Schwulen haben daraus wieder mal eine Selbstbezeichnung gemacht) und diskutieren über Wlads Absicht, nach Thailand oder Indien zu reisen. Sie trinken fast die halbe Flasche Jack Daniels aus, und als Xenia sich auf den Weg macht, sagt Wlad: »Olenka, räum bitte den Tisch ab und mach den Abwasch«, worauf Xenia geht, ohne auf ihre Freundin zu warten, und nun sitzt nur noch sie mit dem letzten Fahrgast im Waggon. Ja, merkwürdige Leute sind in der Moskauer Metro unterwegs, denkt sie, und in diesem Augenblick hebt das Schwein den Blick und sieht ihr mit starrem, durchdringendem Blick in die Augen, und in diesem Blick liest sie eine Geschichte von Erniedrigungen, von Spitznamen in der Schule, von strapaziösen Aufenthalten in Ernährungskliniken und gastroenterologischen Krankenhausstationen, sieht die Wut und den Frust eines klugen, starken Menschen, der sich sein ganzes Leben lang seines Körpers schämen musste. Er blickt sie unverwandt an, bis sie die Augen niederschlägt und wegsieht.

Merkwürdige Leute sind in der Moskauer Metro unterwegs, um halb ein Uhr nachts. Und keiner von ihnen erregt Verlangen, nur Mitleid und Angst.

23

Diesmal kommt sie bei Marina erst abends an, Gleb schläft bereits im Zimmer auf der riesigen Matratze, die Beine unter sich gezogen, als wolle er noch im Schlaf weiterkrabbeln. Marina setzt Teewasser auf, sie trägt einen mit Drachen bestickten chinesischen Hausmantel, die strohblonden Haare sind im Nacken zu einem komplizierten Knoten gebunden, woraus ein »Yakitori«-Stäbchen herausragt.

»Weißt du«, sagt sie, »ich bin mir gar nicht mal sicher, ob er Chinese ist. Vielleicht ist er ja Koreaner oder sogar Kasache. Ist doch 'ne todsichere Masche, sich als Ausländer auszugeben, ein bisschen Englisch zu sprechen, für russische Mädchen sehen sowieso alle Asiaten gleich aus, und Chinesisch versteht sowieso niemand. Und dann legst du erst mal los über Hongkong und die Vereinigung Chinas, bevor du sie mit zu sich nach Hause nimmst und sie vögelst, auf dem Boden oder im Bett, egal, in Moskau findest du mitten in der Nacht sowieso keine Strohmatte.«

Xenia lacht. »Red keinen Unsinn«, sagt sie, »als hätte ich nie im Leben einen Kasachen gesehen. Dein Gleb ist ein typischer Chinese, dem kleinen Mao wie aus dem Gesicht geschnitten.«

»Von mir aus auch ein Koreaner«, sagt Marina. »Jedenfalls ist er das schönste Kind auf der Welt.«

Sie schenkt den Tee ein, natürlich grünen, was sonst, in chinesischem Hausmantel und mit einem Stäbchen im strohblonden Haarknoten. Wann Marina ihr Haar wohl schwarz färben lässt? Schließlich gibt es keine blonden Chinesinnen. Ob sie dann noch ein paar Schönheits-OPs macht, um die Form ihrer Augen, ihrer Nase und ihres Mundes zu verändern? Vielleicht sollte ich mir diese Marina etwas genauer ansehen, denn womöglich ist von ihr in fünf Jahren genauso viel übrig wie von jener Marina, die sie vor gerade mal zwölf Monaten war?

Xenia holt einen Umschlag aus der Tasche und legt ihn auf den Tisch.

»Was ist das?«, fragt Marina.

»Dein Geld«, sagt Xenia. »Nenn es, wie du willst. Honorar oder Gewinnbeteiligung. Olja hat das Filmstudio ›West‹ als Hauptsponsor gewonnen, das sind die Produzenten von *Monster*, und deshalb sind auf unserer Site jetzt überall Charlize Theron und Christina Ricci zu sehen.«

»Du meine Güte, das ist aber viel«, sagt Marina, als sie in den Umschlag schaut. »Damit hab ich gar nicht gerechnet, ich dachte, das ist ein Freundschaftsdienst.« Sie steckt das Geld in die Tasche, das sieht aus, als würde es der Drache verschlingen. »Und kommt da noch Arbeit nach, oder war's das schon?«

»Da kommt noch was«, antwortet Xenia. »Es fehlt noch der Abschnitt ›Was die Psychologen sagen‹, und außerdem haben uns ein paar Leser neues Material zugeschickt. Ich hätte nicht gedacht, dass das so viele Menschen interessiert. Im Westen gibt es sogar den Begriff ›serial killer groupies‹, genau wie bei den Rockmusikern. Es gab sogar mal einen grotesken Fall irgendwann in den Achtzigern, da hat sich eine Journalistin, die ein Buch über einen Serienmörder schrieb, in ihren Protagonisten verliebt.«

»Was war seine Masche?«

»Er hatte sich als Polizeibeamter verkleidet und Autos angehalten, in denen die Frauen alleine fuhren, na ja, und dann folterte er sie und brachte sie um, wie üblich. Als sie ihn dann geschnappt hatten, konnten sie ihm acht oder neun Morde nachweisen, obwohl sie vermuteten, dass es weit mehr waren. Und als er bereits im Gefängnis saß, tötete diese Tussi – die Journalistin – selbst eine Frau und vergoss sein Sperma am Tatort, um die Polizei in die Irre zu führen. Aber irgendwo unterlief ihr dann ein Fehler, und sie wurde selbst eingebuchtet, obwohl sie dann fliehen konnte und sich, glaube ich, noch immer auf der Flucht befindet.«

»Ist ja wie im Kino«, Marina lacht, »aber sah er wenigstens gut aus, dieser Mörder?«

»Dem Foto nach zu urteilen nicht besonders«, sagt Xenia, »aber was erkennt man da schon? Wir beide kämen auf Polizeifotos auch nicht gerade besonders gut rüber.«

»Was du nicht sagst.« Marina wirft stolz ihren Kopf zurück, wodurch das Stäbchen schließlich aus dem Knoten fällt und die strohblonde Pracht sich wieder über ihre Schulter ergießt, und lacht.

Der Dampf über dem Teekessel zeichnet das Profil eines chinesischen Drachen. Xenia geht ans Fenster, weiße Flocken fliegen gegen die Scheibe. Marina umfasst ihre Schultern. »Und wie ist es mit dir? Machen dich solche Sachen an?«

»Mich?«

»Ja, dich. Tu nicht so, als ob du auf der Leitung stehst. Wer von uns beiden ist hier die submissive Masochistin mit der Vorliebe für Folter und Selbstverstümmelung?«

Xenia lässt sich auf dem Stuhl nieder. »Jedenfalls würde ich niemanden aus dem Gefängnis retten«, sagt sie. »Aber wenn ich so was lese, ist es unterschiedlich. Manchmal erregt es mich, aber meistens ekelt es mich doch an. Ehrlich gesagt macht es mir sogar Angst, wie viele Perverse von unserer Website angelockt werden. Und ich meine damit nicht die Sadomasochisten, die in aller Ruhe auf SMLife und an anderen Szene-Sites abhängen, sondern diese Arschlöcher, die ihren Spaß dabei haben, über Folterungen und Morde zu diskutieren.«

»Das heißt, unsere Website hat ein gutes Ziel«, sagt Marina und gießt etwas abgekühltes Wasser in die Babyflasche. »Die Leute sollen über all das lesen.«

»Wozu?«, fragt Xenia. »Was mich betrifft, kann ich das noch verstehen. Mich erregt es wenigstens manchmal. Aber wozu solltest zum Beispiel du so was lesen?«

»Ich vielleicht nicht«, antwortet Marina, während sie mit einem Messlöffel Babynahrung aus einer Blechdose holt, »aber einer von meinen Süßen hat mir mal gesagt, dass es da so eine Theorie gibt. Es ist nämlich so – all unsere Probleme kommen daher, dass wir geboren wurden. Es gibt da so vier Phasen: Wenn das Baby noch innendrin liegt und sich nicht aufregt. Wenn es ihm zu eng wird und es langsam nervös wird. Wenn es nach unten kriecht und so richtig Stress hat. Und schließlich, wenn es auf die Welt kommt. Also, wenn es in einer dieser Phasen auf der Leitung steht – na ja, zu lange den Geburtskanal entlangkriecht oder andersherum zu lange in der Gebärmutter bleibt –, dann muss man später diese Phase sozusagen auf symbolischer Ebene noch einmal durchmachen. Und angeblich hat man herausgefunden, dass sämtliche Sadisten oder auch die SS-Leute in den Konzentrationslagern in der dritten Phase mal kurz stecken geblieben sind. Stell dir vor – überall Blut und Schleim, du ruderst mit aller Kraft vorwärts, kriechst zum reinen Licht. So, und damit alles wie bei normalen Leuten ist, darf man eben nicht auf der Leitung stehen und muss diese Phase bis zu Ende gehen.«

»Das heißt, jemanden umbringen?«

»Nein, umbringen hilft eben nicht. Denn das Problem muss auf symbolischer Ebene gelöst werden. Na ja, eben so Bücher lesen, Fotos anschauen, ins Kino gehen, oder eben auf eine Website. Und dabei helfen wir diesen Leuten sozusagen.«

»Und Masochistinnen?«, fragt Xenia.

»Weiß ich nicht mehr«, antwortet Marina, »entweder die erste oder zweite Phase. Aber jetzt mach dich nicht verrückt, das ist doch eigentlich egal. Hauptsache du weißt, dass mit dir alles in Ordnung ist.«

»Das weiß ich«, sagt Xenia, »mit mir ist alles in Ordnung. Schade nur, dass ich nicht weiß, wie ich geboren wurde, und meine Mutter zu fragen wäre mir peinlich.«

»Ich würde meine fragen«, sagt Marina, »wenn es mich interessieren würde.«

»Wahrscheinlich, weil du schon selbst ein Kind hast«, entgegnet Xenia, und Marina lacht so laut, dass Xenia fragt: »Gib zu, du hast das jetzt eben erfunden?«

»O nein«, antwortet Marina und schraubt den Sauger auf das Fläschchen, »ich habe von Anfang an daran gedacht. Denkst du etwa, ich hätte dir bei einer Website geholfen, die ich für schädlich halte?«

»Ich weiß nicht.« Xenia lacht. »Und aus Freundschaft?«

»Nicht einmal aus Freundschaft. Ich habe ein kleines Kind zu versorgen, da muss ich doch verstehen, was gut ist und was böse.«

24

Es ist schwer zu erklären, wie es passiert
Ich weiß es einfach irgendwann
Das ist sie, das Mädchen, dem ich von meinem Leben erzählen kann

Richard Trenton Chase, der Vampir von Sacramento,
gab Robert Ressler, dem FBI-Agenten, die Erklärung:
»Ich habe mir niemals jemanden ausgesucht
Ich ging die Straße entlang und berührte die Türen
Und wenn die Tür verschlossen war
It means you're not welcome.«

Genauso geht es mir
Manchmal ist eine Tür offen, manchmal nicht
Man muss hingehen und die Klinke berühren.

Sie saß mir in der Metro gegenüber
Sie trug ein einfaches Kleid,
Mit Trägern über den Schultern und daneben
Ein zweites paar Träger – von ihrem BH
Heutzutage trägt man das so in Moskau
Irgendwie ist das vulgär
Und macht mich überhaupt nicht an
Aber sie hatte sehr schöne Arme

Die Oberarme, die Unterarme und besonders die Hände
Mit langen, geschickten Fingern
Gepflegten Fingernägeln.
Wahrscheinlich macht ihr die Nagelpflegerin
Lisa, Galja oder Mascha zweimal die Woche Maniküre
Macht ihr Bäder, stutzt die Nagelhaut an den Rändern des Halbmonds
Poliert, lackiert,
Verwandelt die Nägel
In kleine perlmutterne Muschelhälften

Als ich diese Hände erblickte,
War es, als bliebe der Zug stehen,
Ich erhob mich und ging zu ihr,
Obwohl mein Körper
Reglos sitzen blieb
Ich ging zu ihr und blickte ihr in die Augen

Die Augen sind das Wichtigste an jeder Frau
Selbst wenn sie auf deiner Hand liegen
Bergen sie noch ein Fünkchen ihrer Seele
Wenn sie zwischen die Hügel der Brüste rollen
In die tiefen Senken hinabstürzen
Ist es, als nähmen sie Abschied
Als vollzöge die Seele, bevor sie sich trennt,
Eine letzte Betrachtung des von ihr verlassenen Körpers

Sie hatte erstaunliche Augen
Ganz, ganz dunkel, wie die Finsternis eines Kellers
In dem jemand das Licht gelöscht
Und die Tür verschlossen hat.

In der Kindheit hatte ich Angst vor der Dunkelheit
Die Eltern lachten über mich
Fragten, was ich denn dort sehen könne
Damals fand ich keine Antwort,
Doch jetzt kenne ich sie:
Ich sah dort dieses Dunkel,
Ein Dunkel, das sich plötzlich zum hellsten Tag verdichtet
Und mich wie mit einem Kokon umhüllt
Als streiche ein riesiger Bleistift
Die ganze Welt aus
Mit schwarzen Spiralen.

Solche Augen hatte sie
Und ich wusste sofort, dass sie meine Frau war
Dass ich mit ihr würde reden können
Und sie mir antworten.

Reden, das ist alles, was ich will
Wenn ich in der Zeitung lese,
Dass ich die Frauen hasse,
Die Menschen hasse, so weiß ich, dass das nicht wahr ist
Ich liebe die Menschen
Ich würde am liebsten mit der ganzen Welt schlafen
Aber ich gehöre nicht der Erde
Das tiefe Dunkel spricht aus mir
Und ich muss gehört werden.

Und wenn sie schreien, so bin das ich, der um Hilfe fleht.
Allein in der Wüste der Großstadt,
Herr, ich flehe dich an,
Erhöre mich

Aber der Schrei bricht ab, keine Antwort

Ich setzte mich auf meinen Platz und der Zug fuhr wieder los
Niemand hatte etwas bemerkt
Niemand merkt es, wenn bestimmte Augenblicke
Aus der Zeit herausfallen und der Ewigkeit angehören

Das Mädchen in dem Sommerkleid
Mit zwei Paar Trägern auf den Schultern
Drehte sich zu ihrer Freundin, hob
Die schöne Hand und begann, mit den langen, gepflegten Fingern
Bestimmte Bewegungen zu machen –
Und ihre Freundin antwortete ihr genauso.

Sie war taubstumm.

Ich stieg an der nächsten Station aus und ging allein nach Hause
Mit diesem Mädchen, mit ihr konnte man nicht reden
Selbst von den Lippen lesend
Würde sie die Augen zusammenkneifen
Selbst wenn ich ihr die Lider abschnitte
Könnte sie mich nicht ansehen.

Sie kann nicht mit mir reden.
Niemand kann es.
Niemand wird es hören.

Manchmal denke ich an sie.
Ich denke, dass wir einander auch so verstehen würden

Auch ich spreche mit den Händen,
Den Armen, bis zum Ellenbogen nass vom Blut
Und das Dunkel verdichtet sich in unseren Pupillen

Es heißt, Liebe ist, wenn man den anderen ohne Worte versteht
In Wirklichkeit
Ist es sehr leicht, sich ohne Worte zu erklären
Skalpell, Feuerzeug, Angelhaken und siedendes Fett
Sind beredter als alle Lyrik der Welt
Wenn es um den Schmerz geht
Und über andere Dinge habe ich nichts Wichtiges zu sagen.

Ich wünschte, ich könnte den Menschen finden,
Mit dem ich mit Worten sprechen könnte
Ich träume von dem Mädchen, das mir zuhört
Nickt und weint und immer wieder sagt
Ja, ja, ich weiß, es ist genau so
Der Kokon des Dunkels, die schwarzen Spiralen,
Der riesige Bleistift, der die Welt ausstreicht.

Sie würde sagen: Ja, ich weiß,
Und dann würde sie die Rasierklinge nehmen und sich die Haut aufschneiden,
Um unseren Schmerz hinauszulassen.
Damit wir uns irgendwo dort, jenseits des Kokons
Wieder treffen
Wie Bruder und Schwester

Ich glaube, wenn ich diese Frau träfe,
Ich könnte glücklich sterben.

25

Zwei Tage. Genauer: zweiundfünfzig Stunden. Gewöhnlich funktioniert der Organismus wie ein perfekt eingestelltes Chronometer. Achtundzwanzig Tage. Neun Uhr morgens – und du kannst die rote Fahne raushängen, wie man bei uns früher sagte. Der Sportlehrer sah damals immer im Klassenheft nach, damit die älteren Schülerinnen das nicht zu oft ausnutzten: Ich kenne euch doch, brummte er, wenn es nach euch ginge, bekämt ihr jede Woche ein »bef mit Punkt«. »Bef mit Punkt«, also »befreit mit Punkt« mussten die Mädchen sagen, wenn Sport gerade auf *die Tage* fiel – um niemandem Angst einzujagen mit einem »einfach bef«, zum Beispiel wenn der Arzt nach einer Grippe oder einer akuten Atemwegserkrankung es erlaubte, zwei Wochen lang nicht zum Sport zu gehen.

Olgas Menstruation begann spät, in der neunten Klasse erst, dafür aber fast sofort alle 28 Tage, 672 Stunden, 9 Uhr morgens, genau auf den Punkt. Nicht eine Unterbrechung. Mitleidig sah sie ihre Freundinnen an der Uni, von denen jeden Monat mindestens eine zitternd die Tage zählte und zum »Mäusetest« lief. Es hieß damals, dass jedes Mal, wenn ein Mädchen schwanger wird, eine Maus stirbt – und Olga stellte sich vor, dass dort, im Himmel, wo sich die Seelen der Menschen und der Tiere treffen, eine kleine geflügelte Maus bereits auf die Seele eines zum Abort verdammten ungeborenen Babys wartete.

Sie selbst hat nie etwas damit zu tun gehabt, weder mit Mäusen, noch mit dem modernen, humanen und schnellen *pregnancy test.* Ihr ganzes Leben: 28 Tage, 672 Stunden, 9 Uhr morgens. Dienstags geht es los, und zum Wochenende ist schon wieder alles vorbei. Nur dieses Mal ist es schon Donnerstag, ein Uhr Mittag. Zweiundfünfzig Stunden Verspätung.

Und noch immer nichts.

Sie sitzen beim Mittagessen im *Klon*, beinahe Tür an Tür mit dem *Kofe-In*, an der Bolschaja Dmitrowka. Die Bedienung bringt die Karte, Wlad fährt mit der Hand durch den Raum. »Wenn ich zurückkomme«, sagt er, »wird das alles nicht mehr sein. Die letzten Tage. Luschkow wird alles kaputt machen, das *Klon* und das Café nebenan.«

»Ach was?«, fragt Olga ungläubig.

»Ja, ein Umbau. Das steht schon fest. Deshalb, wenn du hier noch nicht warst, schau dich um. Es ist ein historischer Ort. Wenn du wüsstest, wie viel Zeit ich hier verbracht habe.«

Draußen vor dem Fenster fällt Schnee, und Wlad kippt frische Abzüge auf die durchsichtige Tischplatte.

»Schau«, sagt er, »die hat Andrej aus Goa geschickt. Das ist das Haus, das er gemietet hat, das ist unser Strand, das der Sonnenuntergang über dem Ozean, und das da ist Andrej.«

Andrej steht da in enger Badehose, braun gebrannt, lächelnd. Olga glaubt sich dunkel an ihn zu erinnern. Hochgewachsen, schlank, linkisch. Ein DJ, überlegt sie, oder ein VJ. Olga versteht davon nichts, und Wlad hat sie einander auch nie richtig vorgestellt.

»An deinem Geburtstag hatte er noch einen kleinen Bart«, sagt sie.

»Ja, ja«, nickt Wlad, »er hat ihn in Thailand abrasiert.«

Alle Moskauer fliegen im Winter nach Thailand. Dort ist es warm, dort scheint die Sonne, dort gibt es fast europäischen

Komfort und fast asiatische Preise. Es soll dort zwar auch Aids geben, aber davor kann man sich ja schützen.

Olga hat nie gerne verhütet. Zur Beruhigung sagte sie sich immer: Geh davon aus, dass dein Partner treu ist, dich nicht mit irgendwas ansteckt, und wegen dem Schwangerwerden brauchst du dich nicht zu sorgen, dein Körper funktioniert wie eine Uhr, du musst nur immer schön die Tage zählen. Und zählen konnte sie ja.

Sie wirft einen Blick auf das Zifferblatt rechts von der Bar: zweiundfünfzig Stunden und fünfzehn Minuten.

»Stell dir vor«, sagt Wlad, »das wird so was wie unser Honeymoon. Er hat mir geschrieben, dass er ohne mich nicht leben kann. Dass ich die Liebe seines Lebens bin.«

Jetzt müsste ich ihm wohl gratulieren, denkt Olga, weiß aber nicht, wie sie das tun soll. Nach acht Jahren belangloser Gespräche und Herumkommandiererei im Haushalt – *Olja, bring das Eis!* – erzählt ihr Wlad plötzlich von seinem Leben. Das heißt, er ist verliebt. Hat eine Beziehung. Natürlich, wie könnte es anders sein? Er ist ja auch ein Junge aus einer gebildeten Leningrader Familie, in der es immer hieß, dass die Liebe die Hauptsache sei. Ob nun zu einer Frau oder einem Mann, das ist nicht so wichtig.

»Er schreibt, dass es in Thailand keine Schwulenfeindlichkeit gibt. Der dort verbreitete Buddhismus kennt drei Geschlechter: das männliche, das weibliche und alle anderen. Alle anderen, das sind eben wir. Das Wichtigste dabei ist: Alle drei Geschlechter können befreit werden.«

Befreit mit oder ohne Punkt, denkt Olga automatisch. Drei Geschlechter, du liebe Güte. Für sie sind Schwule immer noch Männer, idiotisch, aus ihnen ein eigenes Geschlecht zu machen, obwohl die politisch korrekte Xjuscha diese Idee unterstützen würde. Aber ein drittes Geschlecht, das wäre genauso wie eine dritte Farbe beim Schach, als ob plötzlich neben den weißen und schwarzen noch irgendwelche roten oder grünen Figuren auftauchen würden.

Ob es in thailändischen Schulen dann wohl drei Umkleiden gibt? Und auf den Türen steht dann: »M«, »F« und wahrscheinlich »N«? Wie in der Grammatik: Neutrum. Wenn es das im Thai überhaupt gibt. In ihrer Schule gab es nur zwei Umkleiden: für diejenigen, die wussten, was »bef mit Punkt« bedeutet, und diejenigen, die nur eine schwammige Vorstellung davon hatten. Das war ein großes Mädchengeheimnis, den Jungs durften sie es unter keinen Umständen verraten. Wie erfahren die es denn überhaupt? Müssen es ihnen ihre Väter erklären, oder geschah das in irgendwelchen Anatomiestunden, die sie vergessen hat? Oder vielleicht ist das Geheimnis der weiblichen Menstruation Teil eines männlichen Initiationsritus, und es dem jungen Mann zu eröffnen ist Aufgabe seiner ersten Frau? Wenn dem so wäre, wüsste Wlad noch immer nicht, was »bef mit Punkt« bedeutet.

»Wäre ich Musiker«, fährt er fort, »würde ich dorthin auswandern. Aber so bin ich auf die Sprache angewiesen. Ich bin schließlich Regisseur.«

Er spricht das Wort »Regisseur« mit Stolz. Sie hat zwei Inszenierungen gesehen, fast nichts verstanden – vielleicht mag sie Theater gar nicht, oder die schwule Ästhetik lässt sie kalt. Schon seltsam, mit fünfunddreißig Jahren plötzlich einen Bruder zu bekommen. Über ihn erfahren, dass er nicht nur mit ihr zu »Auchan« zum Einkaufen fährt und sie in die Küche hetzt, um Eis zu holen, sondern dass er einen gewissen Andrej liebt und stolz ist auf seinen Beruf. Wahrscheinlich, denkt Olga, weiß Wlad genauso wenig über mich. Sollte ich ihm jetzt was von mir erzählen? Oder ist ihr neues Verhältnis noch immer ein Spiel auf ein Tor: Der Bruder spricht, die Schwester lauscht?

»Vielleicht kommst du uns mal besuchen?«, sagt Wlad. »Wir würden für dich schon ein Plätzchen finden, schließlich leben wir nicht zum ersten Mal zusammen.« Er lacht. »Weißt du noch, die zwei Jahre in der Preobraschenka?«

Olga weiß es noch. Eine lustige Zeit war das, Mitte des Jahrzehnts. Entweder man hatte gar kein Geld oder plötzlich märchenhaft viel. In der Wohnung lief unaufhörlich Acid House oder Goa, Tabletten lagen einfach so auf dem Esstisch herum, ständig war jemand gedopt, oder jemand anders kam gerade von einem Horrortrip runter. Es war eine lustige Zeit – nur nicht für Olga. Immer wenn sie nach Hause kam, fürchtete sie, in ihrem Bett drei oder vier unbekannte Männer mit tellergroßen Pupillen zu finden, die es lustvoll miteinander trieben. Allerdings kam es nie dazu, denn sämtliche Mitbewohner achteten strengstens auf die *privacy* der einzigen Frau unter ihnen.

Hätten wir damals in Thailand gelebt, denkt Olga, so wäre auf meiner Tür »F« gestanden und auf allen anderen »N«. Natürlich nur, wenn man in Thailand mit lateinischen Buchstaben schreibt. Dann könnte auch Wlad dort bleiben.

»Ein zweites Mal würde ich das nicht aushalten«, sagt Olga. »Ich dachte damals ständig, nicht mehr lange, und ihr erklärt mir alle im Chor, wie man jemandem einen bläst.«

»Na ja, höchstens, um die Beziehungen zwischen den Geschlechtern zu verbessern«, antwortet Wlad. »Wir waren ja, Gott sei Dank, anständige Jungs. Dich hat nie jemand angerührt.«

»Das hätte noch gefehlt!« Olga lacht.

Es war eine lustige Zeit – nur nicht für sie. Olga war nach Moskau abgehauen wegen ihres zweiten Mannes, eines vierzigjährigen Slawistikprofessors, der zunächst einen einsemestrigen

Kurs an der Petersburger Uni gehalten hatte, bevor er im Staatsarchiv irgendwelche Untersuchungen auf Kosten irgendeiner Stiftung zu machen begann. Selbstverständlich war er mit Frau und Tochter aus Amerika gekommen. Ein paar Mal hatten sie sogar miteinander zu Mittag gegessen. Offiziell galt Olga nämlich als eine Art Assistentin und bekam sogar 120 Dollar im Monat. Noch in Sankt Petersburg hatte ihre Mutter, als sie von der Affäre der Tochter mit einem verheirateten Mann erfuhr, eine fürchterliche Szene gemacht: *Nicht genug, dass unser Ältester eine Schwuchtel ist, jetzt ist auch noch unsere Tochter ein Flittchen.* Zu Olgas Verwunderung verletzte sie die politisch unkorrekte »Schwuchtel« mehr als das zu erwartende »Flittchen« – und in Moskau angekommen, rief sie zwei Monate lang überhaupt nicht zu Hause an. Zum Glück berichtete Wlad regelmäßig, es sei bei ihr alles in Ordnung. Olga dagegen fühlte sich zum ersten Mal in ihrem Leben befreit von der Macht der Eltern – und zwar befreit ohne irgendwelche Punkte.

»Na ja, in Goa wird es diesen ganzen Scheiß nicht mehr geben«, beruhigt Wlad sie. »Wir sind alle erwachsen geworden, gesetzter. Andrej hat mit dem harten Zeug überhaupt Schluss gemacht. Jetzt nur noch Hasch. Kein Speed, kein Ecstasy, kein Koks – einfach nur relaxen.«

»Und Andrej hat bei uns gewohnt?«, fragt Olga.

»Spinnst du? Natürlich!«, wundert sich Wlad. »Wir sind doch schon fast zehn Jahre zusammen. Bald können wir Jubiläum feiern. Letztes Jahr haben wir uns zwar andauernd gestritten, aber sonst … Er ist doch meine große Liebe, fürs Leben, together forever, sag bloß, das ist dir entgangen?«

»Na ja, wir wissen sowieso wenig voneinander«, sagt Olga und wirft einen Blick auf die Uhr: 52:35. Die Minuten spielen keine Rolle. Einfach zweiundfünfzigeinhalb.

»Stimmt.« Wlad steckt die Nase in den Teller. »Stimmt. Komm uns aber trotzdem besuchen, Andrej wird dir gefallen, da bin ich sicher, er ist großartig.«

»Nein«, sagt Olga. »Erstens hab ich kein Geld. Zweitens Probleme in der Arbeit.«

»Wie, kein Geld?«, wundert sich Wlad. »Dann leih es dir doch von jemandem und gib es später zurück. Und was für Probleme?«

Olga seufzt. Im Grunde sind es zwei Probleme. Eines davon heißt »Grischa und Kostja«, das andere »zweiundfünfzig Stunden und vierzig Minuten Verspätung«. Woher sie das übrigens überhaupt hat, dass Jungen nirgends etwas über Menstruation erfahren? Heute wird doch überall für Slipeinlagen geworben, da weiß jeder längst Bescheid. Die blaue Flüssigkeit. Ihr wäre jetzt eine rote lieber, rot wie die Banner der Revolution. Ob die Kommunisten in Kambodscha auch rote Flaggen hatten, oder irgendwelche anderen? In Kambodscha, wo laut Andrejs Bericht die Totenschädel hinter Glas liegen, damit sie nicht als Souvenirs missbraucht werden.

»Im Grunde ist es nur ein Problem«, sagt Olga. »Unsere beiden Investoren liegen derzeit im Clinch und tragen dabei unser Geschäft zu Grabe. Ich dachte, ich ziehe einen dritten hinzu, der ihnen alles abkauft, aber Xjuscha hat Erkundigungen über ihn eingeholt, und ich habe, ehrlich gesagt, Angst vor ihm.«

»Warum?«, fragt Wlad.

»Verstehst du«, erklärt Olga, »in unserer Branche ist bisher noch niemand umgebracht worden. Aber dieser Typ, also der externe Investor, scheint es gewohnt zu sein, Probleme genau auf diese Weise zu lösen.«

»Du machst Witze«, sagt Wlad begeistert und winkt dem Kellner, um Kaffee zu bestellen. »Wir sind doch nicht mehr in den Neunzigern, da wird doch niemand mehr umgebracht.«

»Ich würde das nicht überprüfen wollen«, entgegnet Olga nachdenklich.

»Und warum kloppen sich die beiden anderen?« Wlad schiebt den Teller von sich und sieht Olga an, als habe er tatsächlich vor, ihr aufmerksam zuzuhören und ihr einen handfesten Ratschlag zu geben.

»Damals, als während des Wahlkampfs Unmengen an Geld für Werbung ausgegeben wurden, konnten beide nicht genug kriegen und zerstritten sich darüber.« Olga zuckt mit den Achseln. »Sie sind sowieso alte Rivalen.«

»Wow«, sagt Wlad, »eine tolle Story. Darüber würde ich gern ein Stück schreiben. Zwei Geschäftsleute, seit Schulzeiten zusammen, Freunde und Konkurrenten zugleich, jeder fühlt sich zu dem jeweils anderen stark hingezogen, doch haben beide Angst, das zuzugeben … Ich wüsste nur nicht, welches Ende ich mir ausdenken müsste. Für Moskau wäre es vielleicht besser, wenn sich die beiden ineinander verlieben und, sagen wir, nach Thailand auswandern, aber wenn man es nach westlichem Muster aufzieht, müssen sie einander umbringen. Welche Version gefällt dir besser?«

»Die Moskauer«, antwortet Olga.

»Na, dann arrangiere das mal«, lacht Wlad, »sollen sie ihren Gefühlen doch freien Lauf lassen.«

Und was weiß ich über ihre Gefühle?, denkt Olga. Nichts. Genauso wenig wie über die Gefühle meines eigenen Bruders. Genauso wenig wie über Olegs Gefühle und die der Männer, die ich geliebt habe. Und Xjuscha?, denkt sie. Ja, Xjuscha ist etwas anderes. Aber trotzdem. Wozu braucht sie das, immer diese Striemen und das Blut?

Apropos Blut. Zweiundfünfzig Stunden und zweiundfünfzig Minuten.

»Mit einem Wort: Klär das mit deinen Schwuchteln da und komm nach«, sagt Wlad. »Vielleicht bleiben wir ja auch alle dort, zum Teufel mit dem Theater. Dann mach ich eben Pantomime oder vielleicht Ballett – da braucht man keine Sprache. Vielleicht adoptieren Andrej und ich auch einen Jungen, in Asien soll das ganz leicht gehen. Dann leben wir alle zusammen. Du bist die Mama und wir die Papas. Morgens gehen wir schwimmen, dann legen wir uns in die Sonne, Andrej bringt ihm Musik bei, du Bücher lesen, und ich, na ja, ich werde mit ihm spielen.« Wlad blickt nachdenklich Olgas Zigarettenqualm nach, der sich allmählich in der Luft verflüchtigt. »Weißt du, ich denke manchmal, dass ich ein guter Vater wäre. Ich glaube, ich weiß ganz gut, was Kinder brauchen.«

»Und zwar?«, fragt Olga.

»Dass man sie einfach liebt. So wie sie sind.«

Wlad schweigt verträumt, und Olga begreift, dass er bereits die Szene vor sich sah: Andrej sitzend, in einer Hand eine Rohrpfeife, ein Bein auf die große Trommel gelegt, ein dunkelhäutiger Bengel spielt mit Wlad im Sand, und sie, Olga, steht als gemeinsame Mutter daneben, ein Buch in der Hand, von Weitem ist nicht zu erkennen, welches. Der Junge hebt den Kopf und sagt in einer internationalen Sprache »Mama« – und dieses Bild ist so unmöglich, so irreal, dass Olga aufhört die Stunden und Minuten zu zählen und begreift, dass es Zeit ist, sich zu fügen, zur Apotheke zu gehen, einen *pregnancy test* zu kaufen und die Antwort zu bekommen, die sie ohnehin schon kennt.

Die Maus würde diese Nachricht nicht überleben.

26

Acht verschiedene Ordner mit Unterlagen, zwei davon mit Zeitungsausschnitten. Ein Becher aus Drahtgitter, aus dem zwei Kugelschreiber und drei Bleistifte wie Antennen herausragen, beim Anblick der scharf gespitzten Minen krampft sich das Herz zusammen. Solche Bleistifte auf dem Schreibtisch, das ist, als hättest du eine Rasierklinge im Kosmetiktäschchen, aber das kannst du Tanja, die bei Pascha für die Materialbeschaffung zuständig ist, natürlich nicht erklären. Eine ergonomische Tastatur, damit Xenias abgekaute, gequälte Finger nicht so schnell müde werden. Eine optische Maus mit rotem Laserauge auf der flachen Sohle. Ein LCD-Monitor von Samsung. Das ist er, der Arbeitstisch der jungen, hochprofessionellen Journalistin und IT-Managerin Xenia Ionowa – eines aufgehenden Sterns am Firmament des russischen Internets. »Die Produzentin der Website ›Der Killer von Moskau‹ trafen wir in ihrem Büro, um ihr ein paar …« Mist! Das muss ich mir unbedingt zur Regel machen, immer das Manuskript vor der Veröffentlichung zur Durchsicht anzufordern. Am besten, ich ruf gleich Pascha an und entschuldige mich: » … in *ihrem* Büro«!

Xenia weiß jetzt, was es bedeutet, berühmt zu sein. Zwar nicht sehr, nicht sensationell, aber doch berühmt. Zum Glück erkennt man sie noch nicht auf der Straße, aber neulich beim Tanzen kam ein Mädchen auf sie zu und sagte, sie habe sie im Radio gehört, ihr sei die Stimme gleich bekannt vorgekommen.

Ja, drei Rundfunkaufzeichnungen, ein Dutzend Interviews für die Online-Presse, einige Artikel in den zentralen Printmedien – wie sollte sie da nicht berühmt sein? Natürlich bedeutet »berühmt sein« nicht, dass man aufhören könnte zu arbeiten. Und deshalb hat sich in Xenias Leben eigentlich nur wenig geändert. Jeden Morgen sieht sie die eingegangenen Nachrichten durch, macht den Übersetzerinnen Feuer unterm Hintern, schickt Alexej auf Reportage und bemüht sich um Kommentare der Meinungsmacher zu irgendeinem Ereignis des Tages. Für andere ist sie bereits selbst die Meinungsmacherin, doch in der eigenen Redaktion nur eine Journalistin, Chefredakteurin der Nachrichtenabteilung. Ihr eigenes Projekt – na gut: ihres, Oljas und Alexejs – ist ihre Privatsache, mit der Arbeit hat das nichts zu tun, das weiß Xenia auch so.

Höchste Zeit, den ganzen Papierkram zu sortieren. Schon komisch, wenn sie an ihre Grundschullehrerin denkt, die behauptete, die Computer würden die Wälder vor der Abholzung retten, da man ja kein Papier mehr brauchen werde. Die sollte sich mal die Büros der Internetfirmen ansehen! Andererseits weiß Xenia auch nicht genau, wie die Büros denn aussahen, bevor die PCs Einzug hielten. Ob da wohl auf jedem Tisch Schreibmaschinen standen? Oder wurden Vertragsentwürfe damals noch von Hand geschrieben?

Der letztjährige Bericht eines Meinungsforschungsinstituts wandert in den Papierkorb, da veraltet. Das Kinoprogramm vom 15. Dezember, ein Versuch, den seinerzeit verpassten »Underworld« auf der großen Leinwand zu sehen – auch in den Eimer, die ganzen zwölf Seiten. Die Rohfassung ihres Businessplans mit Olgas Anmerkungen – dito. Eine Liste von Personen, die Alexej interviewen soll, ausgedruckt vor zwei Wochen für die Verabredung im Café und dann auf dem Tisch liegen gelassen – weg damit. Der Ausdruck einer *Vecher.ru*-Newsline vom achten Januar mit himmelschreienden Druckfehlern, im Netz korrigiert, zuvor jedoch aufgehoben zur Mahnung an die Mitarbeiter – in den Eimer. Was macht denn der Ordner mit den Verträgen auf meinem Tisch? In die Buchhaltung! Den Umschlag mit den Fotos von der Neujahrsfeier – in die Tasche. Den Ordner mit den Zeitungsausschnitten über mich, meinen Liebling – auch in die Tasche.

Für Fotos hat Xenia zu Hause ein eigenes Album und eine große Pappschachtel von Ikea. Die Zeitungsausschnitte wandern in die unterste Schreibtischschublade, wo sich ihr gesamtes persönliches Archiv befindet – ein paar Briefe, die Rechnung des letzten Abendessens mit Nikita über satanische 666 Rubel, ein sentimentales eingetrocknetes Röschen (Xenia weiß, von wem), der Umschlag eines Dario-Argento-Videos mit Autogramm, Vikas Haarspange, die diese bei Xenia liegen gelassen und vor ihrer Abreise nach Deutschland nicht mehr abgeholt hat, eine unvollständige Liste von Marinas Männern auf drei Seiten, erstellt vor drei Jahren, als Marina bei Xenia übernachtete, und ein Zeitungsausschnitt aus dem *Megapolis-Express* von 1995.

Der Artikel war Xenia an einem Morgen untergekommen, nachdem sie – nicht zum letzten Mal – ihr Blut von den geschundenen Schenkeln geduscht und beschlossen hatte, hinaus in die Stadt zu gehen und sich beim nächsten Kiosk etwas zu essen zu kaufen. Sie hatte nur noch ganz wenig Geld übrig, hatte sich bei ihrer Mutter nichts leihen wollen, war sicher gewesen, dass sie ihren Lohn bekommen würde – aber da hatte sie sich geschnitten, unsere Xenitschka. Dann stellte sich auch noch heraus, dass während der Woche, in der sie das Haus nicht verlassen hatte, an der Stelle des Gemüsestands ein Kiosk entstanden war, an dem mit Büchern und Boulevardzeitungen gehandelt wurde. Xenia kaufte den *Megapolis-Express*, weil jemand von Mamas Gästen gesagt hatte, das sei die einzige Zeitung, die man noch lesen könne. Außerdem sagten ihr die anderen Titel nichts. Nachdem sie sich dann doch noch in einem Geschäft mit Lebensmitteln eingedeckt hatte, setzte sie sich zu Hause hin und begann zu lesen, wobei das Sahnedressing des Tomatensalats auf die Zeitung tropfte. Den Fotos halb nackter Mädchen gereichten die weißroten Flecken sogar zum Vorteil.

Der Artikel stand unter der Rubrik »Die Beichte«, genau zwischen der Leserberatung (»Liebe Redaktion, kann man von Oralsex schwanger werden?«) und den Berichten über eine satanistische Sekte, die bei Sankt Petersburg Gräber geschändet hatte. Xenias Aufmerksamkeit geweckt hatte ein fett gedruckter Einblocker: »Ich habe mich mit einem Messer geschnitten, bekennt ME-Korrespondentin Maja Lwowa«. Xenia erinnerte sich dunkel, dass Maja Lwowa sich auf intime Berichte aus ihrem Sexualleben spezialisiert hatte. Etwa zwei Jahre zuvor hatten Xenia, Vika und Marina aufgeregt Majas Erinnerungen an ihre Defloration diskutiert – sicherlich in Erwartung ihrer eigenen. Diesmal schrieb Maja Lwowa in der für sie typischen gestelzt bekennerhaften Attitüde darüber, dass sie vor einem Jahr eine schwere Depression durchgemacht hatte wegen des Todes ihrer Mutter und anderer persönlicher Schicksalsschläge. »Schon seit einen Monat hatte ich das Haus nicht mehr verlassen«, schrieb die Journalistin, »denn ich gab mir die Schuld an allem, was geschehen war. Meine Verzweiflung war so groß, dass ich versuchte, mich umzubringen, indem ich mit einem Küchenmesser ungeschickt an mir herumschnitt.« Es fand sich jedoch eine treue Freundin, die die gescheiterte Selbstmörderin zu sich auf die Datscha schleppte, wo Maja einen gut aussehenden, dominanten

Mann kennenlernte, der nicht viel älter war als sie. Im Tonfall ihres Artikels gab Maja zu verstehen, dass es sich dabei um eine ziemlich bekannte Persönlichkeit handelte, weshalb sie seinen Namen nicht nennen durfte und daher – ganz im Stil der Zeitung – ihn als »meinen Dämon« bezeichnete. »In unserer ersten Nacht«, fuhr sie fort, »kam ich einfach nicht in Stimmung. Ich wollte ihn unbedingt, aber mein Körper war gleichsam gestorben! Und da drehte mich mein Dämon auf den Bauch und schlug mir mehrmals auf meine vor Vorfreude bebenden Hinterbacken.« Jedes Mal, wenn Xenia den Artikel später wieder las, musste sie an dieser Stelle kichern, denn sie sah förmlich vor sich, wie Maja Lwowas dicke Schenkel leicht zitterten wie Aspik auf einem schiefbeinigen, wackeligen Tisch. Doch an diesem Sommertag des Jahres 1995 stand Xenia nicht der Sinn nach Fröhlichkeit, und sie verschlang den Artikel bis zum Ende (» … kann sie in einigen Moskauer Sexshops kaufen, aber mein Dämon bringt sie lieber aus dem Ausland mit«). Xenia legte die angebissene Tomate vorsichtig auf den Teller zurück, wählte Marinas Nummer und versuchte ihr erregtes Zittern – oder mit Maja Lwowas Worten: *das Beben der Vorfreude* – zu unterdrücken.

So lernte Xenia Nikita kennen, ihren ersten dominanten Liebhaber, und er brachte Xenia das meiste davon bei, was ihr noch heute im Bett am meisten gefällt. Mit wem auch immer sich Xenia später einließ, Nikita blieb für alle Zeiten ihr erster und einziger Liebhaber. Ihre Beziehung dauerte nur ein halbes Jahr, dann fuhr Nikita nach Amerika, wo er sich in der BDSM-Gemeinde San Franciscos einen gewissen Namen machte. Xenia aber musste nun jemand anderen finden, der in der Lage war, ihr plötzlich gewecktes Verlangen nach Unterwerfung und physischem Schmerz zu stillen. Das war nicht leicht, aber es war die Mühe wert.

»Für mich«, erklärte sie Marina, »ist gewöhnlicher Sex wie Bier für jemanden, der Wodka mag. Es entspannt, man trinkt es gerne zum Reden und beim Essen, es ist sozusagen ganz okay. Dasselbe beim Sex: Nach einem guten Vanilla-Liebhaber fühle ich mich schön entspannt. Wenn mir der Mann gefällt, mag ich es, ihn neben mir zu haben – du weißt, ich mag männliche Körper –, aber das ist überhaupt nicht das, was ich meine. Wenn man mich schlägt, auf die Knie zwingt, mir Schmerzen zufügt oder mich erniedrigt, verschwindet die Welt. Der Raum um mich verdreht sich irgendwie, sogar noch bevor ich komme – und ich komme in solchen Fällen sehr lange –, also, beinahe sofort bin ich irgendwo anders. Vielleicht löse ich mich von meinem Körper, ich weiß nicht. In der Fachliteratur wird es als *subspace* bezeichnet, also so was wie ›Raum der Unterwerfung‹, den Beschreibungen nach zu urteilen. Wahrscheinlich ist für mich der Unterschied zwischen Vanilla-Sex und BDSM derselbe wie für dich zwischen einem Kuss und einem normalen Geschlechtsakt. Du knutschst gerne, aber würdest doch nie auf den Genuss verzichten, den dir ein richtiger Fick verschafft.«

»Ich habe irgendwo gelesen«, antwortete Marina, »dass solche Neigungen vor allem bei sehr erfolgreichen Geschäftsfrauen auftreten. In der Arbeit müssen sie alles kontrollieren, und im Bett entspannen sie sich dann.«

»Vielleicht«, warf Xenia ein und zuckte mit den schmalen Schultern. Damals war sie noch keineswegs eine erfolgreiche Geschäftsfrau. »Aber ich habe das Gefühl, dass es da noch was anderes gibt.«

Sie hatte nie ein Geheimnis aus ihren Neigungen gemacht, aber einige betrübliche Erfahrungen hatten sie gelehrt, dass die Männer empfindlich reagierten, wenn man ihnen gleich in der ersten gemeinsamen Nacht mit dem Kondom ein Set aus zwei

Peitschen, Handschellen, einem Flogger, einer Lederklatsche, einer Reitgerte und zwei kokett durch eine Silberkette verbundenen Nippelklemmen überreichte. Bisweilen kam es zu tragikomischen Szenen. Bei einer Party im Club hatte Xenia einmal einen herrlich gebauten blonden Typen kennengelernt, einen richtigen blauäugigen Recken, wie aus den russischen Märchen. Zu allem Glück hieß er auch noch Swjatoslaw oder Miroslaw, jedenfalls war er ein Freund irgendwelcher entfernter Bekannter, und nach ungezählten Tequilas mit Zitrone und Salz nahmen sie ein Taxi und brausten los zu Xenia, denn, wie sich herausstellte, wohnte Stanislaw alias Rostislaw noch bei Mama und Papa. Es wäre alles glimpflich verlaufen, wenn der junge Mann Xenia nicht unterwegs in den Hals gebissen hätte, sie nicht so umarmt hätte, dass ihr die Knochen knackten, und ihr nicht schließlich noch wie aus Versehen die Zigarette gegen das Knie gedrückt hätte. Wäre der Tequila nicht gewesen, sie hätte sich denken können, dass Wjatscheslaw alias Mstislaw einfach seine Hände und Beine nicht koordinieren konnte, doch Xenia, die seit zwei Monaten keinen Liebhaber aus der Szene gehabt hatte, kam dadurch so in Fahrt, dass sie ihm, kaum hatten sie ihre Wohnung betreten, sofort ihre neuesten Anschaffungen präsentieren musste.

»Was ist das?«, fragte Slawa und sah Xenia mit seinen blauen Augen verwundert an.

»Das ist eine Gerte«, sagte Xenia, »und das ein Flogger. Damit schlägt man Frauen, wie du dir sicher denken kannst.«

Der heldenhafte Liebhaber reagierte ungewöhnlich: Sein Blick vernebelte sich, sein riesenhafter Körper ging in die Knie, und drei Limes sowie ein Calamarisalat – der Appetizer des Abends – ergossen sich auf den Linoleumboden im Flur. Den Rest der Nacht verbrachte Xenia damit, den Märchenrecken mit

Tee zu versorgen und sich wirre Entschuldigungen anzuhören. Gegen Morgen übermannten sie mütterliche Gefühle, sie strich dem Recken übers Haupt, führte ihn ins Schlafzimmer, zog ihn aus und stöhnte fünf Minuten später – auf einen authentischen Tonfall bedacht –, welch wunderbarer Liebhaber er doch sei. Da sie beide die ganze Nacht nicht geschlafen hatten und Xenia zu erschöpft war, um glaubhaft zu stöhnen, hatte sie keine große Hoffnung, ihn hinters Licht zu führen, aber dennoch fand sie, sie habe genug getan, um das Trauma, das seiner zarten männlichen Seele widerfahren war, zu heilen. Daraufhin teilte sie ihm mit, sie müsse zur Arbeit, und begleitete den gescheiterten Liebhaber auf kompliziertesten Umwegen zur Metro, damit dieser, wieder nüchtern, niemals den Weg zurück zu ihrer Wohnung finden würde. Die Telefonnummer, die sie im diktierte, war natürlich falsch, eine der Ziffern stimmte nicht, eine probate Methode. Am Abend, als sie mit Marina telefonierte, zog sie Bilanz: »Das war vielleicht der schlechteste Sex meines Lebens, aber dafür ist es eine meiner komischsten Geschichten.«

Also hat es Xenia, die leidgeprüfte, nicht besonders eilig damit, Alexej in ihre halb verbotenen Spiele einzubeziehen. Zwar lässt sie mitunter eine Lederklatsche oder eine neunschwänzige Katze an deutlich sichtbarer Stelle liegen, doch Alexejs Blick gleitet unberührt darüber hinweg, wahrscheinlich hält er diese Dinge für einen Teil des Interieurs. Sie treffen sich alle zwei Wochen, Alexej entschuldigt sich bei Xenia, dass er es nicht häufiger schafft, worauf sie ihm sagt, häufiger wäre ihr gar nicht recht. Dabei ist es durchaus praktisch, dass sich diese lockere Affäre am Arbeitsplatz entspinnt. Als Chefin würde sie sagen, dass Alexej seither bessere Leistungen erbringt. Gut möglich aber, dass das am Erfolg ihres Projekts liegt. Der Mann ist immerhin schon dreißig, und es gibt kaum etwas, worauf er bisher hätte stolz sein können.

Als sie das Papier in den Korb geworfen und ihre Ordner aufgeräumt hat, nimmt Xenia erneut am Tisch Platz. In der unteren Ecke des Bildschirms blinkt das ICQ-Symbol. (Irgendjemand hat es einmal scharfsinnig als »Blümchen auf dem Grab der Arbeitszeit« bezeichnet.) Xenia klickt das gelbe Rechteck an, es erscheint die Zeile: »Hallo!«

»Hallo«, antwortet Xenia und geht in das Menü »User's Details«.

Weder Vor- noch Nachname, nur der Nickname »alien«, sehr originell. Sonst ist nur noch das Geschlecht angegeben: männlich. Im Abschnitt »About« ein prahlerischer Text auf Englisch, wie die Präsentation einer Figur aus einem Computerspiel: »I'm a monster in your chest. I'm a really nasty one. And in a few hours, I'm gonna burst my way through your rib cage, and you're gonna die. Any questions?«

»Kennen wir uns?«, fragt Xenia.

»Nein«, antwortet ihr Gesprächspartner, »aber das lässt sich ja ändern, nicht wahr?«

Xenia seufzt. Es kommt immer mal wieder vor, dass an ihrem Messenger einsame Männer anklopfen, die entweder einen Flirt oder nur etwas Gesellschaft suchen. In der Regel genügen einige Wortwechsel, um sie ins ewige »Ignore« zu verbannen.

»Ich bin mir nicht sicher, ob ich das ändern möchte«, antwortet sie unfreundlich.

Mal sehen, denkt Xenia, ob der hier jetzt auch irgendeinen verlegenen Schwachsinn schreibt, nach dem Motto: »Ach, mein Fräulein, warum so pikiert?«

»Gut«, schreibt er, »dann lernen wir uns eben nicht kennen. Sondern reden einfach nur.«

»Worüber?«

»Worüber sollten unbekannte Menschen reden, die einander nie sehen werden? Über ihre intimsten Geheimnisse natürlich. Sagen Sie mir, Xenia, was ist Ihr sehnlichster, geheimster Wunsch?«

Xenia lässt den Blick schweifen über den Samsung-Monitor, den Becher aus Drahtgitter mit den beiden Kugelschreibern und den drei Bleistiften, die ordentlich aufgeräumten Ordner mit ihren Unterlagen. Karriere, Geld, Erfolg? Diese Wünsche lassen sich kaum als geheim bezeichnen, und außerdem sind das gar keine Wünsche, das ist die gewisse Zukunft, genauer: das Vorgefühl dieser Zukunft. Eine Sekunde lang schweben Xenias schlanke Hände über der Tastatur.

»Ich bin eine Frau wie alle anderen«, tippt sie. »Ich will einen Mann finden, der mich versteht und mich glücklich macht.«

27

Ich denke oft darüber nach, warum das ausgerechnet mir passiert ist. Es gibt viele Theorien, die zu erklären versuchen, warum Menschen einsame Mädchen in einen Keller locken, sie tagelang foltern und dann umbringen.

Natürlich gibt es einfach Arschlöcher, die keine abbekommen oder Angst davor haben, keine abzubekommen. Böse Buben, bereit, ein schönes Spielzeug kaputt zu machen, nur weil es ihnen nicht gehört. Ich glaube, bei mir ist das nicht der Fall.

Auch Homosexuelle werden häufig erwähnt, Opfer ihrer unterdrückten Sexualität, die die Frauen hassen oder sich vor ihnen fürchten. Diese Menschen haben offenbar Probleme mit ihren Eltern und mit der Gesellschaft insgesamt, Artikel 121, Schwulenwitze, eine riesige Schublade für ein Zehntel der männlichen Bevölkerung des Landes. Aber auch das trifft auf mich nicht zu.

Ich wäre sogar gerne schwul, denn einem Schwulen fällt es leichter, von Schmerz und Liebe in einem Satz zu reden. Einmal las ich eine Erzählung, in der zwei verliebte Jungen mit geschlossenen Augen am Ufer des Ozeans stehen und plötzlich den Schrei eines gestrandeten Delphins hören, auf den zwei einheimische Bengel aus Spaß mit Mistgabeln einstechen. Dem Leser wird dabei klar, dass dieser Schrei unmittelbar mit der Liebe der beiden Jungen zu tun hat. Könnte ich so eine Geschichte schreiben, vielleicht müsste ich nicht morden.

Dann gibt es noch die Schizophrenen, die Narren in Christo,

zu denen Gott oder der Teufel spricht, irgendein Sam, Beelzebub oder Baal. In Russland hören sie wahrscheinlich Stalins oder Hitlers Stimme. Sogar Tschikatilo schrieb, er sei eigentlich ein Partisan. Und diese Stimmen, die sie hören, befehlen ihnen eben zu töten. Aber das hat mit mir nun rein gar nichts zu tun.

Ich habe nie irgendwelche Stimmen gehört, weder Gott noch der Teufel haben zu mir gesprochen, niemand hat mir Botschaften überbracht. Ich bin hier ganz allein. Ich denke, wenn jemand zu mir gesprochen hätte, gleich ob Gott oder Teufel, ich hätte mich nicht so einsam gefühlt und hätte nicht töten müssen.

Ich habe Stanislav Grof gelesen, den tschechischen Psychologen, der rechtzeitig nach Kalifornien abgehauen ist und dann mit LSD und speziellen Atemtechniken experimentiert hat. Er glaubt, dass es vier perinatale Matrizen gibt, die das Leben eines Menschen durch den Prozess der Geburt bestimmen. Die dritte Matrix, die Fortbewegung durch den Geburtskanal, bringt genau diese Serienmörder und Sadisten hervor. Ich war davon so fasziniert, dass ich sogar meine Mutter fragte, wie das denn alles gewesen sei, ob diese Phase für mich vielleicht die schwerste war. Ob sie sich wirklich daran erinnert, ist überhaupt nicht klar, aber soweit sie sich erinnert, gab es nichts Besonderes, eine völlig normale Geburt, und auch die Ärzte hatten keinen Anlass zur Verwunderung. Also hat auch diese Geschichte nichts mit mir zu tun.

Ich habe amerikanische Bücher gewälzt, die ich mit großer Vorsicht im Ausland gekauft habe, um nicht die Aufmerksamkeit der Post oder irgendeines Analyseprogramms von Amazon.com auf mich zu lenken. Alle sagen sie dasselbe: unterdrückte Sexualität, Kindesmissbrauch, grausame Eltern. Ehrlich gesagt, ich wäre glücklich, wenn ich wüsste, dass mein Vater mich im Alter von fünf Jahren im Suff vergewaltigt hat oder meine Mutter mich gezwungen hat zuzusehen, wie sie von ihren Kunden gefickt wird, mit denen sie sich ihre Flasche Wodka oder ihren Schuss Heroin verdient. Es wäre ein wahres Glück, wäre mein Bruder in den Jahren der Hungersnot verspeist worden, wie mit Tschikatilos Bruder geschehen.

Ich habe sogar versucht, mir eine Vergangenheit auszudenken, falsche Erinnerungen, die was auch immer überdecken sollten. O ja, ich war ein Junge mit blühender Fantasie. Ich habe mir so manches eingebildet – aber in Wirklichkeit hatte ich eine glückliche Kindheit. Mir wäre es lieber, es wäre umgekehrt – denn das hieße, dass ich einfach kein Glück hatte. *Shit happens*, wie die Amerikaner sagen. Dass ich kein Glück hatte und mit der Welt alles in Ordnung ist und ich einen Scheiß geben kann auf all die Zeitungen und ihre Leser, sollen sie doch leben, wie sie wollen.

Wüsste ich, dass es nur mein Problem ist, so könnte ich zum Analytiker gehen und müsste niemanden töten.

Wenn ich zum Analytiker ginge, würde ich ihm nur eine Frage stellen: Warum bringe ich immer nur Mädchen um? Warum keine Männer und keine Jungen? Wenn ich Jungen umbrächte, könnte ich wie John Wayne Gacy Jr. sagen, dass jeder davon ich selbst bin. Ich würde Dennis Nilsen zitieren, der sagte: »Ich wollte immer mich selbst umbringen, doch es starb immer jemand anders.«

Aber ich töte keine Männer, ich rühre niemanden an, der mir ähnlich ist. Ich töte Frauen und blutjunge Mädchen. Warum sie? Ja, natürlich schlafe ich mit ihnen, sie erregen mich, aber das, was ich will – Verständnis, Mitgefühl und Vergebung –, würde ich auch von einem Mann akzeptieren.

Ich habe nicht den Eindruck, dass meine Sexualität besonders unterdrückt ist. Überhaupt scheint mir, dass Sex mit dieser Geschichte überhaupt nichts zu tun hat. Aus diesem Grund machte ich einmal ein Experiment.

Ich dachte: Ob ich wohl eine Frau töten kann
Ohne dabei Erregung zu empfinden
Ohne vor ihr zu onanieren,
Ohne sie zu zwingen, mir einen zu blasen
Oder sich mir hinzugeben in den unterschiedlichsten Posen
Meist jedoch in schmerzhaften und erniedrigenden?

Ich dachte, ich wähle mir irgendeine Frau
Für die ich nichts empfinde
Bringe sie schnell um und verlasse den Ort des Geschehens
Wenn sie die Leiche finden, ist das natürlich
Nicht so effektvoll wie jene Installationen
Die ich in den Wäldern bei Moskau schuf
Zur Freude der Pilzsammler, jungen Mütter mit Kinderwägen
Und Pärchen auf der Suche nach ungestörter Zweisamkeit.
Dieser Mord wird die Menschen nicht zwingen, über die
Grausamkeit des Lebens nachzudenken
Aber vielleicht werden sie etwas von der Plötzlichkeit des Todes begreifen
Was übrigens auch ein beachtlicher Erfolg wäre.

Ich wählte ein Bürogebäude, in dem ich einmal gearbeitet hatte
Ich kannte den Hintereingang, wo man keinen Ausweis vorzeigen musste
Innen gibt es keine Videokameras, das ist wichtig.
Über die Treppe stieg ich in den zweiten Stock und holte den Lift,
Ich weiß selbst nicht, was ich mir ausrechnete, aber ich hatte Glück.
Ich habe gelesen, dass Serienmörder oft Glück haben

Sogar Tschikatilo wurde zweimal verhaftet und wieder freigelassen.
Aber darum geht es jetzt nicht.
Die Türen öffneten sich. Im Aufzug war eine Frau,
Vielleicht fünfundvierzig. Nicht sonderlich hübsch.
In einem billigen Hosenanzug,
Den sie wahrscheinlich für besonders *businesslike* hielt
Eine Buchhalterin oder so.
Aufgestylte Frisur, helle Haare,
Beinahe rot. Offenbar gefärbt
Natürliche Rothaarige
Haben eine andere Haut.
Doch, doch, das weiß ich nun genau.

Sie rief bei mir keinerlei Gefühle hervor
Wirklich, nichts regte sich
Mein Penis lag eingerollt und schlief fest.
Die Türen schlossen sich. Ich trat hinter sie
Und steckte meine Hand in die Tasche.
Das Messer herauszunehmen und ihr die Kehle durchzuschneiden
War nur eine Sache von Sekundenbruchteilen
Ich wäre im nächsten Stockwerk ausgestiegen,
Hätte den Aufzug mit der Leiche nach oben geschickt
Und wäre selbst die Treppe hinabgelaufen, direkt zu dem Hinterausgang.
Doch als ich den Griff fester packte,
Erhob sich mein Penis in den engen Jeans
Wie die Colonne Vendôme oder die Alexandersäule
Als wäre das Blut der Welt in diesem Augenblick in ihn hineingeströmt.

Ich ließ das Messer los. Das Experiment war beendet.

Als sie den Aufzug bereits verließ
Bemerkte ich in ihren Haaren eine graue Strähne
Vielleicht hatte sie der Friseur übersehen
Oder mit Absicht gelassen, ich weiß nicht
Aber als ich sie erblickte,
Diese Handvoll Asche in der hellroten, aufgestylten Frisur,
Empfand ich plötzlich eine unermessliche Zärtlichkeit,
Ich dachte daran, dass diese Frau
Schon mehr als vierzig Jahre lebte, liebte und geliebt wurde,
Ihre Nächsten beerdigt, vielleicht Kinder geboren hatte,
geweint und gelacht hatte – und nun legte sich die Asche auf ihr Haupt
Und in etwa vierzig Jahren wäre sie ganz davon bedeckt,
Wie Herculaneum oder Pompeji.

Als ich dies dachte, wollte ich ihr nachlaufen,
Sie um Vergebung bitten für mein ganzes nutzloses Leben
Sie umarmen und mit den Lippen diese aschgraue Strähne berühren

Mein Penis stand noch immer
In der zu engen Jeans und tat mir weh
Also dachte ich nicht an die Tränen, die mir über die Wangen liefen.

Zum ersten Mal hatte meine Erregung einem Menschen das Leben gerettet.

28

Auf dem Weg von den *Sauberen Teichen* zum Café *Der diskrete Charme der Bourgeoisie* fällt einem plötzlich eine Lücke zwischen zwei Häusern auf, wie ein herausgerissener Zahn. Irgendwann gab es hier einmal einen Restaurantkeller – sie war mit den Eltern einmal dort gewesen, um Ljowas Hochzeit zu feiern. Xenia war damals fünfzehn, Ljowa einundzwanzig. Zu diesem Zeitpunkt wusste Xenia bereits eine Menge über die Braut, eine hochgewachsene, etwas zur Fülle neigende Brünette mit einer großen Nase, die aus ihrem Gesicht herausragte wie ein fremdartiges Gewächs. Sie rauchte Marlboro, trug sackartige Pullover und enge Jeans, die auf ihrem ohnehin ausladenden Hintern furchtbar aussahen. Was Ljowa an ihr gefunden hatte, war ein Rätsel, aber eines Sonntagmorgens kam Xenia in die Küche und sah, wie ihre Mutter dort stand, Ljowa über den Kopf strich und murmelte: »Ist doch nicht so schlimm ...« Xenia bekam solche Streicheleinheiten nur, wenn etwas passiert war – sie sich in die Hand geschnitten, den Fuß verstaucht hatte oder einfach krank geworden war. Und eigentlich wurde sie dann auch nicht gestreichelt, sondern man fasste ihr an die Stirn, um herauszufinden, ob sie Fieber hatte. Und nun dachte Xenia, Ljowa sei exmatrikuliert worden, und fragte gehässig: »Na, haben sie dich rausgeschmissen?« Sie war fünfzehn, und die Zeiten, als Ljowa sie durch die Wohnung gehetzt hatte und sie Sarah Connor spielen musste, waren lang vorbei. »Ich heirate«, antwortete Ljowa. »Ljussja.« »Na gratuliere«, sagte Xenia, drehte sich um und lief in ihr Zimmer zurück. Aus irgendeinem Grund war ihr zum Heulen zumute, aber Xenia weinte nie.

Später, als Ljowa losgezogen war, um den offiziellen Heiratsantrag zu stellen, fragte Xenia ihre Mutter: »Ist sie etwa schwanger?« Mutter nickte, worauf Xenia »alles klar« sagte und sich zurückzog, um Marina anzurufen. Sie selbst fürchtete sich so sehr davor, schwanger zu werden, dass sie schon damals immer Kondome bei sich hatte. Man konnte ja nie wissen, es konnte sich auf dem Heimweg ja ein Vergewaltiger auf sie stürzen – und sie stellte sich vor, wie sie vor ihm davonlief über einen dunklen Hof, durch Treppenhäuser, in denen benutzte Spritzen unter ihren Sohlen knacksten, durch Kellergewölbe, in denen das Wasser gluckste, atemlos wie Sarah Connor, und wie sie dann, in einer Sackgasse gefangen, stehen blieb und mit ruhiger Stimme, gegen das Pochen ihres Herzens ankämpfend, sagte: *Zieh das über*. Natürlich war Ljussja mit Absicht schwanger geworden, Xenia zweifelte keinen Augenblick daran, und doch musste sie, wenn sie nachts in dem von Ljowa verlassenen Zimmer lag, daran denken, wie sich in Ljussjas grobschlächtigem Körper Zellen teilten, in ihrer finsteren Höhle anschwollen und sich allmählich in einen Embryo verwandelten. Wenn Xenia einschlief, schien die Decke, die sie sich bis über den Kopf zog, sie wie ein Mutterleib zu umhüllen, und wie einen Mutterleib empfand sie den Restaurantkeller, wo sie in kleiner Gesellschaft – zu fünfzehnt – Ljowas Hochzeit feierten.

Während Xenia in jenem Sommer Marinas Ehre zu retten versuchte und Nikita kennenlernte, ließen die Frischvermählten ihren Honigmond drei ganze Sommermonate andauern, und als sie zurückkehrten, war das Kind, das Ljussja angeblich erwartet hatte, spurlos verschwunden. Xenia hatte Ljowa später nie direkt gefragt, was vorgefallen sei: ob Fehlgeburt, Abtreibung, oder ob es vielleicht niemals ein Kind gegeben und Ljussja einfach gelogen hatte. Das Kind war verschwunden, und dann verschwand auch Ljussja, zog ohne großes Aufsehen aus der gemeinsamen Wohnung aus, zurück zu ihrer Mutter. Ljowa sagte, er werde noch zwei Monate in der Wohnung bleiben, die Miete sei bereits bezahlt, doch es vergingen vier, und Xenia begriff, dass er nie wieder nach Hause zurückkehren würde. Ein Jahr später ging er in die Staaten, sagte zum Abschied »I'll be back«, zwinkerte Xenia zu, wie um zu sagen: *Sei nicht traurig*, doch Xenia hatte ihre Trauerphase schon zwei Jahre zuvor hinter sich gebracht, eben als Ljowa geheiratet hatte und Ljussja mit einem Kind schwanger war, das später spurlos verschwand, als wäre es nie da gewesen – genauso wie nun auch das Restaurant verschwunden war, in dem sie die Hochzeit gefeiert hatten.

Olga liebt das *Der diskrete Charme …*, vielleicht, weil sich nebenan der Friseursalon befindet, wo sie sich schneiden und zweimal die Woche die Hände maniküren lässt. Zwei Paar Hände auf einem Tischchen: Olgas gepflegte, weiche, eben erst eingecremte und eingeölte Hände und daneben Xenias kleine Finger mit den abgekauten Nägeln und dem kleinen Silberring. Zwischen ihnen eine kleine Statue, ein Götze aus Ton oder Stein mit quadratischen Augen und Zähnen, die über das halbe Gesicht gingen.

»Das ist für dich von Wlad«, sagt Olga.

»Wie nett von ihm«, sagt Xenia, obwohl »nett« natürlich etwas seltsam klingt – wenn dir so einer im Traum begegnet, wachst du vor Schreck gar nicht mehr auf. »Was ist das?«

»Irgend so ein mexikanischer Gott«, sagt Olga und zieht an dem langen Mundstück ihrer Zigarette. »Wlad war letztes Jahr dort und hat einen Haufen Plunder mitgebracht. Aber das hier, sagt er, ist echt, nicht irgendeine Kopie.«

Xenia fährt mit dem Zeigefinger über die leicht poröse, harte Oberfläche. Maya oder Azteken? In der Schule hatte sie gelesen, dass bei den Azteken Kriegsgefangene mit Holzschwertern gegen voll bewaffnete Aztekenkrieger kämpfen mussten, und dass die Maya glaubten, damit die Welt weiterexistierte, müsse man den Göttern mehrmals im Jahr großzügige Blutopfer bringen. Während der rituellen Opferungen lief das Blut in Strömen über die Stufen der Pyramiden hinab. Wenn das tatsächlich ein echter mexikanischer Gott ist, wird ihm das, was er in Xenias Schlafzimmer zu sehen bekommt, wie Kinderkram vorkommen.

»Ein witziges Kooperationsangebot ist bei mir eingegangen«, sagt Olga. »Von einer Firma, die auf unserer Seite Werbung machen will. Sie organisieren historische Exkursionen nach Tula.«

»Und die glauben, dass unsere Website die passende Zielgruppe anspricht?« Xenia kichert. »Bringen die da nichts durcheinander?«

»Lach nur«, sagt Olga. »Weißt du, was das für Exkursionen sind? Die Foltermethoden Iwans des Schrecklichen! Na ja, zum Beispiel während sich die Besucher den Kreml von Tula anschauen, bemerken die Strelitzen – natürlich rein zufällig – einen Taschendieb, der einem der Touristen gerade eine Börse aus der Tasche ziehen will. Er wird in einen Keller abgeführt, und dann ...«

»Hör auf!«, sagt Xenia. »Du lügst!«

»Von wegen. Das ganze russische Internet ist voll mit ihrem Spam, die Geschichte kennt inzwischen jeder. Die werben mit Folterungen wie im alten Russland – mit Peitsche, Zange, Feuer, siedendem Öl, flüssigem Wachs auf nackter Haut ...«

»... und Vierteilung«, fügt Xenia hinzu. Olga lacht.

Als die Spanier das Aztekenreich erobert hatten, ließen sie alle Hohepriester vierteilen. Heute lässt sich nicht mehr eindeutig sagen, ob sie sie folterten, um von versteckten Schätzen zu erfahren, oder weil sie von dem Schlachten in den Straßen der Stadt irre geworden waren. Aber vielleicht, denkt Xenia, wünschten sich die Priester ja selbst ein solches Ende, da sie wussten, dies würde das letzte Blut sein, das auf den Stufen der heiligen Pyramide vergossen würde, die letzte Möglichkeit, das Ende der Welt hinauszuschieben.

Die obligatorischen Geschichten von zu Tode gequälten Heldenpionieren waren irgendwie an Xenia vorbeigegangen, und die Bilder von den jungen Komsomolzinnen, die porigen Brüste triefend von ihrem eigenen Blut, hatten sie nie angemacht. Einer ihrer kurzfristigen dominanten Partner stellte sich als Anhänger der nationalbolschewistischen Partei heraus, mochte Nazi-Accessoires und den Film »Nachtportier«. Er mochte gut im Bett sein, aber das schwarze Leder, der Totenkopf und die Offiziersmütze mit der hohen Stumpe erzeugten bei Xenia stets aufs Neue einen Anfall von Heiterkeit, der jegliche erotische Erregung ein für alle Mal zunichtemachte.

Anstatt der nackten Soja Kosmodemjanskaja auf blutbeflecktem Schnee stellte sich Xenia seit frühester Kindheit einen indianischen Priester vor, wie er – bereits ohne Arme und Beine – in todesnaher Ekstase auf dem steinernen Plateau der heiligen Pyramide lag. Er vergisst den Schmerz, und in seinen letzten Augenblicken ziehen noch einmal die Blütezeiten seines Volkes an ihm vorbei – einer Zivilisation, die spurlos verschwunden ist, genauso wie ungeborene Kinder verschwinden, nachdem man sie aus der Finsternis des Mutterleibs herausgespien hat, so wie Ljowas Frau verschwand, und wie heute auch das Restaurant verschwunden ist, wo sie einst die Hochzeit feierten.

»Außerdem«, fährt Olga fort, »hat sich eine Frauenhilfsorganisation an mich gewandt, die sich um Opfer häuslicher Gewalt kümmert. Sie wollen, dass wir ihnen auf unserer Website kostenlos eine Seite einrichten.«

»Und was haben die mit uns zu tun?«, fragt Xenia.

»Sie behaupten, häusliche Gewalt und Serienmorde sind nur zwei Gesichter desselben männlichen Sadismus. Die Erniedrigung der Frau in der Familie und ein Mord irgendwo im Wald seien zwei Glieder derselben Kette. Na ja, und so weiter.«

Aus irgendeinem Grund muss Xenia nun an Wlad denken, wie er ruft: »Olja, bring das Eis!« Und gleich fühlt sich die mexikanische Statue etwas schwerer an.

»Lass uns die Seite für sie machen«, sagt sie, »ist ja kein großer Aufwand. Wir müssen den Mädels doch helfen. Ich würde ihnen allerdings empfehlen, Karate oder Wushu zu lernen.«

»Und ich würde ihnen empfehlen, eine gute Business-Ausbildung zu machen«, sagt Olga und lacht, »und dann ein Jährchen zu arbeiten. Die Erfahrung ist schlimmer als jedes Karate oder Wushu.«

»Und was ist mit diesem Mann«, fällt Xenia ein, »nach dem du mich gefragt hast, erinnerst du dich? Wirst du mit ihm arbeiten?«

Olga schüttelt den Kopf.

»Ich habe mich noch nicht entschieden«, sagt sie. »Aber meine Partner lassen mir keinen Ausweg. Wenn sie so weitermachen, haben sie die Firma bis zum Frühjahr ruiniert.«

»Verstehe«, sagt Xenia, obwohl sie eigentlich nichts versteht, denn so gerne sie sich auch im Geschäftlichen auskennen würde, ist sie doch nur eine erfolgreiche Journalistin, vielleicht keine schlechte IT-Managerin, also ein guter Profi in solchen Bereichen, wo man Gott sei Dank nichts vom Geschäft verstehen muss.

Sie haben bereits den Nachtisch bestellt und warten auf den Kaffee, als Olga sich einen Ruck gibt und sagt:

»Weißt du was? Wie es aussieht, bin ich schwanger.«

Na, das ist mal eine Nachricht, denkt Xenia. Sie fragt, wie viel Olga drüber ist, und stellt die Frage, auf die sie bereits die Antwort weiß: *Ja, natürlich, von Oleg, du weißt doch*, und dann fragt sie, ob er es weiß, und Olga sagt: *Spinnst du, ich hab doch noch gar nichts entschieden*, denn sie ist ein gutes Mädchen aus einer gebildeten Leningrader Familie, nicht irgendeine Ljussja in Sackpullovern und engen Jeans, die einen Mann beim kleinsten Anzeichen ins Standesamt zerrt und dann in ein uteröses Restaurant, wo, wie der Embryo im Mutterleib, eine neue Keimzelle der Gesellschaft anschwillt, nur damit dann alles spurlos wieder verschwindet. Nein, Olga hat noch nichts entschieden, denn sie will keine Familie zerstören, und Xenia vermutet sogar, dass sie das gar nicht kann. Wenn Männer sich mit ihren Geliebten vier Jahre lang treffen, ziehen sie nicht mit ihnen zusammen, sondern schaffen sich stattdessen neue an, beginnen sich mit anderen Mädchen zu treffen, die besser verhüten und den Spermatozoen keine Chance geben, sich in der Finsternis ihres Leibes mit den Eizellen zu vereinen, um dort sodann anzuschwellen als Keimzelle neuen Lebens.

Nein, sagt Olga, ich habe noch nichts entschieden, ich habe Angst davor, allein zu erziehen, ich schaffe das nicht, aber vielleicht lasse ich es doch, ich bin immerhin schon fünfunddreißig, und es ist nicht gesagt, dass ich noch mal eine Chance bekomme, und schließlich liebe ich Oleg, und wenn es ein Junge wird, wird er ihm ähnlich sehen. Und während sie davon spricht, legt Xenia ihre Hand mit den Fingern, die noch nie eine Maniküre bekommen haben, auf Olgas wohlriechende, gepflegte Hand, streichelt sie sanft und sagt: *Wofür du dich auch immer entscheidest, ich bin bei dir*, und erst jetzt merkt sie, dass sie mit der anderen Hand noch immer die kleine mexikanische Statue drückt mit den quadratischen Augen und dem zähnebleckenden Lächeln über das halbe Gesicht.

29

Xenia, Xenia, Xenia, wiederholt Alexej immer wieder, während er die Treppe der Fußgängerunterführung hinaufsteigt. Ich liebe dich, liebe dich, liebe dich. Seltsam, dieses Wort auszusprechen. Wie oft hat er es schon in den Doppelbetten der Hotelzimmer gehört, in den Treppenhäusern, deren Eingangstüren sich dumpf schlossen, auf unverriegelten Speichern, durch die ein kalter Herbstwind blies, und wie oft hat er mit ruhigem Lächeln in diese Augen geblickt, die auf ein »Ich liebe dich« als Antwort warteten – und hat es nie gesagt. Doch nun wiederholt er es wie ein Mantra: XeniaXeniaXeniaichliebedichliebedichliebedich. Jetzt weiß er: Man weiß nie im Voraus, wie die Liebe kommt, als hageres Mädchen mit ewig wirren Haaren, mit abgekauten Nägeln an zerbrechlichen Händen und Eiskristallen in der unerbittlichen Stimme. Du wirst sie jeden Tag sehen, und deine innere Stimme wird dir nicht sagen: »Sieh, das ist deine Liebe, dein Schicksal, das Blut in deinen Adern, all deine Jas und Neins, dies ist das Wichtigste, was dir in den letzten zehn Jahren widerfahren ist«, und selbst wenn sie es sagt, wirst du es nicht glauben, du wirst wie zuvor »Hallo« sagen, während du den PC anwirfst, und »Bis dann«, wenn du ihn wieder ausmachst, und so wirst du ein halbes Jahr mit ihr in einem Zimmer sitzen, ohne zu wissen, was dies für dich bedeutet. Und dann verführst du sie unerwartet leicht, und für diese trügerische Leichtigkeit wirst du nach einigen Wochen teuer bezahlen, wenn du es endlich begreifst. Sei ehrlich zu dir selbst: Du warst ein guter Liebhaber für eine Menge Frauen, aber du hast sie nie geliebt, wahrscheinlich bist du ein guter, aber ziemlich kalter Mensch, gib es ruhig zu, das ist gottgegeben, da kann man nichts machen. Ein Körper, um gemeinsam alt zu werden, Kinder, um sie gemeinsam großzuziehen, das Gold der roten Haare, das Silber der ersten grauen Strähnen, zehn gemeinsame Jahre, die Ewigkeit vor Augen, liebe Oxana, verzeih mir, verzeih, dass mir dies passiert ist. Ich wollte es nicht, und hätte ich es gewusst, ich hätte dich an jenem Abend nicht belogen, hätte nicht gesagt: *Nein, Oxanotschka, ich komme später. Pascha hat mich gebeten, mit ihm ein Sonderprojekt zu besprechen. Zu Hause erzähl ich dir alles.* Was soll ich erzählen, Oxana, was, wenn sogar diese Worte, die du nicht hörst, nicht die Wahrheit sind. Denn selbst wenn ich es gewusst hätte, ich hätte sie dennoch im Taxi umarmt, hätte dennoch die Lippen geküsst, die sie mir hinhielt, wäre mit in ihre Wohnung gefahren und hätte sie dort geliebt, immer noch in dem Glauben, dass ich mit ihr Sex habe. Und zwei Wochen darauf, als wir das Projekt starteten, hätte ich sie wieder angesehen und wieder, wie das letzte Mal, hätte ich ihre wirren Haare erblickt, die schmalen Schultern, die mit Lippenstift nachgezogenen, strengen Lippen, die zerbrechlichen Hände mit den abgekauten Fingernägeln – und wieder wäre mir der Atem gestockt vor Zärtlichkeit. Liebe Oxana, verzeih, dass es so gekommen ist, ich hoffe, du wirst es nie erfahren.

Wir lieben uns sehr selten, und ich bemühe mich weiß Gott, dass dies auch so bleibt. Denn wenn ich sie jeden Tag oder auch nur ein paar Mal die Woche zu Hause besuchte, so käme irgendwann der Tag, an dem ich es nicht mehr ertragen könnte. Ich würde vor ihr niederknien und sagen: Xenia, Xenia, Xenia, hier bin ich, dein unbedarfter Kollege und seltener Liebhaber, hier bin ich, so wie ich bin, Vater zweier Kinder, verheirateter Mann, sieh mich an, nimm mich, mach mich klein, steck mich in deine Tasche, kopier mich auf die Festplatte deines Notebooks, lass mich hierbleiben. Ich will vor dir niederknien, deine zerbrechlichen Finger küssen und deine Schenkel streicheln, wo man durch die dünne Haut sieht, wie das Blut in deinen Venen pulsiert, will sehen, wie sich deine Lippen wie Blüten des Fleisches öffnen – küssen, streicheln und sehen, und wiederholen, wie ein Mantra wiederholen: XeniaXeniaXeniaichliebedichliebedichliebedich, wie ein vom Glauben abgefallener Mönch, der sich von diesen Worten keine Rettung mehr erhofft. Ich weiß, all das bringt dir überhaupt nichts, liebe Xenia, verzeih, dass es so gekommen ist. Ich hoffe, du wirst es nie erfahren.

Alexej betritt das Treppenhaus, ruft den Aufzug und sagt zum hundertsten Mal zu sich selbst: Du kannst analysieren, versuchen zu erklären – weder Analysen noch Erklärungen spielen hier eine Rolle. Ja, ich habe bisher nie mit einer geschlafen, mit der ich zusammengearbeitet habe, ja, wir haben gemeinsam das beste journalistische Projekt meines Lebens auf die Beine gestellt, ja, ich mochte schon immer Frauen gerade über zwanzig. Aber alle diese »Jas« und all die unausgesprochenen »Neins« ändern nichts, denn am Ende steht nur eines: XeniaXenia-Xeniaichliebedichliebedichliebedich.

Roman Iwanowitsch öffnet die Tür. Roman Iwanowitsch trägt einen Trainingsanzug aus Wolle, die Schweißtröpfchen auf der Glatze sind sogar noch im Licht der verstaubten Glaslampe im Flur zu sehen. Auf der Nase hat Roman Iwanowitsch eine dünne Brille, die große Nase sitzt wie eine Geschwulst im Gesicht.

»Verzeihen Sie«, sagt er, »ich vergaß, wie war noch einmal Ihr Name?«

Alexej stellt sich vor, und Roman Iwanowitsch nickt, fragt noch einmal nach dem Vatersnamen, schiebt mit dem Fuß ein paar ausgelatschte Hausschlappen herüber.

»Ziehen Sie die ruhig an, Alexej Michajlowitsch, kommen Sie in mein Büro, dort zeige ich Ihnen das Material und antworte auf Ihre Fragen.«

Roman Iwanowitsch lebt allein, das Büro hat er im Wohnzimmer, alle drei Wände sind mit Regalen verstellt, in denen sich Ordner um Ordner aneinanderreihen. Auf dem Tisch in der Ecke steht ein Computer, zugedeckt mit einem Handtuch.

»Wollen Sie wissen, wie ich angefangen habe, mich mit alldem zu beschäftigen?«, fragt er, und Alexej nickt.

Roman Iwanowitsch tritt an ein Regal, holt einen Ordner heraus, legt ihn vor sich auf den Tisch und beginnt: »Es ist so: Ich stamme aus Rostow am Don. Und der Don ist offenbar eine sehr fruchtbare Region für Serienmörder. Der berühmte Tschikatilo, Muchankin, Zurman, Burzew und so weiter, so einige. Manch einer sagt, die Ökologie sei dort nicht die beste, aber andererseits, wo ist sie heute denn noch in Ordnung, nicht wahr? Na ja, jedenfalls habe ich mich dafür interessiert, mehr nicht. Ich begann zu studieren, zu analysieren, zu vergleichen. Da wird behauptet, die hätten alle ein Kindheitstrauma. Weil angeblich Tschikatilos Bruder während der Hungersnot verspeist wurde und die Mutter den neugeborenen Muchankin dem Vater auf der Schwelle vor die Füße warf und schrie: ›Nimm ihn dir, ich brauch ihn nicht!‹ Auch die Amerikaner bestätigen diese These: Die meisten Serienmörder wurden in der Kindheit erniedrigt und missbraucht. Henry Lee Lucas' Mutter zwang ihren Sohn zuzusehen, wie sie, mit Verlaub, mit ihren Geliebten kopulierte – also hat er sie mit siebzehn erstochen! Joseph Kallinger wurde von seinen Adoptiveltern geschlagen, sie drohten ihm mit

Kastration, und als er acht war, vergewaltigten sie ihn einfach. Es heißt, man könne bei jedem Serienmörder irgendeine furchtbare Kindheitserinnerung finden, aber glauben Sie mir, Alexej Michajlowitsch, das alles ist falsch. Ich habe viel gelesen, viel analysiert. Anatoli Sliwko, der für seine triebhaften Morde berüchtigte Pionierführer, hatte zum Beispiel eine durchaus glückliche Kindheit … Auch sehr verbreitet ist die Version, dass es sich um Menschen mit sexuellen Problemen handelt. Tschikatilo soll angeblich keinen normalen Geschlechtsakt zustande gebracht haben, und selbst nachdem er sein Opfer umgebracht hatte, schmierte er sein Sperma noch mit dem Finger hinein. Und dem Kannibalen Spessiwzew aus Nowokusnetsk war der Penis, Sie entschuldigen schon, an der Syphilis abgefault. Und dann die warmen Brüder oder auch Homosexuellen oder, wie man heute sagt, die Schwulen. Auch sie sind recht zahlreich unter den Serienmördern vertreten. Angeblich rächen sie sich dadurch an den Frauen, weil sie Angst vor ihnen haben. Ich will keineswegs verschweigen, dass es auch solche Fälle gegeben hat, aber das ist nur ein Typ, sozusagen. Und Ihr Moskauer Triebtäter gehört, wie es aussieht, nicht dazu. Alle Frauen wurden lebend vergewaltigt, viele von ihnen mehrfach … Aber was reden wir beide denn einfach so? Ich mache uns jetzt mal einen Tee, und Sie sehen sich einstweilen den Ordner durch. Ich habe hier interessantes Material für Sie, vielleicht drucken Sie das mal. Es ist nichts Brutales dabei, keine Angst, das sind Briefe von Serienmördern. Hier ist David Berkowitz, der berühmte New Yorker ›Son of Sam‹, sehen Sie, was für ein rührender Brief: ›Ich will mit der Welt Liebe machen. Ich liebe Menschen. Ich gehör nich auf die Erde.‹ Er schrieb das lange vor seiner Verhaftung, nur damit Sie nicht glauben, dass er sich damit vor einem Gericht verteidigen wollte. ›An die Menschen von

Queens. Ich liebe euch. Und ich wünsche euch allen ein fröhliches Ostern.‹ Schauen Sie, da ist sogar eine Fotokopie der letzten Seite, hier. Sie verstehen doch Englisch, Alexej Michajlowitsch: ›POLICE: LET ME HAUNT YOU WITH THESE WORDS: I'LL BE BACK! I'LL BE BACK!‹ Klingt bekannt, nicht wahr? Sie haben doch sicher den ›Terminator‹ gesehen? I'll be back, das ist ein Zitat daraus, verstehen Sie? … Und hier ist das Testament von Tschikatilo, Andrej Romanowitsch, meinem Landsmann. ›Ich bitte darum, dass man mich verbannt, wie Napoleon, der Millionen von Menschenleben opferte, auf eine Insel – einen unbewohnten vulkanischen Felsen in den Nördlichen Kurilen – oder zu den Tigern der ussurischen Taiga. Auf der wilden Insel werde ich von Moos und Morgentau leben, so wie ich mich schon als Kind von Brennnesseln und anderem Unkraut ernährte.‹ Solche Einsamkeit ist das, Alexej Michajlowitsch, solche Einsamkeit. Aber jetzt trinken Sie erst einmal Ihren Tee, kommen Sie, und ich sage Ihnen was: Man kann analysieren, so viel man will, man kann versuchen zu erklären – aber Analysen und Erklärungen spielen keine Rolle, darum geht es nicht … Ich habe die Fachliteratur gewälzt, da gibt es die verschiedensten Erklärungen. Zum Beispiel den berühmten Roy Hazelwood, aus der FBI-Sonderabteilung für Verhaltensforschung, nun ja, Sie haben doch sicher ›Das Schweigen der Lämmer‹ gesehen? Da geht es um niemand anderen als ihn, und das sieht auch in Wirklichkeit alles genauso aus. Aber soweit ich gelesen habe, weigert sich Hazelwood strikt, selbst über diese Dinge zu reden. Er sagt, seine Aufgabe sei es, Verbrecher zu fangen, aber das Wie und Warum sollen andere klären. Wissen Sie, warum er das sagt? Weil er viele Tatsachen kennt, fast so wie ich. Und je mehr man darüber erfährt, Alexej Michajlowitsch, desto weniger versteht man. Seien wir doch ehrlich: Wir wissen es nicht, wie Serienmörder entstehen. Es gibt sie, und Schluss ... Einige sagen, dass die sexuellen Verbote Schuld an allem sind. Die Amerikaner erzählen gerne, dass drei Viertel aller Serienmörder aus ihrem Land kommen. Und zwar weil es dort viel Gewalt im Fernsehen und Sex in der Werbung gibt. Absoluter Quatsch, Alexej Michajlowitsch, ab-so-lu-ter Quatsch. Nehmen Sie nur Tschikatilo, Muchankin, Dschimagalijew, Alexander Tschaika, Gennadi Michassewitsch – waren die etwa in Amerika? Nein. Und Pedro Alonso López, der mehr als dreihundert Mädchen auf dem Gewissen hat, kam der aus Amerika? Nein. Hat er sie in den Staaten umgebracht? Nein, das hat er in Peru und Ecuador getan ... Ja, in Amerika schnappt man sie häufiger, das ist wahr. Und dennoch zogen Ottis und Lucas monatelang durchs Land und mordeten. Wissen Sie, wie sie vorgingen? Sie fuhren so lange, bis sie auf einen liegen gebliebenen Wagen trafen, oder einen Wagen, in dem ein Pärchen saß. Dann blieben sie stehen, töteten den Mann schnell, das Mädchen aber nahmen sie mit und vergewaltigten es abwechselnd, und dann knallten sie es auch ab. Ottis nannte das ›kostenloses Frühstück‹. Und niemand war imstande, diese Morde einander zuzuordnen! Gestellt wurden sie wegen des nicht registrierten Gewehrs, das Lucas bei sich hatte – und erst dann gestand er alles! Oder James DeBardeleben, den man wegen gefälschter Schecks verhaftete, und dann fand man in seinem Haus massenweise Videobänder und Fotos von den Folterungen, die er verübt hatte. Und den berühmten Ed Gein nahm man fest, weil er eine Ladenkasse gestohlen hatte. Dabei war er der Schlimmste von allen! Er war Vorbild für Hitchcocks Norman Bates sowie für Harris' Buffalo Bill und ›Schweigen der Lämmer‹. Dabei sind beide, sowohl Buffalo Bill als auch Norman Bates Muttersöhnchen im Vergleich dazu, ja, Alexej Michajlowitsch, Mutter-söhn-chen. Ed Gein machte sich Halsketten aus weiblichen Brustwarzen, Trinkgefäße aus Schädeln, Papierkörbe aus Haut und Skulpturen aus Nasen, Zungen und Schamlippen. Er war ein wahrer Virtuose … Und an diesem Punkt, Alexej Michajlowitsch, setzt meine eigene Theorie an. Erinnert Sie das an nichts? Halsketten, Gefäße, Leichen? Nein? Ach, wie unwissend Sie doch sind. Dabei sind sämtliche Texte schon längst auf Russisch erschienen. Dies, Alexej Michajlowitsch, sind die traditionellen Attribute buddhistischer Zornesgötter. Und natürlich nicht nur buddhistischer … Ich sage Ihnen: Das alles sind nur Rituale. Es kann natürlich durchaus sein, dass die Mörder das selbst gar nicht begreifen. Ja, es heißt, Ottis' Großmutter sei eine Satanistin gewesen, und noch viele andere praktizierten, wenn man so will, ähnliche Kulte. Aber wir beide sind doch gebildete Menschen, wir wissen doch, dass Satanismus nur ein Wort dafür ist. Es gibt sozusagen gewisse Kräfte. Warum gibt es denn zum Beispiel so viele Serienmörder in Amerika? Na, immerhin wurden dort vor gar nicht allzu langer Zeit noch Menschenopfer praktiziert. Wussten Sie, dass Südkalifornien auch Psycho Valley genannt wird? Das sollte man aber wissen, wenn man sich für dieses Thema interessiert. Dort gab es besonders viele Serienmörder, die ›Hillside Stranglers‹ Angelo Buono und Kenneth Bianchi, oder sagen wir Bittaker und Norris, über die könnte ich Stunden reden. Und das liegt keineswegs daran, dass es im Dunstkreis von Hollywood reichlich Starlets und andere leichte Beute gibt. Denken Sie doch mal nach: Von dort ist es gar nicht weit bis nach Mexiko, und bei den Maya und Azteken waren Menschenopfer doch weit verbreitet – noch vor fünfhundert Jahren … Sie werden fragen, warum es dann in Mexiko keine Serienkiller gibt. Dabei wissen Sie es nur nicht. Wahrscheinlich haben Sie noch nie etwas von der Ciudad Juárez gehört. Dort wurden in zehn Jahren über 370 Frauen ermordet. Eine Frau alle zehn Tage. Immer dasselbe: abgeschnittene Brustwarzen, Folterspuren, Leichen in der Wüste. Bis heute sind die Mörder nicht gefasst, ich habe in diesem Zusammenhang fünf, nein, sechs Verschwörungstheorien gelesen, mit denen ich Sie aber jetzt nicht aufhalten will … Was ich sagen will, ist Folgendes: In den alten Zeiten standen die Menschen noch mit ihrem Tod in Kontakt. Alle Weltreligionen, das Christentum nicht ausgeschlossen, berichten von Menschenopfern. Gott bringt seinen Sohn als Opfer dar, und Er wird ans Kreuz geschlagen. Wissen Sie, warum das so wichtig ist? Weil die Menschen keine Tiere sind, darum! Ein Wolf wird einen Wolf nie töten, aber ein Mensch einen Menschen mit Leichtigkeit. Wissen Sie, warum? Weil der Mensch das einzige Wesen ist, das von seinem Tod weiß. Und das Menschenopfer ist nur eine von vielen Methoden, den eigenen Tod zu begreifen. Sozusagen das Undenkbare zu denken. Man muss versuchen, dem Sterbenden in die Augen zu blicken, darin das zu lesen, was sich später auch in Ihren Augen widerspiegeln wird, verstehen Sie? Deshalb wirkt der Anblick des fremden Todes auf uns so anziehend. Wie bei diesen Polizei-Dokudramen im Fernsehen. Ebenso Ihre Website. Die öffentliche Hinrichtung hat sich fast bis zur Erfindung des Fernsehens gehalten. Seither hat sich die Menschheit den Surrogaten zugewandt: Die Orte des Menschenopfers sind nun das Hollywood-Kino und die Nachrichten. Was natürlich überaus beschämend ist … Ja, es geht darum, dass die Menschen die alten Riten aus ihrem Leben verbannt haben, verstehen Sie? Denn erschiene Christus heute auf Erden, wo fände er noch einen Kaiphas und Pontius Pilatus, um die Sünden der Welt am Kreuz zu sühnen? Nein, Jesus müsste sich einen neuen John Wayne Gacy Jr. suchen, einen neuen Tschikatilo, einen neuen

Ted Bundy, Ottis und Lucas … Vor zweitausend Jahren hing Jesus drei Stunden am Kreuz, und das genügte, um die Sünden der Menschheit zu sühnen. Aber in diesen zweitausend Jahren haben sich zu viele Sünden angehäuft, drei Stunden würden nun nicht mehr reichen. Das kanadische Killerpärchen Karla Homolka und Paul Bernardo, auch ›Barbie und Ken‹ genannt, folterten die fünfzehnjährige Kristen dreizehn Tage lang. Und Hazelwood berichtet von einem Mann, der sein Opfer erst nach achtundvierzig Tagen umbrachte. Aber natürlich, Sie haben recht, die Zeit ist nicht das Wichtigste, wichtig ist sozusagen das Ausmaß des Leidens. Wussten Sie, dass man in Golowkins Massengrab die Leichen vollständig ergrauter zehnjähriger Jungen fand? Haben Sie je eine Darstellung von Jesus mit grauen Haaren gesehen? Und da können Sie noch behaupten, Er habe viel leiden müssen? … Und wissen Sie, was ich Ihnen noch sage, Alexej Michajlowitsch? Der neue Jesus wird eine Frau sein. Eine neue Jeanne d'Arc. Denn fast alle, fast alle von ihnen bringen Frauen um. Genau deshalb kommen die Menschen auf Ihre Website, genau deshalb habe ich viele, viele Brieffreunde in der ganzen Welt – denn die Leute spüren, dass jeder von diesen sogenannten Maniacs ein neuer Quell der Sühne werden kann. Aber das werden wir in dem Interview natürlich nicht schreiben. Wozu sollten die Laien davon erfahren, nicht wahr, Alexej Michajlowitsch? Wir werden weiter auf unseren Christus warten, unsere Jeanne.«

Er begleitet Alexej in den Flur, und Alexej schaut auf die Schweißperlen, die im schummrigen Licht der Lampe glitzern, und denkt: Ist das nur Maskerade? Wie konnte er sich bloß so konservieren? Der wollene Trainingsanzug, die Schlappen, die Ausdrucksweise, wie aus dem letzten Jahrhundert. Und als sie bereits in der Tür stehen, fragt er: »Sie sind schon in Rente?«

»Wieso denn in Rente?«, wundert sich Roman Iwanowitsch. »Ich bin gerade mal vierzig, von welcher Rente sprechen Sie? Ich bin Schullehrer, Lehrer für russische Literatur. Und ein ganz ordentlicher, denke ich. Wissen Sie, manchmal tut es gut, sich anzuhören, was die ganz jungen Leute zu sagen haben. Vor Kurzem war zum Beispiel Majakowski dran, sozusagen das erweiterte Programm. Ich habe ein paar von den interessanteren Gedichten hinzugenommen. Sitze ich also in der Klasse, und irgendeine Einserschülerin ist an der Tafel. Sie sagt, dass Majakowski mit dem Vers ›ich sehe gern, wie Kinder sterben‹ das Bürgertum schockieren wollte. Natürlich ist das eine richtige Antwort, in allen Büchern steht das so. Das Bürgertum schockieren. Und ich höre zu und blicke sie an. Sechzehn Jahre, bereits mit Figur, alles an seinem Platz, Sie verstehen schon, und doch noch ein Kind. Und da erfüllt mich plötzlich eine Freude, dass es mir glatt die Sprache verschlägt. Sie begreift ja doch nicht, dieses Dummchen, dass alles viel einfacher ist: dass, wenn ein Mensch sagt, ›ich sehe gern, wie Kinder sterben‹, dies nur bedeutet, dass er gerne sieht, wie Kinder sterben. Weiter nichts. Und das Bürgertum spielt dabei nicht die geringste Rolle. Und es gibt niemanden, den es sich zu schockieren lohnte. Mit sechzehn ist das natürlich noch schwer zu verstehen. Außer freilich, man geht in die Columbine High School, Littleton, Colorado. Aber bei uns in Russland haben wir, Gott sei Dank, noch alles vor uns, nicht wahr, Alexej Michajlowitsch?«

»Ja, ja, Roman Iwanowitsch«, antwortet Alexej eilig, und während er im Aufzug hinabfährt, denkt er, welches Glück er hat, dass er in einer Welt normaler Menschen lebt, dass er verheiratet ist, zwei Kinder hat und eine Frau, die er liebt.

30

Es ist schon ein gutes Gefühl, ein Star zu sein, denkt Xenia. Ich wusste ja schon immer, dass der Journalismus meine Berufung ist. Dass ich ein gutes Projekt entwickeln kann, das die Leute interessieren wird. Manchmal wundere ich mich selbst: Woher weiß ich eigentlich, was andere interessiert? Schließlich ist es schwer genug zu glauben, dass sich Menschen finden, die meine persönlichen Vorlieben teilen. Schwer zu glauben, allerdings, denn zurzeit findet sich ja wirklich niemand. Wann hatte ich eigentlich das letzte Mal normalen Sex? Nicht diesen Vanilla-Sex mit Alexej, meinem Kollegen und, nebenbei gesagt, Weisungsempfänger, sondern richtigen Sex, von dem ich blaue Flecken, Blutergüsse und ein süßes Zittern am ganzen Körper kriege? Anderthalb Monate ist das her, mindestens.

Unbegreiflich, denkt Xenia, dass jemand wie ich etwas produzieren kann, das normale Menschen interessiert. Obwohl ich mich ja für viele verschiedene Dinge interessiere. Mich interessiert, wie aus Reis, Algen und rohem Fisch Sushi entstehen, obwohl ich es schon oft gesehen habe und Olja mir sogar versprochen hat, dass sie mal zu mir kommt und mir beibringt, wie man sie selber macht, und trotzdem ist mir unbegreiflich, wie das gehen soll. Mich interessiert, wie nach einem halben Jahr Training der Körper sich von selbst zur Musik zu bewegen beginnt, mich interessiert, wie die Menschen tanzen und wie sie sich unterhalten. Mich interessiert, warum du bei manchen

Menschen auf den ersten Blick begreifst, dass sie ein Leben lang deine Freunde sein werden, bei anderen hingegen dasselbe erst nach vielen Jahren herausfindest. Mich interessiert, warum die Menschen sich ändern, wenn sie Kinder bekommen, und natürlich auch, warum sie Kinder bekommen. Ob sich die an mich erinnern, an die ich mich erinnere; ja sogar, ob sich die an mich erinnern, die ich schon lang vergessen habe. Wen ich vergessen habe und ob ich mich irgendwann wieder an sie erinnern werde.

Mich interessiert vieles, denkt Xenia, und ausgerechnet meine Website über einen Serienmörder ist das, was die anderen interessiert. Wie reagieren die Menschen auf unsere Banner? Das Metronetz, die Station mit dem Kreis umringelt, die Beschriftung »der Killer tötet hier«. Schockiert? Neugierig? Entsetzt?

Mir ist das vor ein paar Wochen klar geworden. Wir saßen mit Olja im *Atrium*, dem Café mit den Tischchen im Schachbrettmuster. Olja erzählte gerade etwas von den Schachturnieren ihrer Kindheit, als ich plötzlich hinter ihr, auf der Betonfassade hinter dem Kursker Bahnhof eine riesige Aufschrift erblickte, die noch aus alter, sowjetischer Zeit stammte. Durch das blaue Glas des Kaufhauses sah man die Buchstaben wie Scherben einer Amphore durch eine mächtige Wasserwand: MOSGAS.

Mosgas war der berühmteste russische Massenmörder vor Tschikatilo. Wäre das ein Banner, ich würde es anklicken. Diesmal sagte ich Olja jedoch nichts, ich weiß selbst nicht, warum, sondern trank weiter meinen Kaffee und horchte jener Saite nach, die in meinem Inneren zu schwingen begonnen hatte, jenes freudige und befreiende Vorgefühl des Grauens.

Wäre es ein Banner, ich würde es anklicken – und genauso klicken die Menschen jene Banner an, die wir uns ausdenken und von Marina zeichnen lassen. Jeden Tag bekomme ich Briefe, in denen mir Menschen danken, aber noch häufiger fordern mich die Leute auf, zum Psychiater zu gehen, weil ich eine kranke Schlampe sei, die fremdes Leid verhöhnt und sich an Grausamkeit ergötzt. Diese Menschen interessiert mein Sexualleben, und ob ich oft genug durchgefickt werde, wie sie das nennen. Sie interessieren sich dafür, ob ich vielleicht frigide bin, oder im Gegenteil hysterisch. Oder vielleicht kommt ja manchmal auch beides gleichzeitig vor? Die Antwort darauf interessiert mich jedenfalls nicht besonders – umso mehr, als weder das eine noch das andere auf mich zutrifft.

Die Menschen interessieren sich für mein Leben, denkt Xenia, also muss das wohl eine interessante Website sein, wenn die Menschen sich für ihre Autoren interessieren. Menschen denken überhaupt gerne über andere Menschen nach, das stimmt. Ich allerdings versuche möglichst nicht an den Menschen zu denken, dem diese Website gewidmet ist – auch wenn das nicht leicht ist. Wer ist er, und was geht in seinem Kopf vor? Wie sieht er im Alltag aus? Hat man ihn als Kind erniedrigt oder missbraucht? Leidet er an einer unheilbaren Krankheit? Hasst er die ganze Welt? Oder hasst er nur Frauen? Diese Fragen interessieren mich, aber gleichzeitig versuche ich nicht daran zu denken, denn man kann nicht zugleich an ihn denken und ihn nicht hassen. Aber habe ich ein Recht, ihn zu hassen, wenn es mich erregt, von einer abgebissenen Brustwarze oder sezierten Schamlippen zu lesen?

Mir scheint, ein Mensch mit meinen Vorlieben hat kein Recht, andere zu verurteilen.

Die Menschen interessieren sich dafür, was in meinem Kopf vorgeht, denkt Xenia, aber im Interview hat mich das bisher noch niemand gefragt. Das kommt wohl noch. Heute zum Beispiel war ein Brief von Maja Lwowa auf meinem Schreibtisch, der Frau, der ich so viel verdanke. Sie bittet um ein Interview, schreibt, sie fände es interessant, mit mir zu reden. Ich fände es interessant, Sie kennenzulernen, denke ich und antworte, ja, bitte, verabreden wir uns, morgen ginge es zum Beispiel, oder am Freitag, wann es Ihnen besser passt. Früher mal hat sie gerne Skandalinterviews gemacht, sie könnte mich durchaus fragen, was in meinem Kopf vor sich geht. Was ich ihr wohl antworten werde?

Und was wohl im Kopf dieses Menschen vor sich geht, mit dem ich nun täglich per ICQ kommuniziere? Ich sollte ihn fragen, warum er sich »alien« nennt, was er damit sagen will. Ob er wirklich nicht weiß, wer ich bin – obwohl, mal ehrlich, ich sollte meinen Ruhm nicht überschätzen, kann doch sein, dass er kein Radio hört und keine Zeitungen im Internet liest, und selbst wenn: Ich bin sicher nicht die einzige Xenia Ionowa auf dieser Welt, warum sollte er sich ausgerechnet diesen Namen gemerkt haben?

Jeden Tag liest Xenia die Foren ihrer Website. Sie will wissen, worüber sich Menschen unterhalten, die etwas über den Killer von Moskau erfahren wollen. Als sie die Website entwarf, dachte sie, sie würde den Menschen nur Informationen geben, sie warnen und die Verbreitung von Gerüchten verhindern. Doch jetzt ist sie sich nicht sicher, ob die Menschen sich hereinklicken, um Informationen zu finden – sie suchen wohl eher etwas anderes.

Wir finden dich klasse, liest Xenia, *du bist ein cooler Typ. Ich denke, diese Schnallen gehören kaltgemacht, wenn sie es uns schon nicht besorgen wollen, he-he,* sowie die Unterschrift »Beavis and Butthead«. He-he, wirklich hochinteressant, denkt Xenia, und liest den nächsten Thread. *Wir würden dich gerne kennenlernen, denn auch wir HASSEN diese Welt. WIR SIND SATANISTEN! Neulich waren wir auf einem Friedhof, haben Kreuze umgedreht und eine schwarze Katze aufgehängt. Wir wollten sie anzünden, aber Mitja hat uns den Spaß verdorben, weil er ein Schwächling ist und ein Schlappschwanz.* Unterschrift »666«, darunter eine Antwort: *zum henker mit euch, jungs, ihr solltet besser einen trinken gehen, als solchen ****** zu bauen*, Unterschrift »777«, und die Sternchen kommen daher, dass Xenia ein Anti-Schimpfwort-Programm installiert hat, bei dem sogar solche Wörter erkannt werden, die absichtliche Schreibfehler enthalten.

Was wohl im Kopf dieser Leute vor sich geht?, denkt Xenia. Warum wirkt der Geruch von Blut in gleichem Maße anziehend auf begriffsstutzige Teenager, selbst ernannte Komiker und pickelige Wichser? Sie erinnert sich. Nach einem von Tschikatilos Morden erhielt die Mutter des Opfers eine Postkarte: »An die Eltern des verschwundenen Mädchens. Guten Tag, liebe Eltern. Seien Sie nicht traurig. Es ist nicht Ihre erste, und es wird auch nicht Ihre letzte sein. Bis Neujahr brauchen wir noch 10 weitere dieser Art. Wenn Sie sie begraben wollen, suchen Sie im Unterholz von Darowskaja possadka. Der Sadist Schwarzer Kater.« Im Unterholz von Darowskaja possadka fand man nichts, die Leiche war an einem völlig anderen Ort versteckt, und als Tschikatilo später verhaftet wurde, beteuerte er, er habe diese Karte nicht geschrieben, doch wurden bis Neujahr tatsächlich noch weitere zehn Menschen ermordet. Wer war dieser Witzbold, dieser »Sadist Schwarzer Kater«? Wohl ein entfernter Verwandter jener schwarzen Katze, die zwar aufgehängt, aber nicht verbrannt wurde und hoffentlich gar nicht existierte.

Gestern auf dem Heimweg, liest Xenia im Forum »Vermutungen«, *hat sich ein Typ an mich rangehängt. Erst habe ich ihn in der Metro auf der Rolltreppe bemerkt. Er hat mich irgendwie komisch angesehen, aber dann habe ich ihn vergessen. In dem Tunnel, der zu meiner Linie führt, habe ich ihn dann wiedergesehen, als hätte er mich ausspioniert. Er ging vor mir und ist dann wie selbstverständlich auf meinen Bahnsteig eingebogen. Ich habe Angst bekommen, einen Zug ausgelassen und so getan, als ob ich auf jemanden warte, bin kurz in der Mitte des Bahnhofs rumgestanden und habe mich dann in einen anderen Wagen gesetzt als sonst. Es war niemand drin, und ich hatte mich schon wieder beruhigt, aber als ich dann bei meiner Station ausstieg (ich schreibe nicht, welche das ist, falls dieser Irre euer blödes Forum liest), stand er da!!! Als hätte er auf mich gewartet! Ich habe meinen Freund mit dem Handy angerufen, habe ihm laut gesagt, dass mich jemand verfolgt und dass er mich abholen soll. Dann ist mein Freund aufgetaucht, und da hat dieser Irre wohl Schiss bekommen und ist verschwunden. Also ist alles noch mal gut gegangen. Aber was soll ich denn jetzt tun, liebes Forum, ich habe doch solche Angst, dass er mich ausspioniert?* Unterschrift: »Federchen«.

Warum, denkt Xenia, ist sie nicht gleich zum nächstbesten Milizionär gerannt? Selbst wenn sie Angst hatte, warum hat sie es nicht der Miliz gemeldet? Warum hat sie ihn nicht beschrieben? Warum beschreibt sie ihn nicht einmal hier? Was, wenn das der Serienmörder war, den seit einem halben Jahr niemand zu fassen bekommt? Was geht jetzt in dem Kopf dieses Mädchens vor? Wie alt ist sie? Wie sieht ihr Freund aus? Ist das alles überhaupt wahr, oder hat sie sich die ganze Geschichte nur ausgedacht, um ihren Boyfriend in die Metro zu holen, und hat es jetzt hier reingeschrieben, weil sie plötzlich selbst daran glaubt? Woher wusste dieser Irre, bis zu welcher Station sie fahren würde? Xenia weiß, dass Mörder ihr Opfer oft monatelang ausspionieren, weiß, dass viele sich so sehr in die Verfolgte hineinversetzen können, dass sie im Voraus wissen, wohin sie gehen, was sie machen und auf welche Worte sie reagieren wird. Xenia weiß das, und doch interessiert sie dieses Schicksal.

Warum, denkt Xenia, hat sie das hier reingestellt? Vielleicht wollte sie als Antwort lesen: *Liebes Federchen, ich habe mich so für dich gefürchtet, als ich deine Geschichte gelesen habe. Ich kann mir vorstellen, welche Ängste du ausgestanden hast!* Dabei würde ich dieser dummen Gans lieber etwas ganz anderes schreiben, in etwa so: *Warum, liebes Federchen, beschreibst du uns nicht sein Äußeres? Warum bist du dumme, hysterische Gans denn nicht gleich zur Miliz gerannt? Hast du denn kein Gewissen*, will Xenia schreiben, *oder willst du uns nur auf die Nerven gehen, du blöde Kuh, du minderjährige?* Aber dann schreibt sie doch lieber nichts, sondern klickt sich weiter ins nächste Forum.

An alle Schnecken, die gern auf dieser Website rumhängen, liest Xenia, *wollt ihr mal wieder bis zur Bewusstlosigkeit genagelt werden? Habt ihr Lust auf einen echten Kerl, der es euch so richtig besorgt? Schreibt mir unter der Adresse sadist_cruel_master@yandex.ru, und wir treffen uns in meinem schnuckeligen Keller. Zuerst prügele ich euch eure straffen Hintern windelweich, und dann lass ich euch meinen riesigen Hammer lutschen, während mein Köter euch in eure engen, feuchten Löcher rammelt. Ihr werdet mich anflehen, euch so richtig zu stopfen, aber zuerst hänge ich ein paar Gewichte an eure Titten, dass die Nippel bis zum Boden hängen oder vielleicht sogar ganz abreißen, ha-ha, und dann werden meine Homeboys und ich euch so durchstoßen, dass ihr am nächsten Morgen auf allen vieren davonkriecht und sich sogar der Killer von Moskau vor euren zerfetzten Löchern ekeln wird!*

Du bist doch ein kranker Perverser, liest Xenia, *dieses Forum lesen auch Kinder, also zieh Leine. Wohin schaut eigentlich der Moderator*, liest Xenia, *macht mal wieder sauber in euren Foren!*

Leute, bitte denkt nach, bevor ihr was schreibt, liest Xenia, *das können doch auch die Verwandten der Opfer lesen. Abscheulich*, liest Xenia, *was für Arschlöcher hier alles schreiben. Ja*, liest Xenia, *wir sind Arschlöcher, und wir finden es geil hier.*

Das kommt alles daher, liest Xenia, *dass die Menschen Christus vergessen haben und sich nur noch dem Laster hingeben. Das kommt alles daher, dass für uns nur noch Geld und Profit eine Rolle spielen. Das kommt alles daher, dass die Russen ihren Stolz verloren haben.*

Das komt alles, weil diese Schlampen selba schuld sind. Ein normales Medchen vergewalltigt keiner, die GEHT NICH mit fremde Männer. Meine Schwester zieht sich immer anständich an, die geht nich so, das man den BH sieht, wie bei all den Schlampen.

Ob das wirklich die Angehörigen der Opfer lesen, denkt Xenia, klicken die sich hier rein? Denken die Leute, die hier etwas reinschreiben, überhaupt an sie? Ich dachte immer, es sei unsittlich, einen Trauernden mit Fragen zu belästigen, aber jetzt denke ich, vielleicht war ich da im Unrecht. Vielleicht ist es wichtig, dass die Menschen darüber lesen, wer diese Mädchen waren: Marina S., 23 Jahre, Dascha A., 16 Jahre, Julia B., 25 Jahre? Damit sie nicht mehr nur zerstückelte Leichen sind, sondern wenigstens für einen Augenblick wieder zu normalen Mädchen werden, die liebten und geliebt werden wollten, davon träumten, Kinder zu bekommen und den richtigen Mann zu treffen, darauf hofften, glücklich zu werden, abends aus dem Fenster sahen und daran dachten, was sie morgen tun würden, über Witze lachten, bei Beerdigungen in Tränen ausbrachen und glaubten, sie würden erst im hohen Alter sterben, umringt von liebenden Enkeln. Wenn ich mir diese Fotos ansehe, denkt Xenia, möchte ich weinen, aber tief im Innern weiß ich: In all dem, was geschehen ist, liegt eine furchtbare Wahrheit. Dass unsere Zukunft aus Träumen und Fantasien besteht, dass sie zerplatzt wie eine schillernde Seifenblase, wie ein Luftballon, zerstochen mit einem Messer, einem Skalpell, der Scherbe eines Badezimmerspiegels. Dass ich, eine junge, attraktive Frau, erfolgreicher Profi, Chefredakteurin der Nachrichtenabteilung und beinahe ein Star, spüre, wie unter der zarten Seifenblasenhülle meiner schillernden Zukunft ein tödlicher Schrecken pulsiert wie das Herz hinter der aufgetrennten Haut. Vielleicht, denkt Xenia, mache ich gerade deshalb diese Website, weil ich mehr über diesen Schrecken erfahren will.

Ich sollte diesem Federchen doch was schreiben, denkt Xenia, sonst wird sie noch als Dummchen sterben. Siehst du, mich interessiert sogar die Frage, warum sie mich so aufregt. Wahrscheinlich, weil ich mich an ihrer Stelle anders verhalten hätte.

Ich denke, liest Xenia, *dass sie dich früher oder später schon schnappen werden. Und jetzt sage ich dir, was mit solchen wie dir in der Zone passiert. Du wirst niedergemacht wie die letzte Schwuchtel, du frisst ****e aus der Latrine, und wenn du rauskommst, finden wir dich trotzdem und machen dich kalt, aber nicht gleich.*

Ich denke, liest Xenia, *dass er, wenn er gefasst wird, erst einmal so richtig vernommen werden sollte. Dazu sollten aus Tschetschenien ein paar von unseren Agenten herkommen, die normalerweise tschetschenische Killer verhören, und die sollen sich diesen Irren dann mal zur Brust nehmen, dann packt er schon aus.*

Ich denke, liest Xenia, *dass für solche Leute die Todesstrafe noch zu wenig ist. Solche muss man foltern, damit sie kapieren, was sie angerichtet haben. Ich denke, man muss ihm erst die Haut abziehen, aber nicht die ganze, sonst stirbt er zu schnell. Und ihm dann einen spitzen Pfahl in den Arsch treiben, und an den Brustwarzen*

Elektroschocks auslösen, damit er zappelt wie ein Frosch. Und außerdem muss man ihn mit dem Kopf nach unten aufhängen, weil jemand hat mir mal gesagt, dass sie dann nicht so schnell bewusstlos werden.

Was wohl im Kopf dieser Menschen vorgeht?, denkt Xenia. *Jemand hat mir mal gesagt, dass sie dann nicht so schnell bewusstlos werden.* Wer hat ihm das gesagt? Wie wurde das überprüft? Manchmal kann ich nicht glauben, dass sie diesen Verrückten hassen. Manchmal scheint mir, sie alle spüren den Mörder in sich selbst. Manchmal scheint mir, dass er schon lange in mir lebt, anschwillt wie ein Embryo im Mutterleib und irgendwann mal nach außen durchbricht, sich durch meinen Brustkorb rammt und »Hi!« sagt.

Hi, sagt Xenia am Telefon, wie geht's dir? Mir soweit auch. Ich hab eben im Forum vorbeigeschaut, mir stehen die Haare zu Berge, was da los ist! Vielleicht sollten wir einen Moderator anstellen? Finde doch mal raus, wie viel das kosten würde, sonst ist mir das nämlich echt unangenehm, geh mal selber rein und lies. Und wie wär's, wenn wir mittags einen Kaffee trinken gehen, wir haben uns seit letzter Woche nicht mehr gesehen, du fehlst mir richtig.

Nein, sagt Olga, tut mir leid, ich kann heute Mittag nicht, ich muss zum Arzt. Ist was passiert?, fragt Xenia. Nein, antwortet Olga, alles in Ordnung, ich habe einfach beschlossen, das Kind wegzumachen. Wenn du willst, geh ich mit dir, sagt Xenia. Ach nein, lieber nicht, sagt Olga, ich ruf dich an, falls ich was brauche.

Liebe Ljussja, liest Xenia mechanisch, *ich weiß, dass du dieses Forum noch immer besuchst. Du sollst wissen: Für das, was du letzten Freitag getan hast, finde ich dich und schneide dir deine Gebärmutter mitsamt dem Gedärm heraus.*

Liebes Federchen, schreibt Xenia, *ich habe so um dich gezittert, als ich deine Geschichte gelesen habe. Ich kann mir vorstellen, welche Ängste du ausgestanden hast! Hoffentlich wird dich dieser Verrückte nicht mehr verfolgen. Kopf hoch, und wenn was ist, schreib es hier auf, wir sind alle sehr besorgt um dich.*

31

Im Sommer lernst du, kurze Wege zu gehen. Die Straße ist dann wie ein Meer, in dem du gleichsam von einer Insel zur anderen schwimmst. Klimaanlage im Schlafzimmer, Klimaanlage im Auto, in der Arbeit, im Club. Auf dem Weg dazwischen wird dein Hemd sofort patschnass unter den Achseln, dein Schweißgeruch stört vor allem dich selbst – und dagegen hilft kein Deo. Inseln im Meer, ja, das echte Meer, dort wäre ich jetzt gern, wenn nicht an der Côte d'Azur, so doch wenigstens in Griechenland oder zur Not in der Türkei, wo die Frau meines Freundes Mike und ihr gemeinsamer siebenjähriger Sohn gerade Urlaub machen. Mike erzählt, dass Ljubka ihn anruft und ihm ihr Leid klagt, wie anstrengend es für sie ist, nächsten Sommer wird sie ohne ihn nirgendwo hinfahren.

Dabei wäre Mike nur zu gerne mitgefahren, am Strand ist es sowieso besser als in der stickigen Luft des Nachtclubs, dessen Klimaanlage gegen die Ausdünstungen Hunderter Körper – die meisten davon anrührend jung – keine Chance hat. Wäre dieser Club eine Insel und die Hitze das Wasser, so würde ihm schon bald das Schicksal von Atlantis widerfahren. Anders gesagt: Keine besonders tolle Insel.

Früher mal konnte ich die Moskauer Clubs unterscheiden, ich dachte, das sei wichtig. Ich glaubte zu wissen, welcher angesagt war und welcher out. Jetzt sind sie alle fusioniert zu einem einzigen, flackernden Dancefloor, auf dem sich die Youngsters tummeln, die neue Club-Generation, unsere Ablösung. Sie fahren auf diese Musik ab, von der ich heute genauso wenig Ahnung habe wie von den Clubs selbst. Wie Welpen, die sich auf einem Hundeplatz vergnügen.

Mike wischt sich den Schweiß vom Gesicht. Der alte Mike, ausgestattet mit einem Körperbau, dass er in den Jahren der ersten Bereicherung, wenn es zu kritischen Situationen kam, sogar seinen eigenen Paten mimen konnte. Er setzte ein wildes Gesicht auf, kreuzte die Arme vor der Brust und saß schweigsam bei den Verhandlungen herum. *Sehe ich etwa aus wie ein Bandit?*, sagte er zu mir. *Ich bin doch bloß ein ganz normaler Moskauer Kerl.* Seither ist es ihm zur Gewohnheit geworden, ein goldenes Armband und einen Siegelring zu tragen.

Wir sitzen direkt an der Tanzfläche, und ich bemerke dich sofort: eng anliegende Hosen, die knapp über die Knie gehen, glitzernde Schuhe mit hohen Absätzen, ein kurzes, schweißnasses T-Shirt. Die Frisur mit Strähnchen – rot auf hellem, strohblondem, fast weißem Haar. Noch sehe ich dein Gesicht nicht, aber deine runden Hinterbacken zucken rhythmisch, als wollten sie mich grüßen. Ich tue so, als hätte ich dich nicht bemerkt, wir bestellen zwei Bier, und obwohl ich seitlich zur Tanzfläche sitze, verfolge ich deine Bewegungen noch immer aus dem Augenwinkel.

Mike wäre liebend gerne mitgefahren, am Strand ist es sowieso besser als in der stickigen Luft des Nachtclubs, aber im Baugewerbe ist der Sommer die heiße Zeit, in jeglicher Hinsicht. Also sind Ljubka und der kleine Sewka in der Türkei, und Mike sitzt mit mir hier im Club, dessen Name hier nichts zur Sache tut. Er hängt sein Jackett über die Stuhllehne, und sofort sind auf dem hellen Hemd die Flecken unter den Achseln zu sehen. Da hilft kein Deo. Nein, sagt er, im Sommer sollte man diese Stadt meiden.

Ich beobachte dich, jetzt bist du im Halbprofil zu sehen, und im Licht der Scheinwerfer, die über die Tanzfläche wandern, kann ich deine leichte Stupsnase erkennen, durchaus sympathisch, und den zweifarbigen Pony, der dir immer wieder über die Augen fällt. Bevor Igor nach Amerika fuhr, um seinen MBA zu machen, hatte er ein Hündchen, das sah genauso aus, einmal hatte er es frisieren lassen, worauf sich das arme Tier zwei Wochen lang hinter einem Vorhang versteckte, dessen Fransen ihm anstelle des geschorenen Fells über die Augen fielen. Wie hieß die Rasse noch mal? Foxterrier?

Mike beschwert sich über faule Bauarbeiter und die unrealistischen Fristen der Auftraggeber. Die Arbeiter kann ich irgendwie verstehen. Auf einem Rohbau gibt es nun mal keine Klimaanlage. In dieser Hinsicht ist es in meinem Büro natürlich wesentlich angenehmer. Hitzewellen schlagen gegen das Glas wie die Wellen des Mittelmeers an die türkische Küste, wo Ljubka und Sewka sitzen und leiden – wenn man ihr denn glaubt, was sie am Telefon erzählt.

Mike arbeitet also im Baugewerbe. Und was machst du wohl? Früher einmal habe ich Mädchen im Hinblick auf die soziale Nähe ihres Berufs unterschieden, ich dachte, das sei wichtig. Jetzt, da ich über Frauen mehr weiß als je zuvor, ist mir klar, dass zwischen einer Landstreicherin (vorausgesetzt natürlich, man wäscht sie), einer Sekretärin und einer erfolgreichen Geschäftsfrau mit MBA kein besonderer Unterschied besteht. Frauen kann man nach der Struktur ihrer Haut unterscheiden, der Form ihrer Nippel und Lippen, der Festigkeit und den Maßen ihrer Brüste und darin, wie leicht sich ihre Haut von den Muskeln abtrennen lässt. Stopp, sage ich zu mir, stopp.

Ljubka und Sewka quälen sich irgendwo in der Türkei am Strand, während Mike an einem schwülen Freitagabend am

Rand dieses Hundespielplatzes hockt und – wie das ein normaler Moskauer Kerl eben so tut – irgendeine Schnecke angafft. Es ist gar nicht so schwer, im heißen, sommerlichen Moskau irgendeine Schnecke zu finden, besonders am Freitagabend, und besonders wenn du weißt, was du suchst. Noch hat er dich nicht bemerkt, Foxterriermädchen, mit deinem zweifarbigen Pony, rot und strohblond, rot und weiß. Jetzt hast du mir dein Gesicht zugewandt, kleiner Mund, große Augen, Stupsnase, das T-Shirt spannt sich über der Brust. Körbchengröße C wahrscheinlich. Schade, dass die Augenfarbe nicht zu erkennen ist.

Für einen Augenblick verstummt die Musik, und das Brummen der Klimaanlage ist zu hören, wie sie vergeblich versucht, die schwüle Moskauer Luft in den Abklatsch einer Meeresbrise zu verwandeln. Zu weit ist es von hier bis ans Meer, aber vielleicht ist das auch gut so, denn so wird kein Wind Ljubka an ihrem türkischen Strand davon berichten, mit welchen Augen ihr Mann die zwanzigjährigen Mädchen anstarrt, die durch den halbdunklen Nachtclub hüpfen, in dem die Klimaanlage keine Chance hat gegen die schwüle Moskauer Luft.

Ich geh mal 'ne Runde tanzen, sagt Mike, und ich nicke ihm zu, nach dem Motto: Nur zu, vielleicht funkt's ja bei wem.

Gut wäre, wenn du eine Freundin hättest. Mike liebt hochgewachsene, schlanke Blondinen, früher war Ljubka so, aber nach Sewkas Geburt wurde sie zuerst füllig und hörte dann mit dem Färben auf, weil angeblich Blondinen immer für dumm gehalten werden und sie das bei der Arbeit stört. Wenn man bedenkt, dass sie als Lehrerin an einer geisteswissenschaftlichen Hochschule arbeitet, so ist unklar, wobei sie das stören sollte. Als ob man dort eine glänzende Karriere machen könnte.

Mike hat es nicht leicht, eine hochgewachsene, schlanke Blondine zu finden, selbst im heißen, sommerlichen Moskau und selbst am Freitagabend. Hochgewachsene, schlanke Blondinen sind nicht besonders scharf auf Männer in einem Alter jenseits der dreißig und einer Gewichtsklasse jenseits der hundert Kilo. Auf dem Hundespielplatz macht Mike den Eindruck eines verwirrten Bären. Auf einmal stellt sich heraus, dass er fast einen Kopf größer ist als alle anderen, oder vielleicht auch nur massiver als sie. Sein Tanzstil erinnert an die Unidiscos von damals. Er schwingt die Arme wild um sich, stampft an Ort und Stelle herum und schüttelt den Kopf, um den vor vielen Jahren noch eine lange Hippiemähne wirbelte. Jetzt aber sieht es aus, als käme dieser Bär gerade aus dem Wasser und versuche sich zu schütteln. Schweißtropfen spritzen in alle Richtungen – auch nicht besonders sexy. Die Häschen, Hündchen und Kätzchen drängen sich zur Seite und schauen dem Tollpatsch teils verängstigt, teils spöttisch zu. Witzig, wie der Typ da abrockt, aber weiß der Teufel, am Ende ist er ein Bandit, der hier mit jemandem offene Rechnungen begleichen will. Früher einmal konnte auch ich Banditen von normalen Moskauer Typen unterscheiden. Ich dachte, das sei wichtig.

Das Foxterriermädchen versucht sich zur Bar durchzukämpfen, aber an der Theke ist kein Durchkommen. Als sie sich umdreht und suchend um sich blickt, winke ich ihr und deute auf den freien Stuhl. Natürlich kommt sie rüber. Du tanzt klasse, sage ich. Das Foxterriermädchen lächelt mit ihrem kleinen Mund und sagt »danke«. Ihre Stimme ist dünn, ein wenig winselnd, genau wie es bei einem jungen Hündchen sein muss. Was willst du trinken?, frage ich.

Du studierst die Karte und machst deinen Pony zurecht. Du hast eine leicht gebräunte Haut, aber vielleicht ist das nur die Beleuchtung, jedenfalls blitzen die beiden Silberringe an Ring- und Zeigefinger von Zeit zu Zeit kontrastierend auf. Du nimmst einen Martini Orange. Jetzt, da du ganz nah bist, sehe ich dich richtig. Das gelbe T-Shirt völlig durchnässt, die großen, grauen Augen, die Stupsnase. Was haben Foxterrier eigentlich für Nasen, und wie heißt du überhaupt? Du sagst »Alissa«, und ich antworte mit einem Lächeln, was für ein schöner, bemerkenswerter Name. Ohne meine Fragen abzuwarten, beginnst du von dir zu erzählen.

Wenn du sprichst, ist nicht so wichtig, wovon. Wichtig ist die Intonation, wichtig ist, welche Wörter und wie du sie aneinanderreihst, wichtig ist, wie du die Nase rümpfst, wie du mit den braun gebrannten, schlanken Fingern das Martiniglas nimmst. Man sieht sofort, dass du ein gutes Mädchen bist, nicht irgend so eine Schlampe, einfach ein gutes Mädchen, das gelernt hat, auf die Älteren zu hören. Du hast Gehorsam gelernt, also wirst du, wenn ich dir anderthalb Stunden und vier Martinis später sage, *Fahren wir zu mir*, keine Einwände haben, mich höchstens um mein Mobiltelefon bitten, um deine Mutter anzurufen, sofern du überhaupt noch bei deiner Mutter wohnst. Gehorsame Mädchen erkennt man sofort, in jeder beliebigen Menschenmenge. Stopp.

Mike kommt zurück – allein, wie ich mir gedacht habe. Hör mal, hast du vielleicht eine blonde Freundin, Typ wasserstoffgebleichte Giraffe? Mein Freund hier fühlt sich allein und würde gern mit jemandem tanzen oder einfach einen trinken. Denk dir nichts, dass er so ein Stier ist, in Wirklichkeit ist er nämlich ein völlig normaler Moskauer Kerl. Du erhebst dich ein wenig und beginnst mit den Augen nach jemandem im Saal zu suchen. Unter dem kurzen T-Shirt ist dein sonnengebräunter Bauch zu sehen, etwas unterhalb des Nabels eingefasst vom Gummizug deines roten Slips, der, wie es jetzt Mode ist, einen Zentimeter über die engen Hosen hinausragt.

Mike setzt sich dazu, ihr stellt euch einander vor. Eure Hände liegen ganz nah beieinander: Mikes große Hand mit dem Siegel und dem massiven Ehering, und deine kleine Hand mit den billigen Silberringchen an den braun gebrannten Fingern. Und du arbeitest also als Sekretärin, selber sagst du aber »Rezeptionistin«, was natürlich weitaus besser klingt, denn man weiß ja, was die Leute von Sekretärinnen halten. Zu Unrecht übrigens. Eine gute Sekretärin würde ich wie meinen Augapfel hüten – nicht nur vor Kollegen und Partnern, sondern auch vor mir selbst. Da ist es schon wesentlich einfacher, im heißen, sommerlichen Moskau ein Mädchen aufzutun, das bereit ist, sich neben dich zu setzen, einen Martini – übrigens schon den dritten – mit dir zu trinken und dir seine ganze Lebensgeschichte zu erzählen.

Auf der Straße ist die Hitze wahrscheinlich schon abgeklungen, hier jedoch branden noch immer Wellen der Schwüle heran. Aber dir gefällt es hier, es wäre nicht recht, dich allzu schnell von hier fortzuschaffen. Willst du tanzen?, sage ich. Okay.

Die Schuhe sind also silbern, das gelbe T-Shirt schon etwas trockener, der sonnengebräunte Bauch zwischen dem gelben Shirt und dem roten Gummi, der zweifarbige Pony. Eine Sekretärin also. Gleich nach der Schule hast du versucht, dich für BWL zu immatrikulieren, beide Male bist du durchgefallen. Trotzdem wirst du es weiter versuchen. Es ist schwer, in Moskau eine Sekretärin zu finden, die es nicht mit BWL oder Jura probieren will, aber egal – viel Erfolg. Früher einmal dachte ich auch, eine gute Ausbildung sei wichtig.

Du lebst bei deinen Eltern und deiner älteren Schwester, die es auch an die juristische Fakultät geschafft hat, übrigens im dritten Anlauf, aber nächstes Jahr macht sie schon ihr Examen. Als meine Altersgenossinnen so alt waren wie deine Schwester, heirateten sie bereits und bekamen Kinder, aber die neue Clubgeneration hat es offenbar nicht mehr so eilig.

Stopp.

Etwas erwacht in mir, beginnt sich in meiner Brust zu regen; als wollte es durch meine Rippen brechen und herausspringen. Dabei bin ich doch nur hier, um zu entspannen. Wie jeder normale Moskauer Kerl. Aber schon den ganzen Abend über werfen mich ein dahingesagter Satz, ein Blick, irgendeine Kleinigkeit zurück in die verbotene Zone, dorthin, wo es nur stopp, stopp, stopp heißt. Als ob du einen endlosen Gang entlanggehst und immer neue Türen öffnest, und plötzlich, hinter einer dieser Türen, stürzt du in die Hölle. Solange du sie nicht öffnest, weißt du nicht, was dahinter ist, doch sobald du sie geöffnet hast, ist es zu spät. Es dauert sogar einen kurzen Augenblick, bis du begreifst, was passiert ist, was hat Alissa denn bloß gesagt?

Ach ja, es gab da mal eine, die studierte auch an der juristischen Fakultät der Lomonossow-Uni. Wie Alissas Schwester. In ihrer Tasche fand ich einen Studentenausweis, sechstes Semester. Sie hatte große, kurzsichtige Augen, ohne Brille sah sie nichts, also musste ich eine neue besorgen, auf eigenes Risiko, für diese Woche, in der … Stopp, ich sagte doch, stopp.

Aber du bist offensichtlich ein aufmerksames Mädchen, du fragst: Geht es Ihnen nicht gut? Doch, Alissotschka, mir geht es sogar furchtbar gut, aber an deiner Stelle würde ich nicht versuchen, den Grund dafür herauszufinden. Stickige Luft ist hier, sage ich, was übrigens auch der Wahrheit entspricht, also kehren wir an den Tisch zurück.

Ein kleines Hündchen also. Das wird sie bleiben bis ins Alter, wenn sie denn so lange lebt. Der Pony wird dann grau sein, die Haut trocken, aber vielleicht bleibt ja der Gang und die Art zu lachen. Braucht es denn überhaupt so viel?

Eine Stunde und drei Martinis später zwinkere ich Mike zu, nach dem Motto: Zeit zum Abmarsch, und auch Mike erhebt sich schnaufend und sagt, dass er noch eine Runde tanzen geht, auch wenn heute überhaupt nicht sein Abend ist. Alissa sagt feinfühlig, es habe sie gefreut, worauf Mike verständnisvoll in meine Richtung nickt und sagt: *Sei schön vorsichtig bei ihm, er ist ein richtiges Tier.*

Stopp, verdammte Scheiße, stopp! Ich merke, wie ich allmählich rot anlaufe. 007, du stehst kurz vor der Enttarnung. Stopp, sag stopp zu dir selbst, und lächle, wie man über einen uralten Witz lächelt, der mit der Wirklichkeit nichts zu tun hat.

Eine klimatisierte Insel. Wirklich kühl. Seidenlaken, eine Flasche Champagner neben dem Bett. Auf so was fallen postpubertäre Foxterrierhündchen immer rein.

Die moderne Frauenmode kennt keine Geheimnisse. Sogar die Farbe ihres Slips ist dir im Voraus bekannt, höchstens der tätowierte Engel auf ihrer linken Schulter ist noch eine Überraschung. Das ist mein Schutzengel, sagt Alissa und beginnt mich zu küssen. Sofort saugt sie meine Zunge in ihren kleinen Mund. In einer Atempause erklärt sie, dass sie es nicht mag, wenn man *dort* mit den Fingern rummacht, aber mit der Zunge schon, die Brüste bitte nicht zu fest drücken, dafür sind die Nippel bei ihr durchaus erogen, allerdings kommt sie ohne Stimulation ihrer Klitoris so gut wie nie, ich soll mir also nichts dabei denken, wenn sie irgendwann mal selbst ein wenig nachhilft.

Die neue Clubgeneration. Mädchen, die ihren Körper so kennen wie meine Altersgenossinnen die Diskografie von Pink Floyd. Das Leben ist kurz, wozu die halbe Nacht mit Erkundungen vergeuden. Besser gleich alles klarmachen, damit jeder weiß, was er zu tun hat. Schließlich ist es nicht leicht, im heißen, sommerlichen Moskau einen Mann zu finden, der dich auch ohne Worte versteht.

Es ist Nacht, aber die Hitze lässt nicht nach. Dein Schweißgeruch stört vor allem dich selbst. Schwüle Wellen schlagen gegen die Fensterscheibe, vielleicht wäre es doch besser gewesen, ans Meer zu fahren? Das Foxterriermädchen Alissa mitzunehmen, in irgendeinem kleinen Hotel abzusteigen, es nachts miteinander zu treiben und tagsüber am Strand zu liegen, schweißnass, genau wie jetzt, als hätten wir gar nicht geduscht. Das Foxterriermädchen Alissa scheint überhaupt stark zu schwitzen, vielleicht sind die Drüsen unter ihrer sonnengebräunten Haut so beschaffen (stopp), oder vielleicht verausgabt sie sich immer völlig, egal, was sie tut.

Früher einmal fand ich dieses Rumgeturne durchaus anregend, damals unterschied ich meine Partnerinnen nach ihrer Beweglichkeit und ihrem Erfindungsreichtum. Ich dachte, das sei wichtig. In letzter Zeit dagegen bevorzuge ich die banale Missionarsstellung. Solange es einfach nur um Sex geht, was im Endeffekt ziemlich langweilig ist. Stopp. Stopp.

Wir bewegen uns also schon recht lange ziemlich synchron, Alissas rote und hellblonde Strähnen sind auf dem Kissen ganz durcheinandergeraten. Ich brauche wie immer lange, bis ich komme, vielen Frauen gefällt das sogar. Und auch Alissa fängt plötzlich an wie ein Hund zu winseln, ich dagegen fange allmählich an zu frieren. Ich sollte aufstehen und die Klimaanlage zurückdrehen, aber Alissa hält mich mit allen vier Pfoten umklammert, sie liegt auf dem Rücken, die großen Augen geschlossen, die Stupsnase gerümpft. Plötzlich fährt ein Zucken durch ihren Körper, ach, sieh da, wir sind also auch ohne Klitorisbehandlung ausgekommen, und weiter geht's.

Früher mal war es mir sehr wichtig, dass ein Mädchen gleichzeitig mit mir kam. Bis man mir irgendwann erklärte, eine geübte Partnerin könne den Orgasmus so perfekt imitieren, dass nicht einmal sie selbst den Unterschied merkt. Ja, Sex ist auch eine künstliche Sache, wie die Kühle im Schlafzimmer. Es ist zu viel Falschheit im Spiel. Stopp.

Das gehorsame Mädchen Alissa, das Foxterrierhündchen, und das bis ins Alter. Kann einfach nicht genug bekommen, obwohl sie offenbar schon ganz außer Atem ist und durchnässt, es fehlt nicht mehr viel, und sie wird von den Seidenlaken direkt auf den Boden gleiten, auf den flauschigen Teppich, na also, hab ich's mir doch gleich gedacht, sie öffnet nicht mal die Augen, sondern zuckt nur leicht vor sich hin.

Das Mädchen Alissa liegt winselnd auf dem Boden, ein sonnengebräunter kleiner Körper auf dem hellen Teppich. Immer wieder zuckt sie krampfhaft zusammen, besonders wenn ich mit der Hand durch die Luft fahre. Als hätte sie einen Stromschlag bekommen. Stopp. Einen Schlag. Stopp.

Wo ist sie jetzt? Denn in diesem Körper ist sie nicht. Wohin ist sie gegangen? Stopp. Stopp.

So was ist mir schon ein paar Mal passiert. Wenn ein Mädchen leicht zu erregen ist und ich lange nicht komme, ihre Erregung aber einfach nicht abklingt … na ja, jedenfalls sieht das dann ungefähr so aus. Ein ziemlich beeindruckendes Schauspiel, aber heute macht es mich irgendwie traurig.

Allein, in meinem eigenen Schlafzimmer, zu meinen Füßen ein braun gebrannter Körper auf hellem Grund, der immer wieder leicht zusammenzuckt und vor sich hin winselt. Ein Foxterrierhündchen auf der Fußmatte.

Allein.

Tränen stehen mir in den Augen.

Ich gehe zur Fernbedienung hinüber, die ich bei der Tür vergessen habe, drücke auf ein paar Knöpfe, gehe in die Küche, öffne die Tischschublade (stopp), fülle mir ein Glas mit Wasser, denke einen Augenblick lang nach, dann leere ich es mit einem Zug, kehre mit dem zweiten Glas ins Zimmer zurück. Ich hebe Alissa auf, setze sie aufs Bett, öffne ihr den Mund und gebe ihr zu trinken. Noch mal, und noch mal, sehr schön, gut gemacht, braves Mädchen.

Ich lege ihr meine Hand auf die Stirn. Als ich klein war, berührten meine Eltern meine Stirn nur, um herauszufinden, ob ich Fieber hatte. Ich mag aber einfach nur streicheln. Stopp. Nur streicheln.

»Scheiße«, sagt Alissa heiser, »was war denn das?«

Ich zucke mit den Schultern.

»Das kommt vor«, sage ich. »Du bist eben mal kurz abgedriftet.«

»Wahnsinn«, sagt sie, »irgendwann hab ich alles wie von der Decke herab gesehen. Wie kriegst du das bloß hin?«

»Na ja«, erwidere ich. »Mike hat dir doch gesagt, dass ich ein Tier bin. Wahrscheinlich hat er das gemeint.«

Sie zittert am ganzen Körper, also hülle ich sie in ein Laken, wickle sie ganz fest ein und setze sie mir auf den Schoß. Der zweifarbige Pony, an die Stirn geklatscht, die Stupsnase. Wie ich sie liebe, so erschöpft, ausgelaugt, entkräftet. Alissotschka legt mir den Kopf auf die Schultern, und ich spüre: Jetzt ist sie für mich wie eine Tochter, die ich nie gehabt habe.

Ich habe keine Tochter, und meinen Sohn habe ich schon acht Jahre nicht mehr gesehen.

Jetzt streiche ich mit der Hand über die feuchten, zweifarbigen Haare, und noch immer stehen mir Tränen in den Augen. Ich drücke Alissa fester an mich, und in diesem Augenblick erblickt sie das Kondom, das schlapp von meinem Geschlecht herabhängt. Ihre Stimme überschlägt sich: »Was, du bist überhaupt nicht gekommen?«

Eilig ziehe ich den Gummi ab und antworte schuldbewusst: »Fernöstliche Techniken, du weißt schon.«

Ich sagte ja: Die Frauen halten mich für einen guten Liebhaber, weil ich lange brauche, bis ich komme. Stopp. Stopp. Stopp.

Als sie am Morgen fortging, vergaß sie bei mir
Ihren Silberring. Wahrscheinlich mit Absicht.
Sie hinterließ eine Telefonnummer auf der Rückseite einer
Visitenkarte
Rote und hellblonde Haare,
Sonnengebräunte Haut, große graue Augen
Ein schwaches Japsen im kühlen Schlafzimmer
Mitten im schwülen, sommerlichen Moskau

Nach drei Tagen überkam es mich
Ich erinnerte mich an sie und sah plötzlich
All das, was ich mit ihr hätte tun können
Sie hatte eine elastische Haut
Ich verbot mir daran zu denken
Brustwarzen mit großen Höfen
Einen kleinen Mund, den ich mit dem Knebel bis aufs Blut
hätte zerreißen müssen.

Ich weiß selbst nicht, warum es mich so überkam
Sehr selten passiert das im Nachhinein
Ich denke, es hat damit zu tun, dass sie kam
Der Orgasmus wird ja auch als kleiner Tod bezeichnet,
Und es waren so viele, dass ich Lust bekam, dem großen
zuzusehen

Ich dachte mir, es wäre sogar nur gerecht
Sie war so oft gekommen, und ich hatte den ganzen Abend
Nur »stopp, stopp, stopp« zu mir selbst gesagt
Nun könnten wir die Schuld begleichen
Ich würde wieder und wieder ejakulieren
Während sie flehen würde: »Hör auf!
Ich bitte dich, hör auf, lass mich frei!«
Sie würde wohl kaum einen Höhepunkt erreichen,
Selbst wenn ich ihre Klitoris berührte
(Auch ich berühre gerne die Klitoris eines Mädchens
Mit einem Feuerzeug, einer Flachzange, einem Skalpell
Und anderen, ziemlich ausgefallenen Instrumenten.)

Ich stellte mir vor, welches Gesicht sie machen würde
Wenn sie begriff, was los war
Ich würde mit ihr zur Datscha fahren,
Ohne sie zu betäuben, sie zu fesseln.
Sie würde freiwillig mit nach unten kommen
Und erst im Keller alles begreifen

Ihr kleiner Mund würde den perfekten Kreis beschreiben
Wenn er sich zu einem hilflosen Schrei öffnete
Die roten und hellblonden Haare
Wären sofort schweißnass, nur diesmal von kaltem Schweiß.
Die großen, grauen Augen würden noch größer vor Grauen
Doch dann würde sie sie zusammenkneifen und vielleicht zu weinen beginnen.

Eigentlich war das gegen meine Regeln
Ich nahm nie Moskauer Mädchen mit zur Datscha
Die ich in Clubs kennengelernt hatte

So wie das normale Moskauer Kerls tun.
Vor allem war es nicht ungefährlich
und überhaupt versuche ich die beiden Hälften meines
Lebens zu trennen
Viele Serienmörder tun das
William Heirens hat sich sogar einen Doppelgänger
ausgedacht
Er hieß »Mr. Murman«, also Murder Man
Auch ich habe ein Pseudonym für mein zweites Ich
Oder vielleicht mein erstes.

Ich nahm nie Moskauer Mädchen mit zur Datscha
Die ich in Clubs kennengelernt hatte
So wie das normale Moskauer Kerls tun.
Aber die sonnengebräunte Alissotschka, das Foxterriermädchen
ließ mir keine Ruhe, und ihr Ring
Kam mir im Badezimmer immer unter die Augen
Den musste ich ihr doch zurückbringen – und ich begann zu
überlegen
Wohin ich die Visitenkarte mit der Mobilnummer
Und der Firmenadresse hingelegt haben konnte.

Vielleicht hatte die Putzfrau sie weggeworfen,
Diese schone etwas ältere, aber umtriebige Frau,
Die immer mittwochs bei mir sauber macht
Aber vielleicht hatte auch der Wind der Klimaanlage
Sie irgendwohin ans Mittelmeer getragen,
Wo Ljubka und Sewka Urlaub machten.

Aber vielleicht hat der tätowierte Engel
Sie tatsächlich gerettet

Diese junge Sekretärin, die sich selbst
Rezeptionistin nennt.

Du hast Glück gehabt,
Liebe Alissotschka, Foxterriermädchen
Jetzt, nach so viel Zeit,
Bin ich sogar froh. Ein kleiner Tod
Ist mehr als genug für ein kleines Mädchen
Du sollst alt werden, du ewiges Hündchen,
Grauer Pony, trockene Haut, Kinder, Enkel. Und Bildung,
Wenn du schon denkst, das sei wichtig.

Irgendwann, im Sommerurlaub am Meer,
Wenn du als erwachsene Frau in der Mittagsruhe
Deine vielen Liebhaber durchgehst
So, wie andere Schafe zählen oder Elefanten,
Denk an diesen reichen Onkel aus dem Club,
Die Seidenlaken, die Kühle der Klimaanlage
Die Hitze jenseits der Fensterscheibe, und wie du plötzlich
Das Zimmer aus der Vogelperspektive sahst.

So etwa nennt man »den Körper verlassen«, liebe Alissa
Außer Sex gibt es dafür noch eine Reihe anderer Methoden
Ich hätte sie dir so gerne gezeigt, aber es sollte nicht sein

Glaub mir, dein vergessener Silberring
Ist ein zu geringer Preis für dieses Glück.

32

Sie sieht aus wie elf oder zwölf, mit Herbstjacke und Strickmütze. Als sie aus der Metro kam, heftete er sich an ihre Fersen. Weit und breit war niemand, also lief sie los, bekam einfach Angst und lief los, schrie nicht mal auf, blickte nur kurz über die Schulter, um sich zu vergewissern, dass der Mann sie verfolgte, obwohl er nicht zu laufen schien. Sie sieht aus wie elf oder zwölf, sie ist zu leicht angezogen, sie bebt vor Kälte, läuft die Straße entlang, blickt über ihre schmale Schulter, der Schnee knirscht unter den Stiefeln wie die Scherben einer Flasche, sie will schnell nach Hause, doch die Umgebung ist ihr fremd. Fassaden ohne Wände, in den Fenstern der ausgeweideten Häuser gähnt schwarze Nachtluft, die Festbeleuchtung flackert unruhig im Takt ihres Atems. Sie blickt über ihre schmale Schulter, hinter ihr wirbelt Schnee im Kreis, sie ist zu leicht angezogen, sie bebt vor Kälte, die Umgebung ist ihr fremd. Sie klettert über Haufen aus zerbrochenen Ziegelsteinen, irrt durch dunkle Hinterhöfe, läuft, stolpert, fällt und läuft weiter. Der eisige Griff der Haustür, der vierstellige Zugangscode, der offene Rachen des Aufzugs, Schmelzwasser klatscht unter den Füßen. Sie blickt sich um, bebend vor Kälte.

Xenia wartet vor der Wohnungstür, umarmt ihre schmalen Schultern, sagt: Was hast du denn, ist ja gut, sieh doch, du bist ihm entkommen, hast es geschafft, gehen wir zu mir, hier ist der Schlüssel, da das Schloss, du bist doch schon ein großes Mädchen, brauchst keine Angst zu haben, ist ja gut, komm rein, zieh die Jacke aus, du bist ja ganz verfroren, geh ins Wohnzimmer, siehst du, ich habe ein paar Geschenke für dich, schau: Hier ist die neunschwänzige Katze, hier die Handschellen, hier die Gerte, die Lederklatsche, ein Satz Nähnadeln, eine Scherbe Spiegelglas, ein Küchenmesser, jetzt reiß dich nicht los, um Himmels willen, du bist doch schon groß, das verstehst du doch.

Ihr Herz hämmert, das T-Shirt ist nass vor Schweiß. Xenia liegt da, fest verpackt, eingewickelt in ihre Decke, blickt ins winterliche Zwielicht des Morgengrauens, aufgewacht ganz ohne Wecker. Was das wieder für Träume sind. Spring gleich aus dem Bett, lauf zur Dusche, ohne dich umzusehen oder in den Spiegel zu blicken, dreh das Wasser auf, wasch den kalten Morgenschweiß ab und versuche, den Traum zu vergessen. Xenia weiß nur zu gut, was er bedeutet.

Zu anderen Menschen spricht das Unterbewusstsein in Gleichnissen, denkt Xenia, während sie unter der Dusche steht, zu mir dagegen immer im Klartext. Heute Nacht zum Beispiel hat es mir gesagt: *Du bist schuld.* Und ich weiß, es stimmt: Ich bin schuld. Solange ich denken kann, fühle ich meine Schuld. Dafür, dass Ljowa mit mir rumsitzen musste, anstatt im Hof zu spielen. Dafür, dass Mama arbeiten musste, um eine vierköpfige Familie durchzubringen. Dass sie sich wegen mir nicht von Papa scheiden ließ, und dass ich ihre Scheidung dennoch nicht verhindern konnte. Dass ich nicht auf die Universität gegangen bin. Dass ich auf dieser Website meinen Namen genannt habe. Dass jetzt jeder in der Stadt zu Mama sagen wird: *Ich hab deine Xenia im Radio gehört, sie hat was von sexuellen Triebtätern geredet.*

Mein Gott, denkt Xenia, während sie unter der Dusche steht, wie ich es satt habe, schuld zu sein. Mein ganzes Leben versuche ich es doch nur allen recht zu machen. Dass es Ljowa Spaß macht, mit mir zu spielen, dass Mama weniger arbeiten muss, dass sie stolz auf mich sein kann. Wie weit soll das denn noch gehen, denkt Xenia und setzt sich auf den Boden der Wanne, wie weit denn noch? Ich kann nichts, nicht einmal Olja kann ich helfen, heute wird sie die Abtreibung machen lassen, Vika hat mal erzählt, wie das ist, aber ich will nicht daran denken, ich will mich an den Traum von vorhin nicht erinnern, ich will hier liegen bleiben, auf dem Boden der Badewanne. Ich will zu Olja fahren, aber ich kann es nicht tun, weil es ihr Körper ist, ihr Kind und ihre Entscheidung. Sie will alles so tun, als wäre es eine kleine, planmäßige Operation, nichts Besonderes, ich kann sie verstehen. Liebe, liebe Olja, ich wünschte, ich wäre heute bei dir, könnte deine Hand halten, deinen Kopf streicheln, sagen: *Was hast du denn, alles wird gut, du weißt doch, ich hab dich lieb.* Ich wäre heute gerne deine Mutter, würde dich an der Hand nehmen, dich aus der Klinik tragen, nach Hause fahren, ins Bett legen, dir Tee zu trinken geben und Himbeermarmelade dazu, so tun, als wäre es eine Angina. Liebe Olja, ich könnte dich wohl kaum hochheben, geschweige denn dich nach Hause tragen, aber du spürst es doch, nicht wahr, dass ich dir mit aller Kraft, die mir geblieben ist, noch vor dem Morgengrauen durch diese frostkalte Stadt meine Liebe schicke. Vielleicht erleichtert dir das wenigstens die Narkose und macht das Erwachen weniger schrecklich, wenn ich schon sonst nichts für dich tun kann.

Xenia steht bis zu den Knien im Wasser. Der Abfluss muss wohl verstopft sein. Tauche ein in das gechlorte Moskauer Wasser, roll dich ein zu einer Schnecke im Urozean aus kaltem Morgenschweiß und ungeweinten Tränen. Aber nein, sie steigt aus der Dusche, wischt mit der Hand den angelaufenen Spiegel ab (feucht, dampfend und warm) und besieht sich ihr Spiegelbild. Die nassen Haare kleben an den Wangen, die großen, ungeschminkten Augen blicken schutzlos drein. Sie geht hinaus ins Wohnzimmer, kehrt mit ihrer Kosmetiktasche zurück und schminkt sich das Gesicht: die strengen Lippen, die ernsten Augen. Sie schaut kritisch. Ist es gut geworden? Sie tritt einen Schritt zurück, atmet scharf aus und schleudert die geballte Faust nach vorne, *kata-dingsbums*, wie Ljowa ihr gezeigt hat. In dieser Stellung verharrt sie, die Haare kleben am Hals, strenge Lippen, zusammengebissene Zähne, alle Muskeln angespannt, die Sehnen vibrieren, eine kleine Faust im Vordergrund.

Ein Schluchzen hinter ihr – der Abfluss schluckt den letzten Rest Wasser in der Wanne, kalten Schweiß, ungeweinte Tränen.

Sie ist fast doppelt so alt wie ich, denkt Xenia im überfüllten Waggon der Metro, ihre Ledertasche auf dem Schoß, und schaut auf die weiße Feder, die sich starrsinnig durch den Stoff einer chinesischen Daunenjacke drängt, nur zwanzig Zentimeter von ihrem Gesicht entfernt. *Doppelt so alt, aber wenn man ihr Alter auf zwei aufteilt, auf sie und das Kind, das noch innen drin ist, in schwüler Dunkelheit, so kommt siebzehn heraus. Als ich siebzehn war*, denkt Xenia und sieht, wie ein völlig durchnässter Pelzmantel die chinesische Daunenjacke ablöst, *als ich siebzehn war, war Ljowa genauso alt, wie ich jetzt, also ist Olja heute meine jüngere Schwester.*

Gestern hat sie ihre Mutter angerufen, die Mutter fragte, wie es ihr geht, sie erzählte ihr von Olja – na ja, Olja macht eine Abtreibung, ich mache mir furchtbare Sorgen um sie. Sei doch nicht kindisch, sagte die Mutter, ich hab mindestens acht Mal abgetrieben, und es ist nichts passiert.

Zwei Mädchen stehen direkt vor Xenia, sie hebt den Kopf nicht, sondern hört, vom Schwanken des Zuges schläfrig geworden, ihrem Gespräch zu. »Ach, Scheiße, in dieser Stadt ist es im Winter einfach zum Kotzen, schau dir doch all diese Arschlöcher an, in der Metro ist es rappelvoll, auf der Straße nur noch Staus, die Chefin ist in den Wechseljahren, und im Hofeingang wartet der Serienmörder auf dich.« – »Was bist du denn so unzufrieden, wärst du halt mit Ljocha nach Thailand geflogen, er hat dich doch eingeladen, Mensch, da ist alles so billig, der Wahnsinn, mir hat mal jemand erzählt, im Monat hundert Doller, super.« – »Nee, denk doch mal nach, mit Ljocha nach Thailand? Spinnst du? Mir hat ein Typ erzählt, der letzten Winter dort war, die Mädels vor Ort machen es sogar für umsonst, na ja, für zwei oder drei Dollar. Ljocha fände das natürlich klasse, aber wozu brauch ich das bitte?« – »Das ist doch super, geil sogar, dann könntest du mitfahren und müsstest es ihm nicht besorgen, nur baden gehen oder shoppen und so … ist wahrscheinlich auch superbillig, Mensch.« – »So ein Quatsch … Was muss ich dazu nach Thailand? Hier kriegt er von mir genauso wenig.« – »He, wir müssen umsteigen, Mist, lasst uns durch.« Und schon sind sie weg, nicht ohne mit der stahlverstärkten Ecke des Aktenkoffers an Xenias Knie zu stoßen.

Sie hebt den Kopf. In der entstandenen Lücke in der Menge ist deutlich der Aufkleber am gegenüberliegenden Fenster zu erkennen. Ein gespaltenes Kindergesicht und die Aufschrift: »Du sollst nicht töten«.

33

»Halt dich fest«, schreibt Xenia, »ich hatte heute einen furchtbaren Albtraum. Ich war der Serienkiller.«

»Und was hast du in diesem Traum gemacht?«, fragt alien. »Gemordet?«

»:)))«, antwortet Xenia, »offenbar hab ich es nicht rechtzeitig geschafft. Aber wie es aussieht, hatte ich es vor. Ein kleines Mädchen, vielleicht zwölf Jahre.«

»Und wie wolltest du sie umbringen?«

»Ich hab meine Handschellen rausgeholt, die neunschwänzige Katze, so 'ne Lederklatsche, na ja, und noch so Zeug.«

»Keine schlechte Sammlung. Ein richtiger Sex-Shop für Sadomasochisten!«

»:)))) Meine reale Sammlung ist auch nicht schlecht. Ich steh auf so was.«

»Bist du top oder bottom?«, fragt alien.

»Eher sub als dom«, antwortet Xenia, erstaunt über sein einschlägiges Wissen, doch da klingelt das Telefon, und der Mann von der Pforte sagt, es sei jemand für sie da.

Schon seltsam, mit einer Frau Kaffee zu trinken, deren Artikel man noch als ganz junges Mädchen gelesen hat. Sie ist überhaupt nicht so, wie Xenia sie sich vorgestellt hat: hochgewachsen, hager, gar nicht wie ein Sexsymbol, das Gesicht fast ohne Make-up, eine Kurzhaarfrisur, fast ein Bürstenschnitt.

»Maja.« Sie streckt ihr die trockene Hand hin. Der Druck ist kräftig, fast wie bei einem Mann.

Sie holt aus ihrer Tasche ein Diktiergerät, ein großes, mit externem Mikrofon, nicht zu vergleichen mit dem kleinen digitalen, das Xenia manchmal verwendet.

Sie trägt eine eng anliegende Lederhose und Stiefel ohne Absatz. Xenia wirft einen heimlichen Blick auf ihre Schenkel: Was hatte dort vor fast zehn Jahren wohl in süßer Vorfreude gebebt? Ihre Fragen stellt sie ruhig, blickt ihrem Gegenüber in die Augen, nickt wohlwollend. Nichts Besonderes: »Wie sind Sie auf diese Idee gekommen?« – »Was denken Sie über diesen Menschen?« – »Haben Sie keine Angst, dass man Ihnen dies und das vorwerfen wird?« – »Was werden Sie mit Ihrem Projekt machen, wenn der Killer gefasst wird?« Xenia antwortet fast ohne nachzudenken, hat es schon hundertmal gesagt, mein Kollege Alexej Rokotow hatte ein Interview gemacht, das war der Anlass. Natürlich ist er ein kranker Mann, er muss so schnell wie möglich gefasst werden. Ja, wir arbeiten mit der Miliz zusammen, es gab keine Berührungsängste von deren Seite. Nein, ich habe keine Angst. Ich weiß nicht, darüber habe ich noch nicht nachgedacht. Zwanzig Minuten, war's das etwa schon?

»Vielleicht trinken wir noch einen Kaffee, Maja, oder haben Sie es eilig?«

»Ja, ausgezeichnete Idee. Ihnen gehen all diese Fragen wahrscheinlich schon auf die Nerven?«

»Nein, nein, ich habe ja selbst schon hundertmal solche Fragen gestellt. Wir sind ja Kollegen sozusagen.«

Maja zieht aus ihrem abgewetzten Lederrucksack einen metallenen Flachmann hervor. »Cognac. Wollen Sie sich aufwärmen? Obwohl, Sie müssen ja noch arbeiten …«

»Nein, macht nichts, ich denke, ein paar Tropfen gehen schon.«

Maja schenkt sich 50 Milliliter ein und Xenia ein kleines bisschen.

»Wissen Sie, ich habe früher viele Ihrer Artikel gelesen. *SPID-Info, Megapolis-Express* und so weiter.«

»Ach, die wunderbaren Neunziger!« Maja zündet sich eine Zigarette an und inhaliert. »Damals machte es noch Spaß, für die Tabloids zu schreiben. Sie verstehen das wahrscheinlich gar nicht mehr, aber in der Sowjetunion war es uns egal, ob Boulevard, *Cosmo* oder *Newsweek* – schließlich bekamen wir nichts davon zu sehen. Umso interessanter war es, sich damit zu befassen. Wir dachten, wir seien die glückliche Generation, die den neuen russischen Journalismus begründen darf. Ein Fundament für Demokratie und Freiheit des Wortes. Na ja, und jetzt ist der eine in die Politik gegangen, der andere zum Fernsehen, der Nächste ist ein Star geworden, und ich bin eben eine alte Wölfin der Yellow Press geblieben. Von Demokratie und Freiheit des Wortes will ich gar nicht reden, das sehen Sie ja selbst.«

»Aber in Wirklichkeit«, sagt Xenia, »haben Sie etwas Großartiges vollbracht. Meine ganze Generation ist mit *SPID-Info* aufgewachsen. Wir haben es uns bei unseren Eltern geschnappt und gelesen. Und die Tatsache, dass so gut wie alle Mädchen in meinem Alter, na ja, wie soll ich sagen, sexuell freier sind, das ist Ihr Verdienst.«

»Ein seltsames Verdienst, wenn ich ehrlich bin, Xenia. Erst letzte Woche habe ich eine Klassenkameradin getroffen. Ihr Mann hat sie wegen einer Zwanzigjährigen verlassen. Er sagt, er habe erst dadurch seine sexuelle Erfüllung gefunden. Letzten Endes habe also ich meiner Klassenkameradin dieses

Kuckucksei ins Nest gelegt. Ein ganz frisches Ei, gewissermaßen.«

»Wissen Sie was, Maja«, sagt Xenia, »ich erzähle Ihnen einfach mal *off the record* meine Geschichte, ja? Wenn Sie noch fünf Minuten Zeit für mich haben. Einfach, damit Sie verstehen, wie wichtig Sie für mich sind.«

»Erzählen Sie«, sagt Maja. »Ich genehmige mir einstweilen noch einen Cognac, wenn Sie nichts dagegen haben.«

Xenia erzählt und mustert dabei das Gesicht ihres Gegenübers. Falten um die Augen, trockene Haut, nikotingelbe Zähne. Wie diese Frau wohl in ihrer Jugend aussah?, denkt sie. Hat sie wirklich all diese Männer gehabt, von denen sie schrieb? Aus irgendeinem Grund dachte ich, sie hätte große Brüste – irgendwas war da doch, dass die Männer gerne ihren Penis dazwischentun –, und nun stellt sich heraus, dass sie flach ist wie ein Bügelbrett.

»So, so«, sagt Maja gedehnt und atmet heftig Rauch aus. »Und, sind Sie immer noch in der Szene? Gehen Sie etwa in Clubs?«

»Nein, nein«, antwortet Xenia, »aus irgendeinem Grund kann ich mich einfach nicht überwinden, in einen Club zu gehen. Das hat nichts damit zu tun, dass ich mich schäme oder irgendwie im Schrank sitze … Sie sehen ja, ich erzähle Ihnen das alles ganz ruhig, und glauben Sie mir, Sie sind nicht die Erste. Mir ist es einfach sehr wichtig, dass der Mann, mit dem ich ins Bett gehe, für mich irgendwie interessant ist, bei mir Respekt erzeugt. Es ist blöd, irgendwohin zu gehen mit dem festen Ziel, genau so einen zu finden. Aber dass mich irgendein Dahergelaufener schlägt oder, ich weiß nicht, mit Kerzenwachs begießt – nein danke. Ich kann nämlich auch selbst austeilen, wenn mir was nicht passt.«

Xenia muss lächeln.

»Na ja, meine Erfahrung in diesem Bereich ist gar nicht so groß«, sagt Maja. »Da war dieser eine, mein ›Dämon‹, aber irgendwann trennten wir uns, und ich ging etwa ein halbes Jahr in alle möglichen Dungeons und zu verschiedenen Spielen, einmal hab ich es sogar im Ausland versucht, in New York, aber dann lernte ich einen der besten Liebhaber meines Lebens kennen. Weißt du, so ein Mann, der all deine Wünsche im Voraus errät. Wie bei Cohen in dem Lied: ›If you want a lover / I'll do anything you ask me to / And if you want another kind of love / I'll wear a mask for you.‹ Wissen Sie, ich wollte damals, dass er den grausamen Meister spielt, und da hat er sich Sachen für mich ausgedacht, die möchte ich lieber doch nicht erzählen. Jedenfalls bin ich ihm bis heute dankbar dafür, allerdings war das Ende der Geschichte ein wenig traurig.«

»Wieso?«, fragt Xenia und denkt, dass jetzt sie das Interview führt, die übliche Konstellation, alles wie gehabt.

»Weißt du, er war ein wunderbarer Liebhaber, aber ich liebte ihn nicht, kein bisschen. Das heißt, ich hatte ein großartiges Verhältnis zu ihm, und das habe ich noch immer, aber Liebe – nein. Es ist schwer zu erklären, na ja, du liebst ihn eher wie einen Freund, im Bett ist es wunderbar mit ihm, aber als Mann liebst du ihn eben nicht. Wäre ich damals in deinem Alter gewesen, ich hätte es nicht verstanden, aber vielleicht seid ihr ja tatsächlich anders?«

»Ich denke, ich verstehe es schon«, sagt Xenia. »Meiner Meinung nach ist das die beste Voraussetzung für eine Ehe.«

»Ja, die Chance war da, aber leider hat er sich dann in mich verliebt. Und zwar ziemlich stark. Überhaupt ist das eine komische Geschichte. Ein sadistischer Meister verliebt sich in seine hörige Sklavin und – tja, nichts. Denn hätte er angefangen, mir

Blumen und Geschenke zu bringen, unsere Verbindung wäre augenblicklich zu Ende gewesen. Also blieb ihm nichts anderes übrig, als sich für mich immer neue Qualen auszudenken. Als Geschenke sozusagen. Und da er, wie ich schon sagte, ein hervorragender Liebhaber war, mit reicher Fantasie, war mein Appetit irgendwann völlig gesättigt, zumindest, was den masochistischen Teil betrifft. Nicht, dass ich eines Morgens plötzlich aufwachte und begriff, dass ich nicht mehr geprügelt oder an der Decke aufgehängt werden wollte – ich hatte einen speziellen Haken dafür, wir hatten den Leuchter abgehängt und Stehlampen aufgestellt, damit der Haken frei war, unsere Vanilla-Gäste erschraken immer ein wenig –, wie auch immer, das passierte jedenfalls nicht auf einmal, sondern ich entfernte mich ganz allmählich immer mehr von diesem Thema, und heute bin ich eine völlig normale Frau.«

»Sie machen mir Angst«, sagt Xenia. »Mich graut vor dem Gedanken, ich könnte eines schönen Tages den Geschmack daran verlieren. Mir hilft es nämlich auch bei Depressionen.«

»Bei Depressionen«, seufzt Maja, »helfen Psychotherapeuten und, falls nötig, Tabletten. Das habe ich auch schon hinter mir. Bei Bedarf kann ich dir eine gute Adresse empfehlen.«

»Vielen Dank«, entgegnet Xenia, »aber noch komme ich ganz gut zurecht. Vielleicht besser die Nummer von ihrem Freund? Was ist denn aus ihm geworden?«

»Er ist ein Freund geblieben. Aber ich schlafe schon lange nicht mehr mit ihm. Einmal habe ich es probiert, etwa drei Monate später. Er war zärtlich, zuvorkommend, hatte das richtige Maß fürs Technische, kurz, er war in jeglicher Hinsicht wunderbar, aber ich sage dir, Xenia, es ist höchst unangenehm, mit einem verliebten Mann Sex zu haben, wenn du ihn nicht liebst!

Drei weitere Monate später war ich verheiratet, und damit endete meine sexuelle Odyssee.«

»Und Sie sind noch immer verheiratet?«

»Ja, noch immer. Schon zwei Kinder, und ich bin absolut glücklich. Ich sag dir, auch wenn du es nicht glauben wirst. Diese BDSM-Erfahrung ist natürlich wahnsinnig aufregend und so weiter, aber irgendwann muss man das hinter sich lassen. Um normal leben zu können und glücklich zu werden.«

»Ich bin glücklich«, sagt Xenia. »Ich bin durchaus glücklich, soweit man in dieser Welt überhaupt glücklich sein kann. Und wissen Sie was, Maja, wenn Sie mich jetzt interviewen würden, würde ich sagen: Ich habe dieses Internetprojekt deshalb gemacht, um es mir selbst zu beweisen … Dass ein wahnsinniger Serienmörder auch Teil dieser Welt ist, und zwar ein unabdingbarer Teil davon. Und die Erkenntnis, dass es in dieser Welt unerträgliches Leid gibt, wie das dieser Mädchen, ihrer Verwandten, unser aller Leid, wenn wir darüber lesen – also dieses Wissen, dass das Leiden unvermeidlich ist, kann uns nicht daran hindern, glücklich zu sein. Der Schmerz, den ich beim Sex empfinde, verschafft mir Lustgefühle, und so wird mein Sex zum Abbild dieser Welt, verstehen Sie, Maja? Nur dann weiß ich, dass ich zu mir selbst ehrlich bin und mir mein Glück leisten kann. In der Vanilla-Welt ist es leicht, glücklich zu sein – du musst einfach nur vergessen, was du in der Zeitung liest. Nicht nur die Geschichten über den Killer, sondern auch über den Krieg in Tschetschenien, über die ökologischen Katastrophen, über Armut, Hunger und Not. Aber das ist ein heuchlerisches Glück, Maja, und darauf habe ich keine Lust.«

Maja schweigt, Zigarettenrauch strömt aus ihrer nun leicht geröteten Nase. Dann nimmt sie noch einen Schluck Cognac direkt aus der Flasche und antwortet: »Ein seltsames Gespräch ist das geworden, Xenia, richtig schade, dass ich das Diktiergerät ausgeschaltet habe. Aber ich will dir antworten: Dein Glück ist genauso heuchlerisch, denn du tust so, als wären ein paar Peitschenhiebe oder etwas Zigarettenglut – ich weiß nicht, was du lieber hast – ein Abbild all der Schmerzen und des Leidens, das anderen widerfährt. Das ist nicht fair, Xenia. Andere Menschen sterben an der Folter, du aber bekommst dabei nur einen Orgasmus. Würdest du einer Mutter, die ihr Kind verloren hat, sagen: ›Ich verstehe deinen Schmerz, denn auch mich hat heute Nacht mein Liebhaber durchgeprügelt‹, so wird sie dir ins Gesicht spucken, und das, mit Verlaub, zu Recht. Denkt man deine Argumentation bis zum Ende, so müsstest du, um mit deiner Lust vor dir selbst ehrlich zu bleiben, am Ende logischerweise sterben. Ich aber würde dir eher eine Therapie empfehlen.«

»Vielen Dank«, antwortet Xenia kalt, und nach einer Pause fügt sie hinzu: »Jedenfalls, wenn Sie nicht gewesen wären, hätte ich mich vor acht Jahren wahrscheinlich umgebracht.«

»Verzeih mir«, sagt Maja und schüttelt die letzte Zigarette aus der Packung, »ich habe natürlich kein Recht, mich in dein Privatleben einzumischen. Aber ich sage es dir trotzdem, einfach, damit du es weißt. Es gibt andere Möglichkeiten, glücklich und ehrlich zu bleiben. Verstehst du, wir leben in einer Welt, in der jeden Tag Krieg herrscht. Ein Krieg zwischen Leben und Tod. Und das Leiden ist auf der Seite des Todes, das Glück dagegen auf der Seite des Lebens. Die Lust ist dort, wo beide aufeinandertreffen, aber das bedeutet nicht, dass wir auf beiden Seiten spielen müssen. Schau mich an: Ich bin fünfundvierzig Jahre, habe ein Mammakarzinom überlebt, durch die Chemo im Krebszentrum fünfzehn Kilo verloren, und am Ende haben sie mir doch beide Brüste abgenommen. Der Tod hat sehr lange in mir gelebt, und vielleicht tut er es noch immer. Aber dort, in mir, waren einmal meine beiden Jungs, Max und Ilja, und sie werden in dieser Welt leben, wenn ich sterbe. Und deshalb habe ich gewonnen, weil ich auf der Seite des Lebens gespielt habe. Ich werde keine Kinder mehr haben, aber jedes Mal, wenn ich mit meinem Mann schlafe, spielen wir sozusagen diese beiden Male nochmals durch. Und in jedem unserer Liebesakte liegt die ganze Zukunft unserer Kinder, bis an den Tod – auch ihr Schmerz und ihr Leid. Verstehst du, Xenia, wir machen Kinder, und das genügt vollauf, damit wir jeden unserer Liebesakte für ein Miniaturmodell des Universums halten und unseren Orgasmus ohne schlechtes Gewissen und ohne Hilfe einer Geißel oder eines Elektroschockers bekommen können.«

Maja fährt mit der Hand in ihren Rucksack, holt ein Taschentuch heraus, wischt sich die Augen und erhebt sich. Xenia ist es ein wenig peinlich, erfolgreiche Frauen sollten nicht weinen, obwohl sie natürlich all das versteht. An der Tür des Cafés holt sie Maja ein.

»Verzeihen Sie mir«, sagt sie, »was habe ich Ihnen denn zu sagen, verstehen Sie, ich wollte nur … Nun ja, jedenfalls vielen Dank, dass Sie heute mit mir gesprochen haben, danke für alles, was Sie gesagt haben.«

Maja legt ihre trockene Hand auf Xenias zerbrechliche Schulter.

»Schon gut«, sagt sie, »ich schicke dir das Interview zum Durchlesen. Und die Telefonnummer des Therapeuten, man weiß ja nie.«

Xenia sieht ihr nach und versucht sich vorzustellen, wie das sein wird, wenn sie selbst in vielen Jahren eine berühmte Journalistin ist und plötzlich ein junges Mädchen auf sie zukommt und sagt: »Wissen Sie, ich bin mit Ihren Artikeln aufgewachsen.

Meine Freundinnen und ich haben in der fünften Klasse Ihre Website über den Serienmörder angesehen, das war so toll!« – doch da kommt ihre Fantasie ins Stocken, denn selbst in dieser eingebildeten Zukunft kann sie es sich überhaupt nicht vorstellen, wie es ist, eine erwachsene Frau zu sein mit Ehemann und zwei Kindern.

34

»Sehr gut«, lautet die Antwort, die auf dem Flachbildschirm blinkt. Was ist gut? Xenia erinnert sich nicht gleich, ach ja: »Eher sub als dom.«

»Entschuldige, ich war weg«, schreibt sie, und nach einer Minute antwortet alien: »Und ich dachte schon, ich hätte dich irgendwie schockiert«, worauf sie tippt: »Nein, nein, so empfindlich bin ich nicht. Ich bin nur in der Arbeit.«

Er weiß bereits, dass sie Journalistin ist, dass sie im Nachrichtenbereich arbeitet, dass sie eine Freundin namens Olga hat, die heute eine Abtreibung machen lässt, und eine andere Freundin namens Marina, die zu Hause sitzt mit einem kleinen Jungen. Er weiß, dass Xenia heute Morgen in der Metro das gespaltene Gesicht eines Kindes gesehen hat und an Olga denken musste. Seit vorhin weiß er, dass Xenia BDSM praktiziert, aber er weiß trotzdem nicht, dass sie einen Liebhaber hat und dass sie die Produzentin und Chefredakteurin der Skandal-Website »Der Killer von Moskau« ist.

Xenia weiß, dass er eine eigene Firma hat, nicht verheiratet ist, genauer gesagt: geschieden. Sie weiß, dass er in Moskau lebt und sich in der Freizeit seine Lieblings-DVDs im Heimkino ansieht, dass er »Matrix« nicht mag, dafür aber Dario Argento, den italienischen Regisseur, der immer seine eigenen Hände aufnahm, wenn es darum ging, die Hände des Mörders abzubilden. Seit vorhin weiß sie, dass er weiß, was BDSM ist.

Aber sie weiß noch immer nicht, wie er heißt und wie alt er ist.

Sie unterhalten sich jeden Tag, mehrmals täglich. Es ist wohl das erste Mal in Xenias Leben, dass eine zufällige Internet-Bekanntschaft so lange andauert. Alien ist wirklich ein guter Gesprächspartner. Sie findet ihn interessant.

»Wie bist du auf mich gekommen?«, fragt Xenia.

»Mir hat dein Name gefallen«, antwortet alien. »Er bedeutet dasselbe wie meiner: ›Fremde‹.«

»Dann sind wir ja so was wie Bruder und Schwester :)«

»Gut, dann bin ich dein großer Bruder«, antwortet er, »hast du einen älteren Bruder?«

»Ja, aber der ist in Amerika.«

»Habt ihr euch als Kinder gut vertragen?«

»Wir sind sechs Jahre auseinander. Ich war zu klein für ihn :)) Er hat mich malträtiert.«

»Geschlagen?«

»Manchmal.«

»Na dann«, antwortet alien, »muss ich, dein virtueller großer Bruder, dich wohl auch virtuell schlagen.«

»:))«, entgegnet Xenia zurückhaltend und wartet ab, was weiter kommt.

»Keine Angst, heute nicht«, schreibt alien, »aber ich verlange, dass du mir gehorchst. Wie es sich für eine brave kleine Schwester gehört.«

»Und was soll ich für dich tun, großer Bruder?« Xenia steigt in das Spiel ein, schaut jedoch zugleich unruhig auf die Uhr in der unteren Ecke des Bildschirms: Es ist bald Mittag und noch so viel zu tun.

»Wähle 0804 auf deinem Mobiltelefon und schreibe mir, welche Antwort du bekommst.«

Xenia hebt gehorsam den Hörer ab. Eine angenehme Frauenstimme referiert die neuesten Wetterinformationen. Xenia tippt.

»Gut gemacht, Schwesterherz«, antwortet alien, »und jetzt geh arbeiten.«

Xenia lächelt. Das gefällt ihr: Der Mann weiß offenbar immer, wann es Zeit ist, aufzuhören.

Zwei Tage später sitzt sie wieder auf Marinas weißem Teppich, Gleb steht aufrecht, lacht und hält sich an dem Barhocker fest, auf dem früher der Computer thronte. Jetzt sitzt darauf ein großer Plüschhase, ein entfernter Verwandter des Hasen, mit dem Xenia schläft. Marina trägt wieder den Hausmantel mit dem Drachen, sie essen mit Stäbchen aus kleinen Schüsseln chinesisches Fast Food aus der Imbissbude *Der Fluss Huangho*, das sie in der Mikrowelle aufgewärmt haben.

»In China soll das chinesische Essen ganz anders sein als überall sonst auf der Welt«, sagt Marina, während das Schweinefleisch süßsauer ihre Backen lustig wölbt.

»Die essen Schlangen und Hunde«, sagt Xenia, »und dann noch Heuschrecken, Ratten und überhaupt alles, was sich bewegt.«

»Jetzt weiß ich«, antwortet Marina, »warum dieser Chinese ausgerechnet mich gewählt hat. Damals war ich auch auf alles scharf, was sich bewegt, allerdings in etwas anderer Hinsicht. Jetzt gibt es nur noch einen Vertreter des anderen Geschlechts, der mich interessiert. Gleb, willst du happi-happi?« Sie nimmt ein Stück Schweinefleisch aus ihrem Mund.

»Ist das denn in Ordnung, so aus dem Mund?«, fragt Xenia.

»Ich denke schon«, antwortet Marina, »es ist ja mein Mund, nicht deiner. Denk doch mal: Küssen ist in Ordnung, aber ein

Stück Fleisch nicht? Und dann von der eigenen Mutter. Die Füchsinnen transportieren ihr Futter ja nur so. Sie fressen was, und dann würgen sie es für die Fuchswelpen wieder hervor, halb verdaut, damit die es leichter haben. Und das geht ohne Probleme.«

»Bäh«, schüttelt sich Xenia, »hoffentlich hat meine Mutter nie so was gemacht.«

»Deine Mutter«, sagt Marina und steckt sich das von Gleb verschmähte Stück Schweinefleisch wieder in den Mund, »hat dich ja nicht besonders geliebt.«

»Wie bitte?«, sagt Xenia und verschluckt sich dabei fast.

»Denk doch mal nach. Du bist doch immer so gerne ins Tanzstudio gegangen – und eines Tages hat sie dir's einfach verboten.«

»Aber das war doch nur, weil sie wollte, dass ich gute Noten bekomme.«

»Ja, sicher.« Marina erhebt sich und stellt das Schälchen mit den Stäbchen aufs Fensterbrett, damit Gleb nicht rankommt. »Dein Vater mochte immer, wie du tanzt, aber sie hatte sich gerade von ihm scheiden lassen. Und da musstest du das eben auch zu spüren bekommen.«

»Wie kommst du denn darauf?«, fragt Xenia gereizt.

»Das wussten doch alle.« Marina zuckt mit den Schultern. »Das Studio war ja nur eine unbedeutende Kleinigkeit. Man merkt doch immer, ob eine Mutter ihr Kind liebt oder nicht.«

»Ich finde nicht, dass diese Geschichte irgendetwas mit Liebe zu tun hat. Im Gegenteil: Die Tatsache, dass meine Mutter dafür gesorgt hat, dass ich etwas mehr für die Schule tue, ist doch der beste Beweis dafür, dass sie mich geliebt hat.«

»Armer Gleb«, sagt Marina, »wie soll er denn herausfinden, dass ich ihn liebe, wenn ich ihm keine derartigen Beweise vorlege? Na, komm zu Mama, mein geliebtes Füchslein«, und Marina kriecht auf allen vieren durch das Zimmer auf Gleb zu. Der Knabe sitzt in der Mitte des Teppichs und lacht.

»Marina.« Xenias Stimme ist plötzlich eisig. »Ich weiß nicht, aber ich hätte mir nie erlaubt …«

»Schon gut, schon gut, entschuldige«, sagt Marina schnell, »ich bin irgendwie in letzter Zeit ziemlich durch den Wind.« Sie nimmt Gleb auf den Arm und kehrt zu ihrer Freundin zurück. »Reg dich nicht auf, das ist natürlich alles Quatsch, was ich da sage. Natürlich hat dich deine Mutter geliebt, wer würde denn daran zweifeln.«

»Na gut, weiter im Text«, sagt Xenia finster. »Sag mir lieber mal was anderes: Hast du jemals virtuelle Affären gehabt?«

»Wie meinst du das? Cybersex? In so Spezialanzügen?«

»Nein, ganz ohne Anzüge. Wenn du dich eben mit einem Unbekannten per ICQ unterhältst und plötzlich merkst, dass du die ganze Zeit an ihn denken musst, dir alle möglichen Sachen ausmalst … und so weiter.«

»Also mit ganz Unbekannten war da nichts«, sagt Marina, »aber ich hatte zum Beispiel mal einen Typen von der Ostküste. Den hatte ich bei Vikas Abschiedsabend kennengelernt, weißt du noch, so ein großer mit Brille und schön geformten Ohren?«

»Nein«, sagt Xenia, »Vika und ich, wir hatten uns damals eine Woche vor ihrer Abreise gestritten. Genau zur richtigen Zeit.«

»Ach ja, entschuldige.« Marina erinnert sich. »Na ja, jedenfalls habe ich damals mit ihm getanzt, und so weiter und so fort, ich war schon ziemlich weit, aber er war total schüchtern, und außerdem war, glaube ich, noch irgendeine Freundin von ihm da. Und er sollte damals auch wegfahren, eine Woche nach Vika. Er war mit ihr in einer Clique gewesen, und es war ihr gemeinsamer Abschiedsabend. Wobei Vika eben zu ihrem Verlobten nach Deutschland fuhr und Mischka für seine Doktorarbeit ans MIT. Stell dir vor, wir hatten nur E-Mail-Kontakt, ich hatte ihn schon ganz vergessen, aber nach ein paar Monaten meldete er sich plötzlich – hallo, da bin ich, kennst du mich noch?«

»Und was dann?«

»Ein Wort kam zum anderen, und am Ende stellte sich heraus, dass er richtig sexbesessen war. Der Wahnsinn. Er konnte stundenlang so reden wie in diesen billigen Liebesromanen. Meine starken Hände umfassen deinen bebenden Körper … und so weiter. Am Anfang hab ich gelacht, aber später turnte mich das richtig an. Einmal antwortete ich ihm irgendwas in der Art: ›Meine schwachen Hände greifen nach deinem bebenden Schwanz‹, und dann ging es los. Stell dir vor, bei denen ist es Nacht, und er hockt bei sich auf dem Campus, alle schlafen, und er schreibt mir, wie er mich sanft entkleidet, leidenschaftlich leckt und hart vögelt. Und ich, stell dir vor, sitze wie die letzte Idiotin im Studio, versuche zu arbeiten, und mir zittern richtig die Hände. Ich kann mir doch nicht in der Arbeit einen runterholen, vor aller Augen! Schließlich musste ich ihm sagen: Weißt du was, mein Lieber, tritt mal ein wenig auf die Bremse. Wir machen es so: Du meldest dich, wenn es bei uns Morgen ist. Und ich, stell dir vor, stellte mir den Wecker auf acht, und nichts wie ran an den PC. Mit einer Hand tippte ich auf der Tastatur, während ich mit der anderen an mir rumfingerte – Gleb, hör mal weg, das ist noch nichts für dich –, na ja, das ging dann vielleicht zehn Minuten so, und das war's! Ich weiß natürlich nicht, was genau er dort gemacht hat, wahrscheinlich dasselbe. Schließlich gebe ich ihm einen virtuellen Kuss, ab in die Dusche, Frühstück und so weiter und so fort – und spätestens um zwölf bin ich schon in der Arbeit, frisch und ausgeruht.«

»Und wie ist es ausgegangen?«

»Ist doch klar. Über die Winterferien ist er nach Moskau gekommen. Schon am ersten Abend haben wir uns in einem kleinen Café verabredet, geredet, Kaffee getrunken, und ich merke schon, keine Chance, null Vibrations. Ich bin ja kein Mädchen mehr, wer A sagt, muss auch B sagen. Wir holten uns ein Taxi, fuhren zu mir, zogen uns aus, legten uns hin und machten es … alles in allem eher mittelprächtig. Vielleicht vier plus. Ehrlich gesagt, ich hatte mehr erwartet. Er kannte mich ja sozusagen bereits in- und auswendig. Welche Stellen er streicheln musste, wohin küssen, du weißt schon. Jedenfalls weckte mich am nächsten Morgen wie immer der Wecker, und ich sofort zum PC. Aber da war natürlich niemand mehr, denn mein virtueller Liebhaber hatte sich devirtualisiert und schnarchte gerade zwei Meter von mir entfernt. Am liebsten hätte ich ihn wachgerüttelt und ins nächste Internet-Café geschickt. Mit einem Wort: Damit hatte die ganze Geschichte ein Ende gefunden. Während er in Moskau war, gewöhnte ich mir das frühe Aufstehen wieder ab. Jetzt treffen wir uns noch manchmal im Netz und schreiben uns zu den Feiertagen.«

9:38	alien	Bist du schon da?
9:38	Xenia	Ja
9:39	alien	Niemand sonst im Raum?
9:39	Xenia	Ja
9:39	alien	Hast du Bleistifte auf dem Schreibtisch?
9:40	Xenia	Ja
9:40	alien	Nimm den spitzesten, mach den BH auf und stich dir in die Brustwarze. Aber nicht zu stark.
9:40	Xenia	He, das sind aber keine Brüderchen-Schwesterchen-Spiele mehr!

9:41	alien	Das nennt sich Mammografie, Schwesterherz. Damit du keinen Brustkrebs bekommst. Tu, was ich dir gesagt habe – aber nicht blutig stechen, sonst bekommt dein BH Flecken.
9:42	Xenia	Na gut. Die linke Brust oder die rechte?
9:42	alien	Die linke.
		Schieb den Pullover nach oben, zieh das BH-Körbchen nach unten, hol die Brust heraus. Stich mit dem Bleistift in den schon längst steifen Nippel, noch mal und noch mal. Woher weiß er, wie spürt er, was ich brauche? Eine warme Welle rollt durch den ganzen Körper. Noch mal, etwas stärker.
9:45	alien	He, ich sagte »einmal«.
9:45	Xenia	Verzeih mir, ich habe mich gehen lassen. Du darfst mich bestrafen.
9:46	alien	Sei nicht so kokett. Ich brauche dich nicht zu bestrafen. Du solltest mir auch so gehorchen, ich bin schließlich dein großer Bruder.
9:47	Xenia	Ja, ich werde gehorchen :)
9:47	alien	Gut. Pack den Busen wieder ein und leg den Bleistift an seinen Platz zurück.
9:47	Xenia	Ich hätte nie gedacht, welches Potenzial in einem Bleistift steckt.
9:48	alien	Es gibt einfach keinen Gegenstand, der nicht in der Lage wäre, Schmerzen zu erzeugen.
9:48	Xenia	Und Lust!
9:48	alien	Deine Lust interessiert mich nicht. Erzähl mir, was du heute in der Metro erlebt hast.
9:48	Xenia	Nichts Besonderes. Oder doch. In der Fußgängerunterführung haben mich zwei junge Frauen überholt, und die eine sagte: »Er wird uns

		verschonen«, und die andere wiederholte mit genauso ernster Stimme: »Ich hoffe es.« Ich weiß nicht wieso, aber das ist mir im Gedächtnis geblieben.
9:49	alien	Vielleicht meinten sie einen Test oder ein Examen?
9:49	Xenia	Ja, oder eine Umstrukturierung am Arbeitsplatz. Aber ich dachte in dem Moment, dass sie von dem Serienmörder sprechen.
9:49	alien	Wohl kaum. Mir ist aufgefallen, wenn Mädchen von Serienmördern sprechen, dann tun sie das immer mit so einer aufreizenden Fröhlichkeit. Ich habe noch nie gehört, dass jemand über Serienmörder ernsthaft spricht.
9:50	Xenia	Da hast du mich noch nicht gehört.
9:50	alien	Ich höre dir jeden Tag zu.
9:50	Xenia	Aber hier gibt es keine Intonation.
9:51	alien	Die kann ich mir dazudenken. Aber du hast recht: Du bist ein ernsthaftes Mädchen. Apropos, erzähl mir noch eine lustige Geschichte, von etwas, das dir in den letzten Tagen passiert ist.
9:52	Xenia	Etwas Lustiges?
9:52	alien	Ja
9:53	Xenia	Hmm, ich war gestern bei Marina. Sie spielt mit ihrem Sohn Fuchsfamilie. Sie kaut ihm das Essen vor und füttert ihn von Mund zu Mund. Ich weiß nicht, ob das lustig ist, aber jedenfalls ist es seltsam.
9:54	alien	Ist das die Marina, die auf dem China-Trip ist?
9:54	Xenia	Ja
9:55	alien	Sag ihr, dass sie das mit der Füchsin nicht übertreiben soll. Die Chinesen halten Füchse für Menschen in anderer Gestalt. Aber Marina will doch

		Chinesin werden, oder etwa ein chinesischer Fuchs?
9:55	Xenia	:)))) Wow! Das sag ich ihr.
9:56	alien	Hervorragende Geschichte. Und jetzt geh wieder arbeiten.

35

Glaubt ihr, es ist leicht, so ein Mensch zu sein wie ich?
Wahrscheinlich habt ihr in den Neunzigern zu viel hippe
Kinofilme gesehen
»Natural Born Killers«, »Curdled«
und einen Haufen anderer B- und C-Streifen,
in denen für acht Dollar erzählt wird,
wie cool es ist, ein Serienmörder zu sein

Charlie Starkweather, der berüchtigte Killer der
Fünfzigerjahre,
Der zusammen mit Caril Fugate die Vorlage abgab für
Mickey und Mallory in »Natural Born Killers«,
Sagte, als sie ihn festnahmen, er bereue nichts
Er hasse noch immer alle Menschen
Ihm zu glauben fällt nicht schwer:
Mit der vierzehnjährigen Caril
hatte Charlie Sex auf demselben Sofa,
auf dem er eine Stunde zuvor ihre Mutter vergewaltigt hatte
Die Leiche des Vaters lag im Wohnzimmer, und als sie fertig
waren
Ging er in den ersten Stock hinauf, steckte den Lauf
seines Gewehrs
der zweijährigen Betty Jane in den Hals und –
nein, schoss nicht – sondern wartete,
bis das Mädchen erstickt war.

Er war eine Bestie, und all die Theorien von der schweren Kindheit
Treffen in seinem Fall haargenau zu. Aber als er sagte:
»Ich hasse noch immer alle Menschen«, fügte er doch hinzu
»und mich auch«, obwohl das Reflexive, wie man sich denken kann,
nie seine starke Seite gewesen war.

Es ist sehr schwer zu leben, wenn du dich selbst hasst
Dabei hatte ich doch eine glückliche Kindheit
Ich war ein guter Junge
Aus einer anständigen Moskauer Familie
Ich fürchtete mich davor, Nachrichten zu sehen, denn dort berichtete man von Dingen,
Die zu schrecklich waren für mich.
Als ich von dem Stadion in Santiago de Chile hörte,
Wo 1972 mehrere Tausend Menschen gequält und umgebracht worden waren
War ich zwei Wochen lang völlig außer mir,
Blickte auf der Straße in die Gesichter der Passanten
Und versuchte zu begreifen, wie sie weiterleben konnten,
Obwohl sie doch auch davon wussten.

Wenn ich ehrlich bin: Ich begreife es bis heute nicht.

Eine Welt, in der es keine Harmonie gibt,
Ist nicht einmal eine Träne eines Säuglings wert.
Und in dieser Welt lebe ich nun schon mein ganzes Leben lang.

Ich habe nie an Gott geglaubt,

Vielleicht, weil ich spürte:
Nicht nur Christus war für unsere Sünden gestorben,
Sondern jeder Tropfen Blut, jedes hungernde Stöhnen,
Jeder Schrei einer vergewaltigten Frau
(alle 15 Minuten, Sie erinnern sich?)
all das betrifft jeden von uns.

Auch Tschikatilos Frau behauptete,
ihr Mann werde beim Anblick von Blut ohnmächtig.
Ich kann das gut verstehen.

Ich war ein guter Junge, hört ihr?
Ich war gut, und ich bin es noch immer
Ich liebe die Menschen, und das Mitleid mit ihnen schnürt
mir den Hals zu
Und wenn ich mit der Hand ein kurz zuvor
herausgeschnittenes Herz zusammendrücke
Krampft sich mein eigenes Herz zusammen vor lauter
Zärtlichkeit und Schmerz.

Es schnürt mir den Hals zu

Wie soll so jemand leben, wenn ich weiß,
Dass meine Hände mit Blut getränkt sind,
so wie sich der Kohlestaub in die Haut des Bergarbeiters
gräbt?
Wie soll ich leben, wenn mein Gedächtnis mir vorkommt
Wie eine Folterkammer,
Wo jeder Gegenstand –
Selbst der unschuldigste –
Nichts als Schmerzen zufügen kann?

Einmal wachte ich nachts auf
In meiner Moskauer Wohnung
Und wusste plötzlich, dass es sie nie gegeben hatte
Weder die mit den angeschwollenen Teenagerlippen,
Die zerfetzten, als sie zu schreien begann.
Noch die mit den Augen, die ich mit der Lupe herausbrannte,
So blau, gleichsam Splitter des Himmels
Noch jene, die so große Brüste hatte,
Dass ich sie über mehrere Tage in dünnen Scheiben
herunterschnitt.
Noch die vielen anderen, an die ich mich so gut erinnere.

Ich wusste, dass keine davon je existiert hatte
Ein nächtlicher Alb, der erotische Traum eines Wichsers,
Eine Masturbationsfantasie, um schneller abzuspritzen.
Ein blutiges Stück für eine Person.

Ich lag im Bett, weinte glückliche Tränen
Und sprach beschwörend immer wieder: »Ich habe
niemanden getötet.«

Noch immer weinend ging ich in die Küche
Gegenstände lagen auf dem Tisch,
Sie erinnerten mich nicht an Foltern und Qualen
Eine Gabel, mit der ich nie die Eingeweide aufgewickelt hatte
Aus dem aufgeschlitzten Bauch einer noch lebenden
Siebzehnjährigen,
Die dabei so sehr schrie, dass ich fürchtete,
Die Schalldämpfung des Kellers würde nicht ausreichen
Ein Messer, mit dem ich nie Worte der Zärtlichkeit und der
Liebe

In die etwas gelbliche Haut der hageren Kasachin eingeritzt
hatte,
Deren Brüste so klein waren, dass sie in einer Hand Platz
fanden.
Zigaretten, die nie auf dem flachen Bauch der Profi-
schwimmerin
Ausgedrückt worden waren, bis sich das Sternbild des Großen
Bären darauf abzeichnete.
(Ich schäme mich noch heute für diesen Vorfall:
Zigaretten an einer Frau auszudrücken ist furchtbar vulgär
Dazu sind nur Primitive imstande.)

Ich stand da und weinte: »Ich habe niemanden getötet.«
Und Dankbarkeit erfüllte mein Herz
Wenn dies alles ein Traum gewesen war, so hatte ich noch
eine Chance bekommen,
Und vielleicht würde ich doch noch lernen, in dieser Welt
anders zu leben.

Die Sonne ging auf, ich weinte noch immer.
Und ich schwor mir, dass dies nie mehr passieren würde.
Ich fuhr zur Datscha, sammelte all jene Erinnerungsstücke,
Gekappte Brustwarzen, abgeschnittene Lippen, Augen, sogar
Finger,
Trug alles in den Wald und vergrub es, so tief es ging,
und dann versuchte ich diesen Ort wieder zu vergessen.

Danach lebte ich weiter und achtete nicht auf den schwarzen Kokon, auf die Gegenstände, die mir gleichsam zuwinkerten und fragten: »Weißt du noch?«, auf die Mädchen in der Metro, in deren Augen ich eine Vorahnung von Schmerz las, die nicht in Erfüllung gehen sollte. Ich fahre gerne in der Metro, obwohl ich schon lange ein Auto habe. Unter der Erde legt sich das elektrische Licht ganz anders auf die Haut der Menschen, die unterirdischen Tunnel sind wie mein Betonkeller, und daher kann ich so leicht an den Gesichtern der Passagiere ihr Schicksal ablesen.

Einmal fuhr ich zu einer Geburtstagsfeier, vielleicht ein halbes Jahr nach jener Nacht. An der Übergangsstation zur Ringlinie stieg ein Mädchen ein, in billigen, völlig durchnässten Turnschuhen, breiten Hosen mit einer Vielzahl von Taschen und im Regenmantel, von dem das Wasser in Rinnsalen herablief. Die langen blonden Haare klebten an den Wangen und am Hals, sie knöpfte den Mantel auf und zog ihn aus. Sie war vielleicht etwas über zwanzig, und als sie sich bückte, um den Mantel in eine Plastiktüte zu stecken, sah ich die nassen Haare auf ihrem Rücken wie schlafende Schlangen liegen. Blonde Haare, leicht gewunden, feucht vom Regen.

Sie richtete sich wieder auf und sah, dass ihr Hemd ebenfalls völlig durchnässt war, unter dem sich ihre kleinen, aber dennoch leicht durchhängenden Brüste abzeichneten. Sie hob die Augenbrauen und lachte – und dieses Lachen ließ den Zug langsamer fahren, die Leute erstarrten, als hätte sie der Blick der Medusa getroffen. Es war das Lachen gewesen, keineswegs die Brüste, das Lachen, das Lachen, obwohl ich mich heute noch daran erinnere: Eine Brustwarze lag exakt in dem Kreis des Buchstabens »R«, helles T-Shirt, rote Buchstaben. Ich biss mir auf die Lippen, kniff die Augen zusammen und erstarrte – und noch bevor die Zeit wieder eingeschaltet wurde, konnte ich in allen Details den Betonkeller und den darin aufgehängten Körper sehen. Ich wusste: Ihr Schamhügel war nicht rasiert, im Nabel trug sie einen goldenen Ring, auf einer Hinterbacke hatte sie ein Rosentattoo, und der blonde Flaum auf ihren Beinen war so zart, dass mir, wenn ich ihn berührte, die Tränen kommen würden. Ich wusste im Voraus: Sie würde nach fünf Tagen sterben, ihr Herz würde es nicht mehr aushalten.

Ich öffnete die Augen, ihr Lachen war noch nicht vergangen. Ich ging zur gegenüberliegenden Waggontür, und auf dem ganzen Weg schien mir, als hinkte ich, und ihr abgeschnittener Kopf sei, wie die Kugel eines Strafgefangenen, mit einer unsichtbaren Kette an mein Bein gefesselt. Das Lachen auf ihren Lippen, und ihr blondes Haar wie die Schlangen der Medusa.

Ich stieg an der nächsten Haltestelle aus, ging hinaus auf die Straße und nahm ein Taxi. Die Gegenstände schienen mich anzublicken, die Haare an meinem Körper hatten sich aufgestellt, das Lärmen der Autos war vom Rauschen des Blutes in meinen Ohren nicht mehr zu unterscheiden. Im Flur reichte mir ein Freund die Hand – ich zuckte zurück, als hätte ich einen Stromschlag bekommen. Ich zog meine Jacke aus und ging ins Wohnzimmer. Die Party war in vollem Gang, viele gute Bekannte waren gekommen, einige Freunde und auch ein paar Mädchen, mit denen ich einmal geschlafen hatte. Ich trank mit allen, lachte und machte Witze. Irgendwann stand ich auf, ging in die Küche, öffnete eine Schublade und nahm ein kleines Ikea-Messer heraus. Ich blickte mich nicht einmal mehr um, ob mir jemand zusah, sondern stieß mir ohne zu Zögern das Messer mit aller Kraft direkt durch die Jeans in den rechten Oberschenkel. Das Blut strömte über mein Bein, aber der jäh aufblitzende Schmerz brachte mich wieder zur Besinnung. Das Rauschen in den Ohren nahm ab, die Gegenstände kehrten an ihren Platz zurück, meine Haut erhielt wieder ihre gewohnte Empfindlichkeit. Ich holte mir aus der Hausapotheke ein Pflaster, ging auf die Toilette und verklebte die Wunde.

Im nächsten Monat brachte ich drei um.

36

Sind es tatsächlich die Frauen, an denen die Weltreiche zugrunde gehen? Ist die Form von Kleopatras Nase denn wirklich so wichtig? War Anna von Österreich tatsächlich die Geliebte des Herzogs von Buckingham, und wenn ja, was hatte das für Folgen für die Belagerung von La Rochelle? Wie viele Männer hat Olga Kruschewnizkaja gehabt, und wie viele davon waren bereit, auch nur irgendetwas für sie zu opfern? Wie hieß die schönste Frau der Antike? Wie lautete der Name der Schönheitskönigin des Abschlussjahrgangs 1985 der Fakultät für experimentelle und theoretische Physik?

Olga steigt aus ihrem Toyota aus, nickt dem Mann an der Pforte zu, fährt mit dem Aufzug in ihr gemietetes Büro hinauf. Fünf Minuten bis zum Beginn des Meetings. Fünfundsechzig Minuten bis zu dem Augenblick, da alles entschieden sein wird. Wenn jemand für mich beten kann, denkt Olga, dann sollte er das jetzt tun. Wlad, Bruderherz, zünde eine Kerze für Ganesha an, bring dem schiefäugigen Buddha ein Rauchopfer dar, oder zieh dir wenigstens ein halbes Gramm Hasch rein, auf meinen Erfolg. Xjuscha, wünsch mir Glück.

Sie treffen sich an der Aufzugtür im Erdgeschoss. Sie fahren nach oben, ohne ein Wort zu sagen. Einen Augenblick lang zögern sie, bevor sie eintreten: Die Tür ist zu eng für beide. Grigori tritt zurück, Konstantin geht durch, sie setzen sich.

Es ist unmöglich, drei Menschen an einen runden Tisch zu

setzen, ohne dass sich dabei zwei von ihnen nebeneinander wiederfinden. Sie wären froh, einander gegenüberzusitzen, aber am Ende sitzen sie fast Schulter an Schulter – eher Verbündete als Rivalen –, ihre Ellbogen berühren sich, als säßen sie in der ersten Reihe bei einem Seminar über Quantenelektronik oder Plasmaphysik.

Sie hieß Helena, die schöne Helena. Troja wurde um ihretwillen zerstört – und es war eine Namensvetterin, die der Freundschaft zwischen Grigori und Konstantin vor zweiundzwanzig Jahren endgültig den Garaus machte. Olga wusste davon – und wenn sie heute alles verliert, so bedeutet dies, dass die Form von Kleopatras Nase größere Bedeutung hat als der berechnende Verstand, die Schönheit stärker ist als der Wille, alte Verletzungen wichtiger als alle Vernunft.

Olga beginnt ohne Hast, holt weit aus, als wäre dies ein gewöhnliches Business-Meeting. Sie zeigt Tabellen, schiebt Diagramme mal dem einen, mal dem anderen näher hin. Legt die Quartalsbilanz in die Mitte des Tisches – und zwei Köpfe neigen sich darüber.

»Was ist das, die Unterlagen für die Steuerbehörde?«, fragt Kostja.

»Leider nein«, antwortet Olga. »Das ist das, was wir tatsächlich haben.«

»Beschissen«, sagt Grischa und rückt vom Tisch ab. Er hat genug gesehen und will nicht mehr neben Kostja sitzen müssen.

Wenn dies eine Partie Schach wäre, denkt Olga, so müsste ich das Spiel nach völlig undenkbaren Regeln spielen. Ich muss zwei Könige miteinander befrieden, aber alles, was wir haben, sind die Geister irgendwelcher längst geschlagener Figuren oder Schatten von Figuren, die noch gar nicht im Spiel sind. Das Spielbrett ist praktisch leer, wir sind nur zu dritt.

Wie viele Tabletten muss man davor nehmen, wie viele danach? Wie schnell beginnt die Blutung? Wie schmerzhaft wird es sein? Die schöne Helena musste keine Antwort auf diese Fragen finden – weder vor vier Jahrtausenden noch vor zwanzig Jahren war die Technik des medikamentösen Schwangerschaftsabbruchs verbreitet gewesen.

Olga spricht weiter. Sie referiert darüber, warum die Ausgaben gestiegen sind, darüber, dass nur noch ein paar Monate bleiben, bis der Laden schließen müsste. Sie begreift, dass ihre beiden Gesprächspartner dies mindestens genauso gut wissen wie sie – und dennoch spricht sie ohne Hast, als wolle sie sie einschläfern. Sie denken wahrscheinlich: Was für ein dummes Huhn, stielt uns nur unsere kostbare Zeit. Wir hätten sie gleich zum Teufel schicken sollen. Jetzt muss ich hier neben diesem Arschloch sitzen.

Sie saßen ein ganzes Semester nebeneinander. Ellbogen an Ellbogen, Kopf an Kopf. Ein ganzes Semester lang kämpften sie um die schöne Helena, ohne auch nur einen Schritt zurückzuweichen oder gar aufzugeben. Sie schrieben für sie Vorlesungen mit und machten ihr die Laborarbeiten. Sie brachten ihr Blumen und luden sie zum Portwein ein. Die schöne Helena lächelte wohlwollend und gab keinem der beiden den Vorzug.

Wie viele Männer hat sie wohl seither in ihrem Leben gehabt? Und wie viele davon hat sie wirklich geliebt? Ob sie überhaupt jemals jemanden wenigstens nur ein bisschen geliebt hat? Wenn ja, so war dies Glück weder Grischa noch Kostja beschieden. Am Ende jenes Jahres hatten sie es beide begriffen.

Hier sind die Antworten auf Olgas Fragen an den Arzt: Zuerst zwei, dann drei. Es wird nicht mehr wehtun als die übliche Menstruation. Die Blutung beginnt innerhalb von vierundzwanzig Stunden.

Ihr Körper arbeitet wie ein Chronometer. Es sind bereits fünfundzwanzig Stunden vergangen, und nichts passiert. Olga blickt Kostja und Grischa an, Konstantin und Grigori, zwei Könige, zwei bubenhafte Studenten.

»Was sollen wir tun?«, fragt sie. »Ich möchte euch das als Hauptinvestoren fragen. Haben wir einen Masterplan für die Zukunft? Was schlagt ihr vor, um die Kosten zu senken?«

Sie kennt die Antwort – zurück zum alten System. Dann gibt es wieder Preisnachlässe für Bannerplacements auf Grischas Sites, und Kostjas Ressourcen bieten zusätzliche Absicherung. Sie kennt die Antwort und weiß, dass die beiden sie auch kennen.

Beide schweigen, und da eröffnet Olga ihre Kombination mit einem vorsichtigen, fast sinnlosen Zug. Es ist nur eine undeutliche Drohung, ein Versuchsballon.

»Wir könnten die Firma zum Beispiel verkaufen. Wenn wir das jetzt tun, so bekämen wir immerhin noch was dafür.«

Auf ihren Gesichtern spiegelt sich Enttäuschung. Und das ist alles? Deswegen hat man uns hierherkommen lassen?

»So ein Scheiß«, sagt Grischa, »die kauft doch niemand.«

»Ja.« Kostja nickt. »Es gibt niemanden in unserem Segment, der die Firma sinnvoll am Laufen halten könnte. Du siehst doch selbst, was für Ausgaben das sind. Da wagt sich keiner ran.«

Es fällt ihnen schwer, einander zuzustimmen, doch Olgas Vorschlag ist so absurd, dass ihnen nichts anderes übrig bleibt.

»Na gut, wir könnten auch jemanden von außen suchen«, sagt Olga.

Wer war der Neuling von außen vor zweiundzwanzig Jahren? Wie hieß er? Wie war es ihm gelungen, die schöne Helena zu verzaubern? Warum musste sie so schnell heiraten, dass es ihren beiden Verehrern selbst im Angesicht der gemeinsamen Niederlage nicht mehr gelang, sich auszusöhnen?

Olga kennt seinen Namen nicht. Alle, mit denen sie über diese Geschichte gesprochen hat, nannten ihn nur das »Botschaftersöhnchen«, als hätte er keine persönlichen Züge, sondern nur genetisch vererbte gehabt. Zwei Wochen nach der Hochzeit flogen die Jungvermählten zu seinen Eltern nach Paris – was in Olgas philologischen Augen noch eine weitere Parallele zu der Geschichte um Helena und den trojanischen Königssohn Paris darstellt.

Im Gegensatz zu Menelaos konnten Grigori und Konstantin den Flüchtigen jedoch nicht verfolgen. Sowohl sie selbst als auch ihr Entführer waren sicher geschützt durch den eisernen Vorhang – einem weitaus zuverlässigeren Schleier als dem, den seinerzeit Aphrodite geschaffen hatte, um Paris und Helena die Flucht aus Sparta zu ermöglichen.

Sie waren jung und ehrgeizig. Jeder sah in dem anderen den Zeugen der eigenen Niederlage. Die Freundschaft endete und machte der Rivalität Platz. Die Fakultät wurde ihnen zu eng, genauso wie es später der Computerhandel und nun die kleine russische Internet-Industrie geworden war.

»Ich glaube kaum, dass sich jemand von außen dafür interessiert«, sagt Kostja unsicher.

»Sollte sich allerdings so ein Idiot finden, dann verkaufen wir ihm die Firma, warum nicht«, sagt Grischa.

Und nun bringt Olga eine neue Figur ins Spiel, für die es im traditionellen Schach keinen Begriff gibt: den Fremden, den König von einem anderen Brett.

»Ich hätte da einen Käufer«, sagt sie.

»Was ist sein Preis?«, fragt Kostja.

»Will er nur unsere Anteile haben oder die Firma als Ganzes?«, fragt Grischa.

»Er will nur den Anteil von einem von euch erwerben«, sagt Olga, »und meinen Anteil dazu.«

Kann man ein Unternehmen am Leben halten, wenn man nicht die Aktienmehrheit besitzt? Kann man mit einem Unternehmen Gewinne erzielen, wenn man einfach nur Geld investiert hat, aber nicht die völlige Kontrolle hat und nicht jeden Tag im Büro sitzt, wie es Olga Kruschewnizkaja tut? Ergeben Olgas Anteile und die eines der beiden Aktionäre zusammen ein Mehrheitspaket?

Antwort: nein, nein, ja.

»Er ist also nur bereit, wenn er die Aktienmehrheit bekommt«, sagt Kostja.

»Und er will einen von uns ausbooten«, sagt Grischa.

»Ja.« Olga nickt. »Ich finde das auch nur logisch. Ihr beide wollt ohnehin nicht mehr zusammenarbeiten.«

Die beiden Könige schwanken, der Geist der schönen Helena erscheint am anderen Ende des Bretts.

»Versteht ihr«, fährt Olga fort, »ich selbst gehe nur darauf ein, weil ich diese Firma wenigstens irgendwie retten will. Ich will nicht, dass sie einfach so aufhört zu existieren.«

Im Schach würde man das vielleicht als Pattsituation bezeichnen. Keine der beiden Seiten kann ziehen. Sobald einer der beiden aufsteht und sagt: »Ich verkaufe meinen Anteil«, wird der andere sofort einen geringeren Preis nennen.

Sollte man in einer solchen Situation eine Münze werfen? Oder sich einem Zufallsgenerator anvertrauen? Vielleicht sollten wir die Sitzung jetzt besser abbrechen und eine Runde separater Verhandlungen hinter den Kulissen einläuten? Aber wie offensichtlich wäre deren Ausgang?

Doch, er wäre offensichtlich. Der Käufer, wer immer er auch ist, kann den Preis bis ins Unendliche nach unten treiben. Wenn es zwei Verkäufer gibt und einen Käufer und das Verkaufsobjekt mit jedem Tag billiger wird, strebt der Preis unausweichlich gegen null.

So bleibt nur eine Frage, und die stellen sie eher pro forma, denn noch glauben sie, dass die Antwort darauf gar nicht so wichtig sei.

»Wer ist der Typ eigentlich?«, sagt Kostja.

Und da nennt Olga den Namen.

»Irgendwas klingelt da bei mir …«, beginnt Grischa, doch Olga sagt: Ich erkläre euch alles.

Sie beginnt. Xenia hat sich gut eingeprägt, was Pawel Silwerman über seine Kanäle herausgefunden hat. Olga wiederholt ihre Worte und fügt kaum etwas von sich aus hinzu.

Wie viele Attentate wurden auf diesen Mann verübt? Wie viele später eingestellte Strafverfahren wurden gegen ihn eingeleitet?

Zwei und drei. Genauso viele wie ihre Tabletten, obwohl das natürlich nur ein Zufall ist.

Wie sehr untertreiben die Ärzte den potenziellen Schmerz, wenn sie Tabletten verschreiben, die im frühen Stadium der Schwangerschaft einen Abgang verursachen?

Die Antwort: reichlich.

Kann man es als Zufall bezeichnen, dass Olga gerade in dem Moment, als sie über den kriminellen Hintergrund des neuen Käufers berichtete, ein erster, furchtbarer Krampf durchzuckte? Ob es Grischa wohl auffiel, dass sie sich am Rand des Tisches festhalten musste? Ob Kostja wohl bemerkte, wie sie plötzlich blass wurde? Hatte sie genug berichtet, bevor sie sich entschuldigte und das Zimmer verließ?

Ja, durchaus genug.

Die beiden Könige schweigen. Nun ist das Bild klar: Man bietet ihnen nicht nur einfach an, ihre Firma für einen Apfel und ein Ei zu verkaufen – nein, jetzt sollen sie auch noch selbst den Wolf in ihren eigenen Schafstall führen. Sie sollen ein Geschäft abschließen, das das Kräfteverhältnis auf dem Internetmarkt radikal verändert, dort einen Spieler einführt, der nicht eher ruhen wird, bis er ihnen alles abgenommen hat, was sie haben.

Hat es im Runet in den Neunzigern und ersten Jahren des neuen Jahrtausends auch nur einen Auftragsmord gegeben? Inwieweit ist die negative Antwort auf diese Frage wichtig für das Selbstbewusstsein der Internet-Marktteilnehmer? Wie oft nutzen Manager im IT-Business in ihrem Konkurrenzkampf die Dienste von Banditen oder Rechtsschutzorganen? Was empfinden sie, wenn sie sich dessen bewusst werden, dass die Antwort auf vorstehende Frage »äußerst selten« lautet?

Die beiden Könige sitzen unbeweglich am runden Tisch. Sie heben den Blick und sehen einander an. Zwei Phantome wabern als Nebelsäulen durch das Zimmer – der schon fast in Luft aufgelöste Geist der schönen Helena und das Gespenst dieses Fremden, des Königs vom anderen Brett. Mit jeder weiteren Minute wird dieser immer greifbarer.

»Im Grunde gibt es auch einen anderen Ausweg«, sagt Kostja.

»Ja«, sagt Grischa, »wir können die Firma behalten und zum alten Schema zurückkehren.«

»Ich denke, das ist die beste Variante«, sagt Kostja und streckt seine Hand über den Tisch.

Grischa ergreift sie.

Genau in diesem Moment krümmt sich Olga Kruschewnizkaja, IT-Managerin, erfolgreiche Businesslady, Geschäftsführerin des soeben von ihr geretteten Unternehmens, in furchtbaren Krämpfen und wartet darauf, dass das Schmerzmittel zu wirken beginnt.

Begreift sie, dass sie gesiegt hat? Noch nicht.

Hat sie sich mit ihm auch nur einmal getroffen? Nein, nicht ein einziges Mal.

Hat er jemals von der Existenz des kleinen Online-Shops erfahren? Nein, nie.

Zeigt er in irgendeiner Weise Interesse am russischen Internet? Nein, nicht das geringste.

Ob es wahr ist, dass eine Frau die Welt retten kann? Was wird Jesus sein, wenn und falls Er noch einmal auf die Erde herniederkommt? Haben die radikalen Feministinnen recht, wenn sie behaupten, dass kein einziger Mann in der Lage wäre, die Schmerzen der Monatsblutung auszuhalten?

Ob Olga Kruschewnizkaja weinte, nachdem ihre Investoren das Büro des soeben geretteten Unternehmens verlassen hatten? Und wenn ja, was war der Grund ihrer Tränen: physischer Schmerz? Die Trauer des Verlusts? Die Freude des Sieges? Ist es wirklich so wichtig für uns, auf diese Frage eine eindeutige Antwort zu bekommen?

37

11:23	alien	Bist du da?
11:23	Xenia	Ja. Schreibe gerade 'ne Kolumne. Und du, bist du beschäftigt?
11:23	alien	Nein
11:24	Xenia	Dann bitte mich um etwas.
11:25	alien	Bitten?
11:25	Xenia	Ich meinte: Befiel mir etwas. Ich mag es, wenn du mir etwas befiehlst.
11:26	alien	Kannst du dich für fünf Minuten von der Arbeit loseisen?
11:26	Xenia	Frag mich nicht. Für dich immer.
11:26	alien	Hast du den Bleistift, den du letzte Woche benutzt hast, noch immer auf dem Tisch?
11:27	Xenia	Sieht so aus.
11:27	alien	Sieht so aus oder ganz sicher?
11:27	Xenia	Ganz sicher :))
		Ich markier ihn mir. Ich mach ein besonderes Kennzeichen drauf. Hast du ein eigenes Zeichen?
11:28	alien	Das erfährst du noch früh genug :) Ist er noch immer gut gespitzt?
11:28	Xenia	Ja, ich benutze ihn sonst nicht.
11:29	alien	Sehr gut. Dann spreize die Beine und stecke ihn dir mit dem spitzen Ende in die Vagina.
11:29	Xenia	Äh … liebes Bruderherz, hier sind überall Leute, und

		ich habe Hosen an, also ist das wohl etwas schwierig.
11:30	alien	Verzeih, liebes Schwesterchen, du benötigst offenbar genauere Instruktionen :) Nimm den Bleistift, steck ihn in eine Tasche, geh auf die Toilette, betritt eine Kabine, sperr dich ein, zieh Hose und Slip aus und führe dir den Bleistift mit dem spitzen Ende in die Vagina ein.
11:31	Xenia	Entschuldige, aber das ist zu kompliziert. Dafür brauche ich mehr als fünf Minuten.
11:31	alien	Das ist ein sehr wichtiges Spiel, Schwesterherz. Wir spielen Frauenarzt. Tu, was ich dir gesagt habe – nur einmal, rein, raus. Das sind zwei Sekunden. Und unterstehe dich, dabei zu kommen, du bist noch zu klein dafür. Vergiss nicht, wir onanieren nicht, sondern wir spielen.
11:32	Xenia	:)) Gut, ich werde mich bemühen.
11:32	alien	Ich stoppe die Zeit.

Auf dem Rückweg trifft sie Alexej und begreift plötzlich, dass ihr Gesicht glühend rot ist. Nicht schlecht für ein »wichtiges Spiel«. Nur einmal rein, raus. Mist, wie soll ich jetzt bloß weiterarbeiten?

»Hast du heute Abend was vor?«, sagt Alexej.

»Ja, tut mir leid.« Während sie sprechen, geht sie langsam, langsam seitwärts weiter auf ihren Tisch zu, damit sie rechtzeitig antwortet, bevor die fünf Minuten um sind.

»Und sonst, was hast du für Pläne diese Woche?«

»Ach, ich steh im Moment auf der Leitung«, sagt Xenia, und das ist immerhin eine ehrliche Antwort. »Lass uns morgen drüber sprechen, hm? Aber wie es aussieht, ist bei mir alles ausgebucht, sorry.«

»Ich vermisse dich einfach.« Die Stimme ist auf ein intimes Flüstern gesenkt.

Lächle wohlwollend, antworte »ich dich auch«, setz dich an den Tisch, tippe schnell »hier« hinein. Gott sei Dank war sie klug genug, das Dialogfenster zu schließen, als sie wegging. Alexej steht noch immer da und schaut direkt auf ihren Monitor.

»Hör mal, du störst mich bei der Arbeit. Wenn du nichts zu tun hast, überprüf das, was Dascha von Reuters übersetzt hat, sie schießt manchmal ganz schöne Böcke.«

Uff, seufzt sie erleichtert. Wo bist du, alien?

11:36	alien	Gut gemacht. Du hast es in vier Minuten geschafft. Nächstes Mal erlaube ich dir, den Bleistift ein wenig mehr zu bewegen.
11:37	Xenia	Mistkerl. Jetzt kann ich nicht mehr arbeiten.
11:37	alien	Du bist ganz schön faul, Schwesterherz. Du nützt jede Gelegenheit, um Däumchen zu drehen. Schreib deine Kolumne zu Ende, und dann mach, was du willst. Aber dass mir die Kolumne so richtig gut wird, verstanden?
11:38	Xenia	Schlechte Kolumnen gibt's von mir nicht :))

Warum fragt er eigentlich nie danach, wo er meine Sachen lesen kann? Will er mich nicht mit zu viel Aufmerksamkeit verwöhnen?

12:28	alien	Bist du noch da?
12:28	Xenia	Ja, durchaus.
12:28	alien	Wie geht's der Kolumne?

12:29	Xenia	Die ist fertig.
12:30	alien	Und warum gehst du jetzt nicht fertigwichsen?
12:30	Xenia	Pfui, Bruderherz, was sind denn das für Wörter!
12:31	alien	Das sind Erwachsenen-Wörter, Schwesterchen. Die wirst du irgendwann lernen müssen, wenn du mit den großen Jungs spielen möchtest :)
12:31	Xenia	Ich werde eine fleißige Schülerin sein :) Mir gefällt es, dass du mir verbietest zu kommen. Wenn du willst, werde ich überhaupt nicht mehr ohne deine Erlaubnis kommen.
12:32	alien	Ich habe zu viel anderes zu tun, Schwester, um auch noch dein Geschlechtsleben zu regeln. Erzähl mir lieber, was du gestern Abend gemacht hast.
12:33	Xenia	Ich war im Kino mit Olja.
12:33	alien	Wie geht es ihr nach der Abtreibung?
12:33	Xenia	Sie tut so, als wäre nichts gewesen. Ich spreche sie auch nicht darauf an.
12:34	alien	Sei zu ihr besonders nett, sie hat es jetzt nicht leicht.
12:34	Xenia	Diesen Befehl werde ich mit besonderer Freude ausführen.
12:35	alien	:) Und was hast du heute vor?
12:36	Xenia	Willst du mich irgendwohin einladen?
12:36	alien	Mach dir da mal keine Hoffnungen. Ich frage einfach so.
12:37	Xenia	Du wirst lachen, aber ich bin mit einer Psychologin verabredet.
12:37	alien	Zur Therapie?
12:38	Xenia	Nein, um ein Interview zu machen.

Mist, wozu hab ich das gesagt? Jetzt werde ich ihm erklären müssen, wozu ich das Interview brauche und worum es geht.

Vielleicht ist es jetzt Zeit, ihm zu sagen, dass ich diese Xenia Ionowa bin? Beruflich erfolgreich, aussichtsreiche Journalistin und zudem Produzentin und Chefredakteurin der Website »Der Killer von Moskau«.

38

Um sieben Uhr abends ist das »Schokoladniza« wie immer gesteckt voll, nur mit Mühe findet sich ein Tischchen. Xenia ist nervös, immerhin trifft sie zum ersten Mal »live« auf eine Psychotherapeutin. Mittelgroß, gut gekleidet, ziemlich jung. Könnte eine von Oljas Freundinnen sein. Durchaus ihr Stil: moderne Moskauer Businesslady. Nur ist sie nicht so formell gekleidet, und das Gesicht braucht nicht erst den halben Abend, um das Maskenhafte des vergangenen Arbeitstags abzulegen. Wie möchten Sie angesprochen werden, mit Vor- und Vatersnamen? Einfach nur Tatjana, in Ordnung.

Zum ersten Mal trifft sie »live« auf eine Psychotherapeutin. Sollte sie ihr vielleicht zuerst eine persönliche Frage stellen? Sagen Sie, warum mag ich es, wenn man mir Schmerzen zufügt? Nein, nein, ein anderes Mal, heute bin ich im Dienst.

Das Diktiergerät einschalten. Die Aufnahme überprüfen, ob es auch nicht zu sehr rauscht. Test, Test, Test. Einen Augenblick – nein, sieht gut aus. Fangen wir an, einverstanden?

(Fragmente aus dem Artikel »Der kranke Serienmörder – die Sicht der Psychologin«, veröffentlicht auf der Website »Der Killer von Moskau«)

Die meisten Serienmörder gehören zur Gruppe der sogenannten soziopathologischen Persönlichkeiten oder Soziopathen. Es sind Menschen, bei denen eine der wichtigsten Seiten ihrer Persönlichkeit ernsthaft gestört ist. Sie begreifen nicht, dass man bestimmte Dinge nicht tun darf, und zwar nicht, weil sie dafür bestraft werden können, sondern weil sie dadurch anderen Menschen Leid zufügen. Einfacher gesagt: Sie haben kein Gewissen, und das ist keine Metapher, sondern die traurige Wahrheit. Erstaunlicherweise sind es nicht nur die Menschen in ihrer Umgebung, die dieses Leid erfahren, sondern auch die Soziopathen selbst. Sie sind nicht in der Lage, andere Menschen emotional zu begreifen, unfähig, mit den Gefühlen dieser Menschen Kontakt aufzunehmen, mitzufühlen, und daher sind sie im Innersten furchtbar einsam und unglücklich. Wenn sie töten, nehmen sie ihr Opfer nicht als Menschen aus Fleisch und Blut wahr, mit eigenen Gefühlen und Wünschen, sondern als eine Art abstrakte, machtvolle Figur, einen Inhaber von Macht und Gewalt, einen abstrakten Aggressor, der im Übrigen nicht selten die Züge jenes Aggressors trägt, mit dem sie in ihrer Kindheit selbst konfrontiert waren. In der Regel werden solche Menschen zu Soziopathen, in deren Kindheit emotionale Bindungen und Liebe keinen Platz hatten. Es hat einfach niemanden gegeben, von dem sie Mitgefühl lernen konnten, da sie selbst dieses Mitgefühl nicht in ausreichendem Maße erhielten.

Bisweilen neigen Mörder zur Dissoziation, das heißt, sie leben in mehreren Persönlichkeiten, die im Prinzip nicht einmal etwas von ihrer gegenseitigen Existenz ahnen. Dieses Thema ist im Film besonders beliebt. Einer der Klassiker dieses Genres ist Hitchcocks »Psycho«, in dem die Geschichte eines Mannes erzählt wird, der sich selbst für seine verstorbene Mutter hält und in ihrer Rolle in einem Hotel junge Frauen umbringt.

Obwohl die Gründe für eine solche Persönlichkeitsspaltung bisher noch nicht ausreichend erforscht sind, lässt sich doch mit Sicherheit sagen, dass diese Symptomatik oft bei solchen Menschen vorkommt, die in der Kindheit großes Leid erfahren oder ein ernsthaftes psychisches Trauma davongetragen haben. Wenn ein Kind nicht selbst damit fertig wird oder in einem schwierigen Augenblick seines Lebens nicht die erforderliche Unterstützung durch seine Umgebung erhält, so versucht seine Psyche diese Vorgänge zu verarbeiten, indem sie seine Persönlichkeit aufspaltet, um diese schlechte Erfahrung an jemand anderen abzugeben – es wird also gleichsam »reiner Tisch« gemacht, um das Leben wieder von vorne beginnen zu können. Dabei ist zu unterstreichen, dass die Dissoziation das Ergebnis großen Leids und tiefer Schmerzen ist. Diese Menschen erinnern sich in der Regel nicht mehr an das eigentliche Trauma und können nicht begreifen, warum sie dies oder jenes tun, so zum Beispiel auch, warum sie zu Serienmördern werden.

Die Unterscheidung zwischen Soziopathen mit dissoziativen Zügen und dissoziativen Menschen mit soziopathologischen Persönlichkeitsanteilen ist jedoch eine eigene Frage. Diese ist zweifelsohne dann wichtig, wenn es um die Erstellung eines psychiatrischen Gutachtens bei Gericht geht, hat aber keine Auswirkung auf unsere Interpretation des Geschehens aus rein praktischer Sicht.

Vielleicht verdränge auch ich einen Teil meiner kindlichen Erfahrung, denkt Xenia. Obwohl, eigentlich erinnere ich mich an alles. Andererseits, wie kann ich das überprüfen? Ob ich sie bitten sollte, mir einen meiner Träume zu erklären? Gestern zum Beispiel bin ich aufgewacht und erinnerte mich nur noch an den Satz: »Wenn man mich ruft, werde ich kommen.« Wer wird mich rufen, und wohin?

»Soweit ich weiß, werden in Russland die meisten Serienmörder als zurechnungsfähig eingestuft. Stimmt das?«, fragt Xenia und trinkt einen Schluck Kaffee.

»Ehrlich gesagt würde ich diese Frage lieber ohne Mikrofon beantworten. Aber wenn es Sie interessiert, kann ich Ihnen sagen, warum das so ist. Aus meiner Sicht natürlich. Es liegt ja gar nicht so sehr am öffentlichen Druck, dass man diese Perversen alle abknallen soll. Die Psychiater wissen einfach ganz genau, dass man aus einem Krankenhaus fliehen kann. Dass man die Kranken meist nur sieben Jahre in verschärftem Gewahrsam halten kann – länger ist nicht erlaubt –, und dann kommen sie in die allgemeine Abteilung, wo überhaupt niemand mehr auf sie aufpasst. Und sobald sie für gesund erklärt werden, werden sie einfach wieder entlassen. Mit einem Wort: Es gibt keine Garantie, dass diese Leute nicht wieder morden werden. Wenn man schon eine Sünde begeht, dann stellt man lieber eine falsche Diagnose, als dass man für neue Opfer geradestehen muss. Mosgas, Tschikatilo, eben all die berühmten Killer, das sind natürlich alles Geisteskranke, Menschen mit schwersten Störungen und entsprechender Diagnose. Aber man hat sie für gesund erklärt und erschießen lassen. Und wenn ich ehrlich bin, verstehe ich meine Kollegen, die diese Gutachten unterschrieben haben.«

»Das heißt, diese Menschen sind unheilbar?«, fragt Xenia und denkt, dass sie gerne so wäre wie diese Frau: die Mörder mit dem Kopf begreifen, alles sauber in Schubladen einordnen, sämtliche Gründe erläutern, alles aus Büchern wissen, nicht diese Dinge mit der eigenen geschundenen Haut, mit dem eigenen Herzen fühlen.

(Fragmente aus dem Artikel »Der kranke Serienmörder – die Sicht der Psychologin«, veröffentlicht auf der Website »Der Killer von Moskau«)

Es sind mehrere Fälle bekannt, bei denen die Psychotherapie solchen Menschen helfen konnte, ihre Probleme in den Griff zu bekommen. Allerdings muss man klar sehen, dass Fälle mit Serienmördern in die Zuständigkeit der Psychiatrie, nicht der Psychotherapie gehören. Der Übergang von der Fantasie zur realen Tat ist für gewöhnlich jene Grenze, ab der sich die Persönlichkeit des Mörders irreversibel zu verändern beginnt. Dennoch steht für mich zweifelsfrei fest, dass die meisten Soziopathen und multiplen Persönlichkeiten keine bestialischen Killer sind. Genauso wenig wie Menschen, die von sadistischen Fantasien besessen sind, gleich zu Serienmördern werden. Gedanken und Fantasien machen einen Menschen nicht gleich zum Verbrecher – und hier kann therapeutische Hilfe, wenn sie rechtzeitig erfolgt, sehr wohl von Nutzen sein. In der Fachliteratur werden Fälle beschrieben, bei denen die Therapiepatienten immer wieder von Mordgelüsten heimgesucht wurden. Vielen ist es gelungen, diese Albträume loszuwerden, andere konnten sich zumindest selbst so weit kontrollieren, dass sie kein wirkliches Verbrechen begingen. Hier möchte ich die Gelegenheit nutzen, um mich über diese Website an Menschen mit ähnlichen Problemen zu wenden. Ich kann Ihnen versprechen, es wird Ihnen besser gehen, wenn Sie über Ihre Fantasien mit einem Therapeuten sprechen.

»Aber muss ein Therapeut nicht die Miliz verständigen, wenn jemand zu ihm kommt, der ein Mörder werden könnte?«, fragt Xenia.

»Verstehen Sie, Xenia, Vertraulichkeit ist eine der Grundvoraussetzungen für die Arbeit eines Therapeuten. Es gibt Fälle, allerdings äußerst selten, wo der Therapeut das Recht hat, das Vertraulichkeitsverhältnis zu brechen. Zum Beispiel, wenn ein

Kind davon berichtet, dass ihm systematisch Gewalt angetan wird, so muss dies der Therapeut den Behörden melden, um dieses Kind und andere Kinder zu schützen. Wenn jemand jedoch aus eigener Initiative zu mir kommt und von seinen Problemen erzählt, darunter auch von seinen Fantasien, seinen Albträumen und fixen Ideen, so kann er sicher sein, dass davon niemand außer seinem Therapeuten erfährt.«

Ich wäre wahrscheinlich eine gute Kundin, denkt Xenia. Ich würde nichts verheimlichen. Ich habe ja auch nichts zu verbergen. Allerdings werde ich wohl kaum eine Therapie machen, was Maja Lwowa auch immer sagt – ich bin schließlich durchaus glücklich. Besonders in letzter Zeit, da ich jemanden habe, mit dem ich über die Dinge sprechen kann, die mir wirklich wichtig sind.

Sie trinkt ihren Kaffee aus und stellt die letzte Frage. »Und was geht in einem Therapeuten vor, wenn er mit einem potenziellen Mörder zu tun hat? Sie zum Beispiel, Tatjana, würden Sie nicht Abscheu empfinden, hätten Sie keine Angst?«

»Das ist unsere Arbeit, Xenia. Wenn jemand zu mir käme, der sich in seiner Fantasie vorstellt, kleine Mädchen umzubringen, so würde ich als Frau und Mutter Ekel und Wut empfinden. Aber von meiner beruflichen Warte aus würde das Mitgefühl überwiegen, denn ich bin mir bewusst, dass sich hinter solchen Fantasien selbst erlebtes Leid verbirgt. Die Basis für den Standpunkt des Therapeuten muss stets das Mitleid sein – eine weitere Voraussetzung unserer Arbeit.«

(Fragmente aus dem Artikel »Der kranke Serienmörder – die Sicht der Psychologin«, veröffentlicht auf der Website »Der Killer von Moskau«)

Abschließend sei noch einmal bemerkt: Die Analyse der Ursachen derartiger Verbrechen sollte in keinem Fall als Argument für eine »milde« Einstellung gegenüber den Mördern missbraucht werden. Das Verständnis dessen, dass diese sogenannten »Bestien« auch nur Menschen sind, die selbst großen Leidensdruck verspüren und vielleicht Hilfe benötigen, darf nicht verwechselt werden mit dem Wunsch, sie zu rechtfertigen oder gar zu vergöttern. Die Gesellschaft muss vor solchen Menschen geschützt werden, unabhängig davon, wie sehr wir das Ausmaß ihres persönlichen Leids begreifen.

Wozu nach meinem Traum fragen, denkt Xenia. Die Lösung des Rätsels weiß ich doch selbst. *Wenn man mich ruft, werde ich kommen.* Die Lösung ist das Wort »Berufung«. Wahrscheinlich glaube ich einfach, dass mein Leben einen bestimmten Sinn hat – und der wird sich zeigen, wenn die Zeit dafür gekommen ist.

Sie schaltet das Diktiergerät aus und sagt:

»Danke für dieses ausgezeichnete Interview.«

39

Als er sich auf den Heimweg macht, ist es nach Mitternacht. Die frostige Moskauer Luft, der Vollmond, Schnee knirscht unter den Stiefeln, hinter ihm schlängelt sich ein Flockenwirbel über den Boden, krümmt sich zu einer Spirale. Jetzt kommt er nur per Anhalter nach Hause, aber bis da was kommt, ist er in dieser zugigen Einfahrt schon zehnmal erfroren. Alexej hat Oxana per Mobiltelefon angerufen, hat gelogen, er sei einfach bei der Arbeit eingeschlafen, eine ziemlich plumpe Lüge, aber das ist jetzt sowieso egal. Eigentlich wollte er sein ganzes Leben die Verlogenheit bekämpfen. Stattdessen belügt er schon sein ganzes Leben seine Frau. Und nun türmen sich seine Lügen wie ein enormer Schneeberg vor ihm auf, so viel Verlogenheit könnten nicht mal alle putintreuen Medien zusammen in einem halben Jahr produzieren. Obwohl, vielleicht ist das doch ein etwas voreiliger Schluss: Mit jedem Monat nehmen die Lügen der offiziellen Presse so sehr zu, dass es ihm jetzt sehr bedeutend vorkommt, wenn er wenigstens über irgendetwas die Wahrheit schreibt. Und wenn es nur die korrekte Anzahl der Wunden an einer Leiche ist.

Also hat er Oxana angerufen, wieder gelogen, aber das ist jetzt sowieso egal. Sie merkt ja doch, dass etwas nicht stimmt. Gestern, nachdem die Kinder eingeschlafen waren, kam sie zu ihm, setzte sich ihm gegenüber und begann ihn auszufragen: Was ist denn los? Irgendwie redete er sich raus, schob es auf das gemeinsame Projekt mit Xenia, glaubst du vielleicht, das ist einfach, sich die ganze Zeit nur mit durchgeknallten Mördern zu befassen? Aber dafür bekomme ich wenigstens Anerkennung und ein bisschen zusätzliches Gehalt. Ich wollte doch schon immer etwas Großes im Netz machen, nicht nur irgendein Interview hier und ein Artikelchen dort. Und das ist jetzt meine Chance, und da müssen wir eben alle ein wenig zurückstecken, denn so eine Chance bekommt man nicht umsonst.

Er hebt die Hand, will ein vorbeifahrendes Auto heranwinken. Zum ersten Mal erfüllt ihn einer seiner vielen Seitensprünge weder mit Befriedigung noch mit Stolz. Nicht einmal dieser leichte Kick ist noch da. Er tritt von einem Fuß auf den anderen, winkt mit eiskalter Hand, die Autos fahren vorbei, über das leer gefegte Pflaster wirbelt der Schnee in Spiralen, wie von einem riesigen Bleistift gezeichnet. Äußerlich ist alles wie gewohnt gewesen, voller Energie und Leidenschaft, er ist schnell auf Touren gekommen, immerhin war er ja schon gut drei Monate nicht mehr bei Irka gewesen. Alles ist so gelaufen, wie er es mag, so, und dann wieder so, sogar gleichzeitig gekommen sind sie, was nicht immer der Fall ist. Und doch – keine Befriedigung, kein Kick.

Und wenn du einfach auf das Auto pfeifst? Setz dich doch hier in den Schneehügel, stocknüchtern, zieh dir die Jacke über den Kopf und warte, bis der wirbelnde Schnee dich einspinnt wie eine Puppe, in der du einschläfst wie eine Larve, bis du eines Tages als Schmetterling wieder erwachst – *dort*, in einem anderen Leben. Mach dir nichts vor. Ein anderes Leben *hier* bekommst du nicht mehr. Das Brandmal des Versagers lässt sich nicht so einfach auslöschen, nicht mit zwei Interviews, nicht mit einem Umschlag voller Geld, nicht durch fünf gemeinsame Abende mit Xenia. Das liegt doch alles auf der Hand.

Er zieht einen Handschuh aus, betrachtet seine Handfläche. Wäre ich ein Chiromant, denkt er, dann könnte ich verstehen, was hier nicht stimmt. Vielleicht sollte ich einfach mein Schicksal verändern? Alle Lebenslinien verbrennen, sie mit glühendem Stahl versengen, sie mit der Haut vom Fleisch herunterziehen? Ich sollte einen Brief an unseren Killerhelden schreiben: Hallo, ich habe so viel für deinen Bekanntheitsgrad und deinen Ruf getan, dass ich hoffentlich auf eine kleine Gegenleistung zählen kann. Zieh mir die Haut an den Händen ab. Das ist für dich doch nichts Neues. Gib mir die Chance, mein Schicksal abzulehnen, den morgigen Tag als jemand anderer neu zu beginnen. Ich weiß, du machst dir nichts aus Männern. Aber du sollst dich daran ja auch nicht aufgeilen, sondern einfach einem Freund einen Dienst erweisen. Wenn du willst, mach aus meinen Händen Handschuhe. Wir könnten dann ein Foto davon auf die Website stellen, und ich interviewe mich selbst – der Mann, dem der Killer von Moskau die Hände abnahm. Wenn ich Xenia solches Material bringe, wird sie sich bestimmt freuen.

Die frostige Moskauer Luft, wirbelnder Schnee, der sich zu einer Spirale krümmt, ein Wagen hält an, der Fahrer öffnet die Tür. *Steig ein, Mann, sonst erfrierst du noch. Wohin soll's denn gehen?* Alexej nennt die Adresse und drückt sich in den Sitz. *Geht's wieder nach Hause? Von der Arbeit? O ja, bisschen spät dran, da hast du wohl recht, um halb ein Uhr nachts. Lässt dich deine Frau überhaupt noch rein?*

Wenn Alexej sich gerne mit Taxifahrern unterhielte, würde er antworten, dass ihn seine Frau natürlich hineinlassen wird, dass sie natürlich versteht, dass er eine Krise durchmacht, vielleicht die Midlife-Crisis, vielleicht aber auch nur eine Einfach-so-Crisis. Der Fahrer würde dann erzählen, dass sein Bruder auch mal

’ne Krise gehabt hat, aber dann sei dabei rausgekommen, dass er einfach ein Säufer war, also musste man ihm nur den Hahn zudrehen, und schon war die Krise wie weggeblasen, schade nur, dass er ein Jahr später überfahren wurde. Irgendein besoffener Vollidiot hatte ihn direkt an der Bushaltestelle erwischt, der hatte eben nicht rechtzeitig den Hahn zugedreht. *Deinem Bruder war es wahrscheinlich vorbestimmt, am Wodka zu verrecken*, würde Alexej dann sagen, und der Taxifahrer würde antworten: *Davon bleibt niemand verschont*, und so würden sie sich die Zeit vertreiben. Vielleicht würde der Fahrer dann noch irgendeine Volksweisheit zum Besten geben, so was wie: *Kinder sind immer noch das Wichtigste*, oder: *Die Frau, die dir Gott geschenkt hat, musst du auch ertragen*, irgendwas in der Art – aber Alexej ist schon immer mit Sprichwörtern und geflügelten Ausdrücken auf Kriegsfuß gestanden. Jedenfalls, würde er mit dem Taxifahrer ins Gespräch kommen, vielleicht müsste er dann nicht mehr an Xenia denken, daran, wie sie ausgestreckt auf dem Rücken liegt, schlank und anrührend, die Adern scheinen durch die Haut, wie sie daliegt, die Beine schamlos gespreizt, obwohl, wofür soll sie sich schämen, wenn sie gerade erst miteinander geschlafen haben, zumindest er mit ihr, er die kleinen Narben in den Ellenbeugen geküsst hat, zart, damit es nicht wehtut, die zylinderförmigen Nippel zwischen den Zähnen hin und her gerollt hat, mit dem Finger über die frische Wunde auf der Innenseite ihres Oberschenkels gefahren ist. (Was ist das? – Ach nichts, hab mich geschnitten.) Gerade erst, sagst du? Wann war das, dieses »gerade erst«? Einen Monat ist das her, mindestens. Sag mir, Xenia, was ist passiert? Wir sehen uns jeden Tag im Büro, du bist wohlwollend und freundlich, aber ich spüre, wie sich zwischen uns eine unsichtbare Wand aufbaut, und ich begreife nicht, was ich falsch gemacht habe. Und die ganze Fahrt über redet er mit Xenia, anstatt mit dem Taxifahrer zu reden, und das ist eigentlich schade, denn Xenia antwortet ihm nicht, während der Taxifahrer wenigstens irgendein Bonmot fallen lassen könnte. *Lässt sich's nicht wegscheuern, wirst du's schon aushalten*, was immer das auch bedeutet, obwohl, ist eigentlich auch so klar: Geduld ist alles, was wir haben, die Zeit heilt alle Wunden und so. Aber die Zeit zerstört auch – was letzten Endes bedeutet, dass sie nur das heilt, was sie nicht zerstört, oder dass die Zerstörung selbst Teil des Heilungsprozesses ist. So ist das immer mit Sprichwörtern und geflügelten Ausdrücken. Selbst wenn ihre Bedeutung zuerst nebulös erscheint, so ist sie bei näherer Prüfung so banal wie nur irgendwas. Trotzdem wäre es besser gewesen, er hätte mit dem Taxifahrer geredet, dann wäre dieser vielleicht nicht gleich davongebraust, nachdem er das Geld bekommen hatte, und hätte dich nicht in der frostigen Moskauer Luft stehen gelassen, weit nach Mitternacht, sondern hätte vielleicht gefragt: *He, Mann, was ist, bist du etwa falsch gelandet, oder warum stehst du so rum und schaust?* Und du hättest ihm geantwortet: *Mist, jetzt hab ich doch tatsächlich die falsche Adresse genannt, komm, ich leg noch was drauf, bring mich so schnell wie möglich weg von hier*, soll heißen, nun aber wirklich nach Hause. Und der Fahrer hätte gesagt: *Mann, du bist vielleicht schräg drauf!* Oder: *Mann, du musst ja überarbeitet sein!* Jedenfalls wärst du wieder in das Auto gestiegen, und es hätte dich so schnell wie möglich von hier fortgebracht. Aber dafür, versteht sich, hättest du die ganze Fahrt über mit dem Taxifahrer reden und nicht irgendeinen unendlichen Monolog mit Xenia führen müssen, die ohnehin nicht darauf hätte antworten können, weil sie in dieser Zeit zu Hause saß, das Notebook eingeschalten hatte und mit der einen Hand auf aliens Fragen antwortete, während sie mit der anderen … Aber daran denken wir besser nicht und das wollen wir auch gar nicht wissen, denn Xenia denkt jetzt nicht an dich und weiß nicht, dass du genau vor ihrem Hauseingang stehst, und der Schnee zu deinen Füßen in Spiralen umherwirbelt, gleich den Linien eines unbekannten Schicksals, die der Wind mit einem einzigen Stoß verändert.

Und hier stehst du nun vor ihrem Hauseingang und denkst, was du jetzt tun sollst, wenn du schon ihre Adresse anstatt deiner eigenen nennst, aber du denkst nicht darüber nach, wo du das nächste Auto anhalten und was du Oxana wieder vorlügen wirst, die dir ja schon die letzte Lüge nicht wirklich abgenommen hat, sondern du denkst, die Tatsache, dass du nun hier bist, das ist sie – die Chance, dein Schicksal zu verändern. Und du murmelst vor dich hin: *Schicksal verändern, Schicksal verändern*, fast so wie ein paar Wochen zuvor das Mantra *XeniaXenia-Xeniaichliebedichliebedichliebedich*, ein Mantra, das dir jetzt keine Rettung mehr verspricht, denn der Schleier der Schwermut windet sich nur noch fester um dich, wie der Schnee, der jeden einschläfert, der sich mitten in der Nacht in Moskau in einen schmutzigen Schneehügel setzen will. Und nun versuchst du dich zu erinnern, wo die Fenster ihrer Wohnung sind. Was hast du denn gesehen, als du am Fenster ihres Zimmers standest, während Xenia noch liegen blieb, ausgestreckt auf dem Rücken, schlank und anrührend, die Beine schamlos gespreizt und den Schoß geöffnet, diesen Schoß, in den dein Zauberstab, oder Geschlechtsorgan, wie immer du es auch nennen würdest, wenn du es mit Worten beschreiben müsstest, wohl nie wieder seinen Weg finden wird. Und während du so, den Kopf zurückgelegt, die frostige Moskauer Luft einatmest, siehst du, dass die beiden Fenster von Xenias Wohnung wie ein doppelter Leitstern strahlen, und da begreifst du, dass dies dein Schicksal ist, genauer: die Chance, dein Schicksal zu verändern, *Schicksal verändern,*

Schicksal verändern – aber eine solche Chance bekommt man natürlich nicht umsonst, doch jetzt bist du bereit, jeden Preis zu zahlen, und das ist richtig so, sage ich dir, denn kein Preis ist für dich zu hoch. Wenn du, Alexej Rokotow, Ehemann deiner Frau Oxana und Vater zweier Kinder, ein Mann, der junge Geliebte sammelt, so wie dein letzter Held wohl abgeschnittene Lippen und Brustwarzen und erfolgreichere Journalisten Fotos der Orte, an denen sie waren, oder Autogramme der Berühmtheiten, mit denen sie gesprochen haben – wenn du also schon weit nach Mitternacht vor der Tür jener Frau stehst, die dir seit einem Monat mehr als deutlich zu verstehen gibt, dass sie weder deines Zauberstabs noch deines Geschlechtsorgans bedarf, nun, wenn du schon rein zufällig hier auftauchst, dann fahr doch endlich hinauf und zahle diesen beliebigen Preis dafür, damit das alles endlich ein Ende hat.

Was kannst du da schon zu sehen bekommen? Xenia, gefesselt an Armen und Beinen, gerade übergossen mit flüssigem Wachs – sehr praktisch, denn trotz der brennenden Schmerzen hinterlässt geschmolzenes Wachs keine Spuren auf der Haut –, gegeißelt mit Riemen oder Peitsche, durchgeprügelt mit einer Gerte oder mit einer Klatsche verdroschen? Während eurer gemeinsamen Arbeit an der Website hast du noch ganz andere Sachen gesehen. Welche Spielchen Xenia auch immer treiben mag, ihre Augen sind noch an Ort und Stelle, und die Brustwarzen auch, selbst wenn sie manchmal schmerzen wegen der Klammern (fast fünfzig Dollar in dem Laden in der Dmitri-Uljanow-Straße, ein teures Vergnügen, dieses BDSM!). Ihre Nippel gehören also noch nicht irgendeiner Sammlung an, und ihre Lippen, alle drei Paar, haben noch nicht die Eigenschaft verloren, sich mit Blut zu füllen, und funktionieren normal, Arme und Beine sind auch noch ganz, da schau, eine Hand tippt auf die Tastatur, auf der anderen kaut Xenia nervös herum und spürt ihren eigenen herben Geschmack an den Fingern. Also keine Angst, fahr nach oben und läute an der Tür.

Xenia erhebt sich und blickt durch den Spion. *Was ist passiert?*, fragt sie, die Stimme eher beunruhigt als verärgert. *Kann ich reinkommen?*, sagst du ganz leise, denn an der Schwelle zu Xenias Wohnung hat dich plötzlich der Mut verlassen und damit zugleich auch die Hoffnung auf eine wundersame Wendung deines Schicksals. *Warte, ich zieh mich kurz an*, sagt Xenia, und hier könntest du dich eigentlich gleich umdrehen und weggehen, denn selbst ehemalige Geliebte schämen sich nicht allzu sehr, wenn sie einander nackt gegenüberstehen, sofern sie sich denn noch erinnern, dass sie mal Geliebte waren.

Und nun steht ihr mitten im Flur, die kleine Xenia, ohne Make-up, ein Hemd und alte Jeans bedecken den nackten Körper, und Alexej Rokotow, der erfolgreiche Versager, will sagen: einer, dem es sogar gelungen ist, den größten Erfolg seines Lebens in eine Niederlage zu verwandeln. *Was ist denn passiert?*, fragt Xenia erneut, verwundert. *Ich liebe dich*, sagst du, und Xenia seufzt, nun vollends verwirrt und ratlos, was sie mit diesem Mann anstellen soll, der fünf Jahre älter ist als sie, Vater zweier Kinder, Ehemann seiner Frau Oxana, die sie bisher kein einziges Mal gesehen hat außer auf einem Foto im Internet-Album der Abschlussklasse. Sie seufzt noch einmal und will etwas sagen wie: *Ach, komm, das bildest du dir nur ein*, oder: *Hör mal, vielleicht doch nicht wirklich?* – aber dann blickt sie ihm ins Gesicht und begreift: *Nein, er bildet sich nichts ein*, und: *Doch, wirklich.* Sie blickt also in sein Gesicht, streckt die Hand aus, streicht mit der Handfläche über seine Wange und sagt dann: »Verzeih mir. Ich liebe schon jemand anderen«, und diese Antwort kommt für sie selbst so unerwartet, dass sie verstummt und einfach so stehen bleibt, während Alexej sich umdreht und schweigend hinausgeht, in die frostige Moskauer Luft, zu den spiralförmigen Schneewirbeln, zu einer weiteren Mitfahrgelegenheit, die augenblicklich um die Ecke biegt. Und nun sitzt Alexej auf dem Vordersitz und sagt kein einziges Wort, weder zu dem Taxifahrer noch zu Oxana, die immer näher kommt, noch zu Xenia, die sich immer weiter entfernt, sitzt da, sozusagen tatsächlich schweigend, sitzt und begreift, dass sich das Schicksal nicht einfach von der Innenfläche der Hand kratzen, nicht mit glühendem Eisen versengen und nicht wie ein Lederhandschuh abstreifen lässt – und es deshalb genauso unmöglich ist, das eigene Schicksal zu verändern, wie es unmöglich ist, deine eigene Frau zu betrügen. Und während er darüber nachdenkt, trübt sich Xenias Silhouette auf seiner Netzhaut ein wenig ein, obwohl sie noch immer im Flur der Wohnung steht, die er soeben verlassen hat, die Hand noch immer erhoben, und noch einmal zu sich selbst sagt: *Ich liebe schon jemand anderen*, als wolle sie dem Geschmack dieser für sie neuen Worte noch einmal nachspüren.

40

Ich sitze mit Larissa im *Kofe-In.* Ihren kurzen Pelzmantel hat sie an einen Haken hinter sich aufgehängt, und ich bemerke, wie sie mit der Handfläche über den glatten, in sämtlichen Grautönen schimmernden Pelz streicht.

Als wir uns vor vielen Jahren kennenlernten, trug sie auch einen Pelz, einen synthetischen, dunkelblau, dazu hellblaue Jeans und eine orangefarbene Bluse mit schrägem Reißverschluss. Wenn man ihn aufzog, konnte man eine Brust herausholen und küssen, aber das erfuhr ich erst viel später.

Larissa ist drei Jahre älter als ich. Das ist viel, wenn du siebzehn und eben erst mit der Schule fertig bist. Ich war noch »Jungfrau«, aber das war normal. Damals begann man später – obwohl, vielleicht kommt mir das nur so vor. Larissa war die ältere Schwester meines Freundes Jegor, wir feierten Neujahr bei ihm auf der Datscha. Sie war mit einem Typen von der juristischen Fakultät zusammen, nach zwölf verzogen sie sich nach oben, angeblich, weil sie müde waren. Wir tauschten Blicke und kicherten nach dem Motto: Na klar, wir wissen schon, was die vorhaben.

Wir irrten. Davon konnte ich mich ein halbes Jahr später selbst überzeugen.

Das Mädchen, mit dem ich seit der Schule zusammen war, hatte mir gesagt, sie habe beschlossen, ihre Jungfräulichkeit bis zur Hochzeit aufzubewahren, was mich derart wütend machte, dass ich sie zum Teufel schickte. Wir trennten uns in einem frühlingskalten Park, sie umarmte mich, drückte sich mit ihrem ganzen Körper an mich, und zum Abschied schob ich ihr meine Zunge so tief in den Mund, wie ich nur konnte, als wollte ich damit jene Penetration kompensieren, die man mir verweigert hatte. Sie heulte und hing ganz schlaff in meinen Armen, und mich erregte der unterwürfige Eindruck, den sie machte. Ich dachte, dass mir ein solches Verhalten gefiel, und dass ich, würde sie sich immer so geben, nichts dagegen hätte, mich weiter mit ihr zu treffen. Aber als ich sie ein letztes Mal fragte, ob sie mit mir schlafen werde, wiederholte sie tränenerstickt: »Nein.« Ich drehte mich um, und während ich fortging, spürte ich, dass mein Glied jeden Augenblick meine billige Jeans sprengen würde. Ich war siebzehneinhalb und noch immer Jungfrau, also beschloss ich: keine Gleichaltrigen mehr. Es war Sommer, und ich fuhr wieder zu Jegor auf die Datscha, denn ich wusste, dass dort Larissa sein würde, die sich gerade erst mit ihrem Juristen zerstritten hatte.

Doch dann stellte sich heraus, dass der Anlass des Streits ihr Entschluss gewesen war, ihre Jungfräulichkeit bis zur Hochzeit zu bewahren. Um es vorwegzunehmen – sie zog es durch.

Larissa war brünett und hatte große Augen, einen großen Mund und schwere Brüste. *Titten, zehn Kilo das Stück*, hätte man in meiner Jugend gesagt. Seither habe ich aus Spaß ein paar Mal Frauenbrüste gewogen, fünf Kilo waren der absolute Rekord. Larissas hätten vielleicht drei gehabt. Sie konnte gut küssen und hat mir wahrscheinlich einige der besten Blowjobs meines Lebens verpasst. Aber vielleicht war ich damals auch einfach noch jung und anspruchslos. Bevor sie mich zu lutschen begann, nahm sie immer ihre Brille ab und gab sie mir. Ich steckte sie später meist in die Tasche, nachdem ich sie einmal fast zerdrückt hätte, als ich kam – so heftig waren damals meine Orgasmen. Ich erinnere mich noch wie gestern an das bläulich-schwarze Schimmern ihrer Haare, die hin und her wogten wie Algen im Wasser, während sie, vor mir kniend, leicht vor und zurück schwankte.

Im Gegensatz zu damals sind ihre Haare heute platinblond und erinnern an eine Perücke. Sie trägt keine Brille mehr, und die grauen Augen haben jetzt einen unnatürlich grünen Stich, wahrscheinlich von den Kontaktlinsen. Während wir also zum Lunch im *Kofe-In* sitzen, versuche ich in dieser gut gekleideten, nicht mehr ganz jungen Frau jenes Mädchen zu entdecken, mit dem ich sommers auf den Parkbänken und winters in den Treppenhäusern schmuste. Dazu musste ich mit ihr nur bis ins oberste Stockwerk hinaufsteigen, sie aufs Fensterbrett setzen, den blauen Kunstpelz aufknöpfen, den schrägen Reißverschluss öffnen und dann so schnell wie möglich den Häkchenverschluss ihres BHs ertasten. Larissa sagte dann immer: *Bitte nicht, wenn jemand kommt*, aber wenn ich es rechtzeitig schaffte, mit den Lippen ihren großen braunen Nippel zu umfassen, fing sie sogleich an schwer zu atmen und mit den Händen meine Haare zu durchwühlen.

Damals hatte ich noch lange Haare. Ich träumte davon, ein Rockstar zu sein, hörte Jegor Letow, Nick Rock'n'Roll, die Sex Pistols und Iggy Pop. Larissa hatte eine englische Schule abgeschlossen, also bat ich sie ein paar Mal, mir Liedtexte zu übersetzen, aber sie verzog nur ihre vollen Lippen und sagte, die Texte seien voller obszöner Ausdrücke, und das gefalle ihr nicht. Sie mochte es wirklich nicht, wenn jemand unflätig wurde, und so reichte ihre Leidenschaft für Rockmusik nicht weiter als bis zu Agusarowa und »Aquarium«.

Heute hört sie wahrscheinlich den Popstar Zemfira, obwohl

gepflegten Damen unter vierzig eigentlich durchaus auch der etwas herbe Stil von »Leningrad« gefallen dürfte. Aber irgendwie scheint es mir unangebracht, danach zu fragen. Am Ende denkt sie noch, ich wollte nur darauf anspielen, dass mein musikalischer Geschmack schon vor fünfzehn Jahren weiterentwickelt war als ihrer.

Vor fünfzehn Jahren verzogen wir uns von Zeit zu Zeit auf die Datscha und küssten uns dort stundenlang splitternackt auf dem ausgezogenen Sofa oder einfach auf dem Boden. Wir waren unersättlich, denn wir waren jung und bewahrten uns noch immer unsere Jungfräulichkeit.

Drei Jahre Petting ohne Unterbrechung bringt eine Menge Erfahrung. Ich wurde Meister in der Kunst, ein Mädchen zum Orgasmus zu bringen, ohne ins Innere der Vagina vorzudringen. Wie es aussieht, habe ich meinen Ruf als guter Liebhaber auch Larissa zu verdanken mit ihren großen Brustwarzen, ihren weichen Händen und den besonders empfindlichen Stellen zwischen den Schulterblättern sowie etwas oberhalb der Hinterbacken, dort, wo bei ihr der Schwanz wachsen würde, wäre sie eines jener Tiere, aus denen man Pelze für gepflegte Damen unter vierzig macht.

Wir trinken Kaffee, Larissa erzählt, wie sie zu Weihnachten nach London geflogen ist und auf Englisch den »Herr der Ringe« gesehen hat. Früher einmal mochten wir beide das Buch, obwohl ich mich heute nur noch an die Episode erinnere, wo die Gesichter der Toten aus der Tiefe des gefrorenen Sumpfs heraufblicken. Und natürlich erinnere ich mich noch an das Todesverlangen und den schweren Blick, der nach dir sucht, sobald du den Ring an den Finger steckst. Ein mir heute nur allzu bekanntes Gefühl.

Nachdem wir uns unsere Ringe gegenseitig angesteckt hatten, lebten wir drei Jahre zusammen. Wahrscheinlich waren wir so ziemlich das einzige Paar in unserem Bekanntenkreis, das nicht heiratete, weil bereits ein Kind unterwegs war. Meine Großmutter starb, und Larissa und ich bezogen eine eigene Wohnung. Ich ging bereits arbeiten, und für das erste Gehalt kaufte ich ein Videogerät und einen japanischen Fernseher. Wir stellten beides im Schlafzimmer auf, und jeden Abend schauten wir uns im Bett Videos an, die wir bei Freunden ausliehen oder auf dem Schwarzmarkt gekauft hatten. Auf eine 180er-Kassette passten meist zwei Filme, und wenn der erste gut gewesen war, schauten wir uns oft aus Interesse gleich noch den zweiten an.

Als wir uns noch in Treppenhäusern umarmt und auf der Datscha stundenlang abgeleckt hatten, war ich der Überzeugung gewesen: Wenn wir erst *richtig* Sex hätten, würde ein Wunder geschehen. Doch leider wurde ich enttäuscht. Larissa schien mir eine wunderbare Geliebte zu sein, und heute, zehn Jahre und einige Dutzend Frauen später, kann ich sagen, dass sie es tatsächlich war – aber dennoch stimmte irgendwas nicht. Wir waren nass vor Schweiß, kamen gleichzeitig, ich küsste ihre schweren Brüste mit den großen Knospen, sie umfasste mit ihren Lippen mein Ohrläppchen und fuhr mit ihren stets makellosen Fingernägeln über meinen Oberschenkel – und doch drängte sich mir während all dieser Jahre unseres Familienlebens die Frage auf: Das ist alles? Das ist es, worüber Bücher geschrieben und Filme gedreht werden? Das ist es, wovon Millionen von Teenagern auf der ganzen Welt träumen?

Larissa ist seit acht Jahren wieder verheiratet. Ich weiß nicht, ob ihr Mann sie liebt, wenn sie mit ihren Fingernägeln über seinen Schenkel fährt, ob er die besonders empfindlichen Stellen zwischen ihren Schulterblättern kennt und ob er ihre Handfläche so küssen kann, dass sie davon einen Orgasmus bekommt. Irgendwie ist es mir peinlich, danach zu fragen, obwohl es mich eigentlich ziemlich interessiert.

Ihr Mann verdient nicht schlecht, und doch treffe ich mich jeden Monat mit ihr, um ihr einen Umschlag mit Geld zu geben. Ich liebe meinen Sohn sehr und möchte ihm ein guter Vater sein. Ich habe ihn nun schon neun Jahre nicht mehr gesehen.

Manchmal trieben wir es vor dem Fernseher. Keineswegs nur zu Pornofilmen. Manchmal liefen dabei auch Melodramen, Actionfilme oder sogar Komödien. Ich weiß noch, wie wir bei »Die unglaubliche Reise in einem verrückten Flugzeug« plötzlich total behämmert loslachten und sogar vergaßen, dass ich noch in ihr war. Ich glaube, wir versuchten es sogar zu den damals gerade aktuellen Blockbustern von Ridley Scott und James Cameron mit Arnold Schwarzenegger beziehungsweise Sigourney Weaver.

Den besten Orgasmus verschaffte mir Larissa, während wir einen jener zweitrangigen Horrorstreifen schauten. Eine Gruppe Girlscouts – wie es sich gehört, mit riesigen Titten, *zehn Kilo das Stück* – wurde darin von einer Gruppe Irrer verfolgt, die über jegliche Art von Tranchierwerkzeug verfügten, einschließlich jener Motorsäge, die später durch Tobe Hooper Unsterblichkeit erlangte.

(Vorbild für Leatherface in »The Texas Chainsaw Massacre« war übrigens erneut Ed Gein, der schon Hitchcock und Harris inspiriert hatte. Ich habe viel über ihn gelesen. Er hatte ein Gefühl für das Schöne, was seine Halskette aus Brustwarzen belegt – wirklich eines der schönsten Dinge, die ich je in meinem Leben gesehen habe.)

Larissa mochte solche Filme nicht besonders – nicht, weil sie sich gefürchtet hätte, nein, die Handlung ließ sie einfach völlig kalt. Wahrscheinlich dachte sie, dass all diese blutigen Geschichten von jungen Frauen, die bei lebendigem Leibe zerlegt wurden, nicht das Geringste mit ihrem Leben zu tun hatten. Oder sie hielt diese Geschichten sogar für eine unzulässige Invasion der Wirklichkeit in ihre Welt, die schon damals eine künstliche war. Ich weiß es nicht. Jedenfalls ritt sie auf mir, dem Bildschirm den Rücken zugewandt, und bewegte sich rhythmisch nach oben und wieder nach unten. Ich hielt ihre schweren Brüste in meinen Händen und verfolgte über ihre Schulter hinweg das Geschehen auf dem Bildschirm. Irgendeine zweitrangige Protagonistin, die offenbar zur Abschlachtung vorgesehen war (ihre blonden Haare hatten genau denselben Farbton wie der, den sich Larissa jetzt hat machen lassen), irrte unsicher durch den Wald, in dem soeben zwei ihrer Freundinnen hopsgegangen waren. Wie es sich für solche Filme gehört, trug sie einen mehr als offenherzigen Badeanzug, und während ich mich im Gleichtakt zu Larissas Höhen und Tiefen bewegte, wartete ich darauf, dass jemand der Blondine die Kehle durchschnitt. Plötzlich packte eine Hand die platinblonden Haare des Mädchens, und ich sah, wie eine enorme Machete auf ihre Brust herabsauste.

In Wirklichkeit ist es ziemlich schwer, eine große Brust mit einem Schlag abzutrennen. Dafür muss man ziemlich geübt sein – aber vielleicht waren das die Filmhelden ja. Allerdings sah ich gar nicht mehr, was aus der Brust der Blondine wurde – und das nicht etwa, weil die Kamera pietätvoll auf das schmerzverzerrte Gesicht des Mädchens geschwenkt war, sondern weil ich in dem Augenblick, als die Machete sich in ihr Fleisch grub, krampfhaft zusammenzuckte, meine Finger sich in Larissas Brüste gruben und ich mich mit mächtigem Strahl in ihr ergoss.

Schon damals konnte ich mich meist ziemlich lange zurückhalten, und Larissa mochte Kondome nicht, weshalb wir den Coitus interruptus praktizierten. Folglich sprang sie nun fluchend von mir herunter und lief ins Badezimmer. Ich blieb einige Zeit auf dem Rücken liegen, mein Herz hämmerte, ein Zittern fuhr durch meinen Körper.

Heute hat Larissa sich wahrscheinlich eine Spirale einsetzen lassen oder nimmt die Pille. Jedenfalls hat sie keine weiteren Kinder und wird wohl kaum noch welche bekommen. Höchstens in Amerika bekommen berufstätige Frauen mit fast vierzig Jahren noch Kinder. Ich würde sie das gerne fragen, aber irgendwie ist es mir peinlich.

Als wir uns trennten, war ich vierundzwanzig und sie siebenundzwanzig, aber heute kommt es mir vor, als wären wir damals noch Kinder gewesen, die ihre Wünsche noch nicht kannten und sich vor den eigenen Gefühlen fürchteten. Ich wollte Rockstar werden, sie Zoologin wie ihre Mutter. Heute arbeitet sie im Management eines großen westlichen Unternehmens, das Tierfutter herstellt. Was ja immerhin etwas mit Zoologie zu tun hat.

Fast einen Monat später erfuhren wir, dass mein Sperma nicht spurlos verschwunden war. Termingerecht kam Denis zur Welt, mein Sohn, empfangen durch den Hieb einer Machete, durch den eine Brust abgetrennt wurde, die der seiner Mutter ganz ähnlich war.

Ich denke, heute hängen Larissas schwere Brüste noch mehr herab, und auf den Schenkeln wird sich Fettgewebe angesammelt haben. Sie hatte sich schon immer davor gefürchtet, dick zu werden, also lässt sie sich jetzt vielleicht das Fett absaugen, macht Diät nach der Dr.-Wolkow-Methode oder geht zweimal die Woche ins »Planet Fitness«. Ich würde sie das gerne fragen, aber irgendwie ist es mir peinlich. Auch sie wird älter, alle Frauen werden irgendwann älter und versuchen es zu verbergen. Die Zeit verschont ihr Fleisch nicht, so herrlich es in jungen Jahren auch sein mag. Sie werden alt, bekommen Falten, werden fett, und dann sterben sie. Die Mädchen dagegen, die ich umgebracht habe, werden immer jung bleiben.

Larissa trinkt ihren Kaffee und sagt, der Kaffee im *Kofe-In* sei nicht schlecht, aber nicht so gut wie der, den sie früher gekocht hat. Tatsächlich? Ich habe schon vergessen, wie sie damals den Kaffee gemacht hat. Seither habe ich selbst in dieser Kunst einiges dazugelernt – es sind ja inzwischen auch viele neue Sorten hinzugekommen. Ob ihr neuer Mann wohl Kaffee kochen kann? Ich würde sie das gerne fragen, aber irgendwie ist es mir peinlich.

Es fällt mir schwer, mich mit Larissa zu treffen. Meist gehe ich einfach zu ihr ins Büro, aber heute hat sie selbst vorgeschlagen, gemeinsam zu Mittag zu essen, und ich konnte nicht Nein sagen, umso mehr, als ich schon seit heute Früh bester Laune bin. Immerhin ist sie die Frau, die ich sechs Jahre lang geliebt habe – länger als jede andere in meinem Leben. Ich hatte davon geträumt, mit ihr jeden Morgen gemeinsam aufzuwachen und jeden Abend gemeinsam einzuschlafen, jeden Monat den Geruch ungeborener Kinder einzuatmen, wenn sie pünktlich ihren Schoß verließen, und dann, wenn wir gemeinsam alt würden, würde ich jeden Tag nachschauen, wie sich die grauen Strähnchen zwischen den schwarzen Locken vermehrten.

Ich war noch ganz jung und wusste noch nichts über mich selbst, aber das ist auch nicht so wichtig. Drei Jahre lang leckte ich ihren Körper, kannte jeden Zentimeter ihrer Haut und wusste, dass ihre Tage begonnen hatten, sobald ich ihre Figur im falschen Pelz am Ende des Bahnsteigs erblickte. Heute sehe ich die künstlichen, platinblonden Haare, die allzu geraden Zähne, die grünlichen Augen und komme nicht mehr an jene Larissa heran, die ich einmal liebte.

Gerade erzählt sie, wie ihre alte Freundin Maschka – ich erinnere mich, ein hageres Persönchen mit braunen Haaren und erstaunlich schönen Händen – sich fast von ihrem Mann hätte scheiden lassen. Sie seien aber zum Familientherapeuten gegangen und nun wieder glücklich miteinander vereint.

Wir ließen uns scheiden, als Denis ein Jahr alt war. Larissa ging wieder zur Arbeit, und für eine Woche fuhr sie zu einer Schulung nach Europa. Ich hütete das Kind. Abends, wenn er bereits schlief, lag ich im Bett und onanierte. Im ersten Jahr unseres gemeinsamen Lebens hatte ich es sehr selten getan. Die Tür zur Dusche ließ sich nicht absperren, und mich schreckte der Gedanke, meine Frau könnte herausfinden, dass ich es mir wie ein pickeliger Teenager besorgte. Wir sprachen nie darüber, und ich war überzeugt, dass sie selbst nie masturbierte. Hätten wir uns erst als Erwachsene kennengelernt, ich hätte ihr diese Frage ohne Weiteres direkt gestellt, und heute ist es mir irgendwie peinlich.

Den seit Schulzeiten verloren geglaubten Geschmack an der Selbstbefriedigung fand ich wieder, als Larissa schwanger war. Auf die Frühgestose folgte ein drohender Abgang und dann die Spätgestose, die Geburt verlief schwer, sodass drei Monate lang von Sex keine Rede sein konnte. Seltsam, dass damals keinem von uns jener reiche Erfahrungsschatz im Petting in den Sinn gekommen war. In jener Nacht, als Larissa irgendwo in Europa auf Schulung war, kam ich jedenfalls ziemlich schnell – und als ich in die Wirklichkeit zurückkehrte, bemerkte ich, dass Denis in seinem Bettchen aufrecht stand und »Papa! Papa!« schrie.

Er hatte wohl kaum etwas sehen können. Wahrscheinlich

hatte er einfach nur Hunger bekommen, war aufgewacht und hatte angefangen zu weinen. Ich stand auf. Meine rechte Hand und mein Bauch waren voller Sperma. Fluchend sprang ich ins Badezimmer und hielt mir den noch immer steifen Penis. Einen kurzen Moment lang erinnerte ich mich daran, dass auch Larissa in jener Nacht, als wir unseren Sohn produzierten, fluchend ins Badezimmer gerannt war.

Heute ist Denis elf Jahre alt. Er nennt Larissas neuen Mann Papa, und ich denke, das ist gut so. Larissa erzählt, dass er vor Kurzem irgendeinen Preis bei einer Schulolympiade gewonnen hat, und ich weiß nicht, ob ich stolz darauf sein soll. Ich erziehe das Kind ja gar nicht, und mein ganzer Beitrag zu seinem Leben beschränkt sich auf ein paar Milliliter Sperma, die ich in seine Mutter feuerte, als ich sah, wie eine Machete die schwere Brust einer Frau abhackte.

In jener Nacht begriff ich, dass wir uns scheiden lassen mussten. Während ich das Fläschchen hielt, aus dem mein Sohn trank, wurde mir schmerzhaft klar, dass ich da etwas Ungeheuerliches tat – vielleicht ungeheuerlicher als alles, was mir noch zu tun bevorstand. Ein Mann, der gerade eben ejakuliert hat und sich dabei eine Frau vorgestellt hat, der man die Augen ausgedrückt und die Brüste mit einem Korkenzieher zerstochen hat – ein solcher Mann hat kein Recht, ein Kind zu füttern. Er hat kein Recht, eine Flasche mit Muttermilch in Händen zu halten, selbst wenn es künstliche Muttermilch ist, künstlich wie Larissas dunkelblauer Pelz und ihre grünlichen Augen.

Ich war ein sehr guter Vater. Ich liebte meinen Sohn sehr. Ich wollte ihm nicht diese Hölle weitergeben, in der ich mein ganzes Leben lang gelebt hatte. Diese Hölle war so tief in mir verborgen, dass ich sie selbst bisweilen vergaß, und nur manchmal ließen mich ein Bild aus einem Film, ein Satz, den jemand sagte, oder ein zufälliger Traum wieder in diese Hölle hinabtauchen. Vielleicht hatte ich sie von meinem Vater geerbt? Ich würde ihn das gerne fragen, aber irgendwie ist es mir peinlich. Was würde er antworten? Ja, mein Sohn, auch ich lebe schon mein ganzes Leben in der Hölle. Es tut mir leid, dass auch du einen Teil davon abbekommen hast … Ich wollte, dass mein Sohn nicht auch nur einen Bruchteil jener Hölle, in der ich lebte, zu spüren bekam. Ich dachte, es wäre am besten, wenn er nie jenen Menschen zu Gesicht bekam, der wusste, dass er nicht aus der Verbindung zweier liebender Körper entstanden war, sondern durch den Hieb einer Machete, mit dem jemand die Brust seiner Mutter abhackte.

»Mich würde mal interessieren«, sagt Larissa plötzlich, »ob wir unsere Ehe hätten retten können, wenn wir beide zum Therapeuten gegangen wären.«

Ich zucke mit den Schultern. Mir wäre es peinlich, so was zu fragen, schließlich weiß Larissa noch immer nicht, warum ich mich von ihr habe scheiden lassen. Zu meinem Glück hatte sie einen Monat später eine kleine Affäre mit einem Mitarbeiter und beichtete mir auch noch diesen ersten Seitensprung. Ich spielte den Verletzten, zog noch am selben Abend bei Mike ein und mietete mir zwei Tage später eine Wohnung. Ich schäme mich heute, es zuzugeben, aber ich genoss ein ganzes Jahr lang Larissas Schuldgefühle, während unsere Scheidung über die Bühne lief. Ich weiß noch, wie sie einmal zu mir nach Hause kam, leicht angetrunken, und mich inständig bat, zu ihr zurückzukommen. Ich mimte den gekränkten Ehemann, sagte ständig nur: »nein und nochmals nein«, bis sie schließlich auf die Knie sank und wimmernd auf mich zu kroch. Während sie mir den Hosenschlitz öffnete, dachte ich, dass mir ein solches Verhalten gefiel und dass ich, würde sie sich immer so geben, nichts dagegen hätte, mich weiter mit ihr zu treffen. Seither sind viele junge Frauen weinend vor mir auf die Knie gesunken, aber das erste Mal ist ja immer etwas Besonderes. Der Blowjob war dann allerdings nicht gerade prickelnd, vielleicht weil sie noch immer weinte oder weil sie diesmal ihre Brille nicht abgenommen hatte.

Diese Larissa, die verheulte und betrunkene, ist heute noch weniger wiederzuerkennen als das zwanzigjährige Mädchen, dessen schwere Brüste ich in fast jedem Dachgeschoss in unserem Viertel massiert hatte. Dieser letzte Blowjob ist mir peinlich – aber was konnte ich tun? Larissa hatte immer das Gesicht verzogen, wenn ich wieder mal einen Band de Sade kaufte, dessen Werke gerade in jener Zeit zunehmend in Übersetzungen auf den Markt kamen, und beinahe demonstrativ verließ sie das Zimmer, wenn Mike und ich uns »Ilsa – She Wolf of the SS« oder irgendetwas in dieser Art ansahen. Wie hätte ich ihr sagen sollen: Larissa, Schatz, mich erregt nur Blut und Gewalt, nur Blut und Gewalt? Der Familientherapeut hätte wahrscheinlich auch nicht schlecht gestaunt.

»Ich weiß nicht«, sage ich, »das ist so lange her. Wir waren noch fast Kinder. Wir wussten doch nicht, was wir wollten. Ich wollte Rockstar werden, du Wissenschaftlerin. Ich kann mir das heute gar nicht mehr vorstellen …«

»Aber heute bedauerst du doch, dass du dich hast scheiden lassen?«, fragt sie, und ich begreife, dass die alte Wunde noch immer schmerzt. Ich glaube nicht, dass sie noch einmal in ihrem Leben vor jemandem weinend auf den Knien gerutscht ist.

»Natürlich bedaure ich das«, antworte ich, »es ist einfach dumm gelaufen zwischen uns beiden, außerdem habe ich Denis sehr geliebt. Und du?«

Diesmal zuckt sie mit den Schultern.

»Nein, nein. Bei mir läuft alles wunderbar. Denis sagt zu Oleg ›Papa‹. Wahrscheinlich ist es sogar ganz gut, dass es so gelaufen ist …«

Eine Sekunde lang kommt es mir so vor, als hätte sie damals, vor zehn Jahren, bereits alles über mich gewusst, über das Onanieren in der Dusche, über de Sade, über meine Fantasien, über die Machete im Fernsehen, die die Brust abhackte. Als hätte sie all das gewusst, es aber für einen sogar ganz sympathischen Tick gehalten, eine lächerliche Schrulle. Vielleicht wissen ja sogar all meine Freunde Bescheid, achten aber einfach nicht darauf? Heutzutage hat doch jeder irgendwelche Fantasien.

»Bei mir läuft alles bestens«, wiederholt Larissa. »Und du, bist du wenigstens mit deinem Leben zufrieden? Wir treffen uns zwar einmal im Monat, aber das Wichtigste vergessen wir dabei immer zu fragen.«

Mir wäre es peinlich, das Wichtigste zu fragen, und so erstarre ich für einen Augenblick. Nicht, weil ich abwäge, ob bei mir alles gut läuft, sondern weil ich in diesem Moment dich sehe. Du stehst auf deinen Zehenspitzen, und zwar so, dass der scharf zugespitzte Pfahl exakt auf deinen Damm drückt. Deine Hände sind über dem Kopf an Ringe gekettet, welche an der Decke montiert sind.

So habe ich dich am Morgen zurückgelassen, und ich denke, dass deine Beine jetzt schon müde geworden sind. Du beginnst ganz langsam nach unten zu sinken, der Pfahl dringt immer tiefer ein, Blut fließt auf den Boden. Du hast schöne, schlanke Schenkel, noch kaum zerschnitten. Ich komme spät zurück, binde dich los und wasche deine Wunden, streichle deine linke Brust und denke an jene Larissa in dem falschen, dunkelblauen Pelz. Ich serviere dir das beste Abendessen, das ich zubereiten kann, schenke dir Wein ein, und dann erzähle ich dir ein Märchen von einem Jungen und einem Mädchen, die in einem fernen Land aufwuchsen. Sie fürchteten sich vor Sex, schämten sich voreinander, brauchten drei Jahre, um sich von ihrer Jungfräulichkeit zu verabschieden. Seither sind sie größer geworden, sage ich, viel erwachsener, haben vieles begriffen, und werden doch nie miteinander darüber sprechen können. Und das ist das Wichtigste. Ich werde dich bitten, mir einen zu blasen, zur Erinnerung an die Zeiten, als Larissa noch eine Brille trug. Danach werde ich den besten Kaffee machen, den ich hinbekomme, und dann werde ich ihn dir – direkt aus der Jezva – ins Gesicht schütten.

»Bist du wenigstens mit deinem Leben zufrieden?«, fragt Larissa, und ich komme zu mir und sage: »Ich bin glücklich.«

Früher einmal träumte ich davon, ein Rockstar zu sein. Die Ungerechtigkeit der Welt und all mein Leid hinausschreien zu können. Auf einer Bühne voller Blut zu stehen wie Iggy Pop oder Nick Rock 'n Roll. Man könnte sagen, dass mein Traum in Erfüllung gegangen ist.

Ich bin Serienmörder geworden.

41

Versuche es mit einem scharf gespitzten Bleistift. Versuche alle fünfzehn Minuten genau zwanzig Sekunden lang zu masturbieren. Sieh dabei auf die Uhr, erstatte Bericht: Auftrag ausgeführt. Versuche die Brustklemmen vor der täglichen Redaktionssitzung anzulegen und so eine Stunde durchzusitzen. Verliere nicht das Bewusstsein. Wenn du ohnmächtig wirst, erzähle mir davon, sobald du wieder zu dir kommst. Versuche einen Tag lang nur mit der linken Hand zu tippen. Kaufe die schwersten Ohrringe, die du finden kannst. Geh in ein Atelier und lass dir noch schwerere anfertigen. Versuche jede Minute den Schmerz in den Ohrläppchen zu fühlen.

Versuche dich mit ihm einfach nur zu unterhalten.

14:26	Xenia	Soll ich dir was Lustiges erzählen?
14:26	alien	Ja. Ich mag deine lustigen Geschichten.
14:28	Xenia	Gestern hab ich das im Forum gelesen, ich weiß nicht, ob du das lustig findest, aber Marina und ich haben sehr gelacht. Ein Mädchen hat da beschrieben, wie sie nach Hause ging und dachte, dass der Serienmörder sie verfolgt. Zum Glück ist sie dann rein zufällig irgendwelchen Freunden begegnet, die von einer Party nach Hause kamen und ziemlich betrunken waren. Sie ist zu ihnen hin, hat ihnen alles erzählt, und die sind natürlich mit ihr mitgegangen.

Aber der Typ, also der angebliche Killer, geht einfach weiter hinter ihnen her. Und dann sagt plötzlich einer der Jungs: »Scheiße, der Kerl geht mir auf den Sack«, und geht auf den Typen zu, sagt irgendwas zu ihm, und der Typ dreht sich sofort um und rennt weg. Na ja, alle wollen natürlich wissen, was er ihm denn gesagt hat. Er windet sich, aber dann lässt er es doch raus. »Ich«, sagt er, »hab mich zu ihm gebeugt und gesagt: Hallo, du alter Psychopath – ich bin übrigens auch einer.« Das war's.

14:28 alien :)))))

14:29 Xenia Stell dir vor, wenn das jetzt ein total normaler Typ war! Was der für einen Schreck bekommen haben muss: lauter Besoffene, und plötzlich kommt irgend so ein Kerl auf ihn zu und sagt, dass er ein Psychopath ist.

14:29 alien :))

14:29 Xenia Na ja, das ist natürlich eine eigene Art von Humor …

14:30 alien Nein, klasse, mir hat's echt gefallen. Mir ist schon klar, dass das bei dir eine Art Berufskrankheit ist.

Versuche einen körperlosen Menschen zu lieben. Versuche jeden Tag unterwegs vom einen PC zum anderen zu leben. Versuche sogar beim Einschlafen das kleine blinkende ICQ-Logo in der Ecke des Bildschirms im Auge zu behalten. Versuche dir einen Menschen vorzustellen, von dem du nicht mal den Namen weißt. Versuche all das deinen Freunden zu erklären. Versuche dich nicht von ihren Witzchen kränken zu lassen.

22:12 Marina Vielleicht ist er potthässlich? Ein Krüppel mit nur einem Finger?

22:12	Xenia	Nein, dazu tippt er zu schnell.
22:13	Marina	Ein Tschetschenienveteran ohne Beine. Ein impotenter Neunzigjähriger. Oder überhaupt eine Frau. Typ maskuline sadistische Lesbe.
22:13	Xenia	Wenn du so weitermachst, dann akzeptiere ich ein Treffen mit ihm, selbst wenn das alles wahr ist.
22:14	Marina	Du meinst alles zusammen?

Versuche zu erklären. Versuche Worte zu finden. *Na und, was soll's, dass ich ihn noch nie gesehen habe. Frauen lieben eben mit den Ohren.* Mit den Ohrläppchen. Den Fingerkuppen. Den wund gebissenen Lippen. Den brennenden Brustwarzen. Den mit spitzem Bleistift zerstochenen Innenflächen der Schenkel. Dem ganzen Körper.

Versuche von dir zu erzählen. Versuche nichts zu verheimlichen. Versuche Worte zu finden. Versuche dich an alles zu erinnern: Mutter, Vater, Ljowa, Nikita. Versuche absolut nichts zu verbergen. Versuche von deiner Arbeit zu erzählen. Versuche deinen Namen zu nennen. Versuche dich nicht kränken zu lassen davon, dass er ihm nichts sagt. Versuche zu akzeptieren, dass Ruhm auch seine Grenzen hat. Versuche dich damit abzufinden, dass Journalisten die Bedeutung ihrer Arbeit grundsätzlich überschätzen.

Versuche all das zu beschreiben, was du zu Hause hast. Die neunschwänzige Katze, die Peitsche, die Gerte, die Lederklatsche, die Brustklemmen, den Knebel. Versuche zu schildern, wie man all diese Gegenstände verwenden kann. Gib mehrere Varianten zur Auswahl. Versprich, in den Laden an der Dmitri-Uljanow-Straße zu gehen und nachzukaufen, was dir noch fehlt. Versuche es hinzukriegen, dass bis zum Ende des Monats noch ein wenig Geld übrig bleibt. Versuche die gewöhnlichen Gegenstände aufzuzählen, die du irgendwann mal benutzt hast.

Wäscheklammern, Sicherheitsnadeln, Nähnadeln, Glassplitter. Versuche dir noch ein paar andere auszudenken. Schlag ihm vor, etwas mitzubringen.

Versuche nicht über Sex zu reden. Versuche nicht über die BDSM-Szene zu reden. Versuche dich einfach nur zu unterhalten. Versuche dich davon nicht erregen zu lassen.

14:46	alien	Gut. Das war eine lustige Geschichte. Jetzt erzähl mir eine schreckliche.
14:46	Xenia	Eine schreckliche Geschichte darüber, womit du mich als Nächstes quälen wirst?
14:46	alien	Nein, wozu? Einfach nur eine schreckliche Geschichte.
14:48	Xenia	Na gut. Während des Jugoslawienkriegs stieß eine Journalistin zufällig auf einen Heckenschützen, der irgendwo auf einem Speicher lag. Die Fenster gingen auf einen großen Platz hinaus, man sah alles wie auf einem riesigen Präsentierteller. Sie unterhielten sich über irgendwas. Plötzlich erschien eine Frau auf dem Platz. Sie trug eine Kiste mit Lebensmitteln. Die Stadt stand unter Blockade, es gab nur wenig zu essen, also trug sie die Kiste sehr vorsichtig. Der Heckenschütze legte an, und die Journalistin sagte: »Halt, was machst du, du willst diese Frau doch nicht etwa umbringen?« »Nein«, antwortete der Heckenschütze, »nur ein bisschen erschrecken.« Er schoss auf die Kiste, und die Lebensmittel verstreuten sich überall auf dem Boden. Aber die Frau war mutig und begann alles wieder einzusammeln. Da schoss der Heckenschütze ein zweites Mal und tötete sie.

14:48 alien — Eine gute Geschichte. Warum kommt sie dir so schrecklich vor?

14:49 Xenia — Weil man darin einen verborgenen Sinn vermutet, der sich aber überhaupt nicht fassen lässt. Zuerst dachte ich, das ist ein Gleichnis darüber, dass wir uns an materielle Güter klammern, wenn es um unser Leben geht. Denn wäre die Frau davongelaufen, hätte der Heckenschütze vielleicht nicht noch einmal geschossen.

14:50 alien — Vielleicht aber doch.

14:52 Xenia — Ja. Außerdem sagte ich dir ja, die Stadt stand unter Blockade, und vielleicht wollte sie die Lebensmittel ja ihren Kindern bringen. Das heißt, sie sammelte nicht einfach nur auf, was heruntergefallen war, sondern sie versuchte vielmehr bis zum letzten Augenblick zu kämpfen. Aber dann habe ich begriffen, dass diese Geschichte eigentlich überhaupt keine Moral hat, sondern dass nur eine Situation geschildert wird, in der jemand vor einer Wahl steht – und diese Wahl ist das Gleichnis unseres Lebens. Es gibt drei Protagonisten: Das Opfer, den Mörder und die Beobachterin. Und jeder von uns assoziiert sich, wenn er diese Geschichte hört, mit einem der drei. Ich zum Beispiel habe gleich angefangen, über das Schicksal des Opfers zu sprechen. Wäre ich eine richtige Journalistin, hätte ich wahrscheinlich gefragt, ob diese Kollegin sich weiter mit dem Heckenschützen unterhielt, wonach sie ihn fragte, was er ihr antwortete, und wo das Interview erschienen ist. Zumindest würde ich versuchen zu begreifen, warum Journalisten in den Krieg fahren.

14:52	alien	Ich denke, weil sie nicht wissen, was der Krieg ist.
14:53	Xenia	Du meinst, weil sie es herausfinden wollen?
14:54	alien	Nein. Sie begreifen nicht, dass man das, was sie im Krieg suchen, auch diesseits der Moskauer Ringautobahn finden kann.
14:54	Xenia	Das Risiko? Adrenalin?
14:54	alien	Nein. Das Entscheidende am Krieg ist doch der Wahnsinn. Der Krieg beginnt ja in dem Moment, wo vielen Menschen gesagt wird: Bisher hat man euch immer gesagt, dass dies und dies verboten ist. Jetzt ist es erlaubt. Und schon fangen diese Menschen an zu morden, zu foltern und zu vergewaltigen.
14:55	Xenia	Du willst damit sagen, dass es uns im Krieg erlaubt ist, für Serienmörder Verständnis aufzubringen?
14:55	alien	Ja. Es ist eine Art Massenwahn. Und das heißt, dass man nur dann wirklich im Krieg gewesen ist, wenn man diesen Wahnsinn miterlebt hat. Wenn man begriffen hat, dass man Menschen foltern und töten darf. Und ich bin mir nicht sicher, ob man erst nach Jugoslawien oder Tschetschenien fahren muss, um das zu begreifen.
14:55	Xenia	Und wenn man sich außerhalb befindet? Muss man dann die Position des Beobachters einnehmen?
14:56	alien	Ich glaube, das hätte keinen Sinn. Es wäre dasselbe, wie Nachrichten im Fernsehen anschauen.

Versuche wenigstens von Zeit zu Zeit zu arbeiten. Versuche das ICQ wenigstens für eine Stunde abzuschalten. Versuche beim

Essen nicht zu hetzen, um schnell wieder an den PC zurückzukehren. Versuche das Wort *Abhängigkeit* zu vermeiden, wenn du daran denkst.

Versuche zu verstehen, worüber ihr eigentlich redet. Gestehe dir ein, dass ihr nicht über BDSM redet, nicht über die Szene, nicht über freiwilligen Kontrollverlust, nicht über Sadomaso, nicht über Unterwerfung und Dominanz, nicht über Sexspiele. Versuche passende Worte dafür zu finden. Grausamkeit? Angst? Gewalt? Schrecken? Wahnsinn?

14:52	alien	In Wirklichkeit gibt es einen wichtigen Unterschied zwischen uns und den Personen in dieser Geschichte.
14:53	Xenia	Nämlich?
14:54	alien	Wir können wählen, welche Rolle wir einnehmen, und unsere Entscheidung reflektieren. Die Menschen in dieser Geschichte haben diese Möglichkeit nicht. Wir sind frei, sie nicht. Die Journalistin, die Frau und der Heckenschütze könnten nicht die Plätze tauschen, selbst wenn sie alle drei wollten. Sie haben keine Wahlmöglichkeit. Die Frau muss die Lebensmittel einfach wieder einsammeln, und auch der Schütze weiß nicht, warum er schießt. Jeder von ihnen nimmt die ihm zugewiesene Position ein.
14:54	Xenia	Aber irgendwie sind sie doch in diese Position gekommen?
14:55	alien	Ja, deshalb stimme ich dir zu. Es ist eine schreckliche Geschichte. Eine Geschichte darüber, dass wir frei sind, solange wir uns außerhalb einer Situation befinden, wir diese Freiheit aber nicht nützen können, da uns jede Option gleich furchtbar erscheint. Befinden wir uns dagegen innerhalb einer Situation,

		so haben wir erneut keine Wahl, da wir nicht mehr frei sind.
14:55	Xenia	Aber können wir denn etwas tun, damit wir nicht in diese Situation gelangen?
14:56	alien	Natürlich. Die Frau hätte beispielsweise einfach einen anderen Weg nehmen können. Aber das Besondere an diesem Gleichnis ist, dass wir in der Regel erst dann von der Existenz einer bestimmten Situation erfahren, wenn wir bereits mittendrin sind. Oder noch schlimmer: Wir bemerken gar nicht, dass wir bereits mittendrin sind, sondern hören einfach auf, andere Optionen zu bemerken. Und dann bücken wir uns eben, um die Lebensmittel aufzuheben, oder drücken auf den Abzug.
14:57	Xenia	Sag mal, Bruderherz: Ob wir beide wohl mal in die Situation »zwei lebendige Menschen in einem Raum« kommen werden? Oder wenn dir ein Raum nicht recht ist, geht auch ein Keller oder was auch immer.
14:58	alien	Durchaus möglich, dass wir in so eine Situation kommen. Jedenfalls sehe ich keine physischen Hindernisse, die dagegen sprächen. Mir scheint aber, dass die Zeit noch nicht reif ist.

Versuche einen körperlosen Menschen zu lieben. Versuche immer seltener um ein Rendezvous zu bitten. Akzeptiere, dass seine Absage eine Machtäußerung ist. Versuche dir vorzustellen, wie er aussieht: schlank oder dick, breitschultrig oder gebückt? Mit kastanienbraunen Augen wie Nikita? Durchsichtigen wie Marina? Dunklen wie Olja? Mit weichen Händen wie Wlad oder groben wie Sascha? Versuche nicht danach zu fragen. Versuche zu fragen. Akzeptiere seine Weigerung, darüber zu sprechen.

Versuche dir selbst einzureden, dass Äußerlichkeiten bedeutungslos sind. Versuche dir vorzustellen, dass ihr euch irgendwann einmal begegnen werdet. Stell dir vor, wie du leben wirst, wenn das biegsame, plastische Bild ohne klare Konturen plötzlich zu einem Mann jenseits der dreißig erstarrt. Stell dir vor, wie du versuchen wirst, unter dem Mantel aus Fleisch und Blut jenen *alien* zu finden, der dich jeden Tag mit »hallo« begrüßt, sobald du den Computer hochfährst. Stell dir vor, dass eure Begegnung unausweichlich ist.

Bitte um neue Anweisungen. Versuche zu Hause den Computer auf einen Hocker zu stellen, damit du beim Tippen kniest. Frage, ob du auf dem Boden Glasscherben ausstreuen sollst. Antworte »o.k.«, als er »noch nicht« sagt. Versuche auf dem Weg zur Arbeit in der Metro auf dem linken Bein zu stehen und auf dem Heimweg auf dem rechten. Versuche zu verstehen, warum er dir ausgerechnet das befiehlt.

Spüre den Schmerz in den angespannten Muskeln. Fühle dich wie eine Marionette in seinen Händen. Bedauere, dass du nicht den ganzen Körper auf einmal schmerzen lassen kannst. Fasse diesen Schmerz wie Liebe auf. Versuche die Liebe mit jedem Muskel zu spüren, jedem Zentimeter deiner Haut, jeder Strieme, jeder kleinen Wunde. Versuche noch stärker zu lieben.

11:26	alien	Haben dir deine Liebhaber jemals solche Schmerzen zugefügt, dass du weinen musstest?
11:26	Xenia	Nein. Ich weine überhaupt nie.
11:27	alien	Ich dafür umso leichter :))
11:27	Xenia	Du bist mein großer Bruder, du darfst alles.

Versuche deine Krämpfe vor deinen Mitarbeitern zu verbergen. Versuche nicht zu oft auf die Toilette zu gehen. Versuche nicht plötzlich über deiner Tasse innezuhalten und mit leerem Blick in die Tiefe der Cafeteria zu starren. Versuche dich von der Seite zu betrachten: der starre Blick, die Haare über den Augen, die dunklen Ringe darunter, die bis auf die Wurzel abgekauten Fingernägel. Versuche nicht zusammenzuzucken, wenn Alexej dich an der Schulter berührt. Antworte ihm: *Ja, mir geht's gut.*

Fühle, wie sich die Härchen an deinem Körper aufstellen, bemerke, wie sich die Welt um dich herum zusammenkrümmt, achte darauf, wie sich dein Gehör geschärft hat. Stell dir vor, du hättest überhaupt keine Haut mehr – so empfindlich ist dein Körper geworden.

Denk nach, ob es das früher gegeben hat. Denk an all deine Liebhaber. Denk an die tiefsten Orgasmen deines Lebens. Denk an die schwersten Depressionen. Denk an die Augenblicke unstillbarer Erregung. Denk an die Qualen, die man dir zugefügt hat. Denk an all die Werkzeuge, mit denen du zu tun hattest. Gib zu, dass die ständig wechselnden Worte auf dem weißen Rechteck wirkungsvoller sind als alles andere. Denk an das Wort *subspace.* Erfahre endlich, dass es einfach nur »Subraum« heißt und mitnichten »Raum der Unterwerfung«, wie du immer gedacht hast. Danke ihm dafür, dass er dir das gesagt hat.

Danke ihm dafür, dass er vor einem Monat an deinem ICQ angeklopft hat. Danke ihm für all die Orgasmen, die er dir beschert hat. Danke ihm dafür, dass dein Leben wieder einen Sinn hat. Danke ihm für den Schmerz. Danke ihm für die Lust. Danke ihm für alles, was er dir erzählt hat, und für alles, was du ihm erzählen musstest. Danke dem *großen Unbekannten* dafür, dass ihr euch begegnet seid.

Wundere dich nicht, dass das Wort »begegnen« gar nicht mehr eine Begegnung in der realen Welt bedeutet.

Versuche ihn herauszulocken in die reale Welt. Versuche ihm zu versprechen, dass du deine Klitoris so lange nicht mehr berühren wirst, bis er es selbst tut. Biete an, deine Brustwarzen und Schamlippen zu piercen, biete an, eine Kette anzubringen, damit er dich führen kann wie eine Marionette. Biete an, ihm als Willkommensgeschenk eine abgeschnittene Brustwarze zu überreichen. Lass ihm die Wahl, von welcher Brust er sie haben möchte. Versuche dir einzugestehen, dass du tatsächlich bereit bist, es zu tun.

Versuche nicht daran zu denken, dass er dieses Spiel eines Tages satthaben könnte. Halte ihn. Suche nach den richtigen Worten. Sprich mit ihm. Lass ihn nicht gehen. Frag selbst. Antworte auf seine Fragen. Unterhalte dich mit ihm. Sei ein kluges Mädchen.

15:16	alien	Bist du mal in einem BDSM-Club gewesen?
15:16	Xenia	Nein, nie. Mir kommt das immer so abgeschmackt vor. Schwarzes Leder, Masken, Rituale. :(
15:17	alien	Mhm. Erinnert irgendwie an eine Mischung aus Gesangsverein und Abiturtreffen.
15:17	Xenia	:)) Perverse
15:18	alien	Dabei ist doch das Wichtigste, dass diese Leute so zu tun versuchen, als sei alles in Ordnung. Friede, Freude, Eierkuchen. Safe, secure and consensual. Die einen Jungs mögen lieber Frauen, die anderen lieber Männer, der eine zieht sich gerne Pfennigabsätze an, der andere peitscht gerne seinen Nächsten. Alles auf freiwilliger Basis. Bei den Aufnahmen kam kein Tier zu Schaden. Die Würde aller beteiligten Personen wurde gewahrt.

15:18	Xenia	:) Aber so ist es doch, oder? Den einen gefällt das, den anderen etwas anderes. Dabei muss alles ungefährlich bleiben und in gegenseitigem Einverständnis ablaufen.
15:19	alien	Nein. Das heißt ja. Egal. Weißt du was? Wenn ich mit dir rede, nicht nur über Sex, sondern egal worüber – über Politik, deine Freundin Olga, den Killer von Moskau –, dann habe ich so eine Art transzendentes Gefühl.
15:19	Xenia	Ein Gefühl der Tragik dessen, was hier geschieht?
15:20	alien	Ja. Der Tragik. Und wenn ich sage, »Knie nieder, heb die Arme, wag es nicht, dir einen runterzuholen«, so kann ich das tun, und du kannst mir gehorchen, weil uns dieses Gefühl der Tragik vereint.
15:21	Xenia	Ja

Versuche ihn zu verstehen. Versuche dir sein Leben vorzustellen. Höre aufmerksam zu. Lies jedes Wort dreimal. Versuche dich auf eure Begegnung vorzubereiten. Bemühe dich zu verstehen, was ihn wirklich interessiert.

15:21	Xenia	Und der Schmerz? Warum ist der Schmerz so wichtig?
15:22	alien	Weil der Schmerz die Sprache ist, mit der diese Tragik spricht. Die Sprache, mit der das Leben spricht. Und am wichtigsten für mich ist, zu wissen, dass ich am Kreislauf des Schmerzes teilhabe. Dass wir daran teilhaben.
15:22	Xenia	Andererseits können wir Schmerz nicht vermeiden.
15:23	alien	Ja, aber wenn wir das tun, was wir tun, so tun wir es freiwillig. Wir übernehmen Verantwortung für

den Schmerz – und dabei spielt es am Ende keine Rolle mehr, wer wem Schmerz zufügt. Man kann sich selbst Schmerz zufügen. Wichtig ist, dass du dir ab einem bestimmten Moment nicht mehr sagen kannst: »Das Leid existiert in dieser Welt, aber ich habe damit nichts zu tun.« Nein. Es ist deine Verantwortung. Das Leid existiert, weil du Verantwortung dafür übernimmst.

Versuche es mit einem scharf gespitzten Bleistift. Versuche es mit Brustklemmen. Versuche auf einem Bein zu stehen. Versuche an deiner Brust zu zerren, bis du blaue Flecken bekommst. Versuche den Schmerz bis an die Grenze zu treiben. Mach ihn noch heftiger. Versuche zu spüren: Es ist deine eigene Wahl. Schmecke das Wort *Verantwortung*. Das Wort *Leid*. Das Wort *freiwillig* und das Wort *Schmerz*. Such dir andere Wörter, die dazu passen.

15:25	alien	Diese Leute sagen: »Schaut mal, wie toll wir die Zeit verbringen«, ich dagegen sage: »Ich brenne jeden Tag in der Hölle.« Wir werden einander nie verstehen. In der Hölle ist es unmöglich, die Zeit toll zu verbringen.
15:25	Xenia	Ich denke schon.
15:26	alien	Das ist meine persönliche Hölle, was weißt du schon darüber? :) Aber eines ist sicher: Eine Horde von fünfzig Leuten in Leder und Masken hat dort keinen Platz.
15:26	Xenia	:)

Stell dir sein Leben vor. Stell dir vor, dass er vor dir mit niemandem darüber geredet hat. Stell dir vor, dass die Türen zu seiner persönlichen Hölle fest verschlossen sind. Stell dir seine Hölle wie einen Schrank oder einen Speicher vor, aus dem er keinen Schritt herauszukommen wagt. Denk an die Metapher *im Schrank sitzen.*

Sage dir: *Jeder von uns lebt in seiner eigenen Hölle. Aber so lange wir uns nicht unterkriegen lassen, sind wir Helden.* Denk daran: Sobald man sich nicht mehr kontrolliert, geht es los mit dem Schneiden, den Selbstmordversuchen, den Anfällen von Selbstmitleid und Verachtung gegenüber anderen. Sag es noch mal: *Wir sind Helden, wir lassen uns nicht unterkriegen.* Stell dir vor, dass deine persönliche Hölle fest von deinem eigenen Körper umhüllt ist, spüre, wie sie gegen deinen Brustkorb schlägt, hör zu, wie sie in deinen Schläfen pocht. Sag es noch mal: *Lass dich nicht unterkriegen.* Sag dir: *Man darf nicht zulassen, dass das alles nach außen bricht.* Sag dir: *Noch komme ich klar.*

Denk über ihn nach. Stell dir sein Leben vor. Danke ihm.

Fühl dich glücklich.

15:35	Xenia	Bist du da?
15:36	alien	Ja
15:36	Xenia	Ich wollte was wegen deiner Hölle sagen.
15:36	alien	Und?
15:37	Xenia	Ich möchte zu dir kommen, in deine Hölle. Wirst du mir aufmachen?
15:37	alien	Gut, ich mache auf.
15:38	Xenia	Und dann haben wir eine Hölle zu zweit, ja?

Versuche einen körperlosen Menschen zu lieben. Versuche das zu erklären. Versuche die richtigen Worte zu finden. *Der wichtigste Mann meines Lebens.* Ignoriere Marinas Smiley. Wiederhole es. *Der wichtigste Mann für mich – so wie Gleb für dich.* Gib zu, dass er für dich derart wichtig ist, dass es keine Rolle spielt, wenn er am Ende eine Lesbe ist. Und selbst wenn er nicht einmal eine Lesbe ist – es ist egal.

Merke es dir gut. Merke dir den Schmerz. Merke dir die Erregung. Merke dir das krampfhafte Zittern. Merke es dir. Sei dir bewusst: Eines Tages wird das alles vorbei sein. Schau auf den Bildschirm. Lies die schwarzen Buchstaben in dem weißen Rechteck. Wenn du willst, masturbiere. Das spielt keine Rolle. Hauptsache, du merkst es dir.

Versuche die richtigen Worte zu finden. Sag es niemandem, finde einfach nur die Worte. Die Worte bleiben, wenn alles vorbei ist. Sprich sie zu dir – und versuche sie dir zu merken. Was hast du gesagt? *Die größte Liebe meines Lebens.* Wie in einem Groschenroman, ja?

Ja, genau so. Wie in einem Groschenroman.

42

In letzter Zeit scheint es Olga, als falle alles rings um sie herunter, als sei draußen nicht Winter, sondern Herbst, und sie selbst ein nicht mehr ganz junger Baum, der ein Blatt nach dem anderen verliert. Vor zwei Wochen, am Abend jenes Tages, als Grischa und Kostja sich die Hand reichten, stand sie in ihrer Badewanne, spiegelte sich in den verglasten Wänden und betrachtete das Gerinnsel auf ihrer Handfläche. Aus irgendeinem Grund dachte sie, die zwei kleinen Schwänzchen kämen daher, dass sie genau zwei Tabletten eingenommen habe, obwohl, was für einen Zusammenhang sollte es da geben? Vorausgesetzt, dieser Klumpen da war überhaupt der Embryo.

Olga drehte ihre Hand um, und das ungeborene Kind fiel als brauner Fleck in das rosa gefärbte Wasser. In diesem Augenblick fühlte sie sich sehr stark. Zum ersten Mal seit vielen Jahren kam sie sich nicht mehr wie eine Verräterin vor. Mein ganzes Leben habe ich richtig gehandelt, flüsterte sie, ich hatte immer recht. Ich habe mir nichts vorzuwerfen.

Sie wusste, sie würde Oleg nicht mehr anrufen und seine Nummer in die Sperrliste ihres Mobiltelefons verschieben. In blutigen Rinnsalen floss die alte Liebe aus ihr und hinterließ tönende, freudige Leere.

Genauso wie jene leere Kälte zwischen den Zweigen der Herbstbäume, die all ihre Blätter eines nach dem anderen verloren haben. Grischa und Kostja sind zu zweit nach Thailand geflogen, um mit einem gemeinsamen Urlaub ihre wiederbelebte Freundschaft zu bekräftigen. Wlad ist noch immer in Goa, Mutter hat nicht mehr angerufen, seit die Information über Xenias Website auch in Sankt Petersburg angekommen ist. Und Xenia selbst steckt so tief in ihrer virtuellen Affäre, dass Olga sie sicher schon seit zehn Tagen nicht mehr gesehen hat. Deshalb wird sie heute nach der Arbeit Xenia aus dem Büro abholen, und dann fahren sie gemeinsam irgendwohin zum Abendessen. Hinterher gehen sie vielleicht ins Kino, und dann sitzen sie vielleicht einfach noch so in einem Restaurant bis spät in die Nacht.

Schon den ganzen Tag versucht Olga zwischen ihren Terminen Xenia mobil zu erreichen, aber die Leitung ist tot. Schließlich bittet sie die Sekretärin, bei *Vecher.ru* anzurufen und sich mit Xenia Ionowa verbinden zu lassen.

»Hallo«, sagt Xenia mit einer Stimme, dass gleich noch ein paar weitere Blätter von Olgas Zweigen herabfallen, leblos und vertrocknet, wie Xenias Stimme.

»Was ist mit deinem Handy?«, fragt Olga, und Xenia anwortet wie ein Echo: »Was ist mit meinem Handy? Wahrscheinlich hab ich einfach vergessen zu bezahlen.«

Man könnte sich natürlich einreden, dass das am Februar liegt. Denn der Februar ist von allen Monaten des endlosen Moskauer Winters der schlimmste. Vor langer Zeit, als die Blätter noch grün waren, konnte man noch draußen Kaffee trinken. Xenia und Olga waren sich einig: Ja, *all the instruments agree*, es gibt keinen schlimmeren Monat im russischen Kalenderjahr als den Februar. Denn seit der Kindheit sitzt uns der Gedanke im Kopf, dass wir drei Monate Winter haben, der Februar ist der letzte, und dann beginnt angeblich der Frühling. Aber jedes Jahr begreifen wir Mitte Februar plötzlich, dass es noch sehr lang ist bis zum Ende des Winters, und dann fühlst du dich wie ein

Baum, dessen Blätter abgefallen sind, die Knospen aber noch gar nicht ans Sprießen denken. Während dieses Monats hat man nicht die geringste Lust zu leben, und vielleicht tut Xjuscha recht daran, wenn sie sich eine virtuelle Liebe einbildet, um vor den kalten Moskauer Straßen zu fliehen, wo sich der Schnee schon längst in gefrorenen Matsch verwandelt hat, die im Herbst gefallenen Blätter verfault sind und die Bäume selbst sie nicht mehr erkennen, wenn sie ihre Krone zur ergrauten Erde herabsenken.

Aber nein. Olga verscheucht die trüben Gedanken. Beweg dich, halte dich über Wasser, lass dich nicht unterkriegen von Moskauer Matsch und Februarkälte, schlage mit den Beinen wie der schlaue Frosch in der antiken Fabel, damit die Milch zu Butter wird. Beweg dich, beschäftige dich mit dir selbst, erinnere deinen Körper daran, dass er existiert. In den Moskauer Clubs gibt es schon genug melancholische junge Frauen, die mit schmachtendem Blick an der Bar lehnen. In Wirklichkeit sind das keine Frauen, sondern Bäume eines Herbstwaldes. Sie haben ihre Blätter verloren und warten darauf, dass es wieder Frühling wird, oder zumindest bis die wackeren Dorfbewohner ihre zerknickten Zweige mit Fähnchen und Kränzen schmücken. Und deshalb lassen sie sich so leicht vom Flattern der Betttücher in den Junggesellenwohnungen verführen. Deshalb erscheinen ihnen die aufgeschüttelten Kissen, die für nur eine Nacht die Köpfe des jungvermählten Paars in sanftes Licht tauchen, wie verlockende, wenn auch vergängliche Hochzeitskränze. Es ist nicht Liebe, die die Männer in dieser Jahreszeit mit diesen jungen Frauen vereint, wenn sie ihnen sinnlos-zärtliche Worte ins Ohr flüstern und den zerbrechlichen Nachen ihrer Bettstatt zum Schwanken bringen. Nein, ihre Aufgabe besteht lediglich darin, die zerknickten Winterbäume daran zu erinnern, dass sie bis zum Frühjahr überleben werden. Vorausgesetzt natürlich, es raffen sie nicht zuvor die Axt des Holzfällers, klirrender Frost oder Baumkrankheiten dahin. Aber an Krankheiten solltest du jetzt lieber nicht denken, besonders im Februar, wenn du ohnehin nur mit Mühe den Körper daran erinnerst, dass er existiert.

Und deshalb ist es ein Glück, dass es außer sexueller Akrobatik, für die sich weder Xenia noch Olga begeistern können, noch andere Arten physischer Aktivität gibt. Komm, wir fahren ins »Planet Fitness«, da kann man auch ohne Mitgliedschaft rein, und ich hab sowieso eine Clubkarte, dann trainieren wir ein bisschen an den Geräten – natürlich nur, wenn wir Lust haben! Dann gehen wir schwimmen, und am Ende sitzen wir bestimmt noch in der Sauna und kommen frisch und erholt wieder heraus, beinahe glücklich, und erinnern uns gegenseitig daran, dass der Februar tatsächlich der letzte Wintermonat ist und es daher gar nicht mehr lange dauern kann, bis der Frühling kommt. Na, wie klingt das?

Aus dem Hörer ertönen Xenias schwache, murmelnde Einwände – Badeanzug, Trainingssachen, was noch? – nein, nein, heute ist Olga entschlossen, nein und nochmals nein, wir holen Bade- und Trainingsanzug bei dir zu Hause ab, und wenn du sagst, dass du keinen schönen Badeanzug hast, bist du selbst schuld, dann fahren wir eben und kaufen einen neuen, der im nächsten Sommer in ist. Und wenn du versuchst zu argumentieren, dass du kein Geld hast, werde ich dir einen schenken müssen. Also gut, wir fahren zu dir und holen den alten.

Sie bekommen die Schlüssel für zwei benachbarte Umkleideschränke, und während sie sich umziehen, hören sie, wie sich andere Frauen unterhalten. Was ist besser: Pilates oder Yoga? Sollten Frauen Aikido machen, oder ist das nur Zeitverschwendung? Stimmt es, dass man, wenn man ohne Trainer für zehn Dollar die Stunde an die Geräte geht, nur sein Geld und seine Zeit aus dem Fenster wirft? Wunderbar, was für super Mädels hier. Niemand spricht über ausgetickte Serienkiller. Niemand geilt sich an dem Gedanken auf, mit den Füßen an einem Haken an der Decke aufgehängt zu werden. Hier darf man ein normaler Mensch sein. Beinahe gesund.

Xenia und Olga joggen nebeneinander auf zwei Laufbändern. Xenia läuft leicht, atmet gleichmäßig, nur manchmal wirft sie die Haare aus dem Gesicht, obwohl, was gibt es hier schon zu sehen. Olga beginnt schon nach drei Minuten zu schwitzen, unter ihren Achseln beginnt es unangenehm zu riechen, in ihrem Kopf hämmert der Gedanke, dass sie nicht zwei, sondern besser gleich fünf Kilo abnehmen sollte, und überhaupt, vielleicht sind solche Anstrengungen noch zu früh für sie nach der Aktion von neulich.

Xenia springt vom Laufband, mit rotem Kopf und zufriedenem Lächeln. Zu blöd, sagt sie, dass das hier so teuer ist, sonst würde ich jeden Tag hierherkommen! Gehen wir schwimmen, sagt Olga, aber Xenia kommt jetzt erst richtig in Fahrt und will noch da drüben Liegestütze machen, und dann noch etwas Stretching, und danach … danach noch dies, dann das und das da drüben, und dann, okay, dann können wir von mir aus schwimmen gehen. Und so steht Olga also da und schaut Xenia zu, während diese Liegestütze macht wie Sarah Connor im Kino, die wirren Haare kleben ihr an der Stirn, und siehe da: Ihre Augen glänzen wieder vertraut. Olga sieht sich das also an und denkt, unsere Xjuscha ist offenbar gar nicht so dürr, sondern hat einfach straffe Muskeln, so ist das also, denkt Olga. Sie ist ein wenig stolz auf Xenia und kommt sich ein bisschen wie eine nicht mehr ganz junge Mutter vor, die ihr Kind vom Rand des Spielplatzes aus beobachtet, es nicht alleine lassen will, aber selbst dann doch nicht auf die Rutsche steigt, egal, ob Pelzmantel oder nicht, wie wir an Neujahr, weißt du noch, Xjuscha? Das war doch toll, oder?

»Stimmt«, antwortet Xenia, noch ganz außer Atem. »Na gut, gehen wir schwimmen. Halt, schau doch, was da los ist, da fängt wohl gerade die Aquagymnastik an. So was Blödes.«

Am Ende, eine Stunde später, drücken sich zwei junge, interessante Frauen, beruflich erfolgreich, lokale Berühmtheiten des russischen Internets, kaum noch an gefallene Blätter und schwarze Februarzweige denkend, auf den Rücksitz eines Autos und diskutieren, wohin sie fahren sollen, denn ihre im Fitnessclub erwachten Körper verlangen nun nach Nahrung, und Olgas Körper, der eigentlich abnehmen wollte, verlangt sogar noch lauter danach als Xenias, der sich dafür bereits auf die Muskelschmerzen am nächsten Tag freut. Schließlich entscheiden sich die beiden für das *Yakitori* unweit von Xenias Wohnung, und während des Essens erzählt Olga davon, wie ihre Suche nach neuen Mitarbeitern läuft und dass die Männer durchwegs Idioten sind, die Frauen dagegen alle ausgezeichnet, konzentriert und sachlich, natürlich nicht so wie Xenia, aber dennoch kein Vergleich zu den Kerlen. Sag mal, fragt sie, sind denn die Männer deiner Generation zu überhaupt nichts nütze? Schau doch mal: In unserem IT-Business gibt es haufenweise Mädels ab zwanzig aufwärts, aber Jungs – Fehlanzeige. Wahrscheinlich, antwortet Xenia, machen die schlauen Jungs jetzt alle einen MBA oder studieren Jura.

So vergeht ihr Abendessen im *Yakitori*, und danach beschließen sie, dass Olga noch mit zu Xenia kommt, es ist ja ganz nah, und Olga will bei dem Glatteis nicht durch die ganze Stadt fahren – sie ist so entspannt nach Schwimmbad und Abendessen, dass sie befürchtet, nicht mehr fahrtüchtig zu sein, und es wäre doch blöd, ausgerechnet im Februar zu sterben, wo das Ende des Winters zum Greifen nahe ist.

Bei Xenia angekommen, geht Olga, ganz Hausfrau, erst einmal Teewasser aufsetzen. Xenia dagegen schaltet sofort ihr Notebook ein, um ihre Post zu lesen, und als Olga zurückkommt, steht Xenia da und starrt auf den Bildschirm, steht völlig still, erschreckend unbeweglich, und Olga geht sofort zu ihr, drückt ihre Wange an Xenias und schaut ebenfalls auf den Bildschirm, und in Xenias Augen glimmt der Widerschein eines Scheiterhaufens, auf dem all jene kalten, winterlichen Bäume bei lebendigem Leibe verbrannt sind.

43

Xenia, Xenia, Xenia

Ich weiß nicht, wie ich diesen Brief beginnen soll.

Vielleicht auf die banalste Weise? Xenia, ich liebe dich.

Zum ersten Mal erfuhr ich von dir aus einem zufälligen Gespräch. Ein Freund, der aus Amerika als Masochist mit MBA zurückgekehrt war, hatte mich in Moskau zu einer BDSM-Party geschleppt. Es waren ziemlich viele Leute da. Irgendwann verlor ich ihn aus den Augen und setzte mich zu einem Typen an den Tisch, der sogar noch verlorener aussah als ich. Er war anscheinend auch zum ersten Mal hier. Wir kamen ins Gespräch, und er erzählte mir von dir. Er hieß Sascha, und er sprach lange davon, wie ihr euch begegnet wart, von eurer Trennung, davon, was für Sex ihr miteinander gehabt hattet, und dass du nicht auf seine Anrufe antworten würdest. Er erzählte, dass er jeden Tag deine Online-Zeitung las, weil er in jeder Bemerkung deine Intonation wiedererkannte, und dass du jetzt eine Website über den »Killer von Moskau« ins Netz gestellt hattest. Tags zuvor hatte er im Auto deine Stimme aus dem Radio gehört und hatte anhalten müssen, weil er um ein Haar losgeheult hätte. Das alles erzählte er mir, und es war klar, dass er dich noch immer liebte – doch ich begriff mit einem Mal, dass du der Mensch warst, der mir mein Leben lang im Traum erschienen war.

Wenn ich krank war, warst du unsichtbar neben mir und

wischtest den Schweiß von meiner Stirn. Und wenn der schwarze Kokon mich einhüllte wie Nebel, mich immer enger umwand, mich würgte wie die Haare der Medusa, hieltest du meine Hand und weintest mit mir. Wenn mein Herz sich mit Blut tränkte, schnittst du deinen Körper auf, damit sich unser Blut vermischte.

Deine ICQ-Adresse zu finden war nicht schwer. So lernten wir uns kennen.

Xenia, Xenia, Xenia.

Ich bin alien. Ich spreche zu dir, Xenia, aus meinem Haus, aus meiner aufgerissenen Brust, *de profundis*, aus der Tiefe, aus meiner persönlichen Hölle im Jackentaschenformat, einer Hölle, die zu eng ist für einen allein. Ich rufe dich, ich spreche zu dir. Soll ich dir die ganze Wahrheit erzählen?

Eineinhalb Monate bist du mir schon auf der Spur – nun also, sei gegrüßt. Ich weiß, du wirst mir nicht glauben. Schließlich gibt es genug Idioten, die sich als Mörder ausgeben, um bei einem Mädchen Eindruck zu schinden. Aber ich weiß auch, dass die Leichen einiger Mädchen bisher noch nicht gefunden wurden – soll ich dir sagen, wo man sie suchen soll? Sozusagen als Exklusiv-Information für deine Website? Vorausgesetzt natürlich, die Vögel und Tiere haben sie nicht in alle Himmelsrichtungen verschleppt.

Heute hast du mich gefragt, ob ich dich in meine persönliche Hölle lassen würde. Willkommen.

Du hast versprochen, dass das unsere gemeinsame Hölle werden würde, erinnerst du dich?

Denk daran, dass ich mich ohne Weiteres mit dir hätte treffen können, ohne dir das Geheimnis meines Lebens zu verraten. Ich hätte dich zu meiner Geliebten machen können. Oder dich auf die Datscha bringen. In den Betonkeller, wo dir all das, womit du mich verführen wolltest, wie Kinderkram vorkommen würde.

Es erregt mich, an die Qualen zu denken, die dich erwartet hätten. Aber ich liebe dich zu sehr, um dich dorthin zu bringen – denn es ist noch keine Frau aus meinem Keller lebend herausgekommen.

Ich habe sie vergebens getötet. Ich versuchte ihnen zu erklären, was sie gar nicht begreifen konnten. Du aber hast es schon immer gewusst. Aus dem Material, das zur Hand war, fremdem Fleisch, Metallwerkzeug, Ketten und Seilen versuchte ich mir eine astrale Schwester zu erschaffen, eine Zwillingsschwester, die meinen Schmerz verstehen würde. Nun kann ich diese Versuche bleiben lassen – denn ich habe dich gefunden.

Ich hätte es dir nicht sagen müssen, aber ich weiß: Du bist es, nach der ich all die Jahre gesucht habe. Meine Astralschwester. Mehr als eine Schwester. Es wäre nicht sehr brüderlich gewesen, dich zu betrügen. Ich denke, ich muss jetzt kein Smiley eintippen.

Ich weiß nicht, was du jetzt tun wirst. Ich bitte dich nur: Lass mich nicht allein. Wir sind füreinander geschaffen. All das, was ich getan habe und was du getan hast, das ist wie die beiden Seiten einer Münze, wie Yin und Yang. Wir sind beide Dichter. Du schreibst mit Bytes auf einem Bildschirm, ich mit Blut auf einem Frauenkörper. Beides sind ziemlich unkonventionelle Techniken.

Du bist mir so nah, dass ich manchmal glaube, ich sei verrückt und du hättest nie existiert. Dass ich selbst diese Website gemacht hätte und diese Korrespondenz mit mir selbst führe, mit dir, meiner Anima, meiner astralen Zwillingsschwester, meinem geheimen »Ich«.

So lange habe ich versucht, aus all diesen Frauen dich zu erschaffen. Und manchmal denke ich, dass du gar nicht wirklich existierst, sondern am Ende doch nur von mir erschaffen wurdest – aus Tränen, dem Destillat der Pupille, aus Verzweiflung, Bitterkeit, jenem Stoff, aus dem meine feuchten Träume bestehen.

Manchmal denke ich, du wirst mich für immer verlassen.

Auf der Website hast du mich aufgefordert, mich an einen Psychiater zu wenden. Und im ICQ hast du gesagt, das wäre ein richtig amerikanisches Happy End. Die Website »Der Killer von Moskau« eröffnet dem Killer von Moskau einen Weg zur Heilung. Doch ich werde nicht zum Psychiater gehen – nicht nur, weil ich nicht ins Irrenhaus will, sondern weil ich mir einfach nicht vorstellen kann, wie ich mit dem reden soll. Wie kann so einer mit mir arbeiten, wenn er nur Grauen und Abscheu empfindet? Und wenn er das nicht empfindet, so bedeutet das, dass ich noch zu wenig getan habe.

Aber wir beide teilen dasselbe Grauen und dieselbe Abscheu. Ich glaube daran, dass du mich nicht verstoßen wirst. Ich glaube daran, dass wir zusammen glücklich sein können. Wie Hannibal Lecter und Clarice Starling, wie Mickey und Mallory, wie Cameron und Janice Hooker.

Nur so kann ein wirkliches Happy End aussehen.

Soll ich dir mein Wort geben, dass ich versuchen werde, dich nicht umzubringen? Aber dann musst du mir auch versprechen, dass du mir nicht wegstirbst, abgemacht?

Erinnerst du dich, einmal habe ich dich gefragt, wie du sterben willst. Und du hast geantwortet: »Öffne meine Brust und nimm mein Herz heraus.« Und nun, da ich diesen Brief geschrieben habe, spüre ich: Es ist meine Brust, die geöffnet ist, und mein Herz bebt auf deinen Lippen.

Ich liebe dich
alien

44

Sie springt auf, klappt das Notebook heftig zu, stürzt zu ihrer Tasche, wühlt in den Papieren, murmelt: *Irgendwo muss hier eine Visitenkarte sein.* Sie sieht Olga nicht an, versteht nicht ein einziges Wort, sagt: *Da ist sie, endlich!* Mit drei Sätzen ist sie beim Telefon, hebt ab, wählt die Nummer, hört den Signalton.

Schau mich nicht so an, Olja, schau nicht so. Siehst du etwa nicht, ich bin eine erwachsene, verantwortungsvolle Frau, und ich tue nur meine Bürgerpflicht, ich helfe der Miliz, ich rette das Leben weiterer Mädchen, die vielleicht noch am Leben sind. Schau mich nicht an, sag kein Wort, ich höre sowieso nichts.

Niemand geht ran, natürlich, wie sollten sie auch. Es ist ein Dienstapparat, draußen ist es Nacht, die Büros sind verlassen, die Beamten nach Hause gegangen, sie bringen ihre Kinder zu Bett, singen Wiegenlieder und lesen Märchen vor. Die Kinder schlafen ein, schnaufen leise im Schlaf, auch das Spielzeug in den Kinderzimmern schläft, die Ordner in den Büroregalen schlafen, die Fotos der Leichen, die Gutachterberichte, die Zeugenaussagen. Die Beamten umarmen ihre Frauen und Geliebten, legen sich ins Bett, geben sich der Liebe hin. Sie lassen die Arbeit an der Schwelle ihres Hauses zurück. Wenn sie auf ihre entkleideten Freundinnen blicken, denken sie nicht an zerstückelte Leichen, verteilt in den Wäldern vor den Toren Moskaus. Die Fotos in den Ordnern schlafen, in meinem Notebook schläft eine E-Mail des Mörders, in dem PC im Büro schlafen einige Hundert Kilobyte unserer Korrespondenz. Morgen Früh kopiere ich sie auf CD-ROM und rufe noch mal an, diesmal während der Arbeitszeit. Uns ist höchst brisantes Material in die Hände gefallen, werde ich sagen, Gespräche mit dem Killer. Ihre Spezialisten werden dem sicher wertvolle Hinweise entnehmen.

Endlich legt sie den Hörer auf, dreht sich zu Olga um, zuckt lässig mit den Schultern und sagt: *Niemand da.* Sie setzt einen verwunderten Blick auf, erklärt: *Die Miliz, wen sonst* und geht in die Küche. Auf dem Weg dorthin überprüft sie quasi nebenbei den Türriegel, einfach so, fast mechanisch, vielleicht hab ich ja einfach diesen Tick, dass ich jedes Mal, wenn ich an der Tür vorbeikomme, kontrollieren muss, ob sie verschlossen ist. Ja, sie ist verschlossen. Sie schenkt Tee ein und fragt: *Willst du auch einen?*

Schau mich nicht so an, Olja, schau nicht so. Hast du etwa schon vergessen? Eigentlich wollten wir doch Tee trinken. Warum denn jetzt nicht mehr? Was ist schon Besonderes passiert? Schau mich nicht so an, ich bitte dich.

Sie spricht davon, wie man den Mörder ausfindig machen könnte. Sie nennt ihn nicht »alien«, sondern »Mörder«. Im Notizbuch findet sie Saschas Telefonnummer und sagt: *Er erinnert sich sicher an ihn.* Endlich dringt wenigstens etwas von dem, was Olga sagt, zu ihr durch. Sie antwortet: *Stimmt schon, er war schon immer ein kindischer, verantwortungsloser Schwätzer. Deswegen haben wir uns auch getrennt.* Das Wort »Verantwortung« kommt ihr wieder in den Sinn, doch sie verdrängt sofort den Gedanken daran, wer dieses Wort zum letzten Mal zu dir gesagt hat.

Sie trinkt Tee, versucht Olga zuzuhören, antwortet leichthin, bleibt sachlich. Sie lehnt es ab, die Website vom Netz zu nehmen, verweist auf die Werbeverträge, auf den hohen Traffic, auf ihren Ruf, tut so, als sei nichts passiert. Sie erläutert: *Und überhaupt haben wir ihn jetzt an der Angel. Die Miliz muss uns doch dankbar sein.*

Denk jetzt nicht an die Vernehmung durch den Ermittlungsbeamten. Denk nicht daran, dass er unseren Briefwechsel lesen wird. Oder nein: Denk daran, bereite dich vor, sei unerschütterlich, was brauchst du dich zu schämen, schließlich hat jeder seine eigenen Vorlieben, was ist denn schon dabei? Gib vor, dass du gleich von Anfang an Verdacht geschöpft hast, stell das Ganze als großes investigatives Projekt hin. Tu so, als hättest du vorgehabt, Fragmente daraus auf der Website zu veröffentlichen. Tu noch irgendwas, gleich jetzt, ruf Pascha an, sag ihm: *Wir haben ihn.* Obwohl, nein, wozu. Ruf niemanden an, schenk Tee ein, setz dich endlich hin.

Schau mich nicht so an, Olja, schau nicht so. Sag jetzt lieber nichts, nenne ihn nicht beim Namen. Wenn du jetzt das Wort *Liebesbrief* erwähnst, wenn du jetzt sagst: *Er ist in dich verliebt*, wenn ich jetzt auch nur irgendwie das Wort *Liebe* höre, verpass ich dir eine, da kannst du Gift drauf nehmen. Schau mich nicht so an, tröste mich nicht. Es gibt nichts, weswegen du mich trösten müsstest, es ist nichts passiert.

Sie sagt: *Du musst wahrscheinlich los.* Wundert sich, dass sie bleiben will. Ach ja, Glatteis, entschuldige, ich hatte vergessen, ja, natürlich, bleib. Sie sagt: *Danke für den wunderschönen Abend*, holt frische Bettwäsche aus dem Schrank, zieht das Sofa aus, lässt sie zuerst ins Bad, spült die beiden Tassen ab. Allein in der Küche, bemerkt sie, dass sie am ganzen Körper zittert. Na klar: die Kälte, es ist Winter, Februar.

Sie sagt: *Gute Nacht.* Und noch mal: *Danke für den wunderschönen Abend.* Sie geht ins Badezimmer, verriegelt die Tür. Bald wird Olja schlafen, bald werden auch die Beamten und ihre Freundinnen schlafen, ihre Kinder schlafen bereits fest, es schläft das Spielzeug im Kinderzimmer, es schlafen die Indizien, die Aussagen, die Fotos, die E-Mails in meinem Notebook. Irgendwo im februarkalten Moskau schläft einer nicht. Er blickt auf seinen Bildschirm und wartet auf meine Antwort.

Sie kehrt ins Zimmer zurück, fährt den Computer hoch, entschuldigt sich bei Olga, setzt ihn auf »Ignorieren«, entschuldigt sich noch mal und geht ins Badezimmer zurück, zieht sich aus, setzt sich auf den Rand und schließt die Augen.

Olga schläft nicht, sondern lauscht auf die Stille in der Wohnung und denkt: *Xjuscha hält sich wirklich tapfer. Das könnte ich nicht.* Sie will lieber nicht daran denken, was sie an ihrer Stelle tun würde. Sie denkt: *Wie gut, dass ich mitgekommen bin.* Sie stellt sich vor, wie Xenia jetzt im Badezimmer sitzt. Unbeweglich wie ein ausgetrockneter Baum, wie ein aufgeplusterter Vogel, wie ein in Stein gehauenes Abbild einer mexikanischen Gottheit.

Xenia lässt die Hand tiefer wandern, beginnt ihre Finger zu bewegen, versucht in ihrer Vorstellungskraft eine der üblichen Fantasien heraufzubeschwören. Anstatt Erregung verspürt sie Übelkeit, die immer höher kriecht, wie ein Kloß im Hals stecken bleibt, Übelkeit, Scham und Schuld. *Andere Menschen sterben an der Folter, du aber geilst dich daran auf.* Jeder Orgasmus des letzten Monats lässt ihr Gesicht nur noch mehr vor Scham erröten. Als sei sie in einem Leichenschauhaus gewesen, in dem all die getöteten Frauen in einer Reihe auf Tischen lagen, als sei sie im Leichenschauhaus gewesen, habe lange vor jeder Leiche masturbiert und dabei aufmerksam die Verbrennungen, die tiefen Schnitte, die blutigen Striemen betrachtet. Ekel, nichts als Ekel. Xenia hört auf, ihre Hand zu bewegen, hält die trockenen Finger vor ihr Gesicht, zuckt mit den Schultern und sucht mit ihrem Blick nach irgendwas, das ihr Schmerzen verschaffen könnte. Auf dem Spiegelbrett liegt einsam eine Haarspange. Xenia probiert sie an ihrer Brustwarze aus, kneift die Augen zusammen und legt sie beiseite. Es tut weh. Einfach nur weh. Wie jedem normalen Menschen. Schmerz und Lust vereinigen sich nicht mehr miteinander. Ein Kloß im Hals, wie ein Nagel, den man ihr in die Kehle geschlagen hat. Übelkeit, wie ein Messer im Sonnengeflecht. Unbeweglich sitzt sie auf dem Rand der Wanne, klein, zerzaust, die Arme um den Oberkörper geschlungen, ein aufgeplusterter Vogel, ein schlafloses, kaputtes Spielzeug.

45

Alexej kniet nieder und küsst ihre Finger, an denen schon fast keine Nägel mehr zu sein scheinen. Mein Gott, denkt er, während er nach dem Häkchenverschluss ihres Rocks tastet, was ist bloß mit ihr los? Ich brauche gar nicht zu fragen, sie antwortet zwar, aber so, als ob sie gar nicht zugehört hat, als ob sie nur irgendwelche Standardfloskeln abspult. *Nein, nein, alles in Ordnung. Ich komm schon klar. Keine Sorge.* Oder: *Danke, das weiß ich zu schätzen. Verzeih mir. Nein, gar nicht.* Vielleicht jetzt, denkt Alexej, vielleicht komme ich ja im Bett an sie ran. Wenn sie wenigstens herumschreien, fluchen, weinen oder irgendwas sagen würde! Ich war so froh, denkt er, als ich heute die Nachricht von ihr las, ob ich abends was vorhätte. Natürlich hab ich »nein« geantwortet, obwohl mich Oxana gebeten hat, heute früher nach Hause zu kommen, egal, ich lasse mir irgendwas einfallen. Und dann hat sie gefragt: »Kommst du bei mir vorbei?«, und ich habe »Ja!!« geantwortet, und nun knie ich vor ihr, ihr Rock liegt auf dem Boden, ich ziehe vorsichtig den Slip über ihre schmalen Hüften und suche mit den Lippen nach ihrem Schoß.

Wird das noch lange dauern?, denkt Xenia, obwohl, er gibt sich so viel Mühe, was soll's. Ob ich ihm sagen sollte, dass mir das nicht gefällt, dass ich es mit der Zunge nicht mag? Wobei, so wie es aussieht, mag ich es derzeit überhaupt nicht, egal, wie. Es ist nicht leicht, mit jemandem Sex zu haben, wenn du ein Gefühl hast, als hätte man in deinen Hals einen Nagel eingeschlagen und ein Messer in dein Sonnengeflecht gebohrt. *Du solltest dich irgendwie ablenken*, sagt Marina, *geh mal wieder ficken oder so*. Ficken! Leicht gesagt. Xenia steht mit gespreizten Beinen da, die Hand im Nacken des vor ihr knienden Mannes, und horcht in sich selbst hinein. Ja, wie es aussieht, bringt Sex genauso wenig wie Masturbieren, irgendwo tief in mir drin ist etwas zerbrochen. Die alten Fantasien funktionieren nicht mehr, als hätte jemand die Maschine ausgeschaltet, die den Körper dazu bringt, dass er auf Berührungen der Hände, der Zunge reagiert, oder auf Bilder, die im Kopf aufblitzen. Darüber, was in meinem Kopf los ist, denke ich lieber erst gar nicht nach. Ein Nagel im Hals, ein Messer im Bauch. Also steht sie da wie bescheuert, mitten im Zimmer, die Beine breit, damit Alexej in Ruhe mit seiner Zunge da rummachen kann, streichelt ihm über den leicht geneigten Kopf und empfindet exakt überhaupt nichts.

Mein Gott, wundert sich Alexej, sie kam sonst immer so schnell in Fahrt, was ist denn heute los mit ihr? Er versucht es mit den Fingern, wieder mit der Zunge, fährt über den ganzen Körper, doch Xenia liegt auf dem Rücken, fast unbeweglich, klein, zerbrechlich, gleichsam umgeknickt. Wann habe ich mich zum letzten Mal so hilflos gefühlt?, denkt Alexej. Wahrscheinlich ist das eben wahre Liebe, sagt er sich, wenn man keinen Sex haben kann mit der Frau, die man liebt. Besonders, wenn sie dich nicht liebt. Denk nicht daran, dass das Xenia ist, es ist nur eine Frau, einfach nur ein Körper, dazu noch ziemlich mager, mit hervorstehenden Rippen, einem Fell unter dem Bauch und zwei abstehenden Brüsten. Die übliche Geschichte: ein Kuss, Berührungen, Zärtlichkeiten. Versuche in diesem Körper Lust zu wecken, denk nicht an Liebe. Es ist nur Sex … Und Alexej fährt wieder und wieder mit den Fingern über die kalte Haut, fährt mit seinen Lippen von den Zehen bis zu Xenias Mund, der weich, willenlos, mechanisch auf seinen Kuss reagiert.

Wird das noch lange dauern?, denkt Xenia, obwohl, er gibt sich so viel Mühe, was soll's. Sollte er allerdings darauf warten, dass ich irgendwann komme, steht uns eine interessante Nacht bevor. Warum habe ich ihn bloß zu mir eingeladen, kann mir das vielleicht jemand sagen? So kann man doch mit anderen Menschen nicht umgehen, das ist doch ein Mensch, kein Vibrator, warum bin ich so zu ihm … In Zukunft werde ich Probleme haben mit Liebhabern, denkt Xenia, ach, was soll's, dann bleibe ich eben allein. Genug gespielt. Als ob Sex mir so wichtig wäre! Vielleicht sollte ich ihm Bescheid sagen, damit er langsam zur Sache kommt, denkt Xenia, immerhin muss ich morgen zur Arbeit, und ich bin schon müde. Sie versucht so natürlich wie möglich einzuatmen, und während sie ausatmet, haucht sie: *Nimm mich jetzt!*

Mein Gott, denkt Alexej, während er sich in Xenia bewegt, wie lange habe ich auf diesen Abend gewartet? Was werde ich bloß Oxana sagen, na egal, mir wird schon was einfallen. Mal bewegt er sich gleichmäßig, mal wechselt er den Rhythmus, bedeckt ihr Gesicht mit Küssen und fährt mit seinen Fingern über ihren Körper. Was ist bloß los mit ihr? Er versucht sich daran zu erinnern, wie sie es vor einem Monat getrieben haben, und ihm kommt es vor, als liege nun eine völlig andere Frau unter ihm.

Wird das noch lange dauern?, denkt Xenia, obwohl, er gibt sich so viel Mühe, was soll's. Armer Kerl, sitzt richtig in der Tinte. Jedenfalls weiß ich jetzt, dass diese Art von Freizeitgestaltung nichts mehr für mich ist. Vielleicht irgendwann später mal … Sie liegt auf dem Rücken, die Augen geschlossen, und denkt an ihren Besuch bei der Miliz. Die haben es mir nicht abgenommen, die dachten, ich will sie verarschen. Die CD-ROM haben sie natürlich genommen, aber an ihrem Blick habe ich gleich erkannt, dass sie mich für eine durchgeknallte Irre halten, eine Hysterikerin mit sexuellen Problemen. Ja, Mann, ist ja auch eine supererotische Fantasie, mal eben kurz bei den Bullen vorbeizuschauen. Aber auch die anderen Fantasien helfen nicht – das habe ich in den letzten Tagen feststellen müssen. Am besten, man probiert es erst gar nicht: nichts als Übelkeit, ein Kloß im Hals, ein Nagel in der Kehle, ein Messer im Bauch. Sie öffnet die Augen. Alexej schwingt rhythmisch vor und zurück. Armer Kerl, denkt Xenia, ich sollte vielleicht doch mitspielen, immerhin muss ich morgen zur Arbeit, und ich bin schon müde. Sie beginnt, ihm mit ihren Hüften entgegenzustoßen, erhöht allmählich die Amplitude, biegt sich durch, fängt an zu stöhnen, krallt sich mit den bis auf die Wurzel abgekauten Fingern in seine Schultern, wirft den Kopf nach hinten – und empfindet exakt überhaupt nichts.

Mein Gott, denkt Alexej, ich war schon fast am Verzweifeln. Für solche Momente lohnt es sich zu leben, denkt er, zu leben, um Lust zu schenken, um mit der Zunge in die Tiefe ihres Mundes vorzudringen, sich aufeinander einzuschwingen, den besten Rhythmus zu wählen, auf das Hin und Her des anderen Körpers zu hören. Jetzt erkenne ich meine Xenia wieder, denkt er, oh, mein Gott, jetzt erkenne ich sie. Er stützt sich mit den Armen auf und sieht, wie der kleine, zerbrechliche Körper zuckt und sich windet, beugt sich hinab und küsst sie wieder auf die Lippen. *Ich liebe dich*, flüstert er, *ich liebe dich.* Und doch: Was war bloß mit ihr los?

Dauert das noch lange?, denkt Xenia. Es schüttelt sie schon, ihr Körper bewegt sich von selbst, ohne irgendeine Kraftanstrengung, zuckt zusammen wie von einem Stromschlag, einem Schlag. Eine Sekunde lang scheint Xenia über dem Bett zu schweben, sie sieht den breiten Rücken des Mannes, der über ihr hängt, ihre eigenen geschlossenen Augen, die krampfhaften Bewegungen ihres Körpers, die bleichen Lippen, den zurückgeworfenen Kopf. Sie fühlt weder Freude noch Lust, noch Schmerz, nur irgendetwas hämmert von innen gegen ihre Brust, sucht nach einem Ausweg, lässt sie sich durchbiegen, erschauern, zusammenzucken. Was ist bloß mit mir los? Warum ödet mich das so an? Nein, es ist unmöglich, mit einem Mann Sex zu haben, der dich liebt, wenn du ihn überhaupt nicht liebst. Wahrscheinlich sollte ich jetzt aufstöhnen und dem Ganzen ein Ende setzen, ich muss morgen zur Arbeit, ich bin müde, o mein Gott, stöhnt sie lange, zuckt ein letztes Mal zusammen und bleibt still liegen. Und empfindet exakt überhaupt nichts.

Mein Gott, denkt Alexej, das war's. Er zieht das Kondom von seinem verschrumpelten Glied, macht einen Knoten hinein, geht zum Mülleimer, dann ins Bad und duscht sich erschöpft ab. Ein toller Fick, sagt er zu sich und überlegt, was er Oxana sagen soll, wenn er nach Hause kommt. Heute haben wir aber lange gebraucht, denkt er, aber dafür war es ein toller Fick. Ich bin schon ein guter Liebhaber. Er steht unter der Dusche, das Wasser spült allmählich die vergangene Liebe und die verflogene Illusion von ihm ab. Ein toller Fick, wiederholt Alexej noch einmal und glaubt schon fast daran.

Heute hat er aber lange gebraucht, denkt Xenia, aber was soll's. Aber was ist bloß los mit mir? Ein Nagel im Hals, ein Messer im Bauch. Vielleicht hatte Olja ja doch recht, dass ich in Urlaub fahren sollte, zum Beispiel irgendwohin ans Meer, zusammen mit Alexej, in irgendeinem billigen Hotel absteigen, tagsüber am Strand liegen und nachts so miteinander schlafen … Nein, es ist unmöglich, mit einem Mann Sex zu haben, der dich liebt, aber du ihn nicht. Besonders, wenn du einen anderen liebst, der in deinem ICQ jetzt auf der Ignorier-Liste steht, damit du von ihm nie wieder etwas zu hören bekommst.

46

Wer sich diese Werbung ausgedacht hat, auf der Blumen aus kleinen Fleischstückchen dargestellt sind, dem fehlt offenbar jegliche Fantasie. Trotzdem fühle ich mich immer unwohl, wenn mir dieses Plakat in der Metro unter die Augen kommt. All die Poster mit den halb nackten Frauen lassen mich dagegen völlig kalt, so provokant sie auch sein mögen. An der Wand da drüben hängt zum Beispiel eine Reklame für die Zeitschrift *Moulin Rouge*: Eine junge Frau hält ihre Brüste bedeckt, die Hände in roten Lederhandschuhen. Man könnte sich jetzt vorstellen, dass jemand ihr die Nippel abgeschnitten hat und dass ihre Hände deshalb rot vom Blut sind – doch wenn man ihr zufriedenes Gesicht sieht, ist das wohl ziemlich unwahrscheinlich. Überhaupt lässt mich Werbung meist ziemlich kalt – vielleicht, weil sie all das anbietet, was man auf dem freien Markt bekommt.

Als ich einmal bei einer meiner jungen Freundinnen auf der Toilette saß, blätterte ich in einer linksorientierten Zeitschrift, die dort herumlag. Eigentlich mag ich die Linken nicht besonders: Die These, dass man die Welt um einer Idee willen in Blut tränken muss, kommt mir wie reinste Heuchelei vor. Um die Welt in Blut zu tränken, brauchen wir keine Ideen. Das Blut selbst genügt als Motiv.

Jedenfalls stieß ich in dieser Zeitschrift auf den Satz eines französischen Linken. Komfort, schrieb er, wird nie gut genug für dich sein, wenn du nur das suchst, was es auf dem Markt nicht gibt.

Wahrscheinlich gibt es deshalb nur eine einzige Werbung, die mir gefällt: die berühmte Benetton-Kampagne mit den blutgetränkten Soldatenhemden, den Behinderten, Verletzten und Krüppeln. Schade, dass diese Plakate in Moskau nie aufgehängt wurden. Wäre ich richtig reich – wie Abramowitsch, Beresowski oder zumindest Patrick Bateman –, so würde ich die ganze Stadt vollkleistern mit Bildern von Tod und Leid. Dann würde ich nicht mehr mit der Welt so kommunizieren müssen, wie ich es jetzt tue. Wahrscheinlich werde ich deshalb auch nie reich werden. Wirklich Geld machen nämlich nur jene, die den Menschen helfen, den Tod zu vergessen, und sie dazu bringen, dass sie Freude empfinden, wenn sie all das schlucken, was der Markt hergibt.

Überhaupt gibt es für meinen Geschmack in Russland nur eine einzige gute Sache: Die orthodoxe Kirche hält Abtreibung nach wie vor für Mord – obwohl sie überall im Land praktiziert wird. Angesichts meiner reichen Erfahrung gefällt mir dieser Gedanke. Ich lebe in einem Land, in dem jede zehnte Frau weiß, dass sie eine Mörderin ist.

Würde man mich fragen, wie ich mir die ideale Gesellschaft vorstelle, so würde ich antworten: eine Gesellschaft, in der Schmerz und Leid die gleichen Rechte haben wie das Glück. Mehr noch, in der sie als Selbstzweck anerkannt sind. Nicht Schmerz und Leid um einer Sache willen, sondern Schmerz und Leid an und für sich. In einer solchen Gesellschaft würde ich mich vielleicht nicht mehr so einsam fühlen.

Ich glaube, dass Xenia mich verstanden hat. Sie hatte ein Gefühl für den Schmerz, eine Sensibilität für das Leid. Dabei meine ich nicht ihren Masochismus. Ich hatte mal was mit einer

Masochistin, aber bereits nach der ersten Nacht machte ich wieder Schluss. Mich ekelte ihr Bestreben, sich den Schmerz so bequem und angenehm wie möglich zu machen. Xenia dagegen war anders. Ich liebte sie wegen ihrer Art, wie sie die Welt sah. Wegen der Aufkleber, die sie bemerkte. Wegen der Geschichten, die sie erzählte. Und nicht zuletzt wegen dieser Website, die sie gemacht hatte.

Ich habe ihr geschrieben, dass ich sie wirklich für meine Schwester halte. Und das stimmt auch. Sie ist meine andere Hälfte, der weibliche alien. Ein Fremder, der in meiner Brust wohnt.

Jeden Morgen habe ich auf das ICQ-Blümchen in der Ecke des Bildschirms geblickt, auf sie gewartet und unablässig wiederholt: *Guten Morgen, liebste Xenia, wach auf!*

Sie hat auf meinen Brief nicht geantwortet und mich in ihrem ICQ geblockt. Wahrscheinlich hat sie Angst bekommen – ich glaube nicht, dass sie mich verstoßen wird. Natürlich weiß sie, dass wir beide ein und dasselbe sind, zwei Spiegelbilder, Zwillinge unterschiedlichen Geschlechts, Platos Hälften.

Sie wollte meine Hölle betreten, damit sie zur Hölle für uns beide wird. Das sind keine Worte, die man so leicht wieder zurücknimmt.

Doch jetzt, da sie schweigt, hat sich meine Hölle verändert. Jetzt sind es keine plötzlichen Anfälle mehr, keine schwarzen Spiralen, keine konzentrierte Verzweiflung – nein, es ist ein gleichmäßiges Gefühl, ein bohrender 24/7-Schmerz, ein grauer Schleier über den Augen. Vorige Woche habe ich drei Tage lang das Haus nicht verlassen, und heute bin ich davon aufgewacht, dass ich weinte.

Ich habe schon seit zweieinhalb Monaten niemanden mehr umgebracht. Für mich ist das eine lange Zeit. Meist habe ich es nie länger als fünf Wochen ausgehalten. Aber ich wollte Xenia so sehr, dass andere Frauen keinen Platz in meinen Fantasien hatten. Ich stellte mir die Foltern vor, von denen sie schrieb, und dann dachte ich mir in meinen Träumen mit ihr immer neue aus. Ich sah uns als alte Menschen, schon seit vielen Jahren zusammen, irgendwo in Indien oder Thailand, wo das Klima auszuhalten ist und sich niemand für irgendwelche Morde interessiert, die vor einem halben Jahrhundert am anderen Ende der Welt verübt worden sind.

Manchmal stellte ich mir vor, wie wir gemeinsam töten. Das kommt durchaus vor: Submissive Frauen assistieren Männern gerne bei solchen Dingen. Man denke nur an Karla Homolka, die ihrem Freund Paul Bernardo ihre fünfzehnjährige Schwester zu Weihnachten schenkte. Die kanadische Presse nannte die beiden später »Barbie und Ken«, denn sie waren jung, gut aussehend und verliebt. Und auch Caril Fugate wählte selbst die Opfer für Charlie Starkweather aus – ich weiß nicht mehr, ob das in den »Natural Born Killers« so gezeigt wird.

Und selbst wenn Xenia keine Lust bekäme zu töten, könnten wir uns eine Sklavin anschaffen, sie im Keller halten, gemeinsam Spaß haben, uns verschiedene lustige Dinge ausdenken. Frauen halten so etwas ziemlich lange aus. Die zwanzigjährige Carol Smith verbrachte sieben Jahre bei den Hookers, davon drei in einer eigens angefertigten Box unter ihrem Bett. Cameron und Janice trieben es buchstäblich über ihrem Kopf. Janice brachte in dem Bett sogar ein Kind zur Welt, während Carol darunter in ihrer Box lag.

Wir beide hätten so viele Möglichkeiten gehabt, glücklich zu werden!

Jetzt ist mir das Leben wieder zur Hölle geworden. Heute dachte ich mir: Vielleicht hätte ich nie von Xenia erfahren sollen, hätte es meinen Fantasien nicht erlauben sollen, mich zu betrügen.

Der schwarze Kokon wickelt sich immer fester um mich, ich atme nur noch schwer, der Blutstrom in meinen Ohren dröhnt wie die Schläge eines Hammers. Ich habe keine Kraft mehr, das zu ertragen.

Heute Morgen parkte ich mein Auto an einem der Metroausgänge. Ich hastete die Treppe hinunter wie ein Kranker, der rechtzeitig da sein will, wenn die Apotheke aufmacht. Ich wusste, im Untergrund würde ich meine Medizin finden – eine Frau, die mir helfen würde, meinen Schmerz zu vergessen.

Ich weiß nicht, wie viele Stunden ich nun schon von einem Zug in den anderen steige, mich unter die Menschenmenge bei den Rolltreppen mische, in mich hineinhorche, versuche, niemanden zu verpassen. Ich weiß: Selbst das unbedeutendste Detail kann ein Zeichen sein. Das Alter spielt keine Rolle, auch nicht die Länge der Beine, der Brustumfang, die Attraktivität des Gesichts. Du wählst nicht den Körper, du wählst den Menschen.

Aber heute kommen mir alle Frauen wie Kleider von der Stange vor, eine Ware, die ich nicht brauche.

Vor ein paar Jahren hatte sich Mike in ein junges Mädchen verknallt, vielleicht siebzehn Jahre alt. Ljubka bekam nichts davon mit, aber irgendwann ließ ihn das Mädel sausen, und er litt wie ein Hund. Ich riet ihm, in irgendeinem Club ein anderes Mädchen abzuschleppen, ans Meer zu fahren, den Kopf freizubekommen, aber Mike entgegnete mir fast unter Tränen: *Wenn du verliebt bist, sind dir andere Frauen scheißegal.* Mikes Verzweiflung beeindruckte mich damals, aber heute fühle ich mich exakt genauso.

Da, die beiden Mädchen gegenüber, eine davon ein südlicher

Typ, schwarz gekleidet, etwas füllig mit großem Busen. Ein roter BH-Träger lugt ab und zu aus ihrem Kleid hervor. Ihre Freundin ist schlank, blond gefärbt mit Löckchen, als käme sie gerade aus der Dusche, in einem roten Pullover, durch den ein schwarzer BH durchscheint. Sie sitzen dort, sozusagen Positiv und Negativ, schwatzen über irgendwas, Genaueres ist nicht zu hören.

Die Brünette erinnert mich an ein Mädchen,
Das ich einmal per Anhalter mitnahm
Bei der Metrostation »Semjonowskaja«.
Ein paar Stunden später fand ich heraus:
Ihr ganzer Körper war mit kleinen schwarzen Härchen bedeckt,
Beine, Bauch, Rücken, sogar die Brüste.
Das gibt es oft bei Frauen aus südlichen Gefilden.
Moskau ist eine Stadt des Nordens:
Wahrscheinlich schämte sie sich sehr.

Ich ließ sie im Keller zurück,
Kniend und gefesselt,
Am nächsten Tag brachte ich ihr als Geschenk
Die beste aller Rasiercremes
Ich bedeckte sie mit Schaum so weiß wie ein Hochzeitsschleier
Und rasierte sie glatt, von den Knöcheln bis zu den Achseln,
Beine, Bauch, Rücken, sogar die Brüste.

Rasierte sie mit demselben Messer,
Mit dem ich ihr danach die Haut abzog.

Heute macht mich die Brünette gegenüber absolut nicht an. Diese Kombination von Rot und Schwarz ist entsetzlich vulgär. Außerdem riecht ihr Schweiß wahrscheinlich sauer und scharf. So was überdeckt nicht einmal der Geruch von frischem Blut.

Positiv und Negativ, Positiv und Negativ. Die Blondine lacht und hüllt sich in ihren weißen Daunenmantel. Sie macht einen schwachen und zerbrechlichen Eindruck, aber ich weiß, das täuscht.

Einmal hing eine, so ähnlich wie diese,
Drei Wochen lang in meinem Keller
Es gab Ärger in der Arbeit, verspätete Lieferungen,
Ich verbrachte fast jeden Tag in Moskau
Und konnte ihr daher nicht genügend Zeit widmen

Schließlich bekam sie ihre Tage,
Und es war schrecklich mit anzusehen, wie das dunkle Monatsblut
Ihre Beine hinabfloss und sich mit dem frischen Blut
Meiner ganz frischen Schnitte vermischte

Als ich ihr dann die Gebärmutter herausschnitt
War sie glatt und elastisch

Positiv und Negativ, Positiv und Negativ. Sie plappern weiter, und mein Blick wandert zu ihrer Nachbarin. Sie liest eine Zeitschrift. Hin und wieder rückt sie ihre Brille zurecht. An den Händen, mit denen sie die Seiten umblättert, trägt sie alte Strickhandschuhe. Ein müdes Gesicht, volle Lippen, große braune Augen. Neben ihren abgewetzten Stiefeln liegt eine Plastiktüte. Ein Wollrock, die Löcher sauber gestopft, ein langer chinesischer Daunenmantel, an ein paar Stellen geflickt. Wenn man genauer hinsieht, erkennt man: Sie ist vielleicht fünfundzwanzig, nicht älter. Nur sehr müde.

Sie erinnert mich an meine erste Frau
Eine junge Frau von einer Datscha, die gerade
Mit einer Tasche voller Lebensmittel durch den Wald ging

Damals war ich im Vorortzug
Auch ihr gegenübergesessen
Und hatte ihr Gesicht betrachtet.

Ich kam in dem Augenblick,
Als ich ihr den Schädel einschlug
Mit einem Stück Eisenrohr,
Das ich auf dem Weg gefunden hatte

Es war ein schneller Tod
Wie schneller Sex

Das erste Mal, ja

Ein paar Tomaten rollten aus der Tasche
Als ich weglief, trat ich auf eine,
Ihr Saft vermischte sich mit dem frischen Blut

Sie saßen vor mir wie in einem Schaufenster. Auslegware, feilgeboten auf dem Markt. Auch jetzt noch erinnere ich mich gerne an all die anderen, die so aussahen wie sie. All jene, die ich einmal getötet habe. Doch heute erregen sie mich nicht mehr. Ich stelle sie mir in meinem Keller vor, probiere an ihnen jene

Qualen aus, die ich mir für Xenia habe einfallen lassen, horche auf ihren todesnahen Atem – und spüre nichts.

Früher einmal öffnete die Metro mir ihre Arme, früher einmal konnte ich die Zeichen lesen, früher einmal ließen ein Frauenlachen, ein zufälliger Blick, die Drehung eines Kopfes die Zeit gerinnen. Früher einmal wusste ich bereits im Voraus, wie jede von ihnen sterben würde. Früher einmal dachte ich: Jede von ihnen ist es wert, dass ich mich bemühe. Früher einmal fand ich jede von ihnen schön. Unerträglich schön.

Doch jetzt sage ich: Lebt wohl. Nie wieder werde ich, ein Zittern unterdrückend, in die Metro hinunterfahren, auf den Rolltreppen innehalten, in den überfüllten Waggons plötzlich erstarren, jemanden bis vor die Haustür begleiten, an dunklen Abenden aufspüren, eine Injektion setzen, den fallenden Körper gerade noch auffangen und sorgsam in den Kofferraum legen. Heute Abend kehrt ihr nach Hause zurück zu euren Geliebten, Eltern, kleinen Kindern. Ihr werdet nie erfahren, was ich euch erzählen wollte.

Ich brauche nur eine einzige Frau. Und ich werde warten, bis sie mich ruft. Sie wird mich von selbst rufen. Sie kann nur freiwillig zu mir kommen.

Die müde junge Frau gegenüber erhebt sich, hebt die Tüte auf und geht in Richtung Ausgang. Auf dem Sitz, den sie zuvor verdeckte, klebt ein Sticker. Ein gespaltenes Kindergesicht, schon etwas verwischt von den Rücken der Fahrgäste. Darunter die Aufschrift: »Du sollst nicht töten.«

47

Schon seit fünfunddreißig Jahren ist es immer dasselbe, und doch ist es jedes Jahr wieder eine Überraschung. Noch am Morgen herrschen Winter, Schnee und Ekel. Und dann, später am Tag, schaust du aus dem Fenster, gehst auf die Straße, und – wow! – die Sonne scheint, die Vögel singen, der Schnee taut, der Winter zieht sich zurück. Jeden Winter denkst du: *Mein Gott, ob ich den nächsten Frühling noch erlebe!* Natürlich nicht, weil du vorhast zu sterben. Im Februar ist es einfach nicht zu glauben, dass der Winter irgendwann einmal aufhört. Aber jedes Jahr ist es wieder dasselbe: Irgendetwas ändert sich kaum spürbar in der Luft, ein halb vergessener Geruch schleicht sich durch den Benzingestank – und plötzlich rollt auf einer unsichtbaren, durchsichtigen Welle das Glück heran.

Gott weiß, wann der Schnee endlich wegtaut (im Mai fällt er dann sowieso wieder!), bis zum ersten Grün ist es noch lang, es wird noch dauern, bis du den Pelz einmottest, neue Sommerkleider kaufst, und doch begreifst du plötzlich: Das war's, es ist vorbei, wieder einen Winter überlebt. Abends gehst du mit jemandem ins Bett, und es kümmert dich überhaupt nicht, dass er von dir direkt zu seiner Frau fährt. Du legst dich allein schlafen und fühlst dich gar nicht einsam, schlägst ein Buch auf – versuchst aber gar nicht zu lesen, sondern lächelst nur über die offenen Seiten hinweg und sagst dir: *Ist doch alles ganz gut gelaufen*, doch was du damit meinst, weißt du selbst nicht so genau.

Ein gläubiger Mensch, denkt Olga, würde so was wahrscheinlich als Gnade betrachten, ich aber habe kein eigenes Wort dafür. Und als Mädchen aus einer Philologenfamilie erkläre ich hiermit ein für alle Mal: Wenn es ein Wort nicht gibt, ist es auch nicht nötig. Es genügt zu wissen: Was immer auch passiert, einmal im Jahr steht dir ein solcher Tag zu. Ein Tag, der die übrigen dreihundertsechzig plus x Tage des Kalenderjahrs rechtfertigt. Ein Tag unbegründeten Glücks.

Du stehst am Morgen auf, gehst unter die Dusche, betrachtest dein Spiegelbild – eine schöne Frau, nicht wahr? Nicht irgendein steriles Model auf einem Hochglanzcover, keine aufgeblasene zwanzigjährige Ziege, nein, eine attraktive, gut aussehende Fünfunddreißigjährige, offen für die Welt und die sich ankündigende Liebe. He, hört ihr – Olga dreht die Dusche auf und macht das Wasser sogar etwas kälter –, hört ihr, ich, Olga Kruschewnizkaja, stehe hier im Bad, nass und glücklich, bereit für eine neue Liebe. Ich bin sauber, ich bin frei, ich bin schön, ich liebe mich, ich bin glücklich, ich bin es wert, glücklich zu sein.

Das war kein leichter Winter, sagt Olga zu sich, während sie den fettarmen Joghurt öffnet und das Wort »war« auf der Zunge rollen lässt. Nicht leicht, aber dafür ergebnisreich! Überall Siege, wohin du auch blickst. In ihrem Kopf öffnet sich, quasi wie eine Power-Point-Präsentation, ihr Fazit dieses Winters.

Punkt für Punkt, wie es sich gehört.

1. Business: Konsolidierung und Entwicklung. Fotos: Grischa und Kostja in Thailand. Grafiken: Die nach ihrer Rückkehr nach Moskau präsentierten Entwicklungspläne. Tabellen: Die Termine der ersten neuen Investitionsraten. Von der schönen Helena keine Spur. Die Göttinnen der Thai-Massage scheinen dieses Gespenst endgültig verjagt zu haben. Wobei, mit Verlaub,

was haben die thailändischen Nutten damit zu tun? Sie war es doch, Olga Kruschewnizkaja, 35 Jahre (Foto im Business-Suit), erfolgreiche Geschäftsfrau, sensible Psychologin, Großmeisterin der Finte im Schachspiel – ja, sie war es doch, die das Gespenst der unglückseligen Helena verscheucht hat. Bewertung der Expertenjury für den Bereich Business: zehn von zehn Punkten.

2. Familie: Stabilität und Harmonie. Klein, aber liebevoll. Foto: Olga und Wlad, nebeneinander, Arm in Arm. Unten auf dem Bildschirm die Umrisse der Petersburger Admiralität, ein kleines Foto von Mama. Linien symbolisieren die Telefonverbindung zwischen ihr und Wlad sowie ihr und Olga. Die nächste Folie: bitte sehr. Wlad und Andrej am Ufer des Ozeans, Indien, Staat Goa. Das Haus, das ich hoffentlich nächsten Winter besuchen werde. Noch eine Folie: Flughafen Scheremetjewo-2, wo Wlad in einem Monat eintreffen wird. Bewertung der Expertenjury für den Bereich Familie: neun von zehn Punkten.

3. Liebe: Freiheit und Unabhängigkeit. Die Leinwand blendend weiß. Oder nein: Olga Kruschewnizkaja in ihrem besten Kleid, das sie aussehen lässt wie alle vier Protagonistinnen aus »Sex in the City« auf einmal. Verführerisch. Romantisch. Sexy. Selbstbewusst. Die nächste Folie: Die Silhouette eines Mannes, ein blinkendes Fragezeichen. Schade, es lässt sich nicht darstellen, dass er keinen Ehering trägt – als Symbol dafür, dass Affären mit Verheirateten passé sind. Bewertung der Expertenjury für den Bereich Liebe: zehn von zehn Punkten – o ja! Fragen hierzu bitte an die Experten selbst.

Olga schenkt sich Kaffee nach und lächelt zufrieden. Was fehlt noch? Ach ja, Freundschaft. Irgendwie fällt ihr dazu kein richtiger Slogan ein. Na gut, nehmen wir einstweilen »Nähe und Kontinuität«.

4. Freundschaft: Nähe und Kontinuität. Eine Diashow: Olja

und Xjuscha im *Yakitori*. Olja und Xjuscha im »Planet Fitness«, Olja und Xjuscha auf dem Rodelhügel, im *Coffee House*, am Schachtischchen im *Atrium*, zu viert im *Kofe-In*. Die nächste Folie bitte überspringen, ach, hat nicht geklappt, da ist sie, nichts zu machen: Xjuscha, mit leeren Augen und unbeweglichem Gesicht, klein, zerzaust, ein aufgeplusterter Vogel, ein zerbrochenes Spielzeug. Jetzt aber bitte schnell die nächste: Xjuscha mit Koffer am Flughafen Scheremetjewo-2, Olja bringt sie zu ihrem Flug nach Prag, hat sie doch noch überreden können, ein wenig auszuspannen, dem europäischen Frühling entgegenzufliegen.

Dann plötzlich ein Flashback: Wie sie ihr Gesicht zwischen ihren Brüsten vergräbt, schwarze, wirre Haare, Olga streicht mit ihrer Hand darüber, flüstert kaum hörbar: *Was hast du denn, Xjuscha, alles wird gut, du weißt doch.* Wie geht es ihr dort?, denkt Olga, wie geht es dem Nagel im Hals, dem Messer im Sonnengeflecht? Ob es den Geistern der Prager Alchemisten wohl gelungen ist, das kalte Eisen aus dem warmen Fleisch zu ziehen? Ob es ihnen gelungen ist, Verzweiflung in Hoffnung zu verwandeln, Trauer in Furchtlosigkeit, den Eiskristall in reine Tränen? Am Telefon klang sie ganz lebhaft, na ja, noch zwei Tage, und ich hole sie in Scheremetjewo ab. Xjuscha kommt wieder, und der Winter ist schon vorbei. Reinstes Glück, wirklich nichts als Glück.

Olga wirft den Bademantel aufs Sofa, geht zum Kleiderschrank hinüber. Irgendwie hab ich vergessen, meiner Gehaltserhöhung Ausdruck zu verleihen, der Gehaltserhöhung und dem versprochenen Kredit für das neue Auto. Sie zieht sich vor dem Spiegel an und denkt: *Das passt doch wunderbar, war ja sowieso höchste Zeit, den Toyota zu ersetzen. Schon bald sieben Jahre, nicht gerade seriös, da muss was Neues her.*

Sie lässt sich Zeit bei der Wahl ihres Make-ups. Denn was ist das heute für ein Tag? Man könnte sagen, der erste Tag ihres neuen Lebens. Vielleicht trifft sie heute den Mann ihrer Träume, warum nicht? Wie wird er aussehen? Hmm, mindestens so wie Pascha Silwerman. Wir wären ein tolles Paar, zwei erfolgreiche Geschäftsleute, fast gleichaltrig. Außerdem hat er mir sehr geholfen bei dieser Geschichte mit *ihm*, dem *großen Investor*. Und Xjuscha ... ja, ich denke, er hat durchaus was für sie übrig. Väterliche Gefühle meine ich natürlich. Und dann sind wir beide für Xjuscha wie Mutter und Vater.

Olga lacht, zeigt sich selbst die Zunge, na, sag mal, was sind denn das für Dummheiten. Erstens hab ich ihn nur einmal im Leben gesehen, als ich Xjuscha im Büro abgeholt habe, und zweitens ist er, glaube ich, glücklich verheiratet. Ja, natürlich ist er das, Xjuscha hat es erwähnt. Wie dumm von mir, dabei habe ich mir doch vor einer halben Stunde erst geschworen, keine verheirateten Männer mehr! Na schön, nennen wir es eben erotische Fantasie – und Fantasien schaden niemandem, wie Xjuscha immer sagt. Ja, ja, wie man sieht! Xjuscha hat derzeit wirklich nicht viel zu melden, was das angeht. Wie lautete noch mal ihr wichtigster Rat? »Häufiger ficken – dann bringst du Sex und Liebe nicht mehr durcheinander.« Na ja.

Olga betrachtet sich noch einmal im Spiegel und sagt zu sich: Ach komm, Ende gut, alles gut. Wenn Xjuscha zurück ist, kommt sie sicher wieder ins Lot, und alles wird wie früher. Sogar noch besser. An so einem Tag kann man gar nicht anders, als daran glauben.

Olga nimmt ihre Handtasche, sieht noch einmal nach: Mobiltelefon, Hausschlüssel, Autoschlüssel, Führerschein, Safeschlüssel, was noch? Sie holt erst gar nicht den Aufzug, sondern läuft gleich die Treppe hinunter. Den Toyota hat sie gestern auf der anderen Seite geparkt, es gab keine freien Plätze. Im Winter ist das ärgerlich, aber an einem Tag wie heute freust du dich sogar über die Gelegenheit, ein paar Schritte zu gehen. Die Reflexion der Sonne wandert mit ihr von einem Fenster zum nächsten bis zur Straßenecke. Olga tritt in den Schatten – hier wird der Schnee noch lange liegen bleiben –, geht zu ihrem Wagen, setzt sich ans Lenkrad, schließt mit einer Bewegung ihre Türen ab, schaltet den Motor ein und versucht aus der Parklücke herauszufahren.

Verflixt! Fluchend steigt sie aus. Na toll, das musste ja sein, ausgerechnet an so einem Tag! Jemand hat ihr zwei Reifen plattgemacht. Wäre es nur einer, sie hätte das Reserverad montiert und wäre bei der Werkstatt vorbeigefahren, kein Problem. Aber so? Den Abschleppdienst kommen lassen? Olga blickt auf die Uhr – nein, besser erst abends, sonst vertut sie noch den ganzen Tag damit. Sie schaut noch einmal auf den Sitzen nach – nichts vergessen? –, schaltet die Alarmanlage ein (hat ja wirklich toll geholfen heute Nacht, als man ihr die Luft rausließ!), wirft die Handtasche über ihre Schulter und tritt an den Straßenrand.

Gleich das erste Auto hält an. Olga nennt die Adresse und macht es sich auf dem Beifahrersitz gemütlich. Na prima, denkt sie, ich hab kaum Zeit verloren, dafür kann ich heute Abend sogar was trinken und dann mit dem Taxi nach Hause. Moment mal, wie, was trinken? Und das Auto? Ach je, seufzt sie und lächelt sogleich wieder. An so einem Tag kann man gar nicht lange seufzen. Die Sonne scheint direkt durch die Windschutzscheibe, Olga schließt die Augen und hält ihr Gesicht den Frühlingsstrahlen entgegen. Es heißt, im Auto kann man nicht braun werden, denkt sie. Na und, für ein Sonnenbad ist später noch Zeit genug. Wir haben schließlich noch den ganzen Sommer vor uns.

48

Das Flugzeug gewinnt rasch an Höhe. Zurück bleiben der Flughafenterminal, das sich windende Band der Moldau, die gotischen Turmspitzen, die engen Gassen, die Statuen der Karlsbrücke, die Menschenmassen auf dem Altstädter Ring, der Lärm der Kneipen, die Frühlingsblumen auf der Burg. Es ist März, und überall grünt es, kein bisschen Schnee, man denke nur. Xenia lächelt.

Olja hatte recht: Die Woche in Prag war die beste Medizin. Wenn man es genau besieht, ist das alles nur eine gescheiterte virtuelle Affäre gewesen, fast wie bei Marinka. Der Liebhaber war wunderbar im ICQ, im *real life* jedoch ein Monster. Das hat schon fast was Poetisches.

Die Geister von Prag haben die Moskauer Gespenster vertrieben. Ermordete Mädchen, abgezogene Haut, abgehackte Hände … Xenia zuckt mit den Schultern. Es fiel ihr gar nicht so schwer, nicht mehr daran zu denken, das alles in eine staubige Ecke zu schieben und für immer zu vergessen. Wahrscheinlich geht jeder so vor. In der Welt gibt es sowieso schon genug Leid und Schmerz, warum dann ständig daran denken? Wenn du leben willst, dann sorge dafür, dass keine Gespenster deine gemütliche Welt stören. So lebt jeder. Marina zum Beispiel zieht ihren Sohn groß, ohne daran zu denken, dass er ein ganzes Leben vor sich hat, altern, sich irgendwann in einen grauhaarigen Greis verwandeln wird, und schließlich in ein

Häuflein Asche, eine Urne, einen Namen auf einer Steinplatte.

Olja sei Dank: Sie hatte Xenia das Ticket gekauft, das Hotel gebucht, Freunde in Prag angerufen, damit sie sie abholen, in Empfang nehmen und ihr die Stadt zeigen. Oljas Freunde, ein Mann mit dem komischen Nachnamen Karmodi und eine junge Frau mit dem nicht weniger seltsamen Vornamen Allena – nicht zu verwechseln mit dem russischen »Aljona« – führten Xenia durch die engen Gassen, spendierten ihr ein Bier, teilten Joints mit ihr, schleppten sie zu den Touristenattraktionen und auf Konzerte – bis Xenia ganz allmählich wieder auftaute, der bohrende Schmerz verging, als hätte jemand den Nagel, der in ihrem Hals steckte, entfernt und das Messer aus ihrem Bauch herausgezogen. Am zweiten Tag betrank sie sich und erzählte die neuesten Moskauer Witze, ohne daran zu denken, dass ihre herzlichen Gastgeber sie genauso gut selbst unter *anekdot.ru* gelesen haben konnten. Sie tranken Bier auf dem Hradschin, im *Platónova jeskyňka*, im *Amsterdam* und im *Sedm Vlků*, spielten im Biergarten Kicker, spuckten vom Metronom am Letná-Berg in die Moldau, kauften Gras im *Chateau*, rauchten in den Kellern der Weinstube *U Sudu* und gingen im Geschäftsviertel »Anděl City« ins Multiplex.

Am Freitag waren sie im *Central Lounge* mit einer internationalen Mischpoche versumpft, drei Amerikaner, ein Franzose, ein Pärchen aus Deutschland und zwei Mädchen aus Österreich. Gegen Morgen versuchte der semmelblonde, schlaksige Jean-Pierre sie zu umarmen und hielt ihr seine Lippen hin, worauf sie so heftig zurückzuckte, dass sie selbst erschrak – es hätte nicht viel gefehlt, und sie hätte zugeschlagen. *You can just say no*, sagte er, blass vor Schreck. *I'm sorry*, entgegnete Xenia, *I have a problem with my sexual life, Jean-Pierre, I'm really sorry.*

Wie leicht das auf Englisch über die Lippen geht, und wie doof das in meiner Sprache klingt: Ich habe Probleme mit meinem Sexualleben. Probleme? Warum Probleme? Vielleicht ist ja alles in bester Ordnung? Sieh doch selbst: Du hattest eine Affäre, ihr habt euch getrennt, du leidest. Du bist noch nicht bereit für eine neue Beziehung und deswegen, hm, na ja. Masturbieren funktioniert auch nicht mehr, nichts törnt mich mehr an, und überhaupt, Herr Doktor, habe ich den Eindruck, dass ich frigide geworden bin.

Xenia streckt die Hand nach dem Glas Apfelsaft aus. *Könnte ich noch etwas Wasser dazu haben? Danke.* Wahrscheinlich sollte ich mich freuen, dass alles vorbei ist. Wahrscheinlich gibt es keine besseren Fantasien als diese. Wie sagte Maja noch mal: Den Masochismus muss man überwinden und ein normales Leben anfangen. Heiraten, Kinder kriegen, einen Jungen, ein Mädchen, nein, besser zwei Mädchen, die dann Marina und Olga heißen, und glücklich leben. Erst mal Karriere machen, dann heiraten und zwei Mädchen kriegen. So, jetzt ist klar, wie wir weiterleben werden. Sehr gut.

Oder ich könnte Lesbe werden, denkt Xenia. Mit Frauen verbinden mich keine Erinnerungen. Frauen haben mir nicht die Hände mit einer Wäscheleine gefesselt und mir heißes Wachs auf den nackten Bauch tropfen lassen. Eigentlich ekelhaft, das alles. Sie stellt das leere Glas auf das Tablett und lächelt die Stewardess an: Stupsnase, breite Wangenknochen, grell geschminkte Lippen. Sie hat ein einstudiertes Lächeln aufgesetzt, aber Xenia empfindet es als ehrlich und warmherzig. Also eine Frau heiraten, denkt sie. Zum Beispiel Marina. Nein, vielleicht doch nicht Marina, die würde sie betrügen, mit ihren gemeinsamen Freundinnen ins Bett steigen und Männer nach Hause bringen. Dann lieber Olja. Olja ist erwachsen, selbstständig, erfahren. Sie könnte ihr die Mutter ersetzen, aber manchmal auch die Tochter, die Schwester … Eine Sekunde lang blitzt in ihrem Gehirn das Wort »Bruder« auf und erzeugt einen stechenden Schmerz im Hals. Stopp, sagt Xenia zu sich, keine Brüder mehr, es reicht … also die Schwester, den Mann, die Ehefrau. Sie versucht sich vorzustellen, wie sie mit Olja Sex hat. Wenigstens wird sie sich nicht mehr verstellen müssen, denn einer Frau kannst du sowieso nichts vormachen. Wenn ich nicht will, sage ich es ihr einfach: »Entschuldige, aber irgendwie habe ich heute keine Lust«, Olja wird es verstehen. Olja ist eine schöne Frau, Xenia mag es, wie Olja im Gespräch den Kopf neigt, wie sie mit ihrer langen Zigarettenspitze raucht, mit den Mundwinkeln lächelt und sanft mit der Hand ausholt. Sie hat sie zum Flughafen gebracht, sie beim Check-in geküsst. Als sie sich verabschiedeten, hat Xenia ihr Gesicht zwischen Oljas Brüsten vergraben, Olja hat ihr mit der Hand über ihre Haare gestrichen und kaum hörbar geflüstert: *Was hast du denn, Xjuscha, alles wird gut, du weißt doch*, und genauso ist es gekommen, alles ist gut, danke für Prag, danke für die »Einstürzenden Neubauten« im Teatr Archa, danke für diese Woche, dafür, dass du mir das Messer aus der Wunde gezogen, meine Kehle von diesem bohrenden Schmerz befreit hast, für den Abschiedskuss, dafür, dass du, als ich in jener Nacht aus dem Badezimmer kam, nicht geschlafen hast und bis zum Morgen bei mir gesessen bist, mich gestreichelt und kein Wort gesagt hast.

Ja, den Moskowski komsomolez *bitte.* Sie raschelt mit der Zeitung, blickt durchs Fenster auf die gelblich-grauen Wolken, die so aussehen wie der Schnee in Moskau. Sie denkt: Bald ist auch bei uns Frühling. Warum bin ich nur in einem so kalten Land zur Welt gekommen? Ankunft in Moskau, morgen zur Arbeit, wie es denen da wohl geht? Die Website, daran will sie jetzt lieber nicht denken. Olja hat recht, wir müssen sie aus dem Netz nehmen. Oder ganz an Alexej übertragen, unentgeltlich, einfach den Namen zurückziehen. Was, denkt Xenia, wenn sie ihn schon gefasst haben? Dann ist die Geschichte sowieso vorbei. Sie blättert in der Zeitung, sucht nach dem Polizeibericht und denkt: Das wäre mal ein Willkommensgeschenk zur Rückkehr. »Killer von Moskau gefasst!« Aber jetzt nicht daran denken, dass ich diesen Mann geliebt habe, bloß nicht daran denken. Dafür bin ich schließlich nicht nach Prag geflogen.

Sie blättert um – und sofort, als wäre der Schmerz nie verschwunden, als hätte man ihr eine Axt ins Gesicht geschleudert, die Hände abgehackt, die Brust aufgerissen, die Rippen auseinandergebrochen, das Herz herausgenommen, schreit es ihr entgegen, der Apfelsaft spritzt wie rosa Schaum aus ihrem Mund, der erschrockene Sitznachbar springt zur Seite, die Stewardess eilt herbei, Xenia zerdrückt mit den abgenagten Fingern die Zeitungsseite, krallt sich fest, als hoffe sie noch immer zu erwachen, du musst schreien, schreien, wie ein Tier heulen, bloß nicht das Kleingedruckte ganz unten lesen: *Neues Opfer des Moskauer Mörders? Im Park von Bitzewo wurde die Leiche einer jungen Frau entdeckt. Man stellte deutliche Spuren extremer Gewalteinwirkung und Folterung fest. Ausgehend vom Charakter der Verletzungen und dem Fundort der Leiche schließen die Experten nicht aus, dass es sich hier um ein weiteres Opfer des Serienmörders handelt, der schon seit einem halben Jahr die Hauptstadt in Angst und Schrecken versetzt. Die Leiche konnte anhand persönlicher Dokumente identifiziert werden. Es handelt sich um die fünfunddreißigjährige Olga K.* Du musst schreien, schreien, heulend nach Luft ringen, dich in den Armen der Stewardess hin und her werfen, weinen und weinen.

Doch nein: Xenia sitzt unbeweglich da, liest wieder und wieder, sie hat keine Hoffnung mehr, glaubt nicht, dass es sich um eine zufällige Übereinstimmung handelt – wie viele junge Frauen gibt es in Moskau mit dem Vornamen Olga, einem Nachnamen auf »K«, im Alter von fünfunddreißig, die Geschäftsführerinnen eines bekannten Online-Shops sind? Sie sitzt stocksteif da, nicht eine Träne, der Himmel über Europa, die Wolken sind schmutzig wie der Schnee in Moskau.

49

Ich versuche mir ein Happy End zu dieser Geschichte auszudenken. Mir fällt nichts ein.

Selbst als ich Olga endlich umbrachte, empfand ich keinerlei Erregung. Zum ersten Mal in meinem Leben.

Sie war ein interessanter Typ. Früher arbeitete ich gerne mit solchen Frauen. Ein schöner Busen, die Augen voller Trauer, weiche Haut an den Händen.

Ich küsste ihre Handflächen, bevor ich ihr die Hände abhackte.

Ich prügelte, brannte und schnitt, ohne irgendetwas zu empfinden. Früher erschien es mir immer, wenn ich jemanden umbrachte, als schüfe ich mit Hilfe des fremden Körpers und meiner Begabung ein wirkliches Kunstwerk. Diesmal kam ich mir wie ein primitiver Handwerker vor.

Gewöhnlich vergeht die Zeit während der Arbeit wie im Fluge, doch diesmal war ich schnell erschöpft, vielleicht gerade deshalb, weil ich nichts für Olga empfand – weder Ergriffenheit noch Begeisterung, noch Mitleid.

Sie interessierte mich nicht.

Ich trank einen Schluck Wasser, wusch mir das Gesicht und kehrte in den Keller zurück. Olga lag auf dem Tisch. Die Hände waren abgehackt, die Haut hing in Fetzen von ihren geschundenen Schenkeln, von der rechten Brust war nur noch ein unförmiger blutiger Klumpen übrig, und aus dem linken Nippel floss Blut. Lederriemen hielten den Körper auf dem Tisch fest, die Beine waren an Ringe in der Wand gekettet, weit auseinandergespreizt, dazwischen eine kleine Blutlache. Auf dem Tisch daneben lagen verschiedene Gegenstände wild durcheinander – ein Skalpell, eine Gartenschere, verschiedene Peitschen. Auf dem Boden lag eine Lötlampe, von der Decke hingen Seilschlingen voll geronnenem Blut. Auch die Wände und der Boden waren blutverschmiert. Früher hatte ich meine Gefangenen stets gezwungen, den Keller sauber zu machen, die letzten Male jedoch keine Zeit mehr darauf verschwendet. Wahrscheinlich lagen hier noch abgetrennte und vergessene Körperteile herum. Ein schwüler Kadavergeruch erfüllte den Raum. Seltsam, dass ich ihn erst jetzt wahrnahm.

Olga lag auf dem Tisch, ihr Mund von einem Knebel gedehnt, die Augen geschlossen. Sie erinnerte mich nicht an ein Kunstwerk, sondern eher an ein kaputtes Spielzeug auf einer Müllhalde. Ich musste daran denken, dass dies Xenias beste Freundin war, die Frau, die Xenia liebte. Ich trat an den Tisch, zog ihr den Knebel aus dem Mund und legte mich neben sie. Erst jetzt bemerkte ich, dass ich noch immer das Fleischermesser in der Hand hielt. Ich umarmte Olga und versuchte sie zu küssen. Plötzlich fuhr sie mit dem Kopf nach oben und grub ihre Zähne in meine Lippe. Panisch riss ich das Messer nach oben und hieb es ihr ins Gesicht.

Mein Blut spritzte mir auf die Brust. Ich stürzte zum Waschbecken und wusch, blind vor Tränen, die Wunde aus.

Seit meiner Kindheit fürchte ich mich vor Schmerzen.

Ich wusste nicht, was ich mit Olga weiter tun sollte. Mein Penis hing kraftlos herab, meine Vorstellungskraft war erschöpft. Am liebsten hätte ich sie jetzt allein zurückgelassen. Sie würde bald verdursten oder an ihren Verletzungen sterben. Ein paar Wochen später würde ich die Leiche beseitigen. Doch ich wollte nicht warten. Ich musste Xenia ein Zeichen geben.

Auf einmal wusste ich, was ich tun musste. Ich sammelte meine Instrumente, knebelte Olga erneut und machte mich an die Arbeit. Für gewöhnlich verspürst du keine Müdigkeit, wenn es aufs Ende zugeht, doch diesmal musste ich mich zweimal hinsetzen, um auszuruhen. Erst danach fiel mir ein, dass ich entgegen meiner Gewohnheit sogar vergessen hatte nachzusehen, ob sie noch lebte. Ich weiß also ehrlich gesagt gar nicht, wann genau Olgas Tod eintrat.

Endlich war die Arbeit erledigt: Ich schleuderte die letzten Überreste zerbrochener Rippen aus der Wunde, schnitt noch ein paar Fleisch- und Hautfetzen am Rand weg – und riss Olgas Herz heraus.

Dies war der Tod, den Xenia sich gewünscht hatte.

50

Ein verschlossener Sarg, natürlich. Das Gesicht soll ja ganz entstellt sein, gar nicht mehr wiederzuerkennen. – Und stimmt das denn, was man schreibt, dass der Brustkorb geöffnet war und er das Herz herausgenommen hatte? – Ja, natürlich war er das, wer denn sonst? – Die da hat die Website über ihn gemacht, wussten Sie das? – Als hätte sie es geahnt, so ein Zufall aber auch. – Das ist eben Schicksal. – Fünfunddreißig, eigentlich kein Alter. – Nun hat unsere Branche also auch ihren ersten Mord. – Ja, und das erst jetzt! Uns nimmt man wohl nicht richtig ernst. – Und dann auch noch irgendein sexbesessener Triebtäter, nicht etwa wegen irgendwelcher Marktanteile, wie sonst …

Stimmengewirr, man geht von Tisch zu Tisch, der offizielle Leichenschmaus, *Olja mochte dieses Restaurant sehr*, wusste sie gar nicht, sie ist nie mit ihr hier gewesen, aber das ist jetzt auch egal. Die Leute kommen auf sie zu, kondolieren, als wäre sie die nächste Verwandte, Tochter, Schwester, als hätten sie tatsächlich noch geheiratet und viele Jahre gemeinsam in Liebe und Eintracht gelebt, viele Jahre voller Glück, Kinder bekommen, zwei Töchter, von jeder eine. Die Abtreibung war unnötig, denkt Xenia, sie hätte das Kind ja nicht allein erziehen müssen, hätte keine Angst haben müssen. Aber vielleicht ist es ja gut, dass sich in der Dunkelheit ihrer Gebärmutter nichts außer ein paar Blutgerinnseln befand. Stell dir nur vor, wie das wäre, zusammen mit dem eigenen, noch ungeborenen Kind sterben zu müssen? Sie kann es sich nicht vorstellen, überhaupt kann sie sich nicht vorstellen, dass Olja nicht mehr da ist. Ein verschlossener Sarg, nicht mal ein letzter Blick ist ihr vergönnt, sie kann es sich nicht vorstellen, will nicht daran denken, wie sie starb. Olja hat immer gesagt, dass sie sich vor Schmerzen fürchtet: *Ich bin furchtbar feige, ich habe solche Angst vor Schmerzen, ganz anders als du.* Ganz anders als ich, ja, wahrscheinlich wäre es gerechter gewesen, wenn es mich getroffen hätte, nicht sie.

Pascha kommt, drückt ihren Arm etwas oberhalb des Ellbogens und sagt: *Xenia, mein Beileid, ich weiß, Sie standen einander sehr nahe.* Zum ersten Mal siezt er sie, als wäre Xenia nach Olgas Tod plötzlich um Jahre gealtert, als sei ein Teil von Olgas Jahren auf sie übergegangen: *Danke, ja, das stimmt, sehr nahe.* Nicht eine Träne in diesen zwei Tagen, seit sie wieder in Moskau ist, nicht eine Träne in ihrem ganzen Leben.

Sie ist ein starkes Mädchen, denkt Pascha, die zerbricht so leicht nicht, das weiß ich. Pascha braucht nur einen Blick auf einen Menschen zu werfen, der einen Nächsten verloren hat, und er weiß alles über ihn. Man könnte es Intuition nennen oder Erfahrung. Immerhin hat fast jeder seiner Freunde aus der Kindheit irgendjemanden verloren, statistische Informationen hat er daher mehr als genug. Noch immer hält er Xenia am Ellenbogen und sagt: *Hätten Sie einen Augenblick Zeit? Ja, natürlich, was ist denn passiert?* Sie gehen in eine ruhige Ecke, setzen sich an einen freien Tisch. Pascha blickt über die Schulter, holt aus der Innentasche seines Jacketts eine kleine Pistole und legt sie auf den Tisch. *Da, nimm das.* Xenia schaut ihn müde an. *Pascha, was tun Sie da? Wozu brauche ich eine Waffe?* Er achtet nicht auf ihre Worte, sondern gibt ihr genaueste Anweisungen: da und da, den Finger da drauf und hier abdrücken. *Und trag sie immer in deiner Handtasche.* Sie schaut ihn an, begreift nichts. Ein hübsches Mädchen, denkt Pascha, aber der letzte Monat ist nicht spurlos an ihr vorübergegangen. Als wäre sie gealtert. Aber wie kann man mit dreiundzwanzig altern? Höchstens erwachsen werden. *Nimm sie ruhig, die Knarre ist sauber, keine Sorge. Du kannst das als Anordnung auffassen, schließlich bin ich dein Chef.* Sie zuckt mit den schmalen Schultern und lässt die Waffe in ihrer Handtasche verschwinden. *Na gut.* Sie geht in den Saal zurück, Pascha sieht ihr nach und denkt: Wenn ihr etwas zustößt, werde ich mir das nie verzeihen. Mir war gleich klar, dass sie lieber die Finger von dieser Website hätte lassen sollen. Ich hab versucht, es ihr zu erklären, aber anscheinend nicht deutlich genug. Worte sind also genauso fiktiv wie Werbung, wie die rechteckigen Banner auf den rechteckigen Bildschirmen. Unbelebte Maschinen sind da schon zuverlässiger. Patronen, Hülsen, der Abzug eines Revolvers.

Man geht von Tisch zu Tisch, Stimmengewirr, leises Flüstern. – Die Mutter ist aus Sankt Petersburg zur Beerdigung angereist, aber zum Leichenschmaus ist sie nicht gekommen. – Verständlich, immerhin hat sie ihre Tochter verloren, furchtbar, wenn Eltern ihre Kinder begraben müssen. – Ja, ja, aber die Kruschewnizkaja hatte selbst doch keine Kinder, wenn ich mich recht erinnere? – Nein, da ist niemand, in Moskau lebt von den Verwandten nur ihr Bruder, aber der ist noch in Indien, hat es nicht rechtzeitig geschafft, Schwierigkeiten bei der Kommunikation. – Man hat ihm natürlich eine Nachricht geschickt, aber er liest wohl nicht jeden Tag seine Post. – Der hat vielleicht ein Leben, wenn ich nicht wenigstens ein paar Mal am Tag meine E-Mails checke, stehe ich richtig neben mir. – Ja, alles stehen und liegen lassen, nach Indien fliegen … Stimmengewirr, von Tisch zu Tisch.

Ein junger Mann tritt zu ihr: Hätten Sie einen Augenblick

Zeit? Ja, natürlich, was ist passiert? Sie hat ihn schon mal gesehen, aber wo, zum Teufel? Ihre trockenen Augen erkennen keine Gesichter mehr. Ach ja, verzeihen Sie, ich bin heute wirklich … Sie verstehen schon. Ja, natürlich, Xenia Rudolfowna, verstehe. Wir haben jetzt den Briefwechsel zwischen Ihnen beiden gelesen, es tut uns leid, dass wir es nicht früher getan haben. Ihrem Vorschlag folgend, haben wir uns mit diesem Alexander in Verbindung gesetzt. Er hat ihn uns beschrieben, na ja, zumindest Größe und Körperbau – leider trug der Mann eine Maske, aber dennoch wollte ich Sie bitten, ob Sie auf Ihre Website ein Phantombild stellen könnten, das wäre sehr wichtig. Tut mir leid, sagt Xenia, ich habe die Website aus dem Netz genommen. Das ist mir wirklich unangenehm … Bringen Sie es doch bei *Lenta.ru*, die haben sowieso einen höheren Traffic.

Die Worte erstarren auf ihren Lippen. Traffic, Rating, pro Besucher, pro Klick, Hits, Hosts, Banner, Popups, Titelsponsoring. Olja, Olja, Olja. Hat sie nach Scheremetjewo begleitet, sie am Check-in-Schalter geküsst, ihr Haar gestreichelt, *alles wird gut*, nichts wird mehr, nie mehr. Kein winterliches Schneehügelrutschen, kein nächtliches Saketrinken, kein ICQ-Chat, kein Vergraben im flauschigen Pullover. *Bitte weine nicht. Ich weine nicht, das ist der Schnee. Ach komm, dein ganzes Gesicht ist nass. Ich weine nie.* Siehst du, du hast es nicht glauben wollen – nicht eine Träne, nicht einmal jetzt. Siehst du, ich habe dich nicht belogen. Es war schon immer meine Überzeugung, dass Weinen sinnlos ist. Man muss immer weiterkämpfen. Tränen stillen keine Not. Weinen, das hieße doch, die eigene Niederlage anzuerkennen. Na ja, und so weiter. Andererseits: Was gibt es hier schon zu stillen, wogegen zu kämpfen? Wenigstens weinen könnte man. Ich würde ja sogar gerne, aber ich kann nicht. Vielleicht, wenn ich dich tot gesehen hätte, hätte ich es endlich geglaubt, wenn der Sarg nicht verschlossen wäre, wenn ich deine Hände berühren könnte, dich küssen, mit der Hand über deine Haare streichen. Nichts wird mehr gut werden, niemals. Trockene Augen. Nicht eine Träne.

Jemand tritt zu ihr, berührt ihren Ellbogen. *Olja hat mir so viel von Ihnen erzählt, Sie sind doch Xenia, nicht wahr?* Wer ist denn das noch: dunkler Anzug, verheulte Augen, teure Uhr am breiten Handgelenk. Er hält sie seltsam vertraulich am Ellbogen. Verzeihung? Ach, ich habe ganz vergessen, mich vorzustellen, wir kennen uns ja nicht, ich bin Oleg. Hier, meine Visitenkarte, ich dachte, Olja hätte von mir erzählt, Sie waren ja ihre beste Freundin, sicher hat Sie mich mal erwähnt. Es ist einfach schrecklich, wir waren ja vier Jahre zusammen, das war echte Liebe, und jetzt dieses Unglück. Er wischt sich die Augen, schluchzt. So, so, er weint. Mit welchem Recht weint er hier?, denkt Xenia wütend. Wo war er, als Olja ihr Kind abtreiben ließ? Plötzlich fällt ihr ein: *Häusliche Gewalt und Serienmorde sind nur zwei entgegengesetzte Pole desselben männlichen Sadismus.* Sie denkt: Irgendwo dazwischen sind diese verheirateten Männer, die sich vier Jahre lang eine kleine, folgenlose Affäre leisten und sich beim Begräbnis der Frauen, die vielleicht einmal die Woche gebumst haben, zu Witwern hochstilisieren.

Sie reißt sich los, will weggehen. Oleg holt sie ein, nimmt sie am Oberarm, blickt ihr in die Augen, schluchzt: *Ach, Xjuscha, wenn Sie wüssten, was sie mir bedeutete!*

Im letzten Moment hält sie die erhobene Faust zurück, doch den Schrei kann sie nicht mehr unterdrücken: Seit wann nennst du mich Xjuscha, bist du denn noch bei Sinnen? Sie allein durfte mich Xjuscha nennen, sie allein, kapiert? Sie hat ein Kind von dir wegmachen lassen, und du hast nicht mal bemerkt, was los ist, dich nicht mal gewundert, warum sie nicht mehr anruft!

Geh zu deiner Frau zurück, was machst du überhaupt hier? Sie dreht sich um, jemand bringt bereits ein Glas Wasser. Nein danke, ich bin nicht hysterisch, ich beruhige mich gleich wieder. Trockene Augen. Nicht eine Träne.

Durch die Menschenmenge drängt sich Marina, schwarzes T-Shirt, schwarze Jeans. Sie umfasst ihre Schultern. Danke, dank dir, ich bin irgendwie ausgerastet, das hat mich einfach wütend gemacht, ich weiß, ich muss mich zusammenreißen, dank dir, Marinka, danke, ja, gehen wir.

51

Alexej sieht ihnen nach. Armes Mädchen. Plötzlich sieht er es ganz deutlich: Sie ist wirklich noch ein Mädchen, ein Kind, *a lost little girl.* Das Wichtigste, was ihm in den letzten zehn Jahren passiert ist. Tatsächlich, es war ein Krieg, eine Schlacht, die er, wie es aussieht, überstanden hat. Obwohl, vielleicht auch nicht. Bei solchen Dingen weiß man nie, ob man gewonnen oder verloren hat. Die Illusion von einst ist jedenfalls verschwunden. Es gibt nicht mehr diese Xenia, zu der ihn das Taxi wie von selbst beförderte, nicht mehr diese Frau, deren Namen er wie ein Mantra aufsagen und dann noch »ichliebedichliebedichliebedich« hinzufügen musste. Es gibt nur noch dieses dreiundzwanzigjährige Mädchen, das seine beste Freundin verloren hat.

Gestern rief er sie an, sagte »ich komme vorbei«, brachte eine Flasche Flagman mit, sie tranken, ohne anzustoßen. Dann saßen sie in der Küche, schwiegen, erst nach dem dritten Wodka begann sie zu sprechen, erinnerte sich an die erste Begegnung mit ihr, Freundschaft auf den ersten Blick, daran, dass sie so werden wollte wie sie, in vielleicht zehn Jahren. Sie hatte ihr am nächsten gestanden, ausgenommen vielleicht ihre Mutter.

Sie saßen in der Küche und tranken Wodka. Nicht eine Träne. Trockene Augen. Sie saß da, die Arme fest um ihren Körper geschlungen. Armes Mädchen. Ein Gefühl von Zärtlichkeit, Zärtlichkeit und Mitleid. Er versuchte sie so wenig wie möglich zu berühren, damit sie nicht auf die Idee kam, er sei wegen Sex gekommen. Sex hatte er, ehrlich gesagt, schon besseren gehabt, na ja, und das, das war ja Liebe gewesen. Schaudernd dachte er an jenen Schneewirbel damals im Januar, den riesigen Bleistift, der auf dem leeren Pflaster Spiralen zeichnete. Als er aufbrach, bereits im Flur, nahm er ihre Hand. Xenia, ich muss es sagen, selbst wenn es keine Rolle spielt: Alles, was ich damals gesagt habe, nun ja, damals, als ich nachts vorbeigekommen bin, ist tatsächlich wahr gewesen – und ist es wahrscheinlich noch immer. Wenn ich irgendwie helfen kann … Sie lächelt gequält und antwortet: *Du hast mir sehr geholfen, danke.* Trockene Augen. Nicht eine Träne den ganzen Abend. Sie stand da, an die Wand gelehnt, die Arme fest um ihren Körper geschlungen, ein kleines Mädchen, ein zerbrochenes, geliebtes Vögelchen.

Oxana fragte nicht einmal, wo er gewesen sei. Dafür begann sie sofort zu weinen und machte ihm Vorwürfe: *Mir hat diese Web-Site von Anfang an nicht gefallen. Bin ich dir etwa inzwischen schon so egal, dass du ewig in solchen Schlamassel geraten musst? Nach Tschetschenien bist du nicht gefahren, dafür musst du jetzt in Moskau den großen Helden spielen! Was, wenn du als Nächster an der Reihe bist?* Müde ließ er sich auf einem Stuhl nieder, nahm ihre Hände und sagte: *Das Projekt ist gestorben, Oxana. Und überhaupt, er tötet keine Männer, da ist er konsequent hetero. Das weiß ich genau.* Worauf sie ihm antwortete, bereits etwas gefasster: *Na gut, dann bringt er eben mich um.*

In der Nacht liebten sie sich, überraschend zärtlich, danach lagen sie sich in den Armen, drückten sich aneinander. Im Licht der Straßenlampe glänzten Oxanas Haare golden und silbern, und während er seiner Frau über den Kopf strich, wusste Alexej bereits, welches Projekt er als Nächstes angehen würde, zur Not auch ohne Finanzierung. Der Titel: »Das zerstörte Moskau«.

Fotos von eingestürzten Fassaden, schwarze Luft gähnt in den Fenstern ausgeweideter Häuser, Amateuraufnahmen werden zu Archivmaterial, all die Orte, durch die er gestreift war auf der Suche nach schneller Liebe, in der plumpen Absicht, seine Manneskraft zu beweisen, Orte, zu Ruinen verkommen, als habe hier ein Krieg gewütet. Aus all dem Material, mit dem er umgehen kann, aus Nachrichten, Interviews und Fotos wird er ein Requiem für das Moskau seiner Jugend komponieren, das Moskau der hastigen Seitensprünge und zufälligen Affären, das Moskau der Keller, in denen glucksendes Wasser steht, die Stufen voll von knirschendem Flaschenglas. Ein Requiem für eine zerstörte Stadt, die weder an den Teufel noch an Gott glaubte. Trockene Augen. Nicht eine Träne. Ja, vielleicht macht Xenia ja mit. Andererseits, vielleicht will Pascha es sich nicht mit Luschkow verderben. Na, macht nichts, uns fällt schon was ein, und das Design lass ich von Marinka machen, das kann sie, und überhaupt arbeite ich gern mit ihr zusammen. Sie hat ein nettes Lächeln, denkt Alexej, unschuldig und doch zugleich irgendwie … Und er schläft ein, bevor er das passende Wort gefunden hat, schläft ein, während er sich die lächelnde Marina vorstellt, schläft ein und hält noch immer seine Frau im Arm, das Gesicht in ihren Haaren vergraben, Gold und Silber, Gold und Silber in jenem geisterhaften Licht, das durch das Fenster hereinfließt.

52

Ich kann es einfach nicht glauben, dass sie nicht mehr da ist, sagt Marina wieder in Xenias Küche und schenkt sich die von gestern übrig gebliebenen 50 Milliliter Flagman ein. Ich kannte sie ja kaum, sagt Marina, aber sie war sehr nett und hat dich sehr geliebt, das hat man gespürt.

Xenia sitzt da, die Arme fest um ihren Körper geschlungen, ein aufgeplusterter Vogel. Immer wieder sagt sie: *Es ist meine Schuld, es ist meine Schuld*, den Blick auf einen Punkt gerichtet, schwankt von einer Seite zur anderen, wirres Haar, dürr, klein. Gestern rief ihre Mutter an und schrie ins Telefon: Ich habe dich gleich gewarnt, geh nicht zu weit! Was, wenn du die Nächste bist? Wegen mir brauchst du dir keine Gedanken zu machen. Mir hat die Idee ja von Anfang an nicht gefallen, und es ist mir noch immer peinlich vor den Leuten. Ich dachte, meine Tochter wird später einmal die Beste sein, aber du treibst nur solches Zeug, was ist das denn für ein Beruf, IT-Manager, dass dir so was überhaupt Spaß macht, ständig in so einer Scheiße rumzuwühlen. Das hast du nun davon, wer war denn überhaupt diese Olga? – Mama, das hab ich dir schon hundertmal gesagt: meine beste Freundin. – Tolle Freundin. Dann legte sie auf, und nun sitzt sie hier und sagt immer wieder: *meine Schuld, meine Schuld.*

Red kein dummes Zeug, entgegnet Marina, das hast du doch nicht ahnen können, warum musst du dich jetzt dafür strafen?

Denk doch lieber mal an Olga, sagt Marina, du weißt doch, so ein Märtyrertod ist super für das Karma, also stell dir doch mal vor, wie Olja jetzt in das Reine Land fliegt, in einer Lotosblume zu Buddhas Füßen sitzt und sich gar nicht mehr an uns erinnert, an all die Trauer, das Leid, die Trübsal.

Du weißt doch, sagt Xenia und zuckt mit den schmalen Schultern, du weißt doch, dass ich an so was nicht glaube. Wir sterben einfach nur, und danach passiert überhaupt nichts. Gib dir keine Mühe. Du brauchst mich nicht zu trösten und so dummes Zeug zu sagen. Es gibt kein »Reines Land«.

Marina schweigt, das mit dem Märtyrertod weiß sie selbst nicht so genau, vielleicht hat sie es auch gerade eben erfunden. Und überhaupt lässt sich über das Karma besser mit Kerlen reden. So streut sie ihnen Sand in die Augen, stellt sich selbst als *Mädchen mit facettenreichem Innenleben* dar. Aber was soll sie sonst sagen, jetzt, wo Xenia immer noch schweigend auf dem Stuhl sitzt und mit trockenen, ausdruckslosen Augen vor sich hin starrt. Da reicht es nicht, hinzugehen, ihre Hand zu nehmen, sich neben sie zu setzen, ihr über den Kopf zu streichen und beiläufig zu sagen: *Was hast du denn, alles wird gut.* Marina glaubt selbst nicht daran, dass alles gut wird. Sie kann nicht einfach so neben ihr sitzen, schweigen, ihre Hand halten. Sie denkt: Man muss was tun, ihr irgendwie helfen, sie aufheitern, nein, Mist, natürlich nicht aufheitern, aber wenigstens aufrütteln. Wäre Xenia ein kleines Mädchen, ein ganz kleines, vielleicht ein Jahr alt, oder noch besser ein kleiner Junge, Marina wüsste, was zu tun wäre. Sie würde sie leicht hochwerfen und wieder auffangen, hochwerfen und auffangen, und Xenia begänne zu lachen, und es bliebe nichts mehr übrig von all der Trauer, dem Leid, der Schwermut. Aber Xenia kannst du nicht hochwerfen, du kannst sie nicht einfach auf den Bauch küssen, kitzeln und ihr zärtliche Worte und alberne Spitznamen ins Ohr flüstern.

»Willst du dich nicht hinlegen?«, schlägt Marina vor, um wenigstens irgendwas zu sagen. Sie gehen ins Zimmer hinüber, und Marina denkt fieberhaft nach, was sie früher immer machte, wenn Xenia so niedergeschlagen war. Plötzlich erinnert sie sich und sagt: Hör mal, vielleicht brauchst du ja einfach wieder so einen Sadisten, so einen wie Nikita? – Worauf Xenia sich auf einmal mitten im Flur erbricht, an der gleichen Stelle, an der Wjatscheslaw alias Stanislaw seinerzeit kotzen musste.

Dann sitzt Xenia wieder in der Küche, Marina wischt den Boden, froh, dass sie etwas zu tun hat, und Xenia entschuldigt sich, sagt, sie könne in letzter Zeit überhaupt nicht mehr richtig an Sex denken, und erst recht nicht an Rollenspiele. Sieht so aus, als interessiere sie das nicht mehr, irgendwann ist ja alles mal vorbei. Marinka müsste sich doch noch erinnern, wie sie ständig geil war, bis sie schwanger wurde, und nun ist sie eine gesetzte Dame, Familienmutter. Die gesetzte Dame steht gebückt, das Hinterteil ragt nach oben, die strohblonden Haare fallen ihr in die Augen. Sie wringt den Lappen in den Eimer aus und lacht: Was heißt hier gesetzt, bei mir hat sich überhaupt nichts geändert. Anstatt Sex habe ich jetzt eben ein Kind.

Auch bei mir hat sich nichts geändert, sagt Xenia. Wahrscheinlich habe ich anstatt Sex die Arbeit, oder Olgas Begräbnis, oder beides zusammen.

Aber vielleicht auch nicht beides, sondern nichts davon, denkt sie. Ein gutes Wort: nichts. Ein wahrhaftiges, gutes Wort. Es kennt keine Lüge, keinen Verrat. Nichts. Ein Wort für die Stille einer nächtlichen Wohnung, für die Dunkelheit eines einsamen Zimmers, für die Leere offener Augen. Ein gutes Wort, mit dem sich jede beliebige Frage beantworten lässt. Was ist von

Olja geblieben? Was wird von ihr, Xenia, bleiben? Was bleibt von einer Datei, wenn sie gelöscht ist? Was bei einem Menschen im Kopf?

Warum hat er sich ausgerechnet Olja ausgesucht?, denkt Xenia, warum nicht mich? Ich weiß, er hat ihr die Rippen gebrochen, das Herz herausgenommen, als wollte er mich noch einmal an meine Worte erinnern – *Öffne meine Brust und nimm mein Herz heraus* –, als hätte er eine Botschaft hinterlassen. Er hat es für mich getan. Es ist also alles meine Schuld, ich habe Olja umgebracht. Ich tötete sie bereits, als ich die Website konzipierte, ich tötete sie, als ich auf das allererste »Hallo!« antwortete, tötete sie jedes Mal, wenn ich ihm schrieb, jedes Mal, wenn ich masturbierte, jedes Mal, wenn ich kam, jedes Mal, wenn ich mir wehtat, ich tötete sie, während ich seine Briefe las. Ich habe Olja umgebracht. Es ist meine Schuld.

Sie liegt in der Dunkelheit. Marina ist fort. Xenia liegt da, die trockenen Augen weit offen. Nicht eine Träne. Sie liegt in der Dunkelheit und sagt immer wieder zu sich selbst: *Es ist meine Schuld, ich habe Olja umgebracht*, wieder und wieder stellt sie sich den zertrümmerten Brustkorb vor, das blutverkrustete, tote Herz, wie eine verschlüsselte Botschaft in einem Brief – einem Brief, den sie nun doch lesen muss, einem Brief, der sich nicht so einfach in den Papierkorb verschieben lässt, den du nicht bereits auf dem Server killst, mit keinem Filter blockierst. Hätte ich ihn nicht in die Spamliste verschoben, wäre Olja noch am Leben, denkt Xenia, also bin ich schuld, ich habe Olja umgebracht. Damals, in jener Nacht, kam ich aus dem Bad, setzte mich an mein Notebook und – sorry, Olja – brachte sie um.

Leere im Blick, Stille in der Wohnung, Dunkelheit im Zimmer. Nichts. Ich kann nichts tun. Ich kann nichts ändern. Es ist meine Schuld. Ich habe Olja umgebracht. Was bleibt außer diesem Gedanken? Nichts.

Wieder und wieder, im Kreis, ohne anzuhalten: *Olja, ihre Brust, ihr Herz, seine Botschaft, meine Schuld. Ich habe Olja umgebracht.*

Xenia setzt sich aufs Bett, die Arme fest um ihren Körper geschlungen. Das gespenstische Licht der Straßenlaterne strömt durchs Fenster herein, lässt das Zimmer grau erscheinen, der Raum scheint sich an den Ecken zu krümmen wie eine abgenutzte Tapete an einer feuchten Wand. Es ist schwer, sich zu konzentrieren.

Das ist also ein Brief an mich, denkt Xenia. Was soll ich ihm antworten? Nichts.

Wenn ich ihn aus meinem Leben löschen könnte, denkt sie, löschen, wie eine Datei aus dem PC-Speicher, in die Vergangenheit zurückkehren, ihn noch während seiner Geburt töten, ihn töten, solange er noch nicht selbst zu töten begonnen hat … doch was kann ich jetzt tun? *Olja, ihre Brust, ihr Herz, seine Botschaft, meine Schuld. Ich habe Olja umgebracht.*

Brief, Signatur. Olga saß hier, auf dem Sofa, und sie, Xenia, lief mit dem Telefonhörer hin und her, versuchte jemanden bei der Miliz zu erreichen, tat wie eine verantwortungsvolle, erwachsene Frau, während Olga einfach nur dasaß, sie kannte bereits die Antwort auf die Frage: *Was kann ich tun*? Nichts kann ich tun. Weder damals noch jetzt. Ich kann mich nicht hinlegen und einschlafen, kann nicht aufhören nachzudenken. *Olja, ihre Brust, ihr Herz, seine Botschaft, meine Schuld. Ich habe Olja umgebracht.*

Denk an was anderes, sagt Xenia zu sich, denk an Mutter, denk an Marinka, denk an Pascha, an die Arbeit meinetwegen. Denk daran, dass du morgen arbeiten musst und die neuesten

Nachrichten redigieren wirst. Denk an die Nachrichten. An Michail Chodorkowski, den Tschetschenienkrieg, der nicht existiert, an Yukos, das bald aufhört zu existieren, an die Verdopplung des Bruttoinlandsprodukts, an internationale Politik, an Kultur und Sport. Denk nicht daran, dass dich der Polizeibericht früher oder später wieder daran erinnern wird: *Es ist deine Schuld, du hast sie umgebracht.* Ab jetzt ist jede Frau, die er umbringt, eine Botschaft an dich. Und er wird dir so lange schreiben, bis du antwortest.

Wie kann ich ihm antworten? Mit Stille in der Wohnung, Dunkelheit im Zimmer, Leere im Blick.

Er wird wieder morden, sagt Xenia zu sich, und irgendwie erscheint ihr dieser Gedanke als Rettung, als Ausweg aus dem Teufelskreis. Sie begreift nicht, warum das so wichtig ist, sondern sagt nur immer wieder zu sich selbst: *Er wird wieder morden.* Denk nach, Xenia, denk nach. Er wird morden, um dir eine Botschaft zu senden. Er wird morden, um eine Antwort zu bekommen. *Er wird wieder morden.* Denk nach, Xenia, denk nach, stell dir die Frage, vor der du solche Angst hast, die Frage, deren Antwort du bereits kennst.

Wen wird er töten?

Du kennst die Antwort, sagt sie zu sich selbst. Er schreibt mir, er mordet für mich. Er hat Olja umgebracht. Sein nächstes Opfer wird Marinka sein.

Xenia setzt sich an ihren PC, tippt mit dem Finger auf die Tastatur, blickt auf die Zeitanzeige in der unteren Ecke. Zwei Uhr. Egal. Sie weiß, was sie tun muss.

Lange Ruftöne, fünf, sechs, sieben. Niemand geht ran. Kommt sie etwa schon zu spät? War es tatsächlich Marinka? Sollten sie die kybernetischen Götter ihres alten Altars etwa nicht gewarnt, die Große Eisbärenmutter nicht mit ihrem

Fell bedeckt, die chinesische Geheimschrift nicht geschützt haben?

»Hallo«, antwortet Marina verschlafen, im Hintergrund ein fernes kindliches Weinen, »wer ist da?«

»Ich bin's«, sagt Xenia, »ist bei dir alles in Ordnung?«

»Abgesehen davon, dass du Gleb geweckt hast, ja«, antwortet Marina. »Wieso?«

»Schließ deine Tür gut ab«, sagt Xenia. »Und überhaupt: Pass auf dich auf. Du bist jetzt meine einzige Freundin.«

»Und?« Marina begreift noch immer nicht.

Natürlich, wie sollte sie auch? Sie hat ja auch nicht stundenlang in der Dunkelheit gelegen und vor sich hin gesagt: *Olja, ihre Brust, ihr Herz, seine Botschaft, meine Schuld. Ich habe Olja umgebracht.*

»Er tötet meine Freundinnen«, erklärt Xenia. »Das ist seine Art, mit mir zu reden.«

Marina schweigt, dann antwortet sie, nun endgültig wach: »Gut, ich häng die Türkette ein.«

Xenia legt auf, läuft durchs Zimmer. Sie friert, in ihrem Kopf rauscht es, sie kann sich kaum konzentrieren. *Gut gemacht,* sagt sie zu sich, *sehr gut.* Mama hatte recht: Weinen bringt nichts, man muss kämpfen, etwas tun. Also hast du Marina angerufen, dich überzeugt, dass alles in Ordnung ist, sie gewarnt, gut gemacht, geh schlafen, du hast alles getan, was du konntest, schlaf jetzt. Morgen Früh rufst du bei der Miliz an, bittest um Personenschutz für Marina, die sollen sie bewachen und ihn schnappen.

Er wird wieder morden, sagt Xenia zu sich. Vielleicht steht er schon vor Marinkas Wohnung? Vielleicht weiß er über alles Bescheid, was ich tue? Vielleicht kann er mich jetzt sogar sehen? Xenia klappt das Notebook zu, kontrolliert die Wohnungstür, macht überall Licht. Was immer sie auch tut, er wird sich nicht aufhalten lassen. Wenn er mit ihr reden will, wird er wieder morden. Die Miliz wird Marina nicht ewig bewachen können, er wird auf seine Chance warten, sich verstecken, so tun, als hätte er aufgegeben, und warten. *Er wird wieder morden.*

Xenia geht durch ihre Wohnung, überall brennt Licht, es scheint ihr, als bewege sich etwas in den Ecken, als raschele etwas in der Stille, als blitze da etwas am hintersten Rand ihres Bewusstseins auf. In ihrem Kopf rauscht es, sie kann sich kaum konzentrieren. Beruhige dich, sagt sie zu sich, geh schlafen, was kannst du jetzt schon tun? Nichts.

Nichts? Stell dir diese Frage noch mal. *Was kannst du tun?* Xenia Ionowa, erfolgreiche IT-Managerin, Chefredakteurin der Nachrichtenabteilung, dreiundzwanzig Jahre alt: *Was kannst du tun?*

Ich muss ihn töten, denkt Xenia. Töten. Sie sagt laut: »Ich werde ihn töten.«

Nein, sie glaubt selbst nicht daran. Wie kann sie ihn töten? Er ist ein starker, erwachsener Mann, sie ein kleines Mädchen. Die Miliz der ganzen Stadt jagt ihn vergeblich, warum sollte ausgerechnet sie ihn töten? Das ist wie in der Geschichte mit dem Heckenschützen, denkt Xenia. Es gibt den Mörder, es gibt das Opfer, und es gibt den Beobachter. Und du kannst nichts mehr tun. Genauso in diesem Fall. Er ist der Mörder. Sie ist die Beobachterin. Was kann sie schon tun?

Tu etwas, sagt Xenia zu sich, kämpfe, unternimm was. Denk an den Heckenschützen, die Frau und die Journalistin, sagt sie zu sich. Die Frau ist das Opfer, sie geht über die Straße, sie weiß von nichts, sie hat keine andere Wahl. Der Heckenschütze sitzt in seinem Versteck, er hat ein Gewehr, er kann töten. Die Journalistin sitzt neben ihm, sie unterhalten sich. Warum beschließt der Heckenschütze zu schießen? Aus Langeweile? Nein, ihm ist nicht langweilig. Er sitzt in seinem Versteck und redet mit der Journalistin. Er redet mit ihr, und dann – dann sagt er: »Ich schieße.« Er schießt für sie, er sendet ihr eine Botschaft.

Xenia ahnt: Die Lösung ist ganz nahe. Plötzlich sieht sie keine Schatten mehr in den Ecken, hört kein Rascheln mehr, kein Blut rauscht mehr in den Ohren. Sie dreht Kreis um Kreis in ihrem Zimmer, immer schneller und schneller, als wollte sie sich selbst einholen. Denk nach, Xenia, denk nach!

Er sendet dir eine Botschaft. Diese Botschaft hat einen Adressaten. Der Heckenschütze tötet, weil er einen Beobachter hat. Die Journalistin kann den Heckenschützen nicht töten, aber sie kann aufhören, ihn zu beobachten. Wäre sie eine Minute, bevor die Frau erschien, aufgestanden und gegangen, nichts wäre passiert.

Stimmt, denkt Xenia, das ist dasselbe, was ich versucht habe. Ich bin aufgestanden und gegangen. Und dann hat er Olja umgebracht.

Das heißt, sie kann nicht weggehen. Sie ist die Beobachterin, er der Mörder, er wird mit ihr reden und morden, immer wieder. Was kann sie tun?

Nichts?

Kreis um Kreis dreht Xenia in ihrem Zimmer. Denk nach, sagt sie immer wieder zu sich, denk nach. Wie kannst du aufhören, Beobachterin zu sein, wenn du nicht weggehen kannst? Wenn du nicht töten kannst? Was kannst du tun? Noch mal: Beobachter, Mörder, Opfer. Beobachter und Mörder sind unverwechselbar. Opfer kann jeder werden. Jeder, der die Straße entlanggeht. Der Mörder wird schießen und der Beobachter zusehen. Das Opfer ist jener Punkt, wo sich Kugel und Blick treffen. Was kann der Beobachter tun?

Sie ahnt, die Lösung ist ganz nahe. Irgendwo am Rande ihres Bewusstseins, in einem blinden Fleck, in den Ecken des Zimmers. Kreis um Kreis, was kannst du tun?

Noch einmal: Beobachter, Mörder, Opfer. Beobachter und Mörder sind einzigartig. Opfer kann jeder werden. Jeder, der die Straße entlanggeht. Jeder, der auf die Straße hinausgeht. Jeder.

Stopp.

Xenia bleibt stehen. Die Haare kleben ihr an der Stirn, die Hände zittern, die eingefallenen Augen glitzern.

Der Beobachter kann nicht weggehen. Der Beobachter kann nicht töten.

Der Beobachter kann nur zum Opfer werden.

Xenia lächelt. Das ist sie, die Lösung. Die Antwort. Jetzt frag dich noch mal: Was kannst du tun?

Du kannst sterben.

Gut, sagt Xenia wieder, sehr gut. Es wird niemanden mehr geben, dem er schreiben könnte, Marinka wird nichts zustoßen, alles wird gut.

»Du wolltest, dass ich auf deine Nachricht antworte?«, sagt Xenia laut. »Gut, ich werde antworten. Du wolltest, dass ich freiwillig zu dir komme? Gut, ich werde kommen. Du hast versprochen, mich nicht umzubringen? Tja, ich werde aber versuchen zu sterben. Diesmal wird es so laufen, wie ich will. Du wirst mich töten. Und alles wird aufhören, alles wird gut.«

Du sagtest *Verantwortung*? Ja, in Ordnung, meinetwegen Verantwortung. Du tötest, und ich sterbe. Jedem das Seine. Ich kann dich schließlich nicht töten, nicht einmal für Marina könnte ich das. Aber ich kann für sie sterben. Ein Mann kann töten, und eine Frau kann sterben.

Xenia lächelt. Nun muss sie sich nicht mehr zusammenreißen, muss nicht mehr Haltung bewahren. Sie weiß, was sie tun muss.

Also, wir sehen uns dann morgen, murmelt sie. Früher einmal habe ich von unserer Begegnung geträumt, weißt du noch? Jetzt will ich mich nicht mehr daran erinnern, will nicht mehr an die Qualen denken. Ich habe sie mir auch noch selbst ausgedacht, ich dummes Huhn. Ehrlich gesagt, ich habe ein wenig Angst. Obwohl, wovor denn? Ich habe mir Schmerzen zugefügt, um einen Orgasmus zu bekommen. Mir Schmerzen zugefügt, um mich wenigstens ein bisschen zu vergessen. Morgen wirst du mir Schmerzen zufügen, damit ich sterbe. Damit ich mich für immer vergesse. Damit Marinka am Leben bleibt. Damit all das aufhört. Ich werde es schon aushalten, oder? Es wird doch nicht allzu sehr wehtun? Ich werde versuchen, schnell zu sterben. Wie sagte noch Marinka: Ein Märtyrertod ist gut fürs Karma. Na, wir werden sehen.

Xenia lächelt. Sie setzt sich an den Tisch, tippt die Adresse auswendig ein und schreibt: *Liebster Bruder, es tut mir so leid, dass ich nicht früher begriffen habe, wie bald wir uns sehen müssen. Leider weiß ich nicht, wo ich dich finden kann, also bitte finde du mich und hole mich. Wenn wir wirklich Vorder- und Rückseite derselben Münze sind, so müssen wir es versuchen. Ich bin mir nicht sicher, ob wir genauso glücklich werden wie Hannibal und Clarissa. Aber wenn die Einladung, deine Hölle zu besuchen, noch gilt, so warte ich auf dich.*

Deine Schwester Xenia

Sie liest es noch einmal durch, ja, es passt alles. So klug er auch sein mag, er wird nichts ahnen, sie wird ihn überlisten, wird alle überlisten, sie wird ihr Ding durchziehen. Sie drückt auf »Senden«, die Nachricht verwandelt sich in Nullen und Einsen, fliegt durch das wirre Geflecht aus Kupferkabeln und Lichtwellenleitern und erreicht nach wenigen Sekunden den Adressaten. Das war's.

Und was kannst du jetzt tun?, fragt Xenia sich. Nichts. Nur warten.

Und nun hat dieses »Nichts« viel von seinem Schrecken verloren.

Vielleicht, denkt Xenia, einen Abschiedsbrief schreiben? Die Mutter aufwecken, Lebewohl sagen? Arme Mama. Nein, ich will nicht, soll sie ruhig denken, dass es eine unglückliche Fügung war, ein böses Schicksal. Böses Schicksal? Wenn sie nur wüsste. Xenia lächelt.

Vielleicht an Ljowa in New York? *Liebster Bruder, es tut mir so leid, dass ich nicht früher begriffen habe, wie sehr du mir fehlst. Liebster Bruder, es tut mir leid, dass wir uns nie mehr wiedersehen werden.* Toller Brief. Nein, lieber soll Ljowa denken, dass sein Schwesterlein unschön umgekommen ist in jenem fernen Land des Nordens, wo die örtliche Polizei nicht einmal in der Lage ist, ihre Bürger zu schützen.

Wäre Ljowa hier, denkt Xenia, alles wäre anders. Er hat versprochen zurückzukehren, doch er ist spät dran. Bald wird jemand kommen, um Sarah Connor zu holen. Ja, hoffentlich sehr bald. Sonst, was Gott verhüten möge, begreift die Miliz am Ende noch, was los ist, stellt ein paar Personenschützer vors Haus und verdammt sie zur ewigen Beobachterin, lässt sie nicht sterben, nicht siegen.

»Ja, hoffentlich beeilst du dich«, spricht Xenia durch ihr Fenster, hinter dem es langsam heller wird. Dann geht sie in die Küche und setzt Teewasser auf. Es wäre doch töricht, in meiner letzten Nacht zu schlafen. Denk nicht an den Tod, sagt sie zu sich, denk einfach: Ich habe getan, was ich tun musste.

53

Xenia, Xenia, Xenia.

Ich habe deinen Brief erhalten. Ich warte auf dich, warte so sehnlich, dass alle Ängste, die ich schon vergessen glaubte, wieder zu mir zurückkehren.

Ich habe dich noch nie gesehen, im Internet fand ich nur ein Foto von vor fünf Jahren, ein ziemlich junges Mädchen, fast noch Teenager, schwarze Haare fallen wirr auf deine Schultern, die Figur ist fast jungenhaft. Dieses Bild passt nicht zu jener Frau, die mir im ICQ geantwortet hat.

Ich weiß nicht, wieso, aber wenn ich an dich denke, fällt mir Karina ein, meine erste Freundin, nachdem ich mich hatte scheiden lassen. Ich war ein treuer Ehemann gewesen, und so war Karina erst meine zweite Frau. Ich erinnere mich, wir gingen zu mir, und ich ging an die Bar, um Wein einzuschenken, aber sie begann sich sofort auszuziehen, und als ich mich umdrehte, sah ich, wie sie das offene Kleid von ihren Schultern zog. Ihre Haut erschien mir strahlend weiß, und Karina selbst wie die Schneekönigin, die gekommen ist, um Karl abzuholen. Es war so wunderschön und zugleich so schrecklich, dass ich vor Schmerz die Augen zusammenkniff und meine Fingernägel in die Handflächen drückte.

Xenia, Xenia, Xenia. Wenn ich an dich denke, kehrt diese Angst zu mir zurück. Mir scheint, du bist so schön, dass ich es nicht aushalten werde. Du warst bei mir, wenn ich krank war, du schnittest dir in deine Haut, wenn ich vor Schmerz weinte – und das möchte ich dir vergelten. Wenn du kommst, werde ich die Haut von meinen Händen ziehen, mir die Augen ausdrücken, das Fleisch in Fetzen herausreißen, meine Bauchhöhle ausweiden, mir den Brustkorb zerschmettern. Ich bin dazu fähig, liebe Xenia, glaub mir. Ich würde dir ausgerissene Finger- und Zehennägel zu Füßen legen, abgetrennte Brustwarzen, umgestülpte Lippen, und würde diese Pyramide mit schlüpfrigen Augäpfeln krönen, noch ganz frisch aus ihren Höhlen herausgedrückt. Das bin ich, liebe Xenia, das bin ich, weit geöffnet bis tief ins Innerste, die einzige Gabe, die ich dir entgegenbringen kann. Sag, dass du mein Geschenk nicht ablehnen wirst.

Ich fürchte, sie wird meine Gabe nicht annehmen. Ich fürchte, ich werde unsere Begegnung nicht überleben. Ich habe eine reiche Fantasie, ich habe immer wieder versucht, mir vorzustellen, wie unser Rendezvous aussehen wird, doch in letzter Zeit klappt es nicht.

Ich versuche mir ein Happy End auszumalen, aber es geht nicht.

Ich habe eine reiche Fantasie, doch in letzter Zeit lässt sie mich irgendwie im Stich. Es fällt mir immer schwerer, daran zu glauben, dass Xenia mich liebt, immer schwerer, mir sie vorzustellen. Xenia Ionowa, IT-Managerin, Chefredakteurin der Nachrichtenabteilung einer fiktiven Zeitung, lokale Berühmtheit des russischen Internet, eine Frau, die es mochte, dass man ihr Schmerzen zufügte. Schmale Schultern, abgekaute Fingernägel, schwarze Haare. Die Frau, die ich liebe. Eine Frau, die nie existierte.

Meine Astralschwester, du wischtest mir den Schweiß von der Stirn, wenn ich krank war, du hieltst meine Hand, weintest mit mir, wenn der schwarze Kokon mich einhüllte wie Nebel, mich immer enger umwand, mich würgte, wie die Haare der Medusa, du schnittest dir in die Haut, wenn sich mein Herz mit Blut tränkte. Meine Geliebte, ich habe dich in meinen Gedanken erschaffen, von Anfang bis Ende, vom ersten künstlichen Trillern eines Mikrochips bis zu jener einsamen Nacht nach dem Begräbnis.

Ich habe mir deine Zeitung ausgedacht, deine Website. Ich mochte es, mir vorzustellen, wie die Menschen zusammenzuckten, wenn sie das Banner »Der Mörder tötet hier« sahen – genauso wie die Aufschrift MOSGAS über der friedlichen Stadt Luschkows. Ich wollte, dass mich die Menschen nicht vergessen. Dass sie versuchen zu verstehen.

Damit all diese Morde nicht vergebens waren.

Ja, ich gebe es zu: Ich habe dich mir ausgedacht, liebe Xenia. Und darum wirst du morgen nicht zu mir kommen, und ich werde dich nicht töten. Ob das wohl genügt, damit die Geschichte glücklich endet?

Oder vielleicht sollte ich es mir eingestehen? Sagen, dass es überhaupt keine Morde gegeben hat? Ich war doch immer ein guter Junge, war es und bin es auch heute noch. Ich liebe die Menschen, und all mein Mitleid mit ihnen schnürt mir den Hals zu. Wenn ich Blut sehe, werde ich ohnmächtig. Der Gedanke an fremden Schmerz rührt mich zu Tränen.

Das heißt, all das, wovon ich gesprochen habe, hat es gar nicht gegeben. Weder den Folterkeller noch die zerteilten Leichen, noch die jungen Frauen, die ich eine nach der anderen erfunden habe. Weder den erfolgreichen Versager Alexej noch die Businesslady Olga mit ihren gepflegten Händen noch ihren schwulen Bruder Wlad, noch die leichtsinnige Marina mit dem kleinen Gleb – niemand von ihnen hat je existiert. Und Mike? Mike hat es gegeben, und auch das Foxterriermädchen. Ich habe sie damals tatsächlich in einem Club aufgegabelt und gefickt, aber überhaupt nicht so, wie ich es hier erzählt habe – wir waren viel zu betrunken, und ich weiß nicht einmal mehr, ob sie am Ende gekommen ist.

Ach, was soll's. In Wirklichkeit habe ich es noch nie geschafft, ein Mädchen aus einem Club abzuschleppen. Ich gebe es zu: Weder Mike noch Alissa hat es je gegeben. Und auch dieser Club existiert gar nicht, obwohl das gar keine Rolle spielt.

Auch all das Blut hat es gar nicht gegeben, die abgeschnittenen Arme und Beine, die ausgedrückten Augen, die Halsketten aus Brustwarzen, die aufgebrochenen Rippen. Nichts. Nur die Stille einer nächtlichen Wohnung, die Dunkelheit eines einsamen Zimmers, die Leere offener Augen.

Ist das nicht ein wahrhaft glückliches Ende? Der Albtraum ist verpufft, man kann wieder ohne Angst auf die Straße gehen. Der »Killer von Moskau« ist nicht mehr, ja, es hat ihn nie gegeben.

Ich habe mir all das nur ausgedacht.

Obwohl, nein. Einen Fall hat es gegeben, aber nur einen.

Ich ging in die Küche, öffnete eine Schublade, holte ein Messer heraus und stieß es mir in den Oberschenkel.

Nur dies, sonst nichts.

Nur der schwarze Kokon der Schwermut, nur Verzweiflung und Hoffnungslosigkeit, nur Fantasien und Träume.

Wenn ein Mensch tötet, ist er ein Irrer, ein Perverser, ein Mörder. Man muss ihn vernichten, er ist unser Mitgefühl und unsere Anteilnahme nicht wert.

Und wenn dieser Mann vom Töten träumt, was ist er dann? Angenommen, er hat Frau und Kind, geht zur Arbeit, ins Kino, liest Bücher. Und nur manchmal sieht er aus heiterem Himmel, in der Metro, zu Hause, im Café, wie sich plötzlich, Stück für Stück, Scheibe für Scheibe, das Fleisch von einem menschlichen Körper abtrennt. Wie eine Machete auf die Brust einer Frau herabsaust. Wie ein herausgedrücktes Auge in einer aufgerissenen Bauchhöhle hin und her rollt.

Stellen Sie sich vor: Diese Visionen verfolgen Sie Tag und Nacht. Während Sie sich mit Kollegen unterhalten. Während Sie Sex haben. Während Sie mit Ihren Kindern spielen.

Sie wissen nicht, woher diese Visionen kommen. Sie wissen nur, dass es einen Zusammenhang gibt mit dem, was für Sie am wichtigsten ist, dem, was Sie zu einem Menschen macht.

Sie haben einen Beruf, eine liebende Ehefrau, Kinder und Freunde. Und eines schönen Tages gehen Sie in die Küche, nehmen ein Messer und rammen es sich in den Oberschenkel.

Da steht einer, und Blut fließt ihm übers Bein.

Weiter nichts.

Vielleicht sollten wir ihn besser für einen Mörder halten?

Dann rufen wir schnell mal die Miliz, verhaften den Verbrecher und lassen unsere Geschichte gut ausgehen.

Heute Früh stand ich am Fenster und sah zu, wie im Hof zwei Mädchen abwechselnd auf der Schaukel saßen und hin und her schwangen. Sie waren beide vielleicht siebzehn, hatten ihre Jacken ausgezogen, und nun flogen die hellen Flecken ihrer Sommerblusen mal auf, mal ab. Ihre langen Haare flatterten im Wind. Als ihr Rhythmus langsamer wurde, bemerkte ich: Eine der beiden trug rote Unterwäsche, die durch den weißen Stoff hindurchschimmerte. Und selbst vom Fenster aus konnte man erkennen, dass sie große, schöne Brüste hatte. Ich konnte ihre Augen sehen, blau wie Splitter des Himmels, ihre leicht geschwollenen Lippen, das linke Ohr mit drei oder sogar vier kleinen Ohrringen. Ihre Freundin hatte mir den Rücken zugewandt, und ich sah nur ihre roten Haare, auf und ab, Welle um Welle, im Takt der Schaukel.

Ich schaute ihnen lange zu. Sie waren wunderschön.

Ich wollte niemanden töten.

54

Ein stickiger, benebelnd süßer Geruch. Mit Mühe öffnet sie die Augen. Ein Schmerz, als wäre in ihrem Kopf etwas explodiert. Die niedrige Decke, die schmutzigen, braun beschmierten Betonwände, grelles Licht wie in einem OP-Saal, ein großer Tisch aus Zink in der Mitte, darauf Xenias Handtasche und ihr Mantel, völlig verdreckt, unrettbar verloren. Sie bezwingt den pochenden Schmerz im Nacken und dreht den Kopf: Ringe an den Wänden, Seilschlingen an der Decke. Erstaunlich, dass sie nicht gefesselt ist. Sie sitzt auf einem Metallstuhl, die schmalen Hände mit den abgekauten Fingernägeln auf den Knien. Sie hört eine Stimme: *Verzeih, aber das musste sein.* Sie erinnert sich an nichts, ein scharfer Schmerz, dreckiger Schnee auf dem Moskauer Straßenpflaster. So läuft das also ab. Sie sieht ihn direkt an und sagt: *Halb so wild.* Er steht da, an die verschmierte Wand gelehnt. Wie oft hat sie ihn sich vorgestellt: als Serienmörder, als alien, als denjenigen, der ihr schrieb »Ich liebe dich« – doch er ist ganz anders als das, was sie sich eingebildet hat. Er steht da, an die verschmierte Wand gelehnt, und lächelt schwach. *Ich bin ein bisschen nervös. Ich weiß gar nicht, was ich dir anbieten soll. Hast du vielleicht Hunger? Soll ich dir ein Abendessen machen?*

Langsam kriecht Übelkeit den Hals hinauf. Xenia schüttelt den Kopf. Noch immer mit demselben Lächeln fragt er: *Oder möchtest du, dass wir uns zuerst lieben?* Ich will, dass alles so schnell wie möglich zu Ende ist, denkt Xenia und sagt kein

Wort. *Sieh, was ich für dich vorbereitet habe, sieh her.* Er geht an den Tisch, schiebt den Mantel beiseite, stellt einen Metallkasten auf die Zinkoberfläche, öffnet ihn und beginnt die Instrumente daraus hervorzuholen.

Hier ist ein Skalpell zum Schneiden, hier noch eins, sieh her, ganz scharf, hier eine Pinzette, zum Haareausreißen. Weißt du, wie viel Zeit man braucht, um alle Schamhaare einzeln auszureißen? Hier die Säge für die Knochen, hier eine Beißzange, um die Haut aufzureißen, hier ein Hammer und Nägel, ein Fleischermesser und eine Kombizange, ein Grabstichel und ein Rasiermesser. Hier ein Satz Knebel, in allen Größen, hier, sogar mit Spikes auf der Innenseite, die gehen in die Zunge, da muss man höllisch aufpassen, dass man nicht am eigenen Blut erstickt, hier die Haken, die Nadeln, die Kettchen, hier eine Ahle, Stricknadeln, Klemmen, schau mal, so was hast du noch nie gesehen, das bekommst du in keinem Laden, komm her, ich helfe dir auf.

Er streckt ihr die feste, kräftige Hand hin. Xenia hat ihn sich immer klein vorgestellt, hager, schwächlich. Sie nimmt seine Hand nicht, steht selbst auf, ihr Gesicht verzerrt sich wegen der Schmerzen im Nacken. Sie stützt sich auf den Tisch und sieht zu, wie er immer neue Instrumente hervorholt, sie in dem grellen, chirurgischen Licht verteilt und dazu murmelt: *Sag, ist das nicht wunderschön?*

Und das hier ist ein Satz Geißeln, fühl mal, nein, fühl nur mal, das ist nicht euer Lederspielzeug, damit schlitzt du die Haut mit einem Schlag bis auf den Knochen auf, und diese Eisenstange hier zertrümmert jeden Brustkorb, wenn man gut zielt, trifft man genau ins Herz. Die Pflöcke da kann man zwischen Finger oder Zehen schlagen, hier ist Salz für die Wunden, hier Säure, hier ein wenig Benzin, hier Ätznatron, hier Spritzen zur Injektion, hier eine kleine Nagelzange, schade, bei dir bringt das nichts, mit dieser Zange hier lassen sich Zähne ausreißen, wenn der Mund zu klein ist, na ja, du verstehst schon, das hilft, wenn sie dir einen blasen soll. Das hier sind die Dartpfeile, eigens angespitzt, und hier die Messer, sieh doch, fühl mal, die sind scharf wie Rasierklingen.

Xenia streckt die Hand aus, berührt das am nächsten liegende Messer, ein langes, mit gebogener Klinge – doch alien hält umsichtig ihren Arm zurück. Er hat Angst vor mir, geht Xenia plötzlich durch den Kopf, auch er hat Angst. Tatsächlich, mit einer behutsamen Bewegung nimmt er das Messer weg und schiebt sie sanft, aber unnachgiebig an das andere Ende des Tisches.

Schlagartig ist der Kopf wieder frei, als hätte jemand den Schmerz plötzlich ausgeschaltet. *Er hat Angst vor mir.* Noch weiß Xenia nicht, was das bedeutet, aber sie spürt: Die Lösung ist greifbar nahe. Was musst du tun?, fragt sie sich. Denk nach, Xenia, denk nach. *Er hat Angst vor mir.* Der Kopfschmerz ist wie weggeblasen.

Na dann, fangen wir an, sagt er mit dem immer gleichen Lächeln. Zunächst mal würde ich dich am Haken aufhängen und dir zeigen, wie die Peitschen funktionieren. Was hältst du davon? Xenia schweigt, er zuckt die breiten Schultern und sagt: Stell dir vor, ich bin sogar nervös. Schließlich ist zum ersten Mal jemand freiwillig hier. Vielleicht sollte ich dich fragen, womit du anfangen willst, oder? Ich kenne das Ritual nicht, sag du's mir, was schweigst du denn? *Denk nach, Xenia, denk nach.* Ich verstehe, deine Augen suchen irgendwas, wahrscheinlich bist du schon ganz heiß drauf, ja? Ich habe immer davon geträumt, dass eine Frau meine Erregung teilt. Du kannst dir nicht vorstellen, wie froh ich bin, dass wir uns kennengelernt haben. Das ist doch alles für dich, alles für dich.

Jetzt ist Xenia absolut ruhig. Sie fragt: »Du glaubst, dass ich freiwillig hierhergekommen bin?«

»Hmm, natürlich, eigentlich schon, ja, freiwillig. Du hast mir gestern doch selbst geschrieben. Du bist die erste Frau, die freiwillig hierhergekommen ist – und die erste Frau, die diesen Keller sieht, die ich nicht zu töten beabsichtige.«

»Und du beabsichtigst, mit mir lange und glücklich zusammenzuleben?«, fragt Xenia.

»Ja, ja, bis der Tod uns scheidet.« Er spricht sehr ruhig und lächelt. »Ja, sie waren glücklich vereint bis an ihr Lebensende. Wie in den Büchern. Wie Bruder und Schwester, du weißt schon.«

»Dann lass uns einen Ehevertrag aufsetzen«, sagt Xenia, »damit ich nie vergesse, dass ich freiwillig gekommen bin, und du nie vergisst, dass du mich freiwillig bei dir aufgenommen hast.«

Noch immer lächelt er ganz ruhig und nickt. »Ja, gut, machen wir das. Alles wie bei erwachsenen Leuten, mit Safewort und so?«

»Ja, mit Safewort auch.«

»Einmal habe ich mit einer Frau ein Safewort vereinbart«, erinnert er sich. »Es hieß: ›Töte mich!‹ Ich hatte sie gewarnt, dass ich sie tatsächlich umbringen würde, sobald sie dieses Safewort sagt.«

»Und hat sie es gesagt?«

»Ja. Aber ich habe sie dennoch nicht gleich getötet. Denn so richtig interessant wird es doch erst jenseits des Safeworts, nicht wahr?«

»Vielleicht«, sagt Xenia. »Dann heißt mein Safewort: ›Ich liebe dich‹. Einverstanden?«

Er lächelt und nickt: »Ja, sehr gut. Soll ich Papier holen?«

»Ich hab welches«, sagt Xenia und greift nach ihrer Handtasche. »Ich hab welches«, wiederholt sie, »ich bin nicht umsonst Journalistin.«

Er dreht in der Hand ein kurzes, schmales Messer mit blauem Griff. Der Tisch steht zwischen ihnen. Seine Augen sind ruhig und nachdenklich, er lächelt unentwegt, und lächelt noch immer, als Xenia, ohne die Hand aus der Tasche zu nehmen, ihm zweimal in die Brust feuert. Während er fällt, schlitzt er sich mit dem Messer den rechten Oberschenkel auf, doch er spürt keinen Schmerz mehr, er fällt und fällt, fällt durch die stehen gebliebene Zeit, zerreißt den schwarzen Kokon, durch die dunkle Wolke aus Schwermut und Verzweiflung, fällt, bis sich der Raum einrollt wie eine abgerissene Tapete, das Glas fließt, die Türen schreien vor Grauen, fällt, fällt, fällt und sieht in einem letzten, grellen Blitzstrahl eine weibliche Gestalt von unerträglicher Schönheit, in königlicher Haltung, weißes Strahlen, gebleckte Zähne, herabfließender Speichel, das Fleisch kriecht auseinander, die Kiefer öffnen sich sperrangelweit, eine Halskette aus Schädeln, helles Licht, unter jedem Fuß eine Leiche, eine zornige Gottheit, eine Schneekönigin, er fällt, fällt, fällt und spürt, wie etwas in seiner Brust knirschend zerbricht, etwas seinen Körper verlässt, sich den Weg bahnt, jenem gleißenden Licht entgegen, er fällt und fällt …

Xenia kommt zu sich, als sie das trockene Klicken der Pistole vernimmt. Sie weiß nicht mehr, wie sie auf die andere Seite des Tisches gelangt ist, denn nun steht sie neben dem sterbenden Mann, weiß nicht mehr, wie sie das gesamte Magazin aus nächster Nähe abgefeuert hat. Während er fiel, hat er mit dem Messer seinen rechten Oberschenkel verletzt, aus der Wunde fließt noch Blut. Sein Brustkorb ist aufgerissen, als hätte ihn jemand mit einem Schlag zertrümmert. Xenia blickt in das tote Gesicht: vielleicht vierzig Jahre, volle

Lippen, weit aufgerissene Augen, der Ansatz einer Glatze, graue Strähnen im Haar.

»Du hast nichts verstanden«, sagt Xenia zu ihm, »du hast nichts verstanden. Du hast nicht genau gelesen, was ich dir geschrieben habe. Selbst für den stärksten Orgasmus würde ich niemals fremdes Leben opfern. Ich hätte für immer auf alle Lust verzichtet, nur damit du nicht mehr auf derselben Erde bist wie ich.«

Xenia hält die Pistole noch immer in der Hand. Mit der Stiefelspitze schiebt sie das Messer etwas weiter weg von seinen gekrümmten Fingern und kehrt an den Tisch zurück. Sie betrachtet ihre Handtasche, die von den Schüssen völlig zerfetzt ist. Kosmetika liegen verstreut zwischen den Messern, Zangen und Klammern. Vorsichtig berührt sie mit einem Finger den kalten Stahl. Irgendetwas stimmt nicht, ist nicht so, wie es sein sollte. Etwas schon fast Vergessenes erwacht in ihr, läuft wie eine warme Welle durch ihren Körper und sammelt sich schwer im Unterleib. Mechanisch greift Xenia nach einem Skalpell, ja, alien hatte recht. Sie ist erregt. Zum ersten Mal seit einigen Wochen spürt sie ein Jucken, so stark, dass sie sich kaum bewegen kann. Es scheint, als habe sich die Erregung, die all diese Wochen eingesperrt war, endlich freigekämpft, habe Xenias Körper bis zum Bersten angefüllt und fordere nun, hinausgelassen zu werden.

Xenia kehrt zu dem Metallstuhl zurück, setzt sich, hebt den Rock, fährt mit einer Hand unter den Gummizug ihres Slips – und trifft auf den toten Blick seiner offenen Augen, die sie verwundert und vorwurfsvoll anstarren. Sie erhebt sich, geht zu der Leiche hinüber, noch immer das Skalpell in der Hand. Auf der linken Seite der Brust, wohin Xenia das gesamte Magazin abgefeuert hat, gähnt ein schwarzes Loch, und Xenia denkt, dass alien, der Fremde, der in diesem Körper lebte, nun endlich frei ist. Ich kenne nicht mal seinen richtigen Namen, denkt sie und fährt mit der Hand über die toten Lider.

Als sie sich erhebt, bemerkt Xenia: Etwas funkelt im Schatten, ganz nah bei einem der Tischbeine. Sie rafft ihren Rock, tritt über die Leiche hinweg – und hebt Oljas Armband mit den dunkelroten Steinen auf.

Sie bewerfen sich mit Schneebällen wie kleine Kinder, rutschen den Hügel hinunter, lachen im Taxi, joggen nebeneinander auf Laufbändern, sitzen zu viert im *Kofe-In*. Der Kleine kriecht über den Teppich und sagt »Ma-ma!«. *I'll be back* hinter dir kommt immer näher, was sollst du tun? Der kleine Junge horcht – das Zittern und Beben nimmt zu. Mutter kommt aus dem Bad, nackt unter dem Bademantel. Sie legt dir die Hand auf die Stirn: Hast du noch Fieber? Sie sagt: Mit Tanzen ist jetzt Schluss, jetzt wird gelernt. Ich habe alles für dich geopfert, ich liebe dich doch so. Du bist meine Tochter, das ist doch furchtbares Zeug, was werden die Leute denn sagen? Nicht weinen, man muss kämpfen. Was tun? Mit nassem Gesicht in den flauschigen Pullover. Deine Tusche ist verlaufen. Das ist vom Schnee, Olja, vom Schnee.

Xenia, Xenia, du verlorenes Mädchen, du Schöne, die das Tier bezwungen hat, du bist schon dreiundzwanzig Jahre alt, setz dich auf den Boden dieses schmutzigen, blutüberströmten Kellers, weine, höre nicht auf, ich bitte dich, weine, weine.

Richard Laymon

»Es wäre ein Fehler, Richard Laymon nicht zu lesen!«

Stephen King

»Niemand schreibt wie Richard Laymon!«

Dean Koontz

978-3-453-67535-3

Richard Laymon
Rache
978-3-453-67503-2

Richard Laymon
Die Insel
978-3-453-67511-7

HEYNE